A TERRA PURA

CB140035

A terra pura

Alan Spence

Tradução
Diego Alfaro

Título original: THE PURE LAND

The right of Alan Spence to be identified as the author of this work has been asserted by him in accordance with the Copyright, Designs and Patent Act of 1998

Published by arrangement with Canongate Books ltd, Edinburgh

Direitos de edição da obra em língua portuguesa no Brasil adquiridos pela EDITORA NOVA FRONTEIRA S.A. Todos os direitos reservados. Nenhuma parte desta obra pode ser apropriada e estocada em sistema de banco de dados ou processo similar, em qualquer forma ou meio, seja eletrônico, de fotocópia, gravação etc., sem a permissão do detentor do copirraite.

EDITORA NOVA FRONTEIRA S.A.
Rua Bambina, 25 – Botafogo – 22251-050
Rio de Janeiro – RJ – Brasil
Tel.: (21) 2131-1111 – Fax: (21) 2286-6755
http://www.novafronteira.com.br
e-mail: sac@novafronteira.com.br

CIP-Brasil. Catalogação-na-fonte
Sindicato Nacional dos Editores de Livros, RJ.

S729t Spence, Alan
A terra pura / Alan Spence ; tradução de Diego Alfaro. – Rio de Janeiro : Nova Fronteira, 2007.

Tradução de: The Pure Land
ISBN 978-85-209-2032-9

1. Glover, Thomas Blake, 1838-1911 – Ficção. 2. Obras de arte – Comerciantes – Japão – Biografia – Ficção. 3. Japão – História – Período Meiji, 1868-1912. 4. Romance escocês. I. Alfaro, Diego. II. Título. III. Série.

CDD 828.99113
CDU 821.111(411)-3

Para Janani

SUMÁRIO

1

O PORTÃO PARA LUGAR NENHUM

Nagasaki, 1945

SE NÃO HOUVESSE VISTO COM OS PRÓPRIOS OLHOS, Tomisaburo não acreditaria. Era o terrível fim de tudo; aniquilamento, niilidade. Uma única explosão dizimara meia cidade, destruindo-a num instante, reduzindo-a a escombros e poeira. Sua casa se situava em Minami Yamate, na costa sul da montanha, de frente para a baía. Ficava longe do epicentro, protegida pela encosta do morro. Esse simples fato a salvara da destruição.

Tomisaburo estava sentado em seu escritório, olhando para o cipreste do jardim, a árvore que havia inspirado o nome da casa, *Ipponmatsu*, Cipreste Solitário. A árvore era mais antiga que a casa, já estava lá antes que seu pai escolhesse o local e deitasse os alicerces. Fora a primeira casa de estilo ocidental na colina, feita de pedra. Se houvesse sido construída com madeira e papel, teria sido reduzida a cinzas por aquele vento ardente?

Estivera olhando para o cipreste, apenas olhando, tentando esvaziar a mente. Não pensar. Ou pensar em nada. *Mu*. O cipreste no jardim. Na semana anterior, havia aberto o *Sutra do Diamante* e folheado as páginas, buscando entendimento. *Desperte a mente sem fixá-la em parte alguma*. O poeta Bashô havia escrito: *Aprenda sobre o cipreste com o cipreste*. Como ele, aprenda a definhar. Tudo naqueles dias era uma meditação sobre a transitoriedade, a impermanência. Tomisaburo já era velho. A *kenpeitai*, a polícia não tão secreta, havia sido cruel ao interrogá-lo. Devido à sua ascendência, pensaram que fosse um espião. Esse era seu destino, seu *karma*, estar preso entre dois mundos. Nem uma coisa, nem outra. Nem isto, nem aquilo. Agora os americanos se aproximavam. Eles tinham trazido este terror. Não havia esperança.

O clarão iluminara o céu, uma luz branca, por um momento mais brilhante que o meio-dia. Tomisaburo fechou os olhos, a silhueta do cipreste ainda queimava em sua retina. Então o ruído tomou os céus, um trovão descomunal, tão alto que lhe machucava os ouvidos. Tapou-os enquanto a casa inteira tremia, todas as janelas se estilhaçavam e o vento seco e quente entrava, atravessava tudo.

Sem pensar, como um personagem de seu próprio sonho, levantou-se e sacudiu os estilhaços e cacos de vidro das roupas. Sem pensar, limpou a manga com a mão, sentiu a dor e o sangue que brotava de cada um dos pequenos cortes em seus dedos, em sua palma aberta. Sem pensar, saiu cambaleando, tentou apreender a desmesura do que ocorrera. Havia escurecido subitamente, como em uma tarde de inverno, mas o vento que soprava ainda era quente. A fumaça de um prédio em chamas diminuiu e Tomisaburo pôde olhar em direção à cidade, mas ela não estava mais lá. Tudo ao norte havia desaparecido, toda a terra havia sido devastada. Não restava nada vertical, a não ser, aqui e ali, a chaminé de uma fábrica, o esqueleto de um galpão. Por toda parte ardiam e brilhavam pequenos incêndios, somando sua fumaça à nuvem cinzenta que cobria o céu.

Sem pensar, como um personagem de um sonho, aproximou-se da devastação, pé ante pé, um passo custoso e lento sobre o chão irregular, os detritos espalhados. Os dentes doíam, e as costas, e os joelhos. Alguns pedaços de vidro haviam caído em seu cabelo escasso, cortando-lhe a cabeça. Mas aquilo devia ter ocorrido a todos os demais, não era nada em comparação ao que via ao seu redor, por toda parte. A situação era inimaginável. Não podia ser. Mas era.

Um templo *shinto* havia desaparecido, mas seu portão *torii* vermelho, de madeira, permanecia intacto, como por milagre. Um portão para lugar nenhum. Atravessou-o.

Desperte a mente sem fixá-la em parte alguma. Olhou para tudo em volta, entorpecido.

Um cavalo esmagado sob a carroça que puxava.

Dois jovens de joelhos, mortos onde caíram, as pernas enroscadas em fios elétricos.

Três corpos carbonizados, sentados em um banco de ferro onde antes havia um ponto de ônibus.

O correio, destruído. Uma loja que vendia incenso, destruída. A quadra dos prazeres, destruída. Sua casa de chá preferida, destruída.

Quanto mais caminhava, mais terrível era a situação.

Corpos e pedaços de corpos jogados pela estrada, presos em carros incendiados, flutuando no porto; a água turva, avermelhada.

A sombra de um homem, queimada em uma parede branca; o homem desaparecera, incinerado num instante. Uma jovem mãe, viva, com um bebê ao seio; seu rosto e seus braços, a cabeça do bebê, todos chamuscados; apenas o seio limpo, branco. A necessidade desesperada de preservação, de continuar a viver, mesmo no inferno.

Pessoas rastejando sobre destroços, queimadas e cegas, as roupas em farrapos, chorando por água, e, como por ironia, uma chuva túrbida começa a gotejar.

Uma estátua, no meio de uma clareira. Não, não uma estátua, o corpo de um monge, carbonizado, sentado em meditação, aceitando até isto, até isto, até o último momento. Despertar a mente.

A mente de Tomisaburo também estava vazia; seu coração, morto. Talvez ele também houvesse morrido na explosão, talvez fosse agora um espírito incorpóreo, destinado a vagar por esta terra dos mortos, o plano dos *gaki*, os espíritos famintos. Tentou se lembrar de uma prece, mas as palavras lhe fugiam.

Então, percebeu que seu próprio rosto estava queimado, e ardia com as lágrimas que corriam. Observou, indiferente, algumas das gotas que caíam, formando pequenas bolhas acinzentadas na poeira a seus pés. Voltou-se e começou a desoladora jornada de volta.

Tudo aquilo acontecera há quanto tempo? Os dias pareciam anos. Com as janelas estilhaçadas, a casa estava aberta. Tomisaburo varrera o vidro quebrado, recolhera os livros e papéis espalhados pelo chão. Ainda haveria mais pela frente.

Não havia onde comprar comida, nenhuma comida para se comprar. Sobreviveu, dia a dia, com um punhado de arroz cozido, algumas conservas. Era suficiente. Tinha pouco apetite. De vez em quando se permitia um gole de uísque escocês da última garrafa que reservara, para usar em caso de emergência. Em caso de emergência! A ironia daquilo era exasperante.

Era difícil conseguir notícias confiáveis sobre a situação. A recepção do rádio era quase inexistente, obscurecida por um chiado de estática. Os vizinhos passavam pelo portão, respondiam concisamente às suas perguntas. Tomisaburo era parcialmente ocidental, o que o tornava parcialmente responsável. A *kenpeitai* não o havia interrogado?

Onde há fumaça, há fogo.

De qualquer forma, há muito tempo não se podia confiar nas notícias. Só o que recebiam eram propagandas e boatos. Agora era pior. A bomba de Nagasaki se seguira à de Hiroshima. Agora haveria mais.

Os americanos bombardeariam Quioto, depois Tóquio, a menos que o imperador se rendesse. E isso era impossível, pois o imperador era infalível, divino. A nação estava preparada para um discurso do Palácio Imperial, conclamando "A Morte Honrada dos Cem Milhões", suicídio em massa. Era magnificamente insano. Sentiu as lágrimas brotarem novamente, borrando sua visão. O cipreste balançou. O vento ardente e a chuva tóxica o haviam ressecado, desfolhado. Mantinha-se despido contra o céu acinzentado. Tomisaburo havia saído uma outra vez, em direção à cidade, mas novamente regressara, desalentado. Milhares haviam sido levados, ou se arrastaram, para a estação Michino-o, o posto médico improvisado. Somente algumas centenas foram tratadas e tinham alguma esperança de sobreviver. O resto havia morrido, ou morreria.

E após, tão basta multidão seguia,
Que, destruído houvesse tanta gente
A morte, acreditado eu não teria.

Havia lido aquilo muito tempo atrás, em outra vida. O *Inferno* de Dante.

Tanta gente.

Procurou novamente sua cópia do *Sutra do Diamante*, em busca de orientação, luz na escuridão, tentando entender. O verso dizia: *Shiki soku ze ku.*

Forma é vacuidade.

O sinal não estava claro, mas a eletricidade deve ter voltado momentaneamente, apenas o suficiente para que a mensagem pudesse ser transmitida. O imperador em pessoa se dirigia à nação, sua voz formal e frágil. A rendição era total e incondicional. Ele não deveria mais ser considerado um deus, mas se mantinha como o símbolo do Estado e da unidade do povo. Não mais comandaria o poder político. Dali em diante, o governo seria conduzido por um Congresso eleito. As Forças Armadas, e o povo como um todo, deveriam baixar as armas. A partir de então, o Japão renunciava permanentemente à guerra e à manutenção de forças militares.

O anúncio foi seguido por uma gravação sombria do hino nacional, e então a transmissão foi silenciada. Tomisaburo caiu de joelhos, o rosto entre as mãos, ficou ali por bastante tempo.

Por fim, ergueu-se com esforço, sentou-se em seu escritório. Sentiu-se nauseado, suas articulações rangiam, os ossos doíam. Mas a mente estava clara. Mais cedo ou mais tarde, viriam buscá-lo. Poderia ser a *kenpeitai*, decidida a retaliar; ou talvez os americanos, para fazê-lo colaborar, ajudá-los na conquista. Pouco importava.

A civilização chegava ao fim. Os bárbaros estavam à porta.

Na mesa à sua frente, deitou uma curta espada samurai *wakizashi*, embainhada, muito prezada por seu pai. Na gaveta estava o revólver do pai, carregado.

Limpou o vidro quebrado dos retratos emoldurados de seu pai e de sua querida esposa Waka. Alegrava-se de que ela não estivesse viva para passar por isto. Colocou-os sobre a mesa, os retratos o olhavam de volta. A expressão de seu pai era austera, a de Waka, dócil e triste. Já haviam passado mais de dois anos desde sua morte, parecia pouquíssimo tempo, embora os dias sem ela transcorressem muito devagar. Como era possível? A vida era curta; os dias, longos.

Ao lado dos retratos havia umas poucas coisas que guardava desde a infância, coisas que seu pai lhe dera para trazer sorte; uma moeda de bambu, que já fora usada como dinheiro, um dólar de prata mexicano, uma borboleta de *origami* feita de papel branco. Seu pai havia feito grandes conquistas, guardara essas pequenas coisas para lembrá-lo de como começara, deixara-as como recordações.

A mesa de Tomisaburo tinha um compartimento deslizante, fechado com uma pequenina chave de bronze. Abriu-o e retirou um pacote, envolto em um pano. Desembrulhou-o cuidadosamente, segurou nas mãos um livro que era a obra de sua vida, vinte anos de trabalho: um guia ilustrado sobre a vida marinha de Nagasaki. Tomisaburo havia contratado artistas locais para pintar todas as espécies de peixes e baleias e conchas, meticulosamente detalhadas. No começo, os artistas não entenderam. Eram japoneses, treinados para ilustrar o *movimento* de peixes ou aves, capturar alguma essência, o rápido pulsar da vida, com umas poucas pinceladas. Explicou-lhes minuciosamente, mostrou-lhes desenhos americanos, anatomicamente perfeitos, com o número exato de escamas em cada peixe. Finalmente pintaram as figuras, mais de oitocentas no total, absolutamente rigorosas, embora vibrantes e cheias de vida. O livro era uma obra de precisão e beleza. Não era muito comparado às conquistas de seu pai, mas Tomisaburo o considerava importante à sua maneira.

Enquanto virava as páginas e sentia o papel artesanal, percebeu que nunca fora tão feliz quanto na época em que trabalhara naquilo, inscrevendo cada título com sua caligrafia cuidadosa. Fitou as ilustrações até que a luz que entrava pela janela começasse a esvaecer.

Então, fechou o livro, embrulhou-o novamente e o trancou, pôs a chave de bronze no bolso do colete.

Abriu a gaveta, retirou a pistola, sentiu-lhe o peso na mão, guardou-a novamente. Tomou a espada, começou a retirá-la da bainha, retesou-se ao ouvir um barulho do lado de fora, o estalar de vidro quebrado sendo pisoteado, passos pesados a caminho da porta.

Os dois soldados americanos abriram caminho através do jardim arruinado, dos destroços e do entulho, armas a postos. Haviam sido avisados de que todo cuidado era pouco, ainda poderiam encontrar bolsões de resistência, os edifícios podiam conter armadilhas. Mas era impossível caminhar em silêncio, arrastando-se pelos escombros, cacos de vidro espalhados, telhas estilhaçadas.

A casa não parecia muito danificada. Bom tamanho, construção sólida. Boa localização, de frente para a baía. Poderiam tomá-la e utilizá-la como base. Não se ouvia nenhum ruído do interior. Os ocupantes podiam ter fugido, ou talvez estivessem no lugar errado quando a bomba caiu e houvessem sido exterminados. Isso facilitaria as coisas.

O sargento ordenou ao cabo que tentasse abrir a porta. Estava fechada, não cedeu. Poderiam entrar por uma das janelas abertas, mas para que tanto trabalho? Contaram um-dois-três e chutaram a porta, arrebentando a tranca e partindo a madeira, abriram-na e entraram, as armas levantadas.

Tomisaburo, em sua mesa, virou-se para olhá-los.

— Calma aí, velhote — disse o cabo. — Não vai mijar nas calças!

— E largue o facão! — disse o sargento.

Tomisaburo embainhou a espada, colocou-a de volta na mesa. Então se curvou para os dois homens, dirigiu-se a eles com seu sotaque distinto, refinado.

— Boa noite, cavalheiros. Peço desculpas por não poder ser mais hospitaleiro.

— Caramba! — disse o cabo. — Onde aprendeu a falar assim?

— Meu pai — disse Tomisaburo, indicando o retrato na moldura.

— Não brinca! Você é mestiço?

Tomisaburo fez que sim, contrariado.

— Meu pai era escocês.

O sargento abaixou a arma, apanhou o retrato.

— Homem boa-pinta — disse.

— Realmente — disse Tomisaburo. — E foi tirado quando ele era muito velho. Na idade que tenho agora.

No retrato, seu pai parecia poderoso e imponente. Seu cabelo e bigodes brancos estavam bem arrumados. Usava roupas formais, gravata branca e gola xale, uma medalha presa ao peito da sobrecasaca preta.

— Deve ter sido alguém importante — disse o sargento.

— Sim — disse Tomisaburo. — Ele era.

Indicou uma outra fotografia sobre a lareira.

— Essa foi tirada quando era jovem, talvez com dezenove ou vinte anos.

A imagem era pálida, de cor sépia, com as bordas desbotadas. O fundo era indefinido, um prédio baixo, o mar. Era uma figura de corpo inteiro, o jovem posava confiante, mãos na cintura, elegante chapéu de marinheiro na cabeça, um olhar extremamente seguro de si, em um outro mundo, outra época, quase um século atrás.

2
O MUNDO CONHECIDO

Aberdeen, 1858

O CINZA PERMEAVA TODA A PAISAGEM. Mesmo num dia de verão como aquele, as brumas frias do mar do Norte entravam, umedeciam tudo. Glover em pé, teso, sobre o quebra-mar, olhava fixo para a névoa — não via céu, nem mar, apenas gradações de cinza. Lembrou-se da voz do velho pastor, declamando na igreja escura. *E a terra era sem forma e vazia.* Parecia bastante com aquilo. A bruma o empapou como uma chuva fina, a felpa do casaco umedecia ao toque. Gotas de umidade se condensavam em seu cabelo, em seus cílios. Piscou os olhos, por um instante teve a visão embaçada. Passou as mãos pelo rosto, lambeu os lábios, sentiu o gosto do sal. A buzina de um navio murmurou grave, próxima. Gaivotas invisíveis gritavam e gritavam. Havia mundos lá fora. O sino da igreja começou a badalar os quatro quartos, antes de marcar a hora.

— Minha nossa!

Desceu do quebra-mar num pulo, escorregando nas pedras molhadas.

— Merda!

Mas manteve o equilíbrio e se endireitou, correu o máximo que pôde pelo cais até a estrada, virou a esquina na Marischal Street na segunda badalada, quase se chocou com duas jovens moças que caminhavam em direção ao trabalho, destripar peixes em Footdee. Fittie. Tinham o rosto e os braços vermelhos. Rubor quente de sangue. Cheiravam a peixe, a seu trabalho. Ainda assim, Glover reagiu quando lhe exibiram breves sorrisos, flertando. As moças riram quando Glover fez menção de levantar o chapéu, embora não estivesse usando chapéu nenhum.

Na quarta badalada, seu caminho foi bloqueado por dois garotinhos magricelos, livros escolares aos pés, atracando-se com pedaços de pau, espadachins numa luta mortal.

— Rá!

Levantaram as espadas, surpresos, quando Glover passou pelo meio deles fingindo apunhalar a dupla quase sem diminuir o passo.

Na sétima badalada do sino, saltou pelos degraus gastos de pedra até a porta do escritório. *James George. Corretor de navios.* Chegou à sua mesa na oitava batida, levando o exterior consigo, o ímpeto. O relógio da sala, meia badalada atrasado, terminou de marcar a hora no momento em que ele se sentou em sua mesa.

Robertson, o outro escrevente júnior, olhou-o por sobre os papéis.

— Em cima da hora, Tom.

— Precisão de segundos! — disse Glover.

Recobrou o fôlego, esticou-se, juntou as mãos atrás da cabeça.

— Chama-se isto de verão? — falou, olhando o cinza através da janela alta.

Robertson acompanhou seu olhar.

— Chama-se Aberdeen!

Glover estalou os dedos, mergulhou a ponta da caneta no tinteiro, pôs-se a trabalhar na pilha de papéis sobre a mesa.

No meio da manhã, o sol começou a dissipar a névoa. Interrompeu o trabalho, levantou-se e cruzou a sala até a janela, olhando para fora. Grandes edifícios de granito tomaram forma, merlões maciços surgindo das brumas.

Esta cidade. Sua solidez.

Na outra direção, descendo a rua, podia ver os mastros dos navios ancorados, gaivotas circulando no céu.

— Já acertou essas listas de carga, senhor Glover?

Não ouvira o velho George entrar na sala. A voz era suave, seca, como um crepitar de papel.

Glover se virou.

— Já, senhor. Estão na minha mesa.

— Bem, senhor Glover. Eu apreciaria se estivessem na *minha* mesa.

George desapareceu pela porta novamente. Glover apanhou os documentos, chamou a atenção de Robertson e imitou com perfeição a cara de ameixa seca do velho.

O ar do *pub* era uma névoa amarelada, um fumo castanho, tingido de nicotina, espesso com o ranço do tabaco.

Segurando firme duas canecas de cerveja, Glover se afastou do balcão e abriu caminho entre os ombros dos beberrões que se amontoavam naquele antro esfumaçado, voltando à sua mesa.

Robertson gritou, mais alto que o barulho.

— Eu apreciaria se esse chope estivesse na *minha* mesa, senhor Glover!

— Vai estar na droga da sua cabeça num minuto, *senhor* Robertson!

Apoiou as canecas, lambeu a bebida que derramara nos dedos, deslizou pelo banco até seu lugar.

— À sua saúde! — Robertson deu um gole.

— Isso mesmo! — Glover bebeu, limpou a espuma da boca com as costas da mão.

— Velho chato — disse Robertson. — Digo, o velho George.

— Ranzinza — disse Glover. — E empertigado. Sua boca parece um cu de gato.

Robertson gargalhou e cuspiu, quase engasgou com o chope. Quando se recuperou, disse:

— Fico pensando como ele pode ter sido o pai de uma criatura divina como a jovem Annie.

— Da forma tradicional, imagino — disse Glover. — Olha só, tem certas coisas que eu prefiro *não* imaginar!

Bebeu mais um gole de cerveja; pela primeira vez na semana começou a relaxar, destravar-se.

— Graças a Deus por sábado à noite, cara.

— Você acha que é obra de Deus?

— E não é tudo obra de Deus? — disse Glover. — Por seis dias trabalharás, e no sábado à noite tomarás um pileque.

— Amém!

Na quarta caneca, Glover já sentia o êxtase, a euforia. Era glorioso, banhava tudo em um brilho cálido e benigno. Sim. Muito bem. A vida era boa. Jogou a cabeça para trás e rugiu uma grande gargalhada.

— O que foi? — perguntou Robertson.

— Nada — respondeu Glover. — Tudo!

Depois de um ou dois copos, Robertson gostava de citar Burns. Esta noite era Tam o' Shanter.

— *Abusamos da bebida, que enlouquece e alegra a vida.*

O lugar transpirava e fedia, gotas de condensação pingavam do teto baixo. Oscilava e arfava, navio numa tempestade forte. Na hora de fechar, expulsou-os para a rua. Vieram à tona, puxaram o ar com força. O frio foi um êxtase súbito, um choque delicioso de exultação.

— Excelente!

O céu tinha um tom cobalto, o mais escuro que ficava naquela época. O longo crepúsculo do verão. As luzes noturnas.

Encontraram uns outros conhecidos, jovens funcionários como eles. Agora formavam uma companhia, alardearam e caminharam soberbos, as botas retumbavam nos paralelepípedos enquanto desciam uma viela escura perto do cais.

Glover parou. Tinha um anúncio importante a fazer. Articulou as palavras com muito cuidado.

— Eu preciso... — disse. — Mijar.

Ouviu o que havia dito e riu de sua sonoridade pomposa. Os outros seguiram em frente enquanto ele desabotoava a calça, soltava um jato evaporante numa parede úmida. Sim, o alívio era maravilhoso.

Virou-se, sacudindo as gotas, e prendeu a respiração ao perceber que alguém o observava.

Ela havia saído das sombras, estava à meia-luz no brilho pálido e inconstante do lampião a gás danificado, uma chama volúvel, misteriosa. Tinha o cabelo ruivo preso no alto da cabeça, mas desarrumado, se desfazendo, e a blusa aberta em parte, puxada para trás, o pescoço e os ombros nus. Olhou-o lasciva, não há outra palavra para aquele olhar, um misto de gozação e convite. Glover se sentiu exposto e vulnerável, descoberto ao seu olhar, um garotinho pálido e pelado. Mas ela continuou a fitá-lo, com aquele jeito, e seu olhar o deixou duro, um homem. Estava tudo bem em sentir aquilo, sem problema, não havia vergonha nenhuma.

A mulher ficou ali, com as mãos nos quadris, jogou a cabeça para trás.

— Procurando um programa, grandalhão?

Mas antes que Glover pudesse responder, uma outra figura surgiu da escuridão por trás da moça, um homem magro, de feições duras; passou os braços por sua cintura, puxou-a para si, roçou-lhe o pescoço com o nariz e sussurrou algo em seu ouvido.

Ela soltou um riso agudo e áspero. O homem deitou os olhos em Glover, um olhar de puro desdém, desprezo. Cuspiu.

A mulher olhou para Glover com certa lástima, como dizendo: "Quem sabe um outro dia." Desapareceram novamente na escuridão, deixando-o ávido e tolo e flácido.

— Pelo amor de Deus, cara! — gritou uma voz. — Guarde isso! Vai pegar um resfriado!

Robertson havia voltado para ver por que Glover ficara para trás.

— Acompanhando as mulheres da noite, Tom?

— Não exatamente acompanhando — disse Glover. — Apenas flertando. Uma brincadeira. — Abotoou novamente a calça. — Mas ela deu uma olhada, isso sim.

— Cafajeste! — disse Robertson.

Correram para alcançar os outros. A noite estava cheia de possibilidades e demônios.

Robertson cantou:

— *A noite foi em frente, com música e barulho!*

E se arrastavam pela King Street, entoando músicas de teatro aos berros. E cambaleavam pela praia, rindo enquanto afundavam na areia, caminhavam com os pés afastados. E passaram pela catedral de São Machar, suas torres gêmeas atarracadas como minaretes de granito, desenhadas contra a escuridão do céu. Apesar de seu estado, silenciaram uns aos outros, fingiram sobriedade, endireitaram-se e passaram respeitosos pelo cemitério, os mortos em seu longo sono. E chegaram a Brig o' Balgownie, a velha ponte de pedra sobre o Don, e Glover escalou o parapeito sem motivo algum, só por fazê-lo, porque podia. Foi seguindo, a passos lentos, acompanhando a crista, os braços abertos para se equilibrar, o rio corria cinco metros abaixo. Fazia aquilo quando criança, descuidado, saltando rápido e descalço pela muralha, mergulhava de cabeça, salpicando as águas geladas. Sentiu um pouco daquele destemor agora, mas tinha que se manter estável, um artista de circo na corda bamba, os pés nas botas enormes, pesadas como rochas. Robertson estava cheio de si, gritava:

— *E ganhe a abóbada da ponte!*

Mais um passo e Glover estava lá, esticou os braços bem abertos:

— Sim!

Um dos rapazes lhe jogou uma garrafa de cerveja e Glover a pegou, bebeu-a em goles grandes. Então pulou de volta para o caminho de pedras da ponte, curvou-se enquanto os outros comemoravam e aplaudiam. Robertson se juntou a eles, esticou as costas, ajeitou os ombros.

— Eu consigo fazer isso. Fácil. — A bebida falava.

Os outros bradaram, começaram um ritmo de palmas.

— Vai! Vai! Vai! Vai!...

Robertson galgou a muralha, os braços trêmulos, não era tão fácil como parecia, ficou em pé com cuidado e oscilou ali até encontrar algum centro de equilíbrio. Por um instante não ousou se mexer, com medo de cair.

Então se lançou à frente...

— Vai!

Um passo, mas parou ali, rígido, arqueado, queria se agachar e ajoelhar, mover-se lentamente daquele jeito, mas não, trouxe o outro pé, deu mais um passo...

— Vai!

Lançou os braços para trás, quase caiu...

— Vai!

Progrediu centímetro por centímetro, transpirando rígido, então se apressou, três passos seguidos e chegou ao topo, manteve-se instável porém triunfante.

— Vai!

Glover lhe passou a garrafa e ele a levou aos lábios, subitamente girou os braços, deteve-se num movimento assustado, tombou para trás e desapareceu.

— VAI!

Então perceberam a realidade do fato e se lançaram ao parapeito, olhando para o rio abaixo. Somente Glover estava alerta, pensou rápido, desceu correndo pela margem sob a ponte até chegar ao local onde Robertson surgira, levado pela correnteza, debatendo-se. Glover entrou na água, agarrou-o pela nuca e o arrastou até a margem, onde ele se deitou tossindo, retomando o fôlego. Conseguiu se levantar, tremendo e completamente ensopado, as botas encharcadas.

Glover riu.

— Melhor ir para casa, senhor Robertson, ou *você* vai pegar um resfriado!

Manhã de domingo na igreja cinzenta e sombria, Glover sentava-se aprumado no banco duro de madeira. Tinha o pescoço rígido e sabia que, se fizesse um movimento muito abrupto, o sangue latejaria em sua cabeça. Virou-se lentamente, com cuidado, e olhou de soslaio pela fileira. Sua irmã Martha o fitou brevemente, um leve sorriso no rosto. Sua mãe moveu o corpo pesado no assento impiedoso, cutucou seu pai, cuja cabeça não deixava de tombar para a frente, ricocheteando de volta.

Meu Deus!

Lembrou-se de haver voltado para casa, sabe Deus a que hora, as roupas pingando, disse a Martha que estivera nadando e enchera as botas d'água, ela disse: "Encheu a cara, isso sim." A irmã lhe trouxera uma toalha seca e uma xícara de chá quente. Glover agora percebia que Martha provavelmente ficara acordada esperando por ele, e essa idéia o tocou inesperadamente, sua bondade, o gesto simples e amável. Sua mãe e seu pai não haviam aberto a boca durante o desjejum.

O pastor, o velho Naysmith, era um tipo alto e esquálido; sua voz, uma lamúria desgastante, insistente e entorpecedora.

A atmosfera era muito opressora, algo embolorada, fria pela umidade das velhas pedras. Olhou para a congregação em volta, viu-os como uma galeria de horrores: rostos de gárgulas esculpidos em granito, traços exagerados como caricaturas — homens magros e deformados, rústicos e corroídos, mulheres envelhecidas precocemente, a pele pálida e áspera, mãos e braços vermelhos, faces obtusas e tolas, expressões que não transmitiam nada.

Glover sentiu algo próximo ao pânico. Notou cada minúcia perturbadora daquelas fisionomias cruas: bigodes brancos crescendo em bochechas vermelhas, uma grande boca úmida, dentes tortos e quebrados, tufos de pêlos brotando das orelhas e da pinta de um nariz curvado, pequenos olhos negros, um filete de saliva gotejando de um queixo.

A voz monótona do pastor continuava: "Agora, oremos." Glover fechou os olhos. Senhor Deus, por favor, faça com que a vida não seja apenas isto. Quando criança, receava abrir os olhos durante as preces, temendo que Deus estivesse olhando e o fulminasse. Agora os deixou abertos, olhou em volta. Viu Robertson do outro lado da nave, a face cinza, os olhos apertados. Estava tremendo, tinha uma tosse rouca. Glover quis rir, mas se conteve. Na fileira atrás de Robertson, sentava-se a jovem Annie George, ao lado de seu pai. Queria que ela abrisse os olhos e olhasse para ele, dezessete aninhos, meu Deus, pequenos cachos loiros sob o gorro emolduravam seu rosto, apenas abra os olhos e olhe, só isso, e ela os abriu. Ela os abriu. Olhou-o diretamente e abriu a boca num discreto "O" de perfeita surpresa, que se combinou à admiração de Glover naquele momento. Deus seja louvado. Um rápido sorriso tímido, e então desviou os olhos, fechou-os novamente, um ligeiro rubor lhe subiu ao rosto.

Glover se voltou para a frente, viu-se sorrir para o pastor, que tinha o cenho franzido numa ira austera e implacável. *Não nos deixeis cair em tentação, mas livrai-nos do mal.* Glover curvou a cabeça, mas tinha o coração leve. Fora-lhe concedido um vislumbre da graça redentora.

Do lado de fora, Annie retardou um pouco o passo atrás de seu pai, deixou certa distância. Glover a alcançou.

— Hoje à noite, às sete? — falou baixo. — Brig o' Balgownie?

Annie corou, nervosa.

— Vou tentar escapar.

Seu pai, poucos metros à frente, parou e se virou.

— Annie! Venha, menina!

Ela ainda lhe lançou um rápido olhar por sobre o ombro, sorriu novamente. O pai de Annie se interpôs ao olhar de Glover, acenou com a cabeça num misto de saudação e advertência. Glover acenou de volta. Entendido. Então viu Robertson inclinado sobre uma lápide e não se conteve, soltou uma gargalhada.

— Você parece um moribundo!

O pastor acabara de sair para o cemitério, repreendeu-o novamente com seu olhar severo.

— Lembre-se de guardar o domingo, senhor Glover, é um dia santo.

— Ah sim, senhor — disse. — Farei isso.

Não se esqueceria daquele momento — a jovem Annie numa tarde de verão, espontânea, os cotovelos apoiados no parapeito da ponte, na ponta dos pés, enquanto mirava algo na corrente logo abaixo, concentrada. Toda a paisagem parecia uma pintura. *Moça ao entardecer, Brig o' Balgownie.* Usava um vestido branco simples e o sol tocava seus cabelos claros.

Não o vira chegar, estava distraída, perdida no que observava. Então, deve haver sentido sua presença, ouviu seus passos nas pedras e se virou para vê-lo, os olhos bem abertos, pôs o dedo nos lábios pedindo silêncio. Glover se colocou a seu lado, e Annie apontou para o rio, mostrando-lhe o que estivera olhando — uma garça em pé, angulosa, sobre uma rocha no meio da corrente, atenta e absolutamente imóvel.

— Não é linda? — perguntou.

— Muito — disse Glover, tocando seu braço.

A ave desfraldou as asas cinzentas e levantou vôo, pousando um pouco depois na beira da água.

— Não posso ficar muito tempo — disse Annie. — Eu disse que só iria dar uma caminhada. Ele me olhou com aquela cara.

Glover entendeu.

— A cara que vejo todas as manhãs!

Franziu a testa, assumiu a expressão de censura do pai de Annie. Ela riu, disse que era exatamente como aquela. Glover segurou seu rosto nas mãos e a beijou, provou sua boca quente e macia, embriagou-se com sua doçura. Desceram a ponte de braços dados, seguindo o rio. A garça voou novamente, mantendo a distância, sempre um pouco adiante.

Na segunda-feira de manhã, às oito em ponto, em cima da hora, ou com precisão de segundos, Glover entrou voando pela porta, acenou de passagem para Robertson e seguiu diretamente para sua mesa. No entanto, antes que pudesse se sentar, a porta do escritório interno se abriu e George se postou ali, seu olhar mais severo que nunca.

— Senhor Glover. Venha um momento, por favor. — Desapareceu novamente no interior, deixou a porta aberta. Uma intimação.

Robertson levantou as sobrancelhas, imitou cortar a garganta com o dedo.

Glover deu de ombros, fez pouco caso, uma bravura fingida.

— Parece sério!

Entrou na sala, fechou a porta pesada atrás de si. George estava de costas, enquadrado na janela, olhando para o porto, para os navios de carga e os barcos pesqueiros, para as embarcações em construção no estaleiro Hall Russell.

— Sente-se — disse George, virando-se de frente.

A sala cheirava a cera e tabaco, o fumo velho do cachimbo de George se sobrepunha ao mofo dos cadernos antigos, do papel empoeirado. Glover sentiu a garganta seca, a ansiedade lhe comprimia as vísceras. Não podia ser nenhum problema com o trabalho — ele trabalhava duro, entendia-se bem com os outros funcionários. Temeu que talvez fosse sobre Annie.

O rosto de George era uma rocha, indecifrável. Na mesa à sua frente havia um envelope pardo comprido. Empurrou-o em direção a Glover.

— Está endereçado a você. É da Jardine Mathieson.

Glover tomou ar, um ofego curto. Percebeu que mantinha a formalidade ao se adiantar e apanhar o envelope. Leu seu nome, o endereço da empresa escrito em fluidos ideogramas chineses, a caligrafia regular, as linhas perfeitamente espaçadas. Fitou o envelope atônito, vendo-o tremer em suas mãos ao ritmo de seu coração, o sangue pulsava em suas veias.

— Você já esperava por isto — disse George.

— Já, senhor. — Virou o envelope, leu o nome da empresa no verso.

Jardine, Mathieson & Cia.

— Eu só não...

A entrevista fora meses atrás, em Edimburgo. Achou que se saíra bastante bem, mas não ousou guardar esperanças.

— O pouco que pude fazer — disse George — foi mandar boas referências de seu trabalho aqui.

— Obrigado, senhor.

Ouviu a própria voz, soava estranha. Como o personagem de uma peça. O momento era ponderoso, imbuído de gravidade, sério e real. Porém, ao mesmo tempo, sentiu-se distanciado, contemplativo. Ouvia-se o tiquetaque do relógio sobre a lareira. Lá fora, uma carroça chacoalhava. Um menino gritou e riu. As gaivotas gritavam. A vida seguia em frente, vivendo por si mesma.

— Então? — disse George, impaciente.

— Senhor?

— Pelo amor de Deus, rapaz! Não vai abri-lo?

— Sim. — Endireitou-se. — Claro.

Por sobre a mesa, George lhe estendeu um abridor de cartas com punho de marfim, mas Glover já havia deslizado o polegar sob a aba, rasgando o envelope.

A carta estava escrita em papel timbrado, trazia o endereço do escritório central em Hong Kong. *Prezado senhor Glover*. Apressou-se para ler à frente. O estilo era truncado e prolixo, uma linguagem de negócios, precisa. *Após a avaliação de sua entrevista, temos o prazer de lhe oferecer um cargo.*

— Deus do céu.

— O quê? — perguntou George.

— Ofereceram-me um emprego, senhor. No Japão!

George contraiu a boca esboçando um sorriso, mas se recompôs em seguida.

— Vai ter muito sobre o que pensar.

— Sim — disse Glover. Mas aquele lugar, aquele momento distanciavam-se. Ele já estava partindo.

— Japão! — disse Robertson.

Glover brandiu a carta no ar.

— Eu lhe disse que havia me candidatado a um emprego.

— Mas no Japão?! É o fim do mundo!

— Dizem isso de Aberdeen!

— Eu sei, mas...

— Nem está no mapa! É a última fronteira!

— Mas no *Japão*?! Isto é, as pessoas de lá não são como nós. São bárbaros. Cortam sua cabeça fora assim que olham para você.

— Tem umas pessoas por aqui que te transformam em pedra com um olhar!

Robertson riu.

— Nossa, sei bem disso! Mas você entende o que estou falando, Tom.

— Entendo muito bem.

Preso à parede principal do escritório havia um mapa-múndi, gasto, com rotas marítimas representadas. Glover encontrou a Índia e a China e, na borda mais distante, o Japão.

— Não está com medo? — perguntou Robertson.

Glover ainda olhava para o mapa, sentiu por um momento a vastidão, a distância.

— Cuidado: dragões! — falou, e voltou o olhar para Robertson. Disse então com mais calma: — É claro que estou com medo. Mas isso não é motivo para não ir.

— Para mim, parece um bom motivo! — disse Robertson.

— Se eu ficar aqui — disse Glover —, minha vida já está traçada. Talvez em alguns anos, se me esforçar bastante no trabalho, assumirei o posto de George, comandarei o escritório e terminarei seco e empoeirado como ele. Deus do céu, quero mais que isso, homem!

Robertson concordou, mas havia algo em seus olhos, algo não dito.

— E quanto à Annie? — perguntou finalmente, e Glover sentiu um nó na garganta.

Annie.

Sua mãe precisou se sentar quando lhe falou da carta.

Puxou o lenço que trazia no punho da blusa, passou-o pelo rosto, espalhando o cheiro familiar de lavanda.

— Japão? — perguntou, olhando fixamente para Glover, incapaz de compreender; a palavra soava estranha em sua boca, como se trouxesse um sabor desagradável.

Martha apoiou a mão em seu braço, não disse nada.

— É um pouco longe, não é mesmo? — disse o pai, então tomou a carta, abriu o papel num estalo e a fitou atentamente, com o braço estirado, buscando encontrar o foco. Após estudá-la inteira, e depois uma outra vez, pigarreou, preparou-se e entoou com gravidade presbiteriana: — Jardine Mathieson.

Deu aos nomes um certo peso, a deferência devida, como se fossem livros do Velho Testamento.

— Deve ser a maior empresa do mundo — disse Glover.

Seu pai concordou.

— Vão lhe pagar um bom salário.

Era isso o que importava. O dinheiro seguro trazido pelo trabalho. Perspectivas. Progresso. Um emprego para toda a vida. Seu pai havia chegado até onde fora possível, galgara o caminho até sua posição atual — tenente responsável pela Estação da Guarda Costeira.

— Com um começo destes — disse Glover —, não há limites.

— Conheça o mundo — disse seu pai, olhando distraidamente pela janela o mar lá fora.

— Farei fortuna.

— Volte como um homem de posses. Estabeleça-se.

— Mas, e se ele não voltar? — perguntou a mãe, imóvel e austera. — E se nunca mais o virmos?

Houve um instante de silêncio, uma pulsação, o ruído pesado do relógio da sala, *memento mori*, a passagem do tempo.

— Ora! — disse Glover, rompendo a tensão. — Vocês não vão se livrar de mim tão fácil!

— Não estou brincando, Tom! — disse a mãe. — Lá fora são uns selvagens. Não são civilizados. Não são cristãos.

— O Senhor cuida dos Seus — disse o pai, e deixou outro momento de silêncio. — Talvez o melhor a fazer seja pedir a Ele Sua orientação.

Devolveu a carta a Glover. A discussão havia terminado, por agora. Glover assentiu, disse apenas:

— Está bem.

Do lado de fora, no jardim escuro, respirou profundamente o ar da noite, tentou clarear as idéias. Aquele lugar era seu lar, era tudo o que conhecia. A sólida casa de pedra estava ligada ao trabalho de seu pai. Era tudo dolorosamente familiar, mas, agora, subitamente estranho. O jardim tinha um declive, com vista para a foz do Don, onde o rio encontrava o mar do Norte. As ondas batiam, entrando pelo rio, e rolavam de volta, intermináveis. A lua cheia flutuava no céu ainda à meia-luz, nunca inteiramente escuro. Sobre o ressoar rítmico do mar surgiu o grito de um ostraceiro, nítido e claro, perfurando Glover profundamente. Ouviu passos no cascalho atrás de si e viu sua irmã Martha, parada, tentando assimilar a situação. Ficaram ali por algum tempo, fitando o mar.

— Se você for — disse, por fim —, será daqui a quanto tempo?

— Não tenho certeza — disse Glover. — Algumas semanas. Quem sabe um mês.

— Está horrivelmente próximo — disse ela.

— Eu sei. — Olhou de volta para a casa. O lampião estava aceso no andar de cima, no quarto de seus pais.

— O papai foi engraçado — disse ele, e imitou a voz áspera do pai, seus modos concisos trazidos do Nordeste, desconsiderando a situação. — É um pouco longe, não é mesmo?

Ela riu, mas um riso fraco, sem muito ânimo. Glover notou uma inquietude em sua voz. Martha não tinha nenhuma vontade de rir.

Olhou para a janela acima, o lampião fraco e amarelado envolto pela escuridão.

— Talvez estejam falando disto.

— Ou em silêncio.

— Rezando por minha alma, provavelmente.

— Querem o seu bem — disse Martha. — Querem o que é melhor para você. Sempre soubemos que não conseguiríamos mantê-lo aqui... mantê-lo *aqui.* — Afastou o olhar da casa, para o norte, ao longo da costa acidentada, a paisagem ríspida. — Mas ir a um lugar tão distante, tão incrivelmente distante... É difícil. Por Deus, Tom, vão sentir sua falta. Todos vamos. Mais do que você imagina.

Glover não tinha como responder àquilo. Trazia emoções muito profundas. Palavras de conforto seriam vazias. Uma piada fácil seria um desastre. Não havia resposta possível.

Sem palavras. Os gritos das aves. As ondas implacáveis.

Martha se virou, apertou o xale em volta do corpo.

A lua havia desaparecido atrás de uma nuvem espessa, deixando a noite um pouco mais negra, mais fria. Martha tremia, respirava com força. Glover a ouviu soluçar, tentando disfarçar, viu-a limpar o rosto com a mão.

— Entrou algo em meu olho — disse Martha.

Glover apanhou um lenço que trazia no bolso, entregou-o à irmã.

— Está limpo, tome.

Martha engasgou, riu por entre as lágrimas.

— Espero que sim!

Glover esperou, deixou-a respirar. Com a voz mais calma, ela lhe perguntou:

— Já contou à Annie? — E Glover sentiu novamente o mesmo nó na garganta, comprimindo-o.

— Ainda não — disse. — Vou contar.

— Quando?

— Quando tomar uma decisão.

— Mas já não está decidido?

Em sua voz, pelo modo como perguntou, Glover notou uma meia-esperança de que talvez não partisse, mesmo a esta altura.

— Quase — disse ele. — Mas sempre existe a dúvida, a incerteza.

— Entendo — disse Martha, novamente calma, resignada. Então, olhou-o de frente, os olhos escuros bem abertos. — A menina gosta de você.

Por um momento, Glover pensou que Martha fosse chorar novamente, mas ela se conteve.

— Seja carinhoso, Tom. Só isso. — Devolveu-lhe o lenço, segurou por um momento a mão de Glover entre as suas. — Vou entrar agora. Nos vemos pela manhã.

Glover a viu partir, apertou o lenço entre os dedos, ainda úmido. Agora era ele quem teria de lidar com a onda de emoções. Bem longe, no mar, a luz de um navio tremulava. As nuvens foram novamente circundadas por um brilho prateado e a lua deslizou por debaixo delas, brilhando pura, límpida e fria.

Ao regressar à casa, viu que Martha lhe deixara o lampião a gás aceso, com a luz mais fraca. Na sala ainda se sentia o cheiro forte do último cachimbo de seu pai, o tabaco negro e espesso que gostava de fumar. A Bíblia da família havia sido deixada ali, bem à vista, na mesa limpa de carvalho que ocupava o centro da sala. Glover sorriu. Era bem o jeito do velho. Pedir a orientação do Senhor.

O livro estava velho e gasto, a capa com as pontas empenadas, as folhas mofadas pela umidade. As bordas das páginas eram douradas e começavam a clarear após anos de manuseio. Quando criança, Glover ficava admirado com aquilo. Segurando uma única página entre o indicador e o polegar, era difícil enxergar qualquer brilho. Porém, virando as páginas, soltando-as em cascata, reluziam, cintilantes. Fechado, o livro era um bloco sólido, revestido em ouro.

Tinha-o agora à sua frente, e disse calmamente:

— Senhor, guie minha mão. — Fechou os olhos e abriu o livro, ou deixou que se abrisse em qualquer página. E leu. Deuteronômio, capítulo 26.

Quando tiveres entrado na terra que o Senhor, teu Deus, te dá em herança, e ali te tiveres estabelecido...

Minha nossa, ele conhecia essa passagem. Leu um pouco mais adiante.

Conduziu-nos a esta região e deu-nos esta terra que mana leite e mel.

Apesar de seu feitio, Glover se sentiu abalado, tomou as palavras como um sinal.

— Uma terra de leite e mel? — perguntou Robertson na manhã seguinte, olhando-o de sua mesa.

— Bem — disse Glover, caminhando pela sala, inquieto com tudo aquilo —, seda e chá!

Sobre uma estante, no canto da sala, havia um globo terrestre. Girou-o em seu eixo, encontrou o Japão.

— Tenho uma fortuna a fazer, um mundo que se abre.

Robertson balançou a cabeça.

— Você às vezes me preocupa, Tom. Procurando sinais e milagres.

— Você não acha que por vezes somos guiados, conduzidos aos lugares aonde devemos ir?

— Talvez — disse Robertson. — Mas, da mesma forma, podemos ser desencaminhados, iludidos.

— E por medo disso devemos ficar parados? Por favor, Andrew, às vezes *você* me preocupa! Por acaso quer ficar sentado aqui, limpando essa cadeira com a bunda quando tiver trinta anos? Ou quarenta?

— Há trabalhos piores. — A voz de Robertson era truncada, o lábio superior estava contraído.

— Eu só acho que, às vezes, temos que nos arriscar, agarrar a vida pelo pescoço e dizer: "Escute aqui!" — Glover girou rápido o globo, borrando continentes e oceanos. Robertson abriu um sorriso lânguido, muito distante.

Estava chovendo; um chuvisco fino, uma garoa. Como a bruma, deixava toda a paisagem acinzentada. Molhava os paralelepípedos, dava às ruas um lustro monótono. Abafava os ruídos, o sacolejo das carroças, as batidas dos cascos, uma voz mais alta, o guincho de uma gaivota. Glover caminhava para casa após seu dia de trabalho, sem chapéu, a gola do casaco levantada, a cabeça vazia, ou tão cheia que o embotava.

O verão, se é que se podia chamar assim, chegava ao fim. A qualquer momento seu pai, ou alguma velhota na igreja, ou um dos funcionários mais antigos do trabalho, anunciaria austero que os dias estavam ficando mais curtos, e, ao dizê-lo, sentiria certa satisfação mesquinha.

Caminhou pelo cais e pelo armazém portuário, parou por um instante para observar os estivadores que descarregavam um navio na chuva, transportando caixotes pesados, empilhando-os no atracadouro. O chefe, um homem atarracado de cujos ombros emanava vapor, gritou com Glover, disse que ele deveria mexer aquele traseiro, tirar o casaco e descer para trabalhar de verdade em vez de ficar olhando com aquela maldita cara de idiota. Um ou dois dos trabalhadores gargalharam, um riso forte e desagradável.

Glover não disse nada, foi-se embora. Subiu pelas vielas e travessas, pelas ruas laterais nas quais começavam a abrir os *pubs* e as bodegas, por onde as prostitutas, como a que encontrara, caminhariam após o entardecer, fazendo seu plantão noturno nas portas e becos escuros.

Manteve a cabeça baixa, caminhou para Old Aberdeen, passando pela universidade até Bridge of Don. Os sinos da catedral marcaram a hora, seis em ponto, e, sem motivo nenhum, Glover se sentiu tomado de melancolia. Olhou de volta para a cidade. Acabava de atravessar a distância que representava, para ele, o mundo conhecido. A chuva caiu com mais força. No frio cemitério da igreja, uma cova aberta o aguardava; uma lápide de granito tinha seu nome entalhado.

Tomou a decisão, de uma vez por todas; livrou-se das incertezas e encerrou o assunto. Partiria; navegaria para o Oriente, conquistaria seu lugar no mundo. E essa decisão, o ato de tomá-la, o libertou. Adentrava a própria vida.

Seu pai concordou, disse apenas:

— Está bem. — Então encheu o cachimbo, acrescentou: — O que é seu está guardado.

Sua mãe respirou num sobressalto. Abriu os olhos num pânico momentâneo, mas então mostrou uma aceitação desesperançada. O que tivesse que ser, seria.

Martha o fitou com uma tristeza calma e resignada, seus olhos eram poças profundas e escuras — Glover não se esqueceria deles.

O olhar de Robertson tremulou entre uma espécie de inveja e uma alegria aliviada; dissimulada, sua boca esboçou um sorriso nervoso. Chamou-o de doido e lhe desejou boa sorte, disse que precisaria.

George o encarou por cima dos óculos, apertou-lhe a mão com força entre seus dedos delgados, disse estar certo de que Glover chegaria longe, seria de grande valor para a empresa. Então, olhou pela janela, comentou que os dias logo começariam a encurtar.

Annie esperava por ele em seu ponto de encontro, Brig o' Balgownie, onde haviam se encontrado naquela noite, quando viram a garça e caminharam de braços dados pelo rio até um lugar sossegado que Glover conhecia. Aquilo realmente acontecera umas poucas semanas atrás? Alguns meses? Não havia passado tempo nenhum. Ainda assim... ele não podia acreditar que se sentisse tão desconcertado, tão cru.

Annie já sabia, disse-lhe, seu pai lhe falara, e ela se perguntava quando seria homem o suficiente para lhe contar pessoalmente.

Ele havia acabado de decidir, respondeu, naquele mesmo dia, e não quisera preocupá-la até ter certeza.

Era muita consideração de sua parte, respondeu Annie. Era bom saber que ele se preocupava tanto com os sentimentos dos demais.

Disse isso e se virou, ficou de costas para ele, e Glover notou que Annie sacudia os ombros, tentando conter os soluços.

— Por favor — disse Glover. — Annie.

Foi até ela, abraçou-a, beijou seu pescoço, seu cabelo, sua boca, e Annie o beijou de volta com um desejo impetuoso que o fez querer morrer naquela boca macia. Caminharam para o lugar mais sossegado, a grama alta acima das dunas, e se deitaram ali, ofegantes. Ele levantou a saia de Annie, que desabotoou sua calça. Glover fez força, desajeitado, e, num impulso, um relaxamento súbito, estava dentro dela. Annie arfou e Glover se lançou com força até se sentir enlevado; então saiu e jorrou, exausto.

Glover já fizera isso antes, no mesmo lugar, com uma menina do cais, com outra de Fittie; havia sido rápido e brusco e movido pela bebida; fornicação, uma brincadeira, um pouco de riso. Mas agora era Annie, alguém que conhecia, de quem gostava. Era diferente.

Ficaram ali deitados um bom tempo, abraçados, abalados pelo que ocorrera. Havia sido a primeira vez de Annie, ele sabia disso. Passou a mão por seu cabelo, tentou falar, mas não encontrou palavras. Sobre eles, o céu começava a escurecer. Um quero-quero piou no vazio, nítido e agudo.

— Ai, menina — disse Glover. — Me desculpe.

— Eu deixei — disse Annie. — Eu queria. Você está indo embora. Nós talvez nunca...

Era como se dissesse aquilo para si mesma, racional, coerente, como se enumerasse uma lista de motivos. Mas quando se sentou e ajeitou as roupas, começou a chorar novamente, e Glover se sentiu inútil. Tateou o bolso em busca de um lenço, entregou-o a Annie como havia feito com Martha; o mesmo gesto, porém mais carregado, uma intensidade muito maior. Annie o tomou de sua mão, limpou os olhos. Então levantou o vestido, limpou-se entre as pernas. Glover achou que não deveria ver aquilo, mas não conseguia desviar o olhar.

Annie o fitou nos olhos, ergueu-lhe o lenço, manchado com o sêmen dele, o sangue dela.

— Você o quer de volta ou devo guardá-lo para me lembrar de você? — perguntou.

Largou o lenço na areia, entre os dois, virou-se e abriu caminho pela grama alta. Glover a alcançou e caminharam em silêncio até a esquina da rua de Annie, onde os lampiões a gás acabavam de ser acesos. Annie disse que seguiria sozinha até sua casa.

Os preparativos estavam feitos. Navegaria até Southampton, então rumaria pela Cidade do Cabo até Calcutá e Hong Kong, passaria algum tempo em Xangai e depois cruzaria até Nagasaki. Os próprios nomes já eram encantadores, mágicos, enchendo-o de entusiasmo e reverência. Southampton, Cidade do Cabo, Calcutá. A firma pagaria sua passagem — viajaria em escuna, vapor e clíper. A jornada levaria meses, poucas pessoas chegavam a lugares tão distantes na vida. Hong Kong, Xangai, Nagasaki.

Na igreja, no domingo anterior à sua partida, o pastor fez uma prece especial por sua segurança, rogou ao Todo-Poderoso que o protegesse de perigos em sua viagem longa e arriscada, pediu à congregação que ficasse de pé e cantasse *Sua âncora me firmará nas tempestades da vida?*. O pai de Glover limpou a garganta, adentrou o cântico. Sua mãe assoou o nariz, secou os olhos. Martha cantou forte, a voz nítida, apenas com um ligeiro tremor nas notas agudas. Glover olhou em volta, confirmou o que suspeitara: Annie não estava lá. O lugar ao lado de seu pai estava vazio. O velho George olhava fixamente para a frente, murmurava o refrão e os versos.

Do lado de fora, viram-se lado a lado, no caminho que cruzava o cemitério. Glover respirou fundo, fingiu calma, perguntou por Annie. George disse que ela estava bem, só havia apanhado um resfriado, estaria recuperada em poucos dias.

Então parou e encarou Glover.

— Sei que vocês dois estiveram passeando juntos. Para ser franco, preferiria que você me contasse e pedisse minha permissão.

Glover não disse nada, não conseguia evitar a lembrança; Annie deitada de costas nas dunas, ele se mexendo sobre ela, dentro dela.

— Enfim, que assim seja — continuou George —, não foi feito mal algum, e esta separação talvez seja o melhor a fazer. Não acredito que você tenha planos de se casar e se estabelecer.

— Não, senhor, ainda não.

— E ela é muito nova. Então isto estará terminado antes mesmo de começar.

Annie se sacudia sob seu corpo, ofegante.

— Está certo.

— Naturalmente — disse George —, quando você voltar do Oriente dentro de um ano ou dois, o caso pode ser outro.

Annie gritando. Seu sêmen derramado na areia.

— Sim, senhor. Vou me lembrar disso.

O pio de um quero-quero. O norte, cinza. A tumba vazia, aguardando por ele.

Foi uma última vez a Brig o' Balgownie, ficou ali observando o fluxo do rio. Virou-se para regressar e lá estava Annie, olhando para ele.

— Achei que você poderia estar aqui — disse ela. — Não, eu sabia que você estaria aqui. Pressenti. Não me pergunte como, eu simplesmente sabia.

— E aqui estava eu — disse Glover —, dando uma chance ao acaso.

— Acaso? — perguntou Annie, como se erguesse a palavra até a luz, examinando-a. — Não passa disso? Não passou disso?

— Eu queria ver você — disse Glover. — Antes de partir.

— Bem, aqui estou.

— Queria lhe dizer adeus.

— Parece terrivelmente definitivo.

— Tenho que fazê-lo, Annie. Não posso deixar de ir.

Passou a mão pelo rosto de Annie, acariciou sua pele. Beijou sua testa, seus lábios doces, não um beijo violento como antes, mas suave e triste.

— Tenho que fazê-lo.

— Então vá — disse Annie.

Beijaram-se mais uma vez, então Annie o empurrou. Glover seguiu pela ponte, olhou para trás e ela ainda estava lá, fitando-o. Glover acenou, mas Annie não acenou de volta. Caminhou mais um pouco e olhou novamente, mas ela já havia partido.

Annie não foi ao cais para se despedir; nem George, nem Robertson, nem os outros do escritório. Foi durante a semana, um dia de trabalho, e ninguém tinha tempo para aquilo. Sua mãe não suportou a partida, despediu-se e ficou em casa. Seu pai e Martha o acompanharam, ansiosos e calados até o último instante, quando seu pai lhe deu a mão, apertou-a com força, e Martha lançou os braços a seu redor, abraçou-o como fazia quando eram crianças.

Então Glover se postou no convés, a prancha foi puxada, as amarras desfeitas, as velas içadas, o navio se afastou do porto. Seu pai acenou com o chapéu, saudando-o. Martha agitou um lenço branco. Glover observou como se afastavam rápido, tão rápido, ficaram distantes, impossíveis de discernir à distância. E o próprio porto, a costa, a cidade inteira, todo o seu mundo diminuíam e desvaneciam. Glover olhou para o rastro do navio, viu duas formas escuras que assomavam à superfície, golfinhos que irrompiam da água, e sentiu que seu coração alçava vôo, uma enorme expansão, um infinito sentido de possibilidades, e as criaturas lustrosas saltavam entre as ondas, seguindo o navio até o mar aberto.

3
GURABA-SAN

Nagasaki, 1859

CONCENTROU-SE NOS PÉS, avançou com cuidado, descendo pela prancha instável. O chão se firmou sob sua pisada. Deu um passo hesitante, outro. Respirou fundo, sorveu os cheiros e perfumes. Havia fragrâncias que não conhecia, profundas e doces, um fumo picante, algo fermentado, algo amargo e denso, acre, e por trás de tudo isso o ranço de peixe que o fez se lembrar de casa, trouxe-lhe um sorriso. Sentiu uma certa vertigem. O ar era cálido; as cores, vivas. A colina em frente era uma faixa de vermelho intenso, como uma pintura. Tudo parecia um sonho, irreal.

Por toda parte desembarcavam-se caixas e carregamentos, malotes exóticos, fardos de seda, uma ave de cores vibrantes numa gaiola. Os estivadores eram baixos e atarracados, os corpos nus cobertos apenas por tangas, moviam-se com agilidade e eficiência. Encontrou a sua bagagem, um baú velho e desgastado, riu com isso também.

Estava ali, familiar em sua solidez, mas incongruente, transposto a esse lugar estranho e distante.

Captou um leve movimento com o canto do olho, algo branco e pequenino. Focou, viu com mais clareza, uma borboleta pairando e mergulhando no ar. Mas não batia as asas; era feita de papel, e o que a mantinha dançando ali era o vento de um leque, também de papel. E o leque pertencia a uma garotinha de movimentos suaves, ligeiros — Glover jamais vira leveza como aquela. Fitou a garota, encantado. Ela levantou os olhos, e o choque de vê-lo ali, alto e próximo, fez com que parasse, segurou o leque próximo ao rosto e lhe dirigiu o olhar. A borboleta caiu.

Glover se curvou e a recolheu do chão, segurou-a entre o indicador e o polegar, maravilhado com seu detalhamento simples, um papel quase translúcido.

Uma voz ressoou atrás dele, forte e masculina, de acento escocês.

— Senhor Glover?

Glover se voltou, viu um homem de meia-idade que avançava em sua direção a passos largos.

— Sim, sou eu.

— Tive a impressão de que você era o único por aqui que poderia ter vindo de Aberdeen!

O homem lhe estendeu a mão, mas Glover, ainda segurando a borboleta, sentiu-se subitamente embaraçado. Virou-se novamente para devolvê-la à garota, mas ela já não estava ali, perdera-se na multidão. Manteve a borboleta na mão esquerda, estendeu a direita.

— Ken Mackenzie, da Jardine Mathieson.

Seu aperto de mão era firme, ao estilo maçônico, pressionando com o polegar.

— Muito prazer em conhecê-lo — disse Glover.

O homem tinha feições duras, rígidas, os lábios contraídos lhe conferiam seriedade, a face envelhecida. Os olhos eram aguçados, nada lhes escapava, mas deixavam entrever um senso de humor seco. Ele notou a desconfiança de Glover pelo aperto de mão, pousou o olhar sobre a borboleta. Glover cerrou o punho, envolvendo-a, guardou-a no bolso do casaco.

— Bem — disse Mackenzie, lacônico.

Um oficial austero se aproximou, acompanhado de dois guardas armados. Apontou para Glover, falou-lhe rapidamente em japonês, a voz áspera, mas com certa musicalidade.

— Desculpe — disse Glover —, eu não...

— Ele poderia lhe falar em holandês — interveio Mackenzie. — Mas duvido que isso facilitasse as coisas!

Mackenzie se dirigiu então ao homem, em japonês, de maneira sucinta, firme. Pareceram discutir, debater. Mantendo um certo distanciamento, Glover os observou — o movimento das vozes, o ruído ao fundo, nada daquilo o afetava. Não entendeu nada do que diziam, mas uma palavra foi repetida muitas vezes. *Dejima*. Chegaram por fim a uma espécie de acordo. O oficial se curvou ante Mackenzie, rígido, emitiu um breve grunhido. Mackenzie se curvou de volta, porém mais suavemente. O homem se curvou então para Glover, uma mera inclinação de cabeça. Glover acenou, disse:

— Tudo bem.

— Bem-vindo a Nagasaki! — disse Mackenzie, passando pelos guardas, que lhes abriram o caminho.

Glover se abaixou para apanhar o baú, mas Mackenzie disse que providenciaria seu transporte até Dejima.

— Onde fica isso?

— Infelizmente é lá que terá que ficar, por enquanto — disse Mackenzie. — Mas não se preocupe, não é ruim para uma prisão.

— Prisão?

— É só um modo de dizer. E não deve ser por muito tempo.

Abriu caminho pela multidão e Glover o seguiu.

A área próxima ao cais era um mercado, repleto de barracas improvisadas feitas de esteiras de palha e varas de bambu. Peixes vivos saltavam em piscinas de madeira. Criaturas desconhecidas se contorciam, agitavam tentáculos. Pequenas tartarugas pareciam flutuar em pleno ar, mas estavam suspensas uma a uma por barbantes, girando ali, as patas balançando. Um artista esboçava desenhos com um pincel, num balcão eram vendidas esculturas e peças de laca, e nos espaços abertos se apresentavam malabaristas e acrobatas. Um homem idoso, seu rosto uma máscara inexpressiva, equilibrava um prato, pela borda, na ponta de uma espada. A garota da borboleta estaria perdida em algum lugar entre o mercado e o porto. Glover achou que poderia vê-la novamente, olhou em volta, mas não a achou em parte alguma. Mackenzie virou o rosto para vê-lo, assegurar-se de que o acompanhava. Por todo o cais eles atraíam curiosidade e surpresa.

— Os bárbaros ainda são uma certa novidade — disse Mackenzie. — Especialmente bárbaros altos e loiros como você.

Alguns trabalhadores pararam o que estavam fazendo e os fitaram, os rostos imóveis. Glover os cumprimentou com a cabeça, mas não responderam, mantiveram o olhar fixo. Jovens moças que passavam sussurraram entre si e riram, escondendo o riso com as mãos. Glover sorriu de volta e se curvou educadamente, o que as fez rir ainda mais. Um bando de crianças os acompanhava, gritando, fazendo círculos com os dedos à frente dos olhos. Glover parou de repente, virou-se, fazendo-se de feroz, e rugiu. Elas gritaram e correram, tombando umas sobre as outras para escapar e se esconder. Glover riu e elas ensaiaram ressurgir, começaram a segui-lo outra vez.

Glover brincou novamente, voltou-se e urrou, mais uma vez elas debandaram. Desta vez se reagruparam mais audazes, deslizando atrás dele.

Glover se virou uma terceira vez, mas agora as crianças pareceram realmente, sinceramente aterrorizadas, antes mesmo que ele emitisse qualquer som. Esconderam-se atrás de barris ou montes de tecido. Algumas se jogaram ao chão, apoiando a testa na terra. Glover ficou confuso. Então, notou que alguns dos adultos se comportavam do mesmo modo, retrocedendo e se curvando profundamente, ajoelhando-se, abaixando-se com reverência e medo sinceros. Glover não entendeu, então percebeu que um ou dois dos adultos olhavam para alguma outra coisa, atrás de si.

Olhou por sobre o ombro e viu uma figura sombria que se movia em sua direção, saindo ao sol. Cobriu os olhos para ver com mais clareza. O homem era baixo, mas de compleição robusta, caminhava num passo lento e arrogante, um orgulho exagerado em sua postura. Usava um manto cinza, uma faixa em torno da cintura, e presas à faixa trazia duas espadas, uma longa, a outra, curta. Tinha o cabelo preso no topo da cabeça. Sua expressão era realmente enfurecida, e essa fúria era dirigida a Glover. Não era apenas um conjunto de feições estranhas. Era um olhar de puro ódio.

O homem continuou andando diretamente em sua direção, bramiu algo que parecia um comando, a voz áspera e gutural. Glover estancou. Então, sentiu uma mão forte que o segurou pela gola e o arrastou, tirando-o do caminho.

— Muito bem, garoto — disse Mackenzie, agarrando-o pela nuca. — Agora apenas faça o que eu fizer, sim?

Curvou-se para o homem, respeitoso, dobrando o corpo desde a cintura; empurrou a cabeça de Glover até que fizesse o mesmo.

O homem pareceu relutantemente aplacado, encarou Glover duramente por um bom tempo, grunhiu alguma coisa e seguiu em frente.

Mackenzie respirou aliviado.

— Não vá perder a cabeça, filho. Digo, literalmente. — Fez que cortava a garganta com o dedo. — Esse valentão atende pelo nome de Takashi. É o que chamam de *ronin*, um samurai dissidente. São a classe guerreira. Estão habituados a serem obedecidos, e não gostam da nossa presença aqui. — Começou a caminhar novamente. — Três coisas que você deve lembrar, e não terá problemas. — Contou-as nos dedos. — Não cruze o caminho dos samurais. Não se meta com política. E veja bem onde enfia o seu brinquedo!

Mais à frente, pararam sobre uma ponte de pedra que levava a uma pequena ilha no porto. Dois guardas japoneses, armados com lanças, barraram o caminho.

— Muito bem — disse Mackenzie. — Aqui estamos.

— Onde? — perguntou Glover, olhando para os guardas.

— Dejima — disse Mackenzie. — Sua casa pelos próximos dias. — Apontou para a fileira de construções de dois andares, atrás de um dique. — Os japas fizeram tudo isto, está vendo? São uns caras engenhosos. Foi construído para que pudessem conter os holandeses, ficar de olho neles.

Glover ainda olhava, subitamente exausto, desanimado. Ali chegara, o ponto final da sua jornada.

Mackenzie deve haver notado sua expressão.

— Não fique tão decepcionado, rapaz, eu também fiquei aí assim que cheguei. É agradável. E os guardas estão aí, acima de tudo, para protegê-lo.

— Proteger do quê?

— Ah, criminosos, saqueadores, *ronins* como o nosso amigo Takashi.

Dirigiu-se aos guardas, falou novamente em seu japonês breve. Os guardas se curvaram, protocolares, deixaram-nos cruzar, os dois passaram pelo portão de ferro, ganhando a ilha. Uma rua principal empoeirada atravessava toda a extensão do lugar, cem metros. Viam-se marcas de rodas no caminho. De um lado estavam os edifícios de dois andares que vira da costa, de estilo europeu, feitos de madeira, as janelas com persianas verdes, a pintura esmaecida pelo tempo. Do outro, havia armazéns, uma loja. Mackenzie mostrou a Glover seu aposento, um dos poucos quartos no segundo piso. Uma janela pequena olhava para a ponte que acabavam de cruzar, de volta ao continente.

Mackenzie disse que já partiria, que Glover precisava descansar. Voltaria para chamá-lo pela manhã, iriam ao local de trabalho e lhe mostraria todo o esquema.

— Estarei pronto — respondeu Glover.

— Há uma taberna do outro lado — disse Mackenzie. — Um boteco sublime, vende uma boa cerveja holandesa. Também servem comida, por assim dizer. Amanhã vamos providenciar um adiantamento do seu salário. Por enquanto, apenas assine o que consumir.

— Obrigado.

Mackenzie parou na porta.

— Ah, e também pode se entreter um pouco com as *madames* do vilarejo. Portanto se cuide, abra o olho e lembre-se do que eu lhe disse há pouco.

— Pode deixar, senhor. Vou lembrar.

Escutou os passos pesados de Mackenzie descendo a escada de madeira.

E foi novamente invadido pela mesma sensação. Estava só, naquele quarto opaco e apertado que cheirava a mofo, tabaco e umidade. Assimilou tudo aquilo: a cama de solteiro contra a parede; sobre ela, a pintura emoldurada de um navio mercante, pendurada de forma enviesada; uma pequena mesa e uma cadeira de cozinha; apoiados sobre a mesa, uma bacia de cerâmica, um jarro cheio d'água.

Empurrou as venezianas, abrindo-as, e olhou pela janela, viu Mackenzie cruzar a rua, cumprimentar os guardas, desaparecer na multidão sem olhar para trás. Glover estava agora tomado pelo cansaço, tirou as botas, chutou-as para um canto e se deitou na cama. O estrado gemeu, o colchão era duro, estofado com palha. Descansou por alguns minutos.

Foi acordado, arrancado do sono, por uma batida súbita. Ficou de pé numa espécie de urgência confusa. Aos poucos focalizou o quarto, desconhecido, como num sonho. Então se lembrou. A viagem. Estava ali. O fim do mundo.

Outra vez a batida na porta, e sem saber muito bem por quê, colocou-se a postos, pronto para um confronto.

Mas era apenas um jovem japonês, um carregador entregando sua bagagem.

O homem se curvou.

— *Guraba-san?*

— Desculpe — disse Glover —, não entendo. Mas essa é a minha bagagem, se é o que está perguntando. — Assentiu e sorriu, apontou para o velho baú.

— *Hai* — disse o homem, curvando-se, e arrastou a caixa para dentro do quarto. Curvou-se novamente.

Glover apalpou os bolsos da calça, puxou-os do avesso para mostrar que estavam vazios. Encolheu os ombros, abaixou os cantos da boca num gesto teatral, uma expressão de lamento. O jovem riu, acenou com a mão, curvou-se uma última vez e partiu, leve e descalço, pela escada.

Glover se deitou novamente. Só mais uns poucos minutos. Caiu num sono pesado e profundo, e, ao abrir os olhos, semidesperto, o quarto já estava escuro. Manteve-se suspenso numa espécie de limbo, tentando emergir, vir à tona, e num esforço descomunal obrigou-se a acordar, sentou-se na cama. Tivera sonhos vívidos mas incoerentes, que já começavam a desvanecer. Relembrou alguns fragmentos, a sensação de se encontrar numa enorme casa vazia, vagando de quarto em quarto, algo branco e pequeno oscilando à sua frente, pouco além de seu alcance, e atrás de cada porta uma vaga ameaça desconhecida.

Despejou água fria na bacia, molhou o rosto com as mãos. Pela manhã se lavaria melhor, faria a barba, vestiria roupas limpas. Por agora só queria estar suficientemente desperto, limpar os olhos. Esticou as pernas e foi para a rua, queria ver o que a sua prisão tinha a oferecer.

O ar da noite estava agradável, os aromas e cheiros formavam uma mistura intensa entre o familiar e o exótico, o sabor do mar era o mesmo, constante. Cruzando a rua, viu o edifício que Mackenzie mencionara, uma luz pálida brilhava nas janelas, ouvia-se o ruído confuso e abafado das vozes masculinas que vinham do bar. Abriu a porta, entrou. O lugar era simples e básico, um balcão de madeira escura ao longo da parede dos fundos, umas poucas mesas espalhadas pelo recinto, um velho piano de armário num canto. As conversas cederam momentaneamente à sua entrada.

Uns poucos homens se viraram para olhar em sua direção, mas não houve nenhum reconhecimento, nenhuma palavra ou cumprimento. Todos retomaram suas conversas. No balcão, pediu uma cerveja ao atendente mal-humorado, supôs que fosse holandês. O homem pegou uma garrafa na estante atrás de si, colocou-a sobre o balcão, ao lado pôs um copo baixo que limpara no avental.

— Nota? — perguntou o homem.

— Como disse? — perguntou Glover.

— Trabalha na Jardine?

— Isso mesmo.

O homem lhe estendeu um pedaço de papel, deu-lhe uma caneta, um tinteiro.

— Assine.

— Tudo bem — disse Glover, e assinou o nome completo, com um floreio. *Thomas Blake Glover*. Sentou-se próximo à parede, levantou o copo para os dois homens da mesa ao lado.

— À sua, senhores!

— Um recém-chegado! — disse o mais próximo, de cabelo escuro e rosto fino, um sotaque inglês inconfundível.

— Outro inglês? — perguntou o segundo, um homem pálido, um pouco calvo, de bigode ralo. Tinha um sotaque europeu, provavelmente francês.

— Escocês — disse Glover.

— Ah, certo — disse o inglês. — Quase tão bom quanto, hem?

— Prazer, Tom Glover.

— Charles Richardson.

— Montblanc — disse o francês.

— À sua!

— À nossa!

— *À la vôtre!*

Talvez fosse o cansaço ou a estranheza do lugar, mas não se sentiu à vontade com aqueles homens. Mantinham um desprendimento entretido, como se o estivessem analisando, julgando-o com um ar condescendente, prontos a enxergar nele alguma fraqueza. O cansaço também o deixara particularmente suscetível à bebida, mesmo àquela cerveja insípida que estava tomando. Três garrafas e já estava ficando alterado. Os rostos dos companheiros começaram a assumir feições demoníacas. Precisava sair, voltar ao seu quarto e dormir. Levantou-se e a sala se inclinou, girou. Os rostos do ambiente se excitaram quando ouviu-se uma música, um leve refrão ritmado que vinha do piano desafinado no canto. Era tocada por uma enorme mulher japonesa; não, um homem vestido de mulher, um holandês corpulento numa veste de seda, uma peruca preta na cabeça, a face coberta de pó branco, os lábios ressaltados por um vermelho intenso.

O efeito era ridículo, grotesco, uma máscara de pantomima.

— Ah! — disse Richardson. — Diversão!

Montblanc se animara de repente, emitiu um riso agudo e saudou o pianista, que sorriu de volta; os dentes amarelos contrastavam com a maquiagem.

Glover se sentou outra vez, recompôs-se, deixou que o lugar se estabilizasse. O piano continuou a tinir, e da sala de trás surgiram três japonesas, sim, desta vez eram realmente mulheres, deslizaram à frente em passos minúsculos, arrastando os pés. Foram saudadas com um rápido aplauso, alguns gritos de aprovação irônicos e esparsos, e passaram à dança, abriram os leques que traziam, curvaram-se para a platéia, que ria alto e falava aos brados.

Glover imaginou que aquela dança seria uma paródia, vulgarizada pela música ambiente que acompanhava o número. Mas, ainda assim, o modo como as mulheres se moviam tinha algo de inerentemente gracioso, uma leveza que o tocou, apesar do estado em que se encontrava.

Uma das dançarinas veio em direção à mesa em que estavam, e Glover se viu cativado pelo modo como ela inclinou a cabeça, pelo olhar tímido e malicioso que lhe lançou por sobre o leque que sacudia em frente ao rosto. Quando a música parou, ela se curvou em frente à sua mesa, manteve os olhos fixos em Glover.

Richardson riu.

— Eu certamente não tenho nenhum interesse em viver como um nativo! Quanto a Montblanc, acho que suas preferências são outras. — Fez um grande gesto, um aceno de mão em direção a Glover. — Só falta você.

A moça ainda olhava para ele, ainda se abanava. Deu uma risadinha e disse:

— Eu vou você?

— Agora sim, temos uma proposta! — disse Richardson, batendo na mesa.

E o que mais poderia se tornar aquele dia? E poderia ter sido realmente só um dia? A sensação de estar num sonho se aprofundou, se intensificou. Glover ultrapassara a exaustão e chegara a um estado completamente diferente, um estranho desapego lúcido, mente e corpo separados enquanto observava a si mesmo e ao desenrolar dos eventos. Cambaleou para fora do bar, a garota o seguiu. A mudança súbita do ar lhe subiu à cabeça e a moça o tomou pelo braço, estabilizando-o. Glover sentiu o calor daquele corpo sob o manto de algodão, sentiu seu perfume, foi subitamente avivado. Indicou-lhe a porta de seu aposento, deixou que ela o guiasse pela escada até seu quarto, o quarto que ocupava há tão poucas horas.

Ela se sentava agora na beira da cama, a cama *dele*, deixou deslizar o manto, mostrando os ombros finos. Glover se lembrou de uma ruiva ruidosa e desagradável que rira dele numa viela próxima ao porto de Aberdeen. Esta jovem que tinha agora ao seu lado era muito diferente. Seu cabelo negro negro estava preso, expunha a delicada curva do pescoço. Algo na vulnerabilidade daquela imagem o encheu de uma espécie de ternura, e ele quis beijá-la ali mesmo. Pensou em Annie.

— *Atsuka* — disse a moça, com um breve movimento de cabeça.

— Como disse?

Ela repetiu.

— *Atsuka.* — Fingiu se abanar e secou a testa com a mão.

— Quente? — perguntou Glover, e afrouxou a gola, soltou um suspiro exagerado.

— *Hai!* — disse ela. — Sim. Quento!

Glover fez uma voz grave, profunda, grunhiu a palavra de volta à moça.

— *Atsuka!*

Ela soltou um riso agudo, que rapidamente se transformou num grito quando alguma coisa, uma pedra, entrou pela janela, estilhaçando o vidro.

Seu primeiro instinto, no tempo que demorou para compreender o que ocorrera, foi o de defender a jovem, protegê-la envolvendo seus ombros nus com o braço. Ela estava assustada, trêmula, e pendurou-se em Glover, que a acalmou com palavras, acariciou seu cabelo. Do lado de fora ouviram-se ruídos, gritos inflamados. Desvencilhou-se cuidadosamente da moça, que tomou novamente o roupão, enrolando-o em seu corpo. Glover ficou em pé, caminhou com cuidado até a janela e olhou para o exterior. Um grupo de japoneses se reunira no continente, do outro lado da ponte. No tremular das tochas e lanternas, Glover conseguiu distinguir alguns deles — bradavam, brandiam pedaços de pau, lançavam pedras em direção à ilha.

O que mais poderia se tornar esse dia? Vestiu as calças, o casaco, as botas, disse à jovem que não havia problema, que tudo ficaria bem, e se precipitou pela escada, saindo à rua. Alguns outros haviam se reunido na ponte, observando o tumulto do outro lado. Ainda havia dois guardas a postos, as lanças em riste. Mas estavam de costas para o continente, voltados para a ilha.

— Meu Deus! — disse Glover. — Estão nos mantendo encurralados em vez de dispersá-los!

Richardson mantinha a voz lânguida, despreocupada.

— Acho que estão tentando evitar um incidente. Se alguém realmente conseguisse cruzar até o outro lado, seria feito em pedaços.

— E nós, simplesmente ficamos aqui e apanhamos? — perguntou Glover.

— Esses japas encrenqueiros só estão criando caso, tentando nos provocar. Se realmente quisessem cruzar a ponte, seria necessário muito mais do que esses dois para contê-los.

Uma pedra caiu aos pés de Glover e ele a ergueu, lançou-a de volta para a multidão do outro lado da ponte. Os dois guardas deram um passo à frente, ameaçadores. Do outro lado, uma figura poderosa parecia pronta para liderar a multidão para dentro da ilha. No brilho de uma tocha, Glover o distinguiu claramente, era Takashi, o samurai que encontrara naquele mesmo dia; viu repentinamente suas feições nítidas, era o centro das atenções e mantinha a mesma expressão intensa, de puro ódio, raiva contida. Buscou o punho da espada com a mão direita, mas um outro homem, ao seu lado, conteve-o, pondo uma mão em seu braço. Trocaram palavras, o outro se curvou e Takashi deu meia-volta, atravessou a multidão, que se afastou para deixá-lo passar. O outro pareceu emitir um comando e o grupo se desfez, afastou-se. Os guardas assumiram uma postura mais relaxada, acenando aos estrangeiros da ilha para que se dispersassem.

Richardson acendeu um charuto, soprou a fumaça perfumada no ar noturno.

— E agora, o que será? — perguntou.

Isso mesmo. O que mais?

De volta ao quarto, a moça esperava por Glover, suaram e deslizaram juntos na cama estreita, e ele se perdeu dentro dela, mergulhou por fim na inconsciência.

Acordou sozinho, pensou que estava em Bridge of Don e que sua viagem fora um sonho. Mas não, estava ali, em Dejima. A moça partira na noite, e a luz da manhã invadia o quarto pela janela quebrada. Os fragmentos de vidro haviam sido varridos para um canto. Supôs que ela tivesse arrumado o quarto antes de sair. Esperava que ela não houvesse cortado aquelas mãos brancas e delicadas. Não tinha dinheiro para pagá-la, e assinar uma nota não serviria. Lembrou-se de ter dito: "Da próxima vez." E ela rira e dissera: "Eu vou você de novo!" Glover ainda sentia seu cheiro, seu gosto. Bem-vindo a Nagasaki.

Deus do céu! Teria que começar a trabalhar naquele mesmo dia, naquela manhã. Mackenzie logo viria buscá-lo.

Pôs-se de pé, vestiu as roupas. Ele mesmo se deu conta agora de que cheirava mal, rançoso pela viagem, por usar a mesma roupa suada semanas a fio. Abriu seu velho baú, apanhou uma toalha gasta de algodão, um pedaço rachado de sabão que trazia o cheiro de casa, esticou sobre a cama um conjunto de roupas, o único que trouxera além do que usava. O banheiro, no andar de baixo, tinha uma banheira de madeira que podia ser enchida com uma bomba de mão. Bombeou a manivela até enchê-la pela metade. A água era fria, mas não havia o que fazer. Despiu-se e entrou na banheira, ofegou ao se sentar de uma só vez, imergiu-se completamente, deixou que o choque o despertasse.

Ao voltar ao quarto, se barbeou, vendo-se num pequeno espelho apoiado na prateleira sob a janela. Olhou pelo vidro quebrado e viu Mackenzie, que cruzava a ponte vindo do continente. Limpou o que restava de espuma em seu rosto e correu pela escada para encontrá-lo.

— Animado — disse Mackenzie, cumprimentando-o. — E apresentável. É um bom começo. Agora, alguns números e informações, senhor Glover. A Jardine Mathieson gastou quase £300 para trazê-lo até aqui. Imagino que isso seja cerca de três vezes o salário anual do seu pai. Eles acreditam que o senhor tenha um grande futuro pela frente. Portanto, vamos provar que estavam certos, não é mesmo?

Glover concordou, entusiasmado.

— É claro, senhor.

— Sei que deve estar ansioso para começar a trabalhar imediatamente. — Novamente era possível notar em seus olhos um ligeiro humor, seco e irônico. — Mas vamos começar pelo começo. Um rapaz desse tamanho, deve estar precisando de um café-da-manhã.

Glover não quisera mencionar o fato, mas seu estômago estava roncando.

— Seria ótimo.

— Podemos conversar enquanto caminhamos — disse Mackenzie. — Fiquei sabendo que os ânimos estiveram um pouco exaltados por aqui ontem à noite.

— Achei que fosse sempre assim — disse Glover.

— Não, claro que não — disse Mackenzie. — Às vezes a coisa fica perigosa!

Cruzou a ponte em passos largos, deixou a ilha, Glover se esforçava por acompanhá-lo.

— Mas, falando sério — continuou Mackenzie —, a situação é volátil, e a violência pode sair do controle. Ainda na semana passada, naquela mesma rua... — indicou uma viela estreita à direita — ...dois marinheiros americanos foram esfaqueados e decapitados.

— Meu Deus!

— Com certeza estavam bêbados, barulhentos e agressivos, provavelmente desceram para a zona do meretrício, se meteram com um *ronin* que estava um pouco mais descontente que o normal.

— E isso é suficiente?

— Eles se ofendem com bastante facilidade!

Glover se lembrou do rosto à luz das tochas, do outro lado da ponte.

— Tenho certeza de que vi o nosso amigo Takashi ontem à noite, liderando a multidão.

— Não me surpreende — disse Mackenzie. Parou diante de uma porta, levantou uma cortina de tecido pendurada do topo, caracteres japoneses pintados em branco sobre um fundo azul-marinho. — Aqui — disse, inclinando-se e entrando.

Glover o seguiu, penetrando num ambiente à meia-luz tomado por um aroma denso e fumegante. Alguns japoneses, agachados no chão, sorviam a comida em tigelas. Pareciam comer com finas varetas de madeira, seguravam-nas entre o indicador e o polegar. Mackenzie trocou cumprimentos com o dono do restaurante, fez um pedido e se sentou num pequeno banco na única mesa do lugar, apoiada num canto. O dono se curvou, puxou outro banco para Glover.

— Temo que bacon e ovos estejam em falta — disse Mackenzie. — Também não conseguiremos aveia. Espero que não se incomode em comer peixe a esta hora do dia!

— Na verdade, gosto bastante de arenque defumado pela manhã.

— Os famosos arenques de Arbroath! — Mackenzie riu. — Não, o que servem aqui é um pouquinho diferente.

— Eu poderia comer um boi inteiro — disse Glover. — Com couro e tudo!

— Muito bem — disse Mackenzie. — Vamos ver como se sai com a cozinha local!

O dono do restaurante trouxe para cada um uma tigela, um par de palitos, uma concha feita de osso.

— *Arigato* — disse-lhe Mackenzie. E, virando-se para Glover, explicou: — Isso quer dizer "obrigado".

— *Arigato?* — disse Glover, e o homem riu e se curvou.

— Muito bem! — disse Mackenzie. Segurou então os palitos. — São chamados *hashi*.

— *Hashi*.

— Mas eu ainda não tentaria tomar a sopa com eles! — Mackenzie pegou a colher. — *Bon appetit*. Ou *itadakimasu*, como dizem aqui.

— *Itadakimasu* — repetiu Glover.

A tigela estava repleta de um caldo muito quente. Glover remexeu a comida, cutucou sob a superfície, viu alguns vegetais escorregadios que pareciam minúsculas enguias, do tamanho de um dedo, um pedaço do que parecia ser um tentáculo cortado, com ventosas.

— Tem o cheiro da costa de Torry na maré baixa.

— Se não me engano, chegou a mencionar um boi com couro e tudo — disse Mackenzie.

— Já comi até tripa — disse Glover. — E caldo de mocotó. — Respirou fundo, sorveu um bom bocado da sopa, engoliu o líquido, o que restou era espesso e escorregadio. O gosto era pungente, mas não desagradável. — É boa — disse, enchendo novamente a colher. Acenou para o dono do local, esfregou a barriga com a mão. O homem riu, Mackenzie também. Glover sentiu que havia passado por um teste, uma iniciação. Após terminarem, beberam um chá verde amargo, servido em xícaras foscas.

— Uma pequena aula de história — disse Mackenzie. — Os japoneses trabalharam durante séculos num incrível isolamento. Autodenominavam-se *sakoku*, o país fechado. Não tinham nenhuma intenção de abrir as portas para nós. Mas acabaram sendo convencidos.

— Pelos navios de guerra americanos.

— Mais precisamente, pelos barcos negros do comodoro Perry. Ancoraram na baía de Edo. A ameaça foi o suficiente. O xogum permitiu um comércio limitado com o Ocidente. Foi um primeiro passo. Veja bem, isso foi há cinco anos, mas só neste verão o tratado se tornou plenamente efetivo. Você vai descobrir por conta própria que as engrenagens giram devagar por aqui. O xogum e seu governo, o *bakufu*, se asseguram de que continue assim.

— O xogum é o líder?

— O imperador, o *mikado*, na prática está exilado em Kyoto. É uma marionete, nada mais. O xogum governa em seu lugar. Não ficou nem um pouco contente em assinar o tratado, mas o comodoro não lhe deixou escolha. Para aplacar os tradicionalistas e manter seu respeito, tudo o que o xogum pode fazer é dificultar ao máximo as coisas para nós. Por exemplo... — Mackenzie deu a Glover um pequeno pedaço de bambu com um símbolo japonês pintado em um dos lados. — Isto é o que usam como moeda por aqui. E, naturalmente, é bastante difícil conseguir uma dessas.

— Não se pode simplesmente comprá-las?

Ao fazer a pergunta, Glover já sabia que estava sendo ingênuo.

— Nem mesmo em troca de um dólar mexicano de prata pura. Como este.

Tirou do bolso uma moeda prateada brilhante, atirou-a girando no ar em direção a Glover, que a apanhou.

— Tente — disse Mackenzie, apontando para o dono do restaurante. — Veja se ele lhe vende alguma.

Outro teste. Glover segurou a moeda de bambu na mão esquerda, o dólar de prata na direita, tentou indicar que queria trocar uma quantidade de uma pela outra.

— Você vende?

Quando o homem se deu conta do que lhe estava perguntando, ficou imediatamente receoso, olhou ao redor, para a porta, abanou a mão em frente ao rosto de Glover, fez como se cortasse a própria garganta com o dedo.

— Ele não está exagerando — disse Mackenzie. — Pagaria com a própria vida.

— Então como conseguem fazer qualquer comércio?

— Somos muito cabeças-duras! E temos que descobrir quais funcionários do governo podem ser comprados.

Glover fez menção de devolver o dólar e a moeda de bambu, mas Mackenzie os recusou.

— Ficam como pagamento adiantado.

— Obrigado — disse Glover, e os guardou no bolso do casaco, sentiu ali a borboleta de papel. Ele a transferira do outro casaco, conservara-a para que trouxesse boa sorte. Sabia que era tolice, superstição. Mas ainda assim...

Do lado de fora, caminhou com Mackenzie em frente à orla.

— Este é o "Dique" — disse Mackenzie. — É a avenida principal. Todos estes armazéns pertencem a empresas ocidentais; britânicas, americanas, holandesas, francesas. Estão investindo pesado, e há o bastante para todos.

— Posso lhe fazer uma pergunta? — disse Glover.

— É claro.

— O senhor não disse que o tratado acabou de entrar em vigor?

— Isso mesmo. Alguns meses atrás.

— Mas vocês já vêm negociando aqui há mais de um ano.

Mackenzie sorriu.

— Sempre se pode dar um jeito, rapaz. Como disse antes, somos muito cabeças-duras. E estamos dispostos a correr riscos.

Parou à entrada de um edifício de dois andares, mais afastado do porto.

— Aqui estamos, o posto mais avançado do império da Jardine Mathieson!

O escritório, situado no andar térreo, era singelo, tinha poucos móveis: mesas e cadeiras simples, de madeira, prateleiras repletas de cadernos. A sala de Mackenzie era no andar de cima. Nos fundos do edifício ficava o armazém, onde se viam pilhas de caixas, sacas e engradados. Dois jovens japoneses, em mangas de camisa, verificavam um carregamento de seda. Interromperam o que estavam fazendo, curvaram-se profundamente para Mackenzie, um pouco menos para Glover.

— Senhor Shibata e senhor Nakajimo — disse Mackenzie. — Senhor Glover. Guraba-san.

Glover cumprimentou os dois jovens.

— Guraba-san? — perguntou a Mackenzie. — Foi o que o rapaz me disse ontem à noite, aquele que entregou minha bagagem.

— É o seu nome em japonês — disse Mackenzie. — Eles têm dificuldade em lidar com algumas das nossas consoantes. Vai acabar se acostumando.

— Guraba-san — disseram os dois homens, simultaneamente.

Estava quente no armazém, o lugar era fechado e abafado, o ar espesso com os aromas dos temperos e do chá. Glover abanou o rosto com a mão e disse:

— *Atsuka!*

Ficou orgulhoso por se lembrar da palavra, mas os dois jovens não se contiveram, soltaram uma gargalhada. Um deles disse alguma coisa a Mackenzie e riu novamente.

— Estão muito impressionados com a facilidade com que está aprendendo o idioma — disse Mackenzie, outra vez com aquela expressão irônica nos olhos, nos cantos da boca. — Mas explicam que, na sociedade formal, empregam a palavra *atsui*. O termo que acabou de dizer costuma ser usado por jovens moças de uma certa classe, e estão intrigados com o lugar onde possa tê-lo aprendido.

— Bem, é que... — disse Glover, embaraçado.

— Em outras palavras — prosseguiu Mackenzie, com um sotaque um pouco carregado —, chegou a Nagasaki há cinco minutos e já está pegando o modo de falar dos biscateiros e meretrizes!

Desta vez, Glover se sentiu enrubescer. *Atsuka* ou *atsui*, não importava, estava sufocando naquele lugar.

— Deixe para lá — disse Mackenzie. — Desde que não pegue mais nada dessa gente! — Indicou então os dois japoneses, tentando manter a compostura, contendo o riso. — Vão contar essa história por um mês.

De volta ao escritório, Mackenzie levou Glover até uma mesa no canto da sala. Aquele seria seu posto de trabalho. Mackenzie precisou sair pelo resto da manhã, disse a Glover que começasse a organizar a pilha de papéis em sua mesa. Glover olhou para a primeira folha, reconheceu o padrão familiar, a disposição das palavras e imagens na página. Listas de carga. Mackenzie partiu e Glover se sentou para trabalhar, mas antes retirou os três pequenos objetos que trazia no bolso do casaco — a moeda de bambu, o dólar de prata, a borboleta de papel — e os colocou juntos sobre a mesa, um pequeno altar para trazer boa sorte.

4
SEDA E CHÁ

Nagasaki, 1859-1860

UMA TERRA QUE MANAVA LEITE E MEL. Ou ao menos, dissera, seda e chá. Glover girou o globo sobre seu eixo, parando-o com o dedo no Japão. Ali haveria dragões, e uma fortuna por fazer. Desejava tudo aquilo.

Entregou-se ao trabalho, dedicou-se com força total. Queria aprender tudo o que Mackenzie podia lhe ensinar, estava determinado a descobrir coisas novas.

Em poucos meses já se tornara indispensável. Encarregou-se dos documentos e da papelada, das tarefas monótonas, repetitivas e essenciais, e aos poucos passou a delegar a maior parte delas a Shibata e Nakajimo. Isso o liberou para sair, deixar o escritório, ver Mackenzie em ação enquanto negociava, discutia, barganhava com os comerciantes, lutava pela melhor oferta. Cruzavam as travessas barracentas nos fundos da cidade, visitavam depósitos e armazéns, velhas tendas e godões, comparavam mercadorias, provavam amostras.

— É preciso estar de olho — dizia Mackenzie, metendo a mão num engradado de chá, esfregando as folhas entre os dedos, cheirando. — Alguns desses desgraçados tentam nos passar a perna de todas as maneiras. Vendem folhas da melhor qualidade, e depois, assim que viramos as costas, substituem a metade por sobras de outros lotes. Ou então, compramos a mais fina seda crua, e a adulteram com areia.

Glover observava e aprendia. Pouco depois já assinava documentos por conta própria, em nome da Jardine. Mackenzie, que inicialmente se referia a ele como seu *jovem e hábil assistente* nas cartas que enviava ao escritório central, passou a chamá-lo de *o chefe*. Em parte, era apenas uma piada. Sua reputação começou a crescer na pequena comunidade.

Mackenzie o apresentou a um chinês chamado Wang-Li, segundo ele um mercador, que vendia qualquer coisa que se pudesse imaginar. Glover ficou surpreso, achava que a lei proibisse os chineses de comerciar.

— Proíbe — disse Mackenzie. — Mas, como disse, dá-se um jeito. Há muitos europeus e americanos que não suportam a comida sem graça daqui, e que conseguiram autorização para empregar chineses como cozinheiros. O senhor Wang-Li prepara um ótimo cozido de carne e um bom repertório de pratos franceses, além da cozinha chinesa.

Wang-Li sorriu, curvou-se.

Mackenzie continuou.

— Oficialmente, é um *chef* e servente às ordens de um comerciante americano chamado Jack Walsh, alguém que você não vai tardar a conhecer. Mas os dotes de Wang-Li vão muito além da cozinha. Tem muitas cartas na manga. É um verdadeiro mago quando se trata de obter algo de que você possa vir a precisar.

Wang-Li sorriu novamente.

— Você quer, eu consigo.

— Ele não está brincando — disse Mackenzie. — Na semana passada me arrumou uma caixa inteira de molho inglês, trazido diretamente de Worcester!

— Impressionante.

— Se precisar, pode procurar — disse Wang-Li.

— Pode deixar.

Mackenzie conhecera Wang-Li durante seu tempo em Xangai, antes de se mudar para Nagasaki.

— Nunca fiquei tão contente por sair de um lugar — disse Mackenzie. — Alegre-se por não ter sido escalado para trabalhar naquela cidade.

— Vi o bastante quando passei por lá — disse Glover.

Ele caminhara pelas ruas da costa de Xangai, sufocado pelo tumulto, o calor, o barulho, o cheiro fétido do rio, uma leve sensação de perigo, guardas armados plantados nas muralhas ao redor da colônia de estrangeiros.

— Uma podridão — disse Mackenzie. — Um esgoto. O cheiro daquele lugar levou mais de um mês para sair das minhas narinas. Tem um fedor repugnante. É conhecida como a Puta do Oriente. Há uma rua chamada travessa do Sangue onde você paga por uma cerveja e ganha como brinde uma menina de doze anos atrás de uma cortina imunda.

— Você quer, eu consigo! — disse Wang-Li, rindo.

— Acredito que esteja fazendo uma piada — disse Mackenzie a Glover —, mas nunca tenho muita certeza.

— Nasci em Xangai — disse Wang-Li.

— Isso explica bastante — comentou Mackenzie.

Mackenzie continuou a educação de Glover, dizendo-lhe quais funcionários da aduana eram subornáveis, quais comerciantes locais seriam capazes de romper um contrato antes mesmo que a tinta com que estava escrito secasse. Também o alertou de que alguns dos mercadores estrangeiros eram igualmente inescrupulosos e mordazes, achavam que todos os japoneses eram irreparavelmente corruptos. Esses mesmos comerciantes consideravam seus diplomatas frouxos, excessivamente razoáveis, covardes, e os diplomatas, por sua vez, descreviam os comerciantes como o lixo da Europa.

— No fim das contas — disse —, não deixa de ser um ambiente interessante para fazer negócios legítimos!

O comércio consistia essencialmente na importação e exportação. Os navios da Jardine viajavam até a costa chinesa, seis dias de viagem, carregados de seda e algas marinhas, iguarias da região.

Para que a viagem valesse a pena, as embarcações tinham que voltar com outras cargas, mercadorias que pudessem ser vendidas no Japão: açúcar, algodão, medicamentos chineses. O trabalho de Mackenzie, e agora também de Glover, era encontrar um mercado para esses produtos.

Era essencial aprender a língua japonesa, ao menos arriscar algumas palavras. Mackenzie já dominava o básico e Glover estava começando, sem se preocupar com o embaraço das primeiras tentativas — bastava que Mackenzie gritasse "*Atsuka!*" para que Shibata e Nakajimo caíssem na gargalhada.

No Clube dos Estrangeiros, Glover conseguira um livro de japonês para estrangeiros, bastante rústico, feito para que os recém-chegados aprendessem algumas expressões básicas, dicas para aprender a se comunicar.

Eu, dizia o livro, era *uatacuch*.

— *Watakashi* — explicou Mackenzie.

Você era *Ou má*.

— *Omai*.

Chá era *rocha*.

— *Hocha*.

Seda era *quino*.

— *Kinu*.

— Também traz algumas frases inteiras — disse Glover —, quase todas são ordens categóricas.

— Pelo visto, é a primeira coisa que o estrangeiro deve aprender! — disse Mackenzie.

— Aqui está um conselho sábio — disse Glover. — Se quiser dizer a um nativo que faça menos barulho ao martelar pregos na parede, caso contrário você será obrigado a puni-lo, deve gritar: "*Ou má pompom boberi uatacuch pumguts!*"

— Um disparate de primeira categoria — disse Mackenzie. — *Pidgin*. Uma droga, um híbrido mestiço. Escutam qualquer coisa e não entendem muito bem, misturam pedaços de um francês capenga com alguns trechos de holandês e chinês, até mesmo malaio. Foi assim que surgiu a palavra "*pigue*".

— Ouvi essa expressão no porto.

— Uma tradução aproximada seria "Mexa-se!" ou então "Sai daqui!".

— Isso seria útil se eu encontrasse o autor deste livro — disse Glover, e gritou: — *Pigue! Boberi uatacuch pumguts!*

Mackenzie riu.

— Ah, um outro conselho sobre a língua: recomendo que você imite o modo como os homens falam por aqui, em vez de copiar suas amigas. A diferença é bastante visível, os homens falam num tom mais áspero, rude, e se você falar como as mulheres, os comerciantes japoneses podem ter uma impressão completamente errada, se entende o que quero dizer.

— Não precisa explicar mais nada.

— E você é um escocês grande e peludo! Eles ficariam realmente confusos!

— Obrigado pelo conselho. Vou pedir a Shibata e Nakajimo que me ensinem.

Shibata e Nakajimo já o estavam ajudando com sua educação. Num sábado à noite, após terminarem o trabalho da semana, cruzaram o Dique e o levaram até o bairro de entretenimento, o mundo flutuante.

— Maruyama — disse Shibata. — O quarteirão das flores.

O ar estava quente, agradável. Chegaram a uma ponte baixa de madeira que cruzava um riacho.

— É chamada *shian bashi* — disse Shibata. — Significa "ponte da hesitação". Ainda há tempo de voltar atrás.

Glover sorriu, atravessou-a atrás deles.

Mais adiante chegaram a outra ponte, esta menor, mais estreita.

— Esta é *omoikiri bashi* — disse Nakajimo. — É a ponte da decisão tomada. Não se pode mais voltar.

Glover riu.

— Vamos em frente!

Havia pouco tempo. A carga tinha que ser desembarcada antes que a maré virasse; o mar já estava alto, logo começaria a baixar. Caixas repletas de algodão chegavam em pilhas altas, instáveis, trazidas por uma flotilha de pequenas embarcações vindas do navio, ancorado mais ao longe, na baía. Mackenzie inspecionava a operação, bradando instruções aos barcos oscilantes que se aproximavam do atracadouro.

— Vamos lá! — gritou. — Temos que descarregar tudo isto *agora*!

Um jovem inglês de rosto vermelho, capataz do armazém, adiantou-se a Mackenzie e passou a berrar com os estivadores.

— Mexam-se, seus imbecis preguiçosos! Vamos andando! *Pigue! Pigue!* Pelo amor de Deus, vamos usar essas pernas! — Cutucou um dos trabalhadores, empurrou outro. — Inútil de merda!

Glover estava por ali ajudando. Apanhou uma corda jogada por um dos barcos, esforçou-se por mantê-la estável, braços e ombros arqueados para segurá-la, as mãos começavam a queimar. Um outro barco vinha ao lado. Estava sobrecarregado, inclinou-se com o movimento das caixas, e por fim tombou, derrubando a carga e os homens ao mar.

Houve caos por um momento, o mar se tornou mais violento, os homens gritavam flutuando, tentavam endireitar o barco, salvar a carga. Mas um deles estava em apuros, debatia-se na água, não parecia saber nadar. Entrou em pânico, engolia água, engasgava tentando respirar.

Glover não pensou duas vezes, empurrou o capataz para um lado, mergulhou e agarrou o homem, que ainda se agitava e batia as pernas. Com grande dificuldade conseguiu passar o braço em torno de seu pescoço, arrastou-o até o cais, onde os outros o puxaram para fora.

Entrou novamente, ajudou a arrastar as caixas até a margem. Ao terminar, sentou-se exausto, pingando, as roupas encharcadas coladas ao corpo.

O japonês que puxara da água se aproximou, curvando-se com reverência, ajoelhou-se e apoiou a testa no chão, então se levantou e partiu com o máximo de dignidade que conseguia manter.

— Foi uma bela atitude, Tom — disse Mackenzie. — Política, também.

Um outro senhor, de traços ocidentais, se aproximou por trás. Fumava um charuto, um leve sorriso lhe enrugava o rosto.

— Impressionante — disse o homem, com sotaque americano. — Já me haviam dito que estava mergulhando de cabeça nos negócios!

Mackenzie os apresentou.

— Tom, Jack Walsh. Jack, Tom Glover.

Walsh estendeu a mão, mas Glover, encharcado como estava, hesitou em cumprimentá-lo.

— Prazer em conhecê-lo, Tom — disse Walsh, pegando sua mão de todo modo e sacudindo-a vigorosamente. — Quando estiver mais seco, queria chamá-lo para beber alguma coisa.

Cruzaram as duas pontes, hesitação, decisão, entraram no mundo à parte de Maruyama. Walsh estava expansivo, iniciando-o nos mistérios do lugar, um jardim dos deleites terrestres.

— Os russos têm seu próprio bordel — disse — em Inasa, no outro lado da baía. Eles o chamam de casa de descanso, mas não há muito como descansar por ali! O nível é como o que você deve ter presenciado em Xangai, uma fileira de cubículos, meninas expostas ali como carne, marinheiros enfileirados para uma trepada rápida. Extremamente grosseiro. É claro, se gostar desse tipo de coisa... — Abaixou a voz, riu da expressão de Glover. — O governo russo se deu ao trabalho de levar um médico até lá, examinar as garotas. Uma preocupação sensata. — Riu outra vez. — Não fique tão assustado! O lugar aonde vamos é o extremo oposto.

— Não, é que...

— Estou vendo que ainda tem um pouco de presbiteriano, afinal de contas!

— Talvez tenha — respondeu. Estava acostumado a que a coisa fosse mais discreta. O que estranhava era a abertura daquilo tudo, o modo como a coisa era posta em evidência.

— Não se preocupe — disse Walsh. — Maruyama vai resolver esse problema! — Indicou a parte mais baixa, de onde acabavam de vir. — Mesmo no nível mais baixo, por ali, é muito melhor do que se pode encontrar em qualquer outra parte. É ali que ficam as pequenas *nami-joro*, as trabalhadoras simples. Subindo um pouco a colina, num patamar mais elevado, estão as *mise-joro*, moças um pouco mais cultivadas, mais refinadas. Imagino que essa tenha sido a seção que veio visitar com Shibata e Nakajimo-san.

Glover sentiu-se corar, o que o deixou irritado consigo mesmo.

— Deus do céu! — disse. — Não existem segredos por aqui?

— É uma comunidade pequena — disse. — As notícias correm rápido.

— Logo se vê — disse Glover.

Walsh o levou em frente, ainda mais acima.

— Agora — disse Walsh, detendo-se na crista da colina, em frente a um portão de bambu. — Este é o mais alto dos níveis, o próprio paraíso! As mulheres daqui são de uma espécie inteiramente diferente. São chamadas *tayu*, a epítome absoluta do refinamento.

— *Tayu* — disse Glover, saboreando a palavra.

— Também são conhecidas como *keisei*, ou *destruidoras-de-castelos*. Já arruinaram muitos homens endinheirados.

— É a mesma coisa no mundo todo!

— E, naturalmente, só os homens mais ricos têm condições de passar algum tempo em sua companhia. Não saem barato, por assim dizer.

Glover parou.

— Não sei se já posso bancar uma noite dessas. Quando o senhor me convidou para beber alguma coisa...

— Exatamente — disse Walsh. — *Eu* convidei *você*. Portanto, esta aqui é por minha conta. E por sinal, gostei desse seu *já*! Mostra a atitude correta. Quando menos esperar, já poderá me retribuir.

— Obrigado — disse Glover. — Fico feliz que tenha confiança em mim.

— Digamos apenas que sei reconhecer um investimento promissor. — Cruzou o portão, indicando o caminho a Glover. — Bem-vindo ao Sakura.

— Flor de cerejeira.

— Muito bem!

O jardim era maravilhoso, de fato tinha uma cerejeira à beira de um lago ornamental, lanternas de pedra, a estátua de uma deusa com uma mão levantada em bênção. Do lago corria um pequeno riacho, e acima dele, levando até o alpendre com suas discretas portas *shoji*, via-se mais uma ponte. Cruzaram, caminharam os últimos passos, os pés rangiam sobre o fino cascalho branco. A porta deslizou e se abriu. Do interior emanou um aroma de incenso, um ressoar de música, cordas dedilhadas, quase dissonante. Glover reconheceu o timbre, um tinido agridoce, um instrumento chamado samisen.

— Cada coisa a seu tempo — disse Walsh. — Temos que tomar um banho.

Pela segunda vez naquele dia, Glover se viu banhado em água. Mas agora, em vez de se agitar nas ondas frias do porto, estava imerso na banheira cálida da casa de chá. Uma das jovens se dirigira a ele, outra a Walsh. Primeiro foram ensaboados e esfregados — as meninas riam dos tufos de pêlos que tinham no peito e nas pernas —, foram depois enxaguados com baldes de água morna e só então adentraram a banheira. O calor da água subiu como uma onda à cabeça de Glover, sentiu-se quase tonto. Mas a sensação passou e ele então se recostou, deliciando-se com o banho.

— O segredo é não se mexer — explicou Walsh —, senão parece ainda mais quente.

— Percebi! — disse Glover.

Suas vozes ecoavam. Walsh acendera um charuto, a fumaça fragrante espiralava, mesclando-se ao vapor da banheira.

— Mackenzie me contou que você anda fazendo um bom trabalho, Tom.

— É mesmo?

— Claro que ele nunca lhe diria abertamente.

— Não. Claro que não!

— Já pensou em começar um negócio por conta própria?

— Pensei nisso, sim, em algum momento, quando estiver pronto.

— Por que esperar? — perguntou Walsh. — Acho que você nasceu para isso: esperto, esforçado. Também tem o dom da lábia, pelo que contam. Tudo isso somado à sua altura e compleição, não pode dar errado. Vai deixar as mulheres suspirando e os homens tremendo de medo! — Walsh riu outra vez. — Eu poderia tranqüilamente lhe conseguir trabalho. Mackenzie lhe arranjaria um empréstimo com a Jardine. Pode continuar trabalhando para eles e ainda fazer negócios por conta própria. É isso o que Ken faz. E, convenhamos, o mercado é bastante grande para todos nós!

Saíram da banheira, pingando. As duas meninas, rindo novamente, trouxeram toalhas para envolvê-los, ajudaram-nos a se secar. A que estava cuidando de Glover o levou a um pequeno quarto, onde havia um *futon* deitado sobre tatames. Glover imitou um rugido, golpeando o peito. Ela riu e indicou que se deitasse de bruços. Retirou a toalha que o cobria, montou sobre seu corpo e passou a massagear suas costas, descendo pela coluna com as mãos delicadas, os movimentos firmes e regulares. Quando fez com que Glover se virasse, ele já estava pronto, entregou-se inteiramente aos seus ofícios.

Ajoelhado no chão, os olhos vendados. Sabia que o quarto estava à meia-luz, iluminado apenas por uma vela tremulante que ele mais sentia do que via através da venda de algodão que tinha amarrada sobre os olhos, presa com um nó na nuca. Sentia a fumaça e a cera escorrida, que lembravam o cheiro de uma velha capela; havia também a umidade abafada da sala, o odor espesso e masculino do tabaco impregnado em roupas muito usadas. Estava em mangas de camisa, os botões abertos lhe expunham o peito, contra o qual era pressionado um objeto duro e afiado, que sabia ser a ponta de uma espada.

Uma voz surgiu da escuridão.

— Sente alguma coisa?

Deu a resposta correta.

— Sinto.

Ouviu-se uma batida, três golpes sobre o chão de madeira, foi então tomado pelo braço, posto de pé e encaminhado alguns passos à frente.

Veio-lhe então um cheiro de incenso, parafina.

A voz falou novamente.

— Tendo sido mantido nas sombras, qual é agora o desejo predominante do seu coração?

Respondeu novamente, como fora instruído.

— Luz.

A venda foi removida, piscou e olhou ao redor, a sala agora iluminada por lâmpadas.

— Promete se manter fiel e jamais contar os segredos da iniciação neste mistério?

— Esconder, ocultar e nunca revelar.

— Se quebrar este juramento, terá a garganta cortada, a língua arrancada e será expulso, marcado como uma pessoa destituída de qualquer valor moral.

Pela primeira vez teve um ímpeto de rir, pensou em perguntar: "Nada mais?" Mas se conteve, respondeu com a formalidade devida.

— Compreendo.

O homem que falara, um senhor de meia-idade, o rosto coberto por uma barba, segurou uma Bíblia, encapada em couro, as margens douradas.

— Beije o Volume da Lei Sagrada.

Glover tocou o livro com os lábios.

O homem falou novamente.

— Que o candidato seja aceito como aprendiz do Primeiro Grau.

Às suas costas, ouviu a voz de Mackenzie.

— Que assim seja.

O homem lhe estendeu um avental perfeitamente branco, dobrado.

— Este emblema é mais antigo que a Águia Romana, o Velocino Dourado. É um símbolo de pureza e um laço de amizade. Aconselho-o enfaticamente a nunca desonrá-lo.

— Prometo honrá-lo — disse Glover, ouvindo a própria voz. Pareceu-lhe estranha, sentiu-se por um momento absurdamente comovido, pensou em seu pai, na velha Bíblia na mesa da cozinha.

Olhou ao redor, as pessoas, o lugar, viu tudo como num sonho, mas intensamente nítido, e em meio a tudo isso se deu conta de si mesmo ali, de *si mesmo ali*. Aquela era a sua vida, e era ele quem a vivia.

E então era o homem de barba dando-lhe a mão, pressionando-a com o polegar à maneira secreta dos maçons, e Mackenzie fazendo o mesmo, e os outros, saudando sua entrada na irmandade.

Quando a cerimônia terminou e todos retornaram ao Clube dos Estrangeiros, Glover pediu uma rodada de bebidas.

O homem de barba, o mestre da loja, era Barstow, um capitão da Marinha Real. Três jovens ingleses se apresentaram, Frederick Ringer, Edward Harrison, Francis Groom. Eram um ou dois anos mais velhos que Glover e, como ele, haviam viajado ao Japão para tentar deixar suas marcas na História, encontrar seus próprios tesouros, buscar riqueza e aventura longe de casa.

Harrison era um especulador, lidava com propriedades, imóveis. Groom apostava nas flutuações do câmbio exterior. Ringer comercializava chá, conhecia todos os meandros do negócio. Glover poderia aprender com todos eles.

— À amizade e à irmandade! — declarou, e todos brindaram.

Walsh havia chegado ao clube, estava no bar e acenava para Glover, que o chamou.

— Junte-se a nós!

— Aí vou eu — disse Walsh —, mas não vou me *juntar* aos senhores, se é que me entendem. — Tocou o lado do nariz com o dedo, piscou um olho.

— Deveria pensar no assunto, Jack — disse Mackenzie.

— Acho ótimo que as engrenagens do comércio estejam bem lubrificadas — disse Walsh —, mas quando se trata de dobrar as bainhas das calças ou de dar um aperto de mão esquisito, estou fora.

— Sabe muito bem que não se resume a isso — disse Barstow.

— Fico impressionado — disse Walsh. — O assentamento mal foi estabelecido por aqui, e já formaram uma loja. São tão dedicados quanto a Igreja Católica em espalhar sua influência.

— Não se pode comparar as duas coisas, senhor — disse Barstow, irritado.

— Que seja — disse Walsh. — Detestaria vê-los acabar como os primeiros missionários, estripados, despelados vivos ou fervidos em óleo! — Levantou o copo. — Saúde.

Naquela mesma noite, a noite em que Glover foi iniciado na loja, a comunidade foi mais uma vez sacudida violentamente. Hunt, o jovem capataz inglês do armazém da Jardine, havia tomado alguns tragos, saiu vagando sozinho em direção a Maruyama. Foi visto por um marinheiro americano cruzando a primeira ponte, depois a segunda. Alguém o ouviu berrar, bêbado, que queria comprar uma mulher japonesa, que tinha alguns centavos no bolso e elas não valiam mais que isso.

O que se seguiu foi rápido e brutal. Surgiram dois vultos das sombras, vestindo roupas escuras, um deles à frente, carregando uma lanterna, o outro movendo-se às suas costas. O da frente balançou a lanterna em frente ao rosto de Hunt. Quando o inglês deu um passo atrás, o outro o varou com a lâmina da espada, puxou-a de volta empurrando-o para a frente, cortou-o com mais dois golpes certeiros enquanto caía. A lanterna foi apagada, os dois homens desapareceram na noite.

O americano correu em sua direção, repentinamente sóbrio, viu o que restava do homem. Um golpe lhe rasgara o corpo, o outro o decapitara. Vomitou ali mesmo.

— Ele deve se sentir grato por ser tão impressionável — disse Walsh. — Se tivesse corrido atrás deles, também acabaria em pedaços. Em dois pedaços!

— Hunt era bastante rude com os nativos — comentou Glover. — Talvez tenha sido uma desforra.

— Acho que ele estava no lugar errado, na hora errada — disse Walsh. — Pelo visto seu lugar era a casa de descanso russa, e não Maruyama!

— Foi um ato detestável — disse Mackenzie, sério, mudando de tom. — Tem a cara de Takashi e os seus.

— Esse desgraçado! — disse Glover. — Tenho certeza de que o vi uma semana atrás, estava me encarando das sombras, ali perto do armazém. Quando olhei de novo, havia desaparecido.

Mackenzie pareceu ainda mais sério, olhou fixamente para Glover.

— É bom tomar cuidado com esse aí, Tom, não vacile. É um fanático, e se está de olho em você, é melhor se preocupar.

— Não entendo — disse Glover. — O que ele tem contra mim, pessoalmente?

— Com certeza bastou tê-lo visto — respondeu Mackenzie — naquela primeira vez que se cruzaram, no dia em que chegou.

— Ódio à primeira vista — completou Walsh.

— Mais ou menos — disse Mackenzie. — Ele pertence a um grupo chamado *sonno-joi*, tradicionalistas radicais que se opõem firmemente a qualquer interação com o Ocidente.

— E que se dedicam a livrar o Japão de todo o lixo estrangeiro — disse Walsh.

— Ou a dar a vida pela causa — disse Mackenzie. — Fazem um terrível juramento de sangue, prometem acabar com a própria vida se romperem a promessa.

— Lembra um pouco vocês maçons! — disse Walsh, rindo.

— Com uma diferença — disse Mackenzie, entre os dentes. — Para eles não é apenas simbólico. Eles realmente matam e morrem por suas crenças.

— E os maçons não? — disse Walsh. — Que decepção.

Mackenzie o ignorou, não se deixaria perturbar por sua leviandade. Continuou o que dizia, dirigindo-se diretamente a Glover.

— Estou falando sério, Tom. Não tenha dúvidas sobre isso. Muitas vezes vão atrás de uma pessoa em particular. É o que os italianos chamam de *vendetta*, e é uma questão de honra.

— É sempre uma questão de honra — disse Walsh.

— Então, a coisa é pessoal? — perguntou Glover.

— Pode-se dizer que sim — explicou Mackenzie. — Como disse, a sua mera presença naquele primeiro dia já foi como uma afronta, uma ameaça contra tudo aquilo em que ele acredita.

— Você realmente chama a atenção — disse Walsh —, se destaca na multidão. Especialmente aqui.

— E, para Takashi, seria uma questão de orgulho colocá-lo em seu devido lugar — disse Mackenzie.

— Com dois golpes daquela espada — completou Walsh.

— Meu Deus! — disse Glover.

— Bem — disse Mackenzie —, quem mandou sair de Bridge of Don? Não estou dizendo que ande por aí tremendo de medo a cada minuto do dia.

— Só fique de olho — disse Walsh.

— Já aprendeu a usar uma pistola? — perguntou Mackenzie.

— Quando criança, sim. Meu pai me ensinou. Só por precaução.

— Bom, veja bem, temos algumas aqui no clube, por segurança. Talvez não seja má idéia andar com uma.

— Só por precaução! — completou Walsh.

A velocidade com que Glover se destacou nos negócios foi impressionante. Pôs-se no caminho certo logo de saída, ganhando confiança a cada passo que dava. Apesar de ser tão jovem, ou talvez em virtude disso, mostrava-se muito seguro de si. Essa confiança, ao lado de sua mera presença física, dava-lhe um aspecto formidável, que era compensado por sua cortesia e por uma graça inata, um encanto natural.

Mackenzie lhe transferiu cada vez mais responsabilidades, até que passasse efetivamente ao comando da operação em Nagasaki. Assim, Mackenzie ficava livre para viajar e reunir-se com diretores da Jardine nos escritórios de Xangai, o centro do império da companhia.

Com a ajuda de Mackenzie, e graças a sua indicação, Glover negociou seu primeiro empréstimo com a empresa, investindo-o imediatamente, seguindo o conselho de Harrison, na compra de um armazém em Oura, bem em frente à costa. Havia lugar para viver nos fundos, e Glover se mudou para lá. Ainda trabalhava cinco ou seis horas por dia para a Jardine, mas passava o resto do tempo cuidando do próprio negócio, circulando pelas ruas e vielas, comprando algumas das mercadorias que exportaria, seda e chá, algas marinhas e peixe seco, qualquer coisa que rendesse lucro. No armazém guardava os itens que importava, revendendo-os em Nagasaki, e, nas regiões mais ao interior, plantas medicinais, carregamentos de algodão. Aproveitou-se da experiência financeira de Groom, obteve ganhos rápidos em algumas variações ligeiras do câmbio, fazendo transferências de fundos para Yokohama ou Xangai. Ganhou dinheiro, mas não na escala a que aspirava. Queria pescar um peixe grande.

Falou com Ringer, pediu conselhos sobre o mercado do chá.

— Certamente é possível ganhar um bom dinheiro — disse Ringer. — O Japão exporta quatro mil toneladas de chá na alta estação, e metade disso passa por Nagasaki. Certamente é possível ganhar um bom dinheiro.

— Não há alguma maneira de conseguirmos uma vantagem sobre a concorrência? — perguntou. — Fazer uma transação mais eficiente?

Ringer ficou pensativo.

— O chá é colhido no interior — explicou —, nas montanhas que não servem para o cultivo do arroz. As mulheres das fazendas trabalham nisso parte do tempo. As folhas precisam ser secadas antes de embarcarem, caso contrário apodrecem com a umidade durante a longa viagem até a Europa ou a América. As mulheres fazem a secagem logo após a colheita, esquentam as folhas em fogueiras a céu aberto.

— Imagino que isso leve tempo — disse Glover.

— E não é extremamente eficaz. Muitas vezes pensei que poderíamos montar uma fábrica onde o chá pudesse ser inteiramente secado em grandes quantidades. Isso transformaria a indústria.

— Muito bem — disse Glover —, é exatamente isso o que vamos fazer.

Registrou a empresa em seu próprio nome, mandou pintar um cartaz e o instalou na frente do armazém. *Glover & Cia.* Groom e Harrison se tornariam sócios minoritários; Ringer, seu consultor sobre o comércio do chá. Shibata e Nakajimo passariam a trabalhar para ele em meio período, mantendo seus empregos na Jardine. Mackenzie continuaria a mantê-lo longe de quaisquer confusões, e Walsh a levá-lo de volta até elas, incentivando-o a assumir riscos.

Estavam todos em pé do lado de fora das novas instalações, brindando à empresa enquanto o cartaz era desvelado. Walsh conseguira champanhe, uma cortesia de Wang-Li. Os copos borbulharam, transbordando.

— Glover & Cia! — disse Walsh.

— Glover & Cia!

Uma semana depois, Glover foi acordado no meio da noite por um alarme, sinos tocando, gritaria na rua. Ouviu uma batida na porta e se pôs em seguida a buscar sua pistola, mas era Nakajimo dizendo-lhe que havia um incêndio que estava se espalhando e que ele devia sair dali rapidamente. Glover sentiu a fumaça, seu sabor acre no fundo da garganta. Enfiou uma roupa, correu até o armazém, limpou o que havia em seu escritório, jogando tudo numa bolsa de pano, e correu para a rua.

Mackenzie vinha apressado em sua direção, agitado, os olhos bem abertos, o cabelo grisalho desfeito.

— Graças a Deus, Tom! — disse. — Pensei que houvesse sido carbonizado!

Mantiveram-se afastados, viram as chamas que lambiam o telhado do armazém, faíscas espiralavam no ar da noite.

— Desgraçados! — gritou Mackenzie. — O incêndio começou dois prédios mais para lá, no escritório da Arnold's. — Esta era outra casa de comércio britânica montada há pouco tempo, como a de Glover. — Os malditos bombeiros ficaram só olhando, esperando para ver o que acontecia. Quando as faíscas começaram a voar, ficaram de prontidão, e as primeiras chamas que atingiram uma casa japonesa foram apagadas imediatamente. Mas, quando chegaram ao seu armazém, ficaram olhando outra vez, deixaram que queimasse. — Gritou com os bombeiros que estavam ali encostados, relaxados, assistindo à cena: — Desgraçados!

Os bombeiros olharam para ele, mexeram-se lentamente, sem nenhuma vontade, acionaram a manivela de uma bomba de mão e apontaram longas varas de bambu presas com ganchos, lançando um jato de água mirrado em direção às paredes do armazém, que já colapsavam. Depois simplesmente observaram a implosão do edifício em meio a nuvens de fumaça e grandes labaredas.

— Cavalo Dançante — disse Nakajimo, vendo a conflagração. — É como chamamos o fogo.

Viram-no saltar, dançar sobre os destroços da construção.

Na manhã seguinte visitaram o espaço onde estivera o armazém, ainda brotavam focos de fumaça do solo enegrecido, não restava nada além de toras carbonizadas, cinzas.

— É culpa desse xogum de merda — disse Mackenzie — e de seus malditos conselheiros do *bakufu*.

— Não consigo acreditar que tenham vindo aqui pessoalmente, às escondidas — disse Glover —, uma multidão com tochas, atear fogo ao lugar no meio da noite!

— Não duvido de nada! — disse Mackenzie. — Só Deus sabe o quanto eu gosto deste maldito país, mas eles precisam acordar. Não há nada que possam fazer em relação à nossa presença aqui, então é melhor que escancarem logo as portas, permitam de uma vez o livre comércio em vez desta embromação. Primeiro nos dão as boas-vindas e depois tentam nos expulsar, permitem que façamos comércio e depois fazem de tudo para torná-lo impossível.

— Chegamos há pouco tempo — disse Glover. — Com o tempo as coisas vão se acertar. — Olhou ao redor. — Quer saber, neste caso acho até que me fizeram um favor. O armazém estava acabado, caindo aos pedaços. O ideal teria sido deitá-lo abaixo e construir algo mais sólido. Bom, agora a decisão está tomada.

Mackenzie sacudiu a cabeça, rindo.

— Você realmente me impressiona, Tom. Não sei se este lugar já está pronto para você!

Havia dias lentos, entediantes, longos períodos entre os carregamentos, nos quais o ritmo da vida se reduzia, poucas coisas aconteciam. Glover ficava inquieto nesses momentos, caminhava pela costa assimilando tudo o que podia, inspecionando o trabalho em seu novo edifício. Ficava maravilhado com os trabalhadores descalços que escalavam finas varas de bambu amarradas umas às outras, formando andaimes instáveis, caminhavam e saltavam de um lado a outro com uma agilidade incrível. Acenava para eles, gritava.

— Bom trabalho! *Ganbatte.* — E um ou dois olhavam para ele, acenavam com a cabeça, mas jamais perdiam o equilíbrio ou reduziam o passo.

Seguindo mais uma vez os conselhos de Harrison, comprou um outro armazém, na rua atrás do Dique. Assim substituiria o edifício destruído pelo fogo; tinha a mesma construção básica, feita de madeira, com acomodações simples nos fundos. Glover se mudou para lá, estabeleceu-se, armou mais uma vez seu pequeno altar. No dia do incêndio conseguira resgatar suas moedas da sorte, a borboleta de papel e o resto ao limpar o conteúdo do escritório. Não que fosse supersticioso, mas não fazia mal nenhum aplacar os deuses da fortuna.

Durante uma época tranqüila, os dias longos e o tempo demorando a passar, preparou-se para rumar ao interior, visitar alguns dos vilarejos aos pés das montanhas onde colhiam e secavam o chá, embalando-o para que fosse exportado.

Mackenzie estava preocupado.

— É muito perigoso — preveniu. — Fora da cidade você vai se destacar ainda mais.

Mas Glover estava determinado, sabia cuidar de si mesmo. Levaria sua pistola e seria acompanhado por Nakajimo, que serviria como seu intérprete, estava acostumado ao dialeto áspero e gutural falado pelos camponeses.

— Senão — disse Mackenzie — seria como um inglês tentando falar com alguém de Glasgow, ou pior ainda, de Aberdeen!

— É mesmo — disse Glover. — Sei como é!

Mackenzie também insistiu para que levasse um guarda-costas, um jovem samurai chamado Matsuo. Era do clã Choshu, não sabia inglês, mantinha uma reticência inexpressiva, só falava quando lhe dirigiam a palavra diretamente. Mas Mackenzie disse que ele era atento, consciente de seu dever e habilidoso no uso das duas espadas que carregava o tempo todo.

— Não fere a dignidade dele — perguntou Glover — proteger pessoas como nós?

— Poderíamos pensar que sim — disse Mackenzie. — Meteu-se em alguns negócios com o nosso Nakajimo, e parece ter ficado impressionado. Nakajimo perguntou se poderíamos empregá-lo de tempos em tempos, nas situações em que suas habilidades de samurai fossem uma vantagem especial.

— Para desestimular qualquer encrenqueiro?

— Exatamente.

— E ele concordou?

— Após consultar o líder do seu clã. Acho que, para eles, ter alguém nos observando de perto pode parecer vantajoso.

— Curioso.

Glover, Nakajimo e Matsuo montaram em seus cavalos, levavam também um cavalo de carga, repleto de suprimentos.

— Muito bem ferrado — disse Mackenzie. — Há muito pouco tempo os japoneses calçavam seus cavalos com palha. Então chegaram os ocidentais, com seus cavalos usando ferraduras. Um hábil ferreiro japonês pediu emprestada uma das ferraduras, para dar uma olhada. Fez uma cópia, ensinou aos outros, e em questão de meses estavam sendo usadas ferraduras em todo o país.

— Fascinante.

— É da sua natureza — disse Mackenzie. — Aprendem rápido, copiam, adaptam.

— Podemos trabalhar com isso — disse Glover.

Walsh aparecera para desejar a Glover uma viagem segura pelo país, em direção ao interior.

— Ouvi dizer que é um outro mundo — disse. — Mas, sabe, você vai gostar de uma coisa. Me disseram que as mulheres trabalham seminuas! — Apoiou as mãos, encurvadas, na frente do peito, gargalhando.

— Já vejo bastante disso em Nagasaki — respondeu Glover.

— Saiu uma carta hoje, no *Correio de Nagasaki* — disse Mackenzie —, queixando-se justamente desse fenômeno. Cogitava que poderia haver um mercado *gigantesco* para o algodão de Manchester por aqui. E, falando das casas de banho, dizia nunca ter visto um lugar onde o asseio do sexo frágil pudesse ser vislumbrado com tão reduzidos impedimentos oculares.

— Sujeitinho empertigado — disse Walsh.

— Vestido com o puro algodão de Manchester! — completou Glover.

— Por mim, vida longa aos reduzidos impedimentos oculares!

Nunca vira um campo como aquele. A paisagem da sua terra natal tinha uma beleza áspera peculiar, uma grandiosidade encrespada, acidentada. A terra aqui era verde, abundante, perfumada, quilômetros e quilômetros de arrozais extensos emoldurados por montes suaves, cobertos de vegetação até o topo e, espalhados aqui e ali, nas dobras das colinas, castelos que poderiam ser da Idade Média, cercados e fortificados, vigiando os domínios de algum *daimyo*, o senhor feudal da região.

Matsuo cavalgava à frente, vigilante, Glover vinha atrás dele e Nakajimo os seguia, com o cavalo de carga fechando a fila. O calor os fustigava. Glover suava, montava em mangas de camisa; na cabeça enfiara um velho chapéu de palha, de abas largas, para se proteger do sol.

De tempos em tempos passavam por um vilarejo, viam casebres baixos, telhados também de palha, e cada homem, mulher, criança, cachorro, gato ou galinha paravam, olhavam embasbacados para ele. Os mais velhos, abatidos, espantalhos enrugados, pareciam extremamente confusos, abalados ao vê-lo. Os jovens e os de meia-idade pareciam apreensivos; talvez temendo as espadas de Matsuo, a marca do samurai, curvavam as cabeças. As crianças, os animais, as aves guinchavam e chiavam, viravam-se e corriam, as crianças o espiavam de uma distância segura, de trás de uma parede ou do outro lado de um fosso. Glover tirava o chapéu, acenava expansivo, ria, seguia em frente.

Quando chegaram ao seu destino, já começava a anoitecer. Ringer dissera que o chá produzido naquela região era da melhor qualidade, havia estado ali pessoalmente para inspecionar a colheita. Portanto, não era a primeira vez que os habitantes se encontravam com os *ketojin*, os bárbaros. Mas, ainda assim, não paravam de olhar para Glover.

— Acho que é porque você é *muito* diferente — disse Nakajimo. — O oposto.

O ancião do vilarejo os recebeu, mostrou-lhes um *ryokan*, uma minúscula estalagem à beira da estrada onde poderiam passar a noite, então os convidou para jantar em sua casa. A comida era simples, mingau de arroz, sopa de peixe, alguns vegetais, mas Glover comeu tudo com vontade, voraz, estalou os lábios e emitiu os sons de apreciação apropriados. O velho exibiu um amplo sorriso, sua mulher se alegrou.

Glover explicou, por meio de Nakajimo, o que tinha em mente, as quantidades de chá de que precisaria, o fato de que não seria mais necessário secá-lo ali, e sim em grandes fornadas na fábrica que estava construindo em Nagasaki. De fato, parte da força de trabalho do vilarejo poderia querer ir até a cidade para trabalhar com ele, uma temporada ali lhes renderia mais do que dois ou três anos de trabalho no campo.

O velho escutou, concordou, por vezes sorriu. Discutiu o preço, e Glover deixou que o vencesse um pouco na barganha, para que mantivesse a honra e a dignidade. Curvaram-se, Glover esticou a mão e o velho a apertou, então jogou a cabeça para trás e riu. Trouxe uma garrafa de saquê, serviu doses generosas para todos.

Glover acordou no meio da noite, os ossos todos doíam, esticou-se no tatame apoiado no chão duro, ouvia-se um ruído forte, áspero, que o deixou tenso. O dia de viagem, o sol na cabeça, o exagero no saquê o haviam deixado entorpecido, embotado. O cheiro no quarto era forte, denso. Glover sentia uma secura que precisava saciar, esforçou-se por ficar em pé. Seus olhos se acostumaram à escuridão, o vulto no outro canto era Nakajimo, o ruído era seu ronco. Matsuo havia dito que dormiria no corredor, do lado de fora, precisaria de poucas horas de sono. Glover fez correr a porta *shoji*, viu Matsuo sentado ali no chão, de pernas cruzadas, a cabeça caindo para a frente. No entanto, assustado pelo barulho, alcançou a espada que tinha aos pés e, num reflexo rápido, desembainhou-a e levou a lâmina até a garganta de Glover.

— Matsuo-san! — gritou Glover. — Sou eu! *Guraba-san desu!* — Matsuo se levantou, abaixou a espada, desculpou-se e se curvou profundamente.

Pela manhã, nenhum dos dois mencionou o incidente. Matsuo continuou como antes, contido, vigilante, inexpressivo.

Na casa do ancião, sua mulher lhes trouxe arroz e um ensopado, deu a Glover um pedaço de fruta, um caqui.

— *Itadakimasu!* — disse Glover, mordendo a fruta. O suco lhe escorreu da boca, pingando pelo queixo. — *Oishi desu!* — exclamou, rindo. — Delicioso!

A velha senhora gargalhou, entregou-lhe um pedaço de pano para que limpasse o rosto.

Do lado de fora haviam sido acesas algumas fogueiras, as chamas desapareciam na luz do sol, já intensa. As mulheres trouxeram cestos de folhas colhidas, espalharam-nas em bandejas e as sacudiram sobre o fogo, conversando enquanto trabalhavam. Como dissera Walsh, algumas delas tinham os seios descobertos, e pareciam confortáveis com aquilo, sem nenhuma vergonha. Nakajimo captou o olhar de Glover, lançou-lhe um meio-sorriso escuso. Matsuo mantinha o olhar fixo à frente, concentrado. Uma das mulheres disse a Glover algo que não entendeu, e as outras riram efusivamente.

— O que ela disse? — perguntou Glover a Nakajimo. Mas ele também não sabia.

— Sotaque local — explicou. — Chama-se "gíria"?

— Pode ter certeza de que foi algo chulo! — disse Glover.

— Sim — respondeu Nakajimo. — Com certeza!

Glover tirou o chapéu, saudando as mulheres, e elas riram outra vez.

Pegou algumas amostras do chá para levá-las a Ringer, assegurar-se de que tinham a qualidade esperada. Agradeceu ao ancião e à sua mulher, deu-lhes presentes, um tecido de algodão, um saco de açúcar. Caminharam com Glover e seus companheiros até os limites do vilarejo, acenaram ao partirem para a longa jornada de volta a Nagasaki.

Ao longo de toda a estrada, nas encruzilhadas de onde partiam as sendas e trilhas em direção ao castelo do *daimyo* local, fora estirada a bandeira do clã, barrando a entrada, ocultando o caminho.

Nakajimo explicou.

— Notícia que você viaja nesta estrada já se espalhou. *Daimyos* querem impedir sua entrada, dizer que vocês ocidentais não são bem-vindos.

Glover ficou ao mesmo tempo irritado e apreensivo. Quando já se aproximavam da cidade, teve a clara sensação de que estavam sendo seguidos e observados, e percebeu que Matsuo olhava por sobre o ombro, tenso e ainda mais alerta.

Mackenzie estivera novamente em Xangai, voltara com uma carta para Glover. Além de investir o dinheiro da Jardine, Glover havia gastado mais do que tomara por empréstimo, então movera fundos da conta da empresa para a sua, temporariamente, para cobrir os custos dos seus negócios com o chá. A carta era uma reprimenda.

Seu saque de US$2 mil foi apresentado e honrado. Devemos, no entanto, informá-lo de que desejamos ser comunicados com antecedência de suas necessidades de fundos, pois temos como regra não aceitar saques, a menos que a permissão tenha sido solicitada e concedida.

— Quer dizer que eles lhe deram uma pequena advertência — disse Walsh. — O importante é que se safou!

Mackenzie estava lacônico, disse-lhe que prestasse atenção, tomasse cuidado.

— Abra o olho! — Mas Glover percebeu uma admiração relutante em suas palavras.

Em Nagasaki só se falava no tamanho do empreendimento de Glover. Ninguém jamais vira algo como aquilo. O chá era transportado em grandes carroças, partindo do vilarejo que visitara e de outros como aquele, e em barcos que vinham das costas mais distantes. No armazém, as folhas eram analisadas e selecionadas, prensadas e levadas ao forno, aquecidas em grandes tachos de cobre. O trabalho empregava mais de cem pessoas, mulheres fazendo as tarefas mais delicadas, a seleção, mas também o aquecimento para secar o chá. Os homens embalavam o chá seco em enormes engradados de madeira, arrastavam-nos pela porta lateral diretamente para as barcaças que os transportavam. O calor era intenso, e o ruído no local era desmedido, cacofônico, o retumbar das panelas, as caixas sendo arrastadas, as vozes altas, gritando, cantando.

Glover era o responsável por tudo aquilo. Era só um começo. O cheiro do chá tostado impregnava o ar, um incenso extasiante. Inalou seu perfume. Era delicioso.

5

ALQUIMIA

Nagasaki, 1860

ESPIRAIS DE FUMAÇA O ENVOLVIAM, assumindo formas fantásticas. O fundo da sala tremulava, decompunha-se em intrincados arabescos folheados a ouro. Perdeu-se em seu desenho, recostou-se e flutuou levado pela corrente, cruzou paisagens fabulosas, templos e pagodes, montanhas surgidas entre as nuvens, dragões ondulando em redemoinhos de bruma.

Afundou num torpor, despertou para a realidade monótona, viu-se esparramado num sofá encardido, a sala desarrumada, as janelas cobertas por cortinas, o ar rançoso e pesado.

Walsh estava deitado em outro sofá, no mesmo estado, voltando à consciência, ou voltando *da* consciência para este meio-mundo acinzentado.

Uma terceira pessoa agachada no chão, as costas apoiadas na parede: Wang-Li, observando-os, esperando que retornassem.

Glover se sentou, gemeu como se houvesse levado uma pancada na cabeça, uma dor seca.

— Deus do céu!

Walsh olhou-o e sorriu, os olhos inchados.

— De volta à terra dos vivos!

— Que troço forte — disse Glover.

— Negócio lucrativo — disse Walsh.

Wang-Li lhes trouxe os casacos, levou-os até um depósito repleto de caixas de madeira. Abriu uma delas, ergueu uma bola compacta, marrom-avermelhada, como uma pequena bala de canhão enferrujada, entregou-a a Walsh.

— Isto é o que acabamos de tomar?

Wang-Li fez que sim.

— Ópio dos melhores.

— Tenho prática em fazer negócios em turco — disse Walsh, entregando a bola a Glover. — Mas há um excesso disto aqui no mercado. A Jardine ganha um bocado transportando-o até a China. Nosso amigo aqui apenas desviou uma parte do carregamento. Se quiser vendê-lo por conta própria, já sabe com quem falar.

Glover sentiu o peso da bola de ópio na mão, devolveu-a ao chinês, que acenou, dizendo:

— Bom negócio!

Depois que saíram, Glover se despediu de Walsh, passou pelo cais. Estava tenso, a pele formigava, a euforia noturna parecia agora apenas um sonho. Virou-se, assustado com um ruído que vinha das sombras, um farfalhar; mas era só um rato correndo para o interior de um armazém, buscando sobreviver, como ele próprio e todas as demais criaturas. Sentiu um arrepio embora não estivesse frio, voltou para casa à primeira luz acinzentada da madrugada.

Perguntou a Mackenzie o que achava daquilo.

— A Jardine não guarda nenhum segredo quanto a isso, Tom. É perfeitamente legítimo. Uso medicinal. Pense bem, o que fariam nossos médicos sem isso? Eu mesmo já tomei, na forma de tintura.

É a melhor cura que conheço para diarréia, febre, qualquer tipo de dor... o que você quiser.

Mackenzie falava de um modo um pouco vago; estava hesitante, defensivo.

— Mas este aqui é diferente, Ken. É forte pra caramba!

— Por isso é um produto tão valioso. — Fez uma pausa, novamente sua voz deixou escapar uma certa incerteza, um tom que não era o seu. — E é por isso que causou tanto derramamento de sangue na China.

— Negócio legítimo?

— Quando se forçou a abertura das fronteiras chinesas. Tinha que ser feito, em nome do livre comércio.

— Mas você nunca chegou a vender ópio?

— Estive muitos anos em Xangai, Tom. Vi o que esse negócio é capaz de fazer. Acho que eu não queria sujar as mãos com isso. — Olhou para as mãos grandes e ossudas, como se estivesse verificando o que dizia. — Eu só fiz o meu trabalho para a Jardine. Só isso. — Levantou-se de sua mesa, olhou pela janela, a expressão séria, fixa. — Sabe, a família Jardine tem uma casa de campo em Dumfries. Fui lá uma vez, logo antes de partir para Xangai. Nunca me esqueci disso... Sabe o que esculpiram nos postes do portão?

— O quê?

— Papoulas. Um reconhecimento tácito de como fizeram sua fortuna.

— *Prazeres são papoulas desabrochadas.*

— Burns, hem?

— *Colhes o ramo, perde-se a florada.*

— Isso.

Glover decidiu importar o ópio em quantidades relativamente pequenas por meio de Wang-Li, simplesmente adicioná-lo aos seus carregamentos de remédios chineses. Tinha a sensação de que vendê-lo de maneira muito aberta e em grande escala seria complicado, e além disso a Jardine já dominava aquele nicho, ele ainda não estava pronto para enfrentá-los.

Também resolveu não desfrutar da droga com muita freqüência; conseguia imaginar muito bem aonde isso poderia levar. De vez em quando, conforme o ânimo com que estivesse, encontrava-se com Walsh e seguiam para a toca de Wang-Li, fumavam um cachimbo, sentiam o sabor fugidio do paraíso.

Era mais comum e rotineiro que Glover cruzasse as duas pontes, voltasse à casa de chá, o Sakura.

Novamente estava imerso na água quente, Walsh recostado do outro lado. Ambos fumavam charutos, bebericavam o uísque, Walsh comemorava algum investimento particularmente astuto que fizera.

Não comentou muito os detalhes, apenas brindou:

— À grana rápida!

— Quanto mais rápida, melhor! — respondeu Glover.

Walsh riu, a fumaça em seu rosto o fez apertar os olhos, pareceu ainda mais ardiloso.

— Há uma outra forma de ganhar um bom dinheiro — disse. — Alto risco, retorno rápido.

— E qual seria? — perguntou Glover.

— Armas.

Glover fixou os olhos em Walsh.

— Contrabando?

— Assim você faz a coisa parecer romântica — disse Walsh. — E além disso criminosa! Prefiro pensar nisso como uma simples operação de negócios.

— Mas não exatamente legal.

— Isso depende de quais leis você prefere obedecer. Pessoalmente, acredito na lei do mercado. Oferta e demanda.

— Então, onde está a oferta?

— Acredite, isso não é problema. Logo após o pequeno banho de sangue que o seu país causou na Criméia, a Europa foi inundada de armas. E no meu querido país — *Doce terra da liberdade, a ti cantamos!* —, justo antes de se partir ao meio, as fábricas de munições do mundo inteiro estavam funcionando a todo vapor. Não existe falta de armamentos. É só questão de trazê-los a estas costas através da China.

Glover absorveu tudo aquilo, um pouco tonto com o calor, o vapor e a fumaça que corriam entre eles, mas também sacudido pela realidade do que Walsh lhe sugeria.

— E a demanda? — perguntou por fim.

— Existem facções por aqui que querem mudanças — respondeu Walsh. — Especialmente os clãs do sul, Choshu e Satsuma.

— Querem se livrar do xogum.

— Que não tem nenhuma intenção de deixar o cargo.

— Compreensível.

— A situação está se encaminhando a um impasse — disse Walsh —, e os dois lados estão dispostos a se armar até os dentes.

— Então, que lado escolhe? Para qual deles vai vender?

— Só tenho um critério — disse Walsh. — Podem pagar? — Sorriu. — Que se dane, vou armar os dois! Eles que se matem!

— Pelo amor de Deus! — disse Glover, e seu olhar deve ter sido tão sério, tão atônito, que Walsh soltou uma gargalhada.

— Bem-vindo ao mundo cão, Tom. Ah, e também há uma outra lei que respeitamos: não seja pego!

Walsh marcou uma reunião entre Glover e um agente do xogum. Sentaram-se ao redor de uma mesa num quarto esfumaçado, nos fundos de uma estalagem próxima ao cais. O agente trouxera seu próprio tradutor, além de dois guardas, armados com espadas e lanças, que se mantiveram de costas para a porta.

Walsh falou suavemente com o tradutor, explicou a conversa a Glover.

— Ele diz que o xogum quer rifles e munição, que os fornecedores não lhe querem vender diretamente. Diz que temos a possibilidade de consegui-los, e que seria do nosso grande interesse atender ao pedido do xogum.

— Isso poderia ser entendido como uma ameaça? — perguntou Glover. De súbito, deu-se conta de que os homens armados, além de vigiarem a entrada, estavam bloqueando a saída.

— Você está aprendendo — disse Walsh.

Levantou-se, afastou-se da mesa e chamou Glover para o outro extremo da sala, onde poderiam deliberar.

— Estou em dúvida quanto a isso — disse Glover, sussurrando. — Afinal de contas, é o desgraçado do xogum que está nos dificultando tanto as coisas.

— Então, ficaremos do lado dele. É isso o que esse cara está dizendo. Deveria nos valer mais algumas concessões.

— E se isso não acontecer?

— Muito bem, nesse caso temos que nos assegurar de que seus inimigos estejam mais bem armados do que ele!

Apertaram-se as mãos, voltaram à mesa e indicaram ao agente que estavam prontos para fazer negócios.

Walsh levaria uma quantia por intermediar a transação. O trabalho de Glover seria cruzar até Xangai, entregar o pagamento, apanhar a mercadoria. Wang-Li o acompanharia, seria seu tradutor, contrataria alguns guarda-costas.

Xangai lhe pareceu ainda pior do que antes, talvez por estar acostumado a Nagasaki. Havia ainda mais guardas armados ao redor da colônia de estrangeiros. Sempre se ouviam rumores de um levante; de acordo com Walsh, a última ameaça vinha de um general que se considerava uma reencarnação de Jesus Cristo, decidido agora a estabelecer o Reino dos Céus pela força. Glover rira da idéia, mas ali, naquele momento, enquanto caminhava por aquelas vielas, a realidade infernal do lugar o assaltava. A travessa do Sangue. A Puta do Oriente, com seu fedor repugnante.

O ponto de encontro era próximo à costa, e Wang-Li o conduziu por um emaranhado de ruas abarrotadas de gente, travessas estreitas; os dois guarda-costas chineses os seguiam de perto, precavidos, alertas. Quando se aproximaram do vão de uma porta, à entrada de uma taberna, Wang-Li levantou uma mão, fazendo com que parassem, justo antes de uma briga começar; dois marinheiros bêbados foram lançados porta afora, atracando-se com socos, chutes e cabeçadas, jogaram-se ao chão, agarrando-se. Pelo que falavam, notava-se que um deles era irlandês, o outro, russo. Lutaram com uma ferocidade animalesca, grunhindo e rosnando. Wang-Li os contornou, seguiu em frente, descendo uma travessa ainda mais escura e estreita. Olhou com malícia para Glover quando passaram por uma série de portas, cada uma trazia uma cena grotesca, uma cópula repugnante; um marinheiro prensando uma jovem mirrada contra uma parede úmida, outro segurando uma moça pelo cabelo, a moça ajoelhada à sua frente, recebendo-o na boca.

— Puta merda! — exclamou Glover, as imagens o golpeavam.

Wang-Li riu, conduziu-os mais à frente, até chegarem a uma arcada que levava a um pátio. Dois guardas armados estavam postados em frente a um armazém; Wang-Li se dirigiu a eles, encaminhou Glover para o interior do galpão, repleto de caixas e engradados, chegando a uma sala nos fundos, à meia-luz, onde encontraram um gordo mercador chinês sentado em seu escritório. O chinês os saudou, sorriu, indicou que se sentassem. Chamava-se Chan. Fez um chamado, e uma jovem trouxe uma bandeja funda de laca, com uma chaleira e um bule, pequenas xícaras opacas de cerâmica. Wang-Li e Chan começaram a dialogar imediatamente em seu próprio idioma, Glover não entendeu nada do que diziam, teve apenas que confiar. Seu ouvido se acostumara aos sons e ritmos do japonês, mas esta língua era completamente distinta, tinha uma sonoridade estranha e particular, nasal e musical, com vogais inteiramente desconhecidas, algumas delas semi-engolidas, e todas emitidas em grande velocidade. Observou o modo como a jovem servia o chá, passando por um breve ritual: despejava a água quente no bule e depois em cada xícara, com movimentos circulares, derramando-a na bandeja, de onde drenava para a parte inferior; então, colocava um bom punhado de folhas verdes no bule, escaldando-as com mais água quente. A moça levantou a vista e seus olhos encontraram os de Glover, não os desviou, deu um breve sorriso, no exato momento em que Chan e Wang-Li pareciam haver chegado a alguma espécie de acordo, soltaram uma gargalhada brusca.

Um dos guardas de Chan saiu para o armazém e voltou arrastando uma caixa. Abriu a tampa. Estava cheia de rifles, envoltos em pano. A luz tênue da lâmpada reluziu num cano de metal, numa coronha de madeira polida. Chan retirou uma das armas, passou-a a Glover, que sentiu seu peso, fechou um olho e posicionou o outro na mira, depois devolveu-a.

— Concordamos com preço — afirmou Wang-Li. — Pagamos e levamos.

— Sem pechinchar? — surpreendeu-se Glover.

— Pe-chin-char? — indagou Wang-Li.

— Sem discutir o preço? Tentar uma oferta melhor?

— Não desta vez — disse Wang-Li, com um olhar confiante. — Bom preço. Não é bom discutir. Talvez próxima vez quando comprar mais, fazer negócio maior.

— Está bem — disse Glover. — Na próxima vez.

Levantou sua xícara de chá perfumado para Chan, bebeu um gole.

— Próxima vez! — disse Chan, sorrindo, pronunciando cuidadosamente as palavras. Então chamou novamente a jovem, que trouxe três cachimbos.

— Ópio dos melhores? — perguntou Glover.

— Turco — disse Wang-Li.

Glover sorriu para Chan.

— É um prazer fazer negócios por aqui!

Somente depois, com a cabeça mais clara, após a longa viagem de volta, Glover se deu conta de que talvez não houvesse sido extremamente prudente dividir o cachimbo com Chan, poderia tê-lo deixado vulnerável. Mas confiara em Wang-Li, seguira suas orientações. Além disso, aquilo servira claramente como um sinal para Chan, um modo de selar o acordo.

O clíper adentrou suavemente o porto de Nagasaki no entardecer do sexto dia de viagem. As correntes haviam estado favoráveis, o que lhes permitiu fazer o percurso em um bom tempo. O agente do xogum os esperava no atracadouro, desta vez acompanhado de uma tropa inteira de soldados armados.

Com a mesma brusquidão que demonstrara na reunião anterior, beirando a hostilidade, o agente subiu a bordo, verificou cada uma das caixas contendo as mercadorias, todos os rifles e pistolas, cada estoque de munição. Relutantemente satisfeito, acenou para Glover, inspecionou a transferência da carga diretamente para um dos navios do xogum, uma velharia ancorada na baía. Navegaria diretamente até Osaka, cruzando o mar Interior.

Por meio do tradutor, Glover disse ao agente que se algum dia o xogum pensasse em adquirir navios modernos para substituir sua frota antiquada, poderia consegui-los com seus contatos na Escócia. O agente se mostrou ofendido com o modo com que Glover implicitamente rebaixava o Japão, dizendo que, se em algum momento o xogum quisesse participar desse tipo de transação, seria ele próprio quem iniciaria as negociações.

O dinheiro foi depositado na conta de Glover no Banco de Hong Kong e Xangai. Após verificar que o pagamento fora efetivado, Glover entrou no escritório com um ar ainda mais presunçoso que o habitual. Mas nem bem se sentou em sua mesa, Mackenzie se aproximou, exasperado. Ouvira boatos sobre a transação; acabava de confirmá-los, e estava enfurecido.

— Isso é loucura, Tom! — Deu um soco na mesa.

— Eu sei o que estou fazendo, Ken — disse Glover, mantendo-se calmo, apesar de abalado pelo ataque.

— Está indo contra as restrições da Jardine. Está desafiando o governo britânico. Está se metendo na política local. É isso o que está fazendo!

— E você quer que eu fique aqui mofando, vendendo seda e chá pelo resto da vida?! Podemos ganhar um bom dinheiro com isso aqui, Ken, você sabe disso.

— E também sei que quem brinca com fogo acaba se queimando.

— O que diabos quer dizer com isso?

— O xogum é um homem poderoso, Tom.

— É por isso que estou negociando com ele.

— Ele tem inimigos.

— Que se dane, vou vender para eles também!

— Está lidando com forças que não pode controlar!

Glover não deu o braço a torcer.

— Sei muito bem onde estou me metendo, e não tenho medo de correr riscos.

— Ah, Tom — lamentou Mackenzie, balançando a cabeça. — Tom.

Glover estava resoluto, recebeu outra encomenda feita pelo agente do xogum, embarcou em mais uma viagem a Xangai, exultante. A entrega foi novamente feita à noite, a carga transferida diretamente aos navios do próprio xogum. Glover desmereceu mais uma vez o estado das embarcações, e desta vez o agente deu sinais de que o xogum poderia estar realmente interessado na compra de navios escoceses. Também o inquiriu sobre armamentos maiores e melhores, especificamente canhões. Glover manteve a postura profissional, disse que faria uma pesquisa discreta, mas o coração lhe retumbava no peito.

Os lucros combinados das duas últimas transações lhe haviam rendido US$10 mil. O pedido que discutiam agora lhe valeria dez vezes essa quantia. Discutiu o assunto com Walsh, que deixou escapar um suspiro entre os dentes.

— Dinheiro grande, Tom.

Levaria tempo, uma encomenda nessa escala provavelmente teria que passar pela Europa. Glover se pôs a trabalhar no assunto imediatamente. Entrou em contato com a Armstrong & Cia., que fabricava munições em Newcastle, calculou os custos. Encontrou-se novamente com o agente do xogum, discutiu os pormenores, elaborou um pedido detalhado, para ser entregue ao "governo japonês". Seriam quinze canhões de culatra fechada de setenta libras, com berço e bandeja, vinte de culatra aberta e, no total, setecentas toneladas de balas e granadas.

Walsh estava impressionado.

— Meu Deus, Tom, você realmente aprende rápido!

Glover recebeu, em sua conta, uma entrada de US$40 mil pela encomenda.

Glover ainda ocupava a casa de madeira nos fundos do armazém. Desejava agora um lugar que estivesse mais à altura das suas ambições. Tinha um bom crédito; pediu alguns conselhos e contratou um renomado arquiteto, chamado Hidenoshin Koyama, para projetar e construir uma casa. Queria tudo da melhor qualidade, sem economizar em ninharias.

O lugar era espetacular, em Minami Yamate, na costa sul da montanha. Koyama escolhera o lugar por sua vista, de frente para a costa, ao norte de Dejima, virado para as colinas do outro lado da baía. O arquiteto não falava inglês e não tinha nenhuma intenção de aprender. O japonês de Glover, embora já um pouco melhor, ainda era básico: a conversa mole da casa de chá, as evasivas formais das negociações no trabalho. Comunicavam-se com sinais e gestos, quando necessário usavam um intérprete. Koyama desenhou esboços e diagramas, planos completos, mostrou-os a Glover, calculando as dimensões e contornos. Glover começou a gostar dele, sua energia, seus modos profissionais e diretos. Passava uma impressão de força contida, disciplinada e controlada, sem nenhum desperdício.

Uma única coisa se mostrou inegociável. Koyama insistiu nesse ponto. No centro da área aberta que seria o jardim havia um cipreste. Koyama reiterava que a árvore deveria permanecer ali, não poderia ser arrancada. Mostrou-se irredutível. A linguagem que usou não era fácil de traduzir. Uma palavra em particular parecia ressurgir. *Wabi*. O tradutor teve dificuldade, acabou se decidindo por "vacuidade".

— *Wabi* — disse novamente Koyama, e apontou para a árvore. — *Ipponmatsu*.

— Cipreste solitário — explicou o tradutor.

— Tudo bem — disse Glover. — Que fique o *ipponmatsu*.

Porém, na vez seguinte em que se encontraram, havia pensado a respeito dessa *wabi*, essa vacuidade.

— Veja bem — disse —, não estou querendo tatames e almofadas. Quero ter espaço no interior, mesas e cadeiras adequadas.

O tradutor explicou. Koyama riu, alegrou-se.

— *Hai. So desu!*

Glover não precisaria ter se preocupado. Pelos desenhos inacabados já podia notar que seria algo especial.

A construção tinha um caráter particular, com suas três seções em formato de colméia, interligadas. Foi um casamento entre Oriente e Ocidente: alicerces sólidos, ambientes espaçosos, quartos arejados, uma atenção meticulosa aos detalhes, ao trabalho manual — telhas de cerâmica, um sólido alpendre de madeira, o desenho de um sol nascente nos marcos das janelas. Quando a construção terminou, Glover preparou uma recepção para seus colegas e amigos — Mackenzie e Walsh, Groom e Harrison, Shibata e Nakajimo, Ringer e alguns outros.

Ficaram no gramado tomando algumas bebidas, vendo a luz noturna que tocava as colinas do outro lado da baía.

— Fez um ótimo trabalho, Tom — disse Mackenzie.

— Parabéns! — disse Walsh, levantando o copo.

— A todos nós — completou Glover.

Koyama acabava de chegar e Glover correu para recebê-lo, curvou-se respeitosamente. O arquiteto se curvou de volta, inclinando-se um pouco menos.

— Koyama-san — disse Glover. — Obrigado mais uma vez. A casa está magnífica.

— *Do-itashimashite* — respondeu Koyama, aceitando, reconhecendo e rechaçando o elogio de uma só vez. Não era nada.

Seu assistente, o tradutor, vinha carregando alguma coisa, parecia pesada, cuidadosamente envolta num grosso papel de arroz.

— *Dozo* — disse Koyama, pegando o embrulho e entregando-o cerimoniosamente a Glover.

Glover fingiu ser quase derrubado por seu peso, perdendo o fôlego pelo esforço. Koyama sorriu, indicou que deveria abri-lo.

Era um pedaço de pedra bruta, dois ideogramas entalhados na superfície, as linhas graciosas e fluidas.

— É a caligrafia do próprio Koyama-sensei — disse o tradutor, apontando para os símbolos. — *Ippon. Matsu.*

— *Arigato gosaimasu* — disse Glover, curvando-se ainda mais profundamente que antes.

Koyama acenou novamente, aceitando os agradecimentos como devidos, mas ainda assim contente com a resposta de Glover. Supervisionou a colocação da pedra, bem alinhada, no interior do portão.

— Suponho que sua casa tenha ganho um nome — disse Walsh.

— Gostei bastante — disse Glover.

Antes de partir, Koyama se postou em frente ao cipreste, guardando um silêncio profundo. Então se curvou para a árvore, apoiou as mãos por um momento no tronco, acenou mais uma vez para Glover e partiu.

Walsh ficou um pouco mais que os outros; saboreou uma última bebida, mais um charuto.

— É uma casa maravilhosa — comentou. — Mas sabe do que ela precisa agora? Um toque feminino.

— Posso conseguir alguém para vir limpá-la — disse Glover. — Mantê-la em ordem.

— Você quer mais que isso — disse Walsh. — Deveria arrumar uma *musume*, uma pequena concubina.

— Não sei, não tenho certeza.

— Convenientemente, supre *todas* as suas necessidades — disse Walsh. — E sem compromissos. Um simples arranjo de negócios. Não há quase nenhum ocidental por aqui que não tenha uma pequena *musume* guardada. Ora bolas, eu já tive três!

— É — disse Glover. — Sei disso.

— E o que mais podemos fazer? — perguntou Walsh. — Não há mulheres ocidentais, além de uma ou outra esposa de um mercador ou sua filha feiosa. Também não se pode dizer que somos bem-vindos nos altos escalões da sociedade japonesa, portanto qualquer aventura romântica por ali está fora de cogitação. E, francamente, o casamento, no fim das contas, não passa de prostituição legalizada, com a diferença de que pagamos pelo resto da vida! Então, o que acha?

Sentiu-se grande e deslocado naquele ambiente apertado; as pernas doíam de tanto ficar ajoelhado; o incenso começava a cansá-lo, a música *koto* o incomodava. Aquilo era tolice. Jamais deveria ter dado ouvidos a Walsh.

A madame da casa de chá, a *okama*, ela própria uma cortesã de mais idade, sentou-se em frente à porta *shoji*, decorada com pinturas de um jardim, aves e flores, uma ponte que levava a um pavilhão, um encontro entre dois amantes. A cada vez que a porta se abria, ajoelhava-se ali uma jovem diferente, curvando-se para Glover, encontrando seus olhos e então se retraindo num acanhamento provocante.

Uma coisa era ir ali, visitar as meninas, pagar por seus serviços. Mas levar uma delas para morar consigo, comprar de fato uma esposa, não parecia natural. Era melhor acabar com aquilo, agradecer à *okama* e ir para casa. Levantou-se para sair, os joelhos doeram e rangeram. A porta foi aberta mais uma vez e Glover estancou, sem conseguir desviar o olhar. A madame fez menção de fechar novamente a porta, mas ele lhe pediu que esperasse.

Aquela era a mulher que procurava, incrivelmente bela, com a mesma graça espontânea das demais, mas com algo a mais, um brilho nos olhos; e por trás da aparência mundana, uma inocência.

Glover deu um passo à frente, estendeu a mão. Ela a recebeu na sua, tinha tanta leveza no toque, adentrou o quarto.

— Seu nome? — perguntou-lhe Glover. — *O namae wa?*

Ela se curvou.

— Sono *desu.*

— Sono — repetiu Glover, apreciando a sonoridade da palavra. Então sorriu, apontou para si mesmo. — Thomas Blake Glover.

Ela pareceu confusa, cobriu a boca com a mão.

— Thomas — disse Glover, pronunciando seu nome cuidadosamente.

Ela repetiu.

— Tomasu.

— Blake.

— Bureku.

— Glover.

— Guraba. *Hai.* Guraba-san.

— Tom — disse Glover.

— Tomu.

Ela acenou com a cabeça, extremamente séria. Glover riu e a moça o acompanhou, cobrindo novamente a boca com a mão. Tinha o cabelo negro negro, preso no topo da cabeça por um broche de prata em forma de borboleta. O contorno de seu pescoço era delicadamente encantador, exposto pela curva da gola do quimono. A seda da veste ondulava com seus movimentos. Seu perfume o envolveu e Glover se perdeu, enlevado.

Mais tarde, ao voltarem para casa, ele a levou até seu quarto. Sono olhou ao redor, sorriu, maravilhada com os móveis ocidentais, as poltronas ornadas, a cabeceira pesada, de ferro. Riu também de sua avidez — Glover arrancava as próprias roupas, apressado e desastrado, levando-a até a cama sem sequer esperar que se despisse, buscando seu calor, sua umidade entre as dobras das roupas. Sono levantou as mãos para soltar o cabelo, libertando o brilho de sua negrura, envolveu-o com as pernas, montou em seu corpo e lhe mostrou o caminho, e Glover fez força, força, e gozou rapidamente dentro dela.

Sono se mudou para lá no dia seguinte, levou uma pequena trouxa com seus pertences. Glover tinha que trabalhar, mas quando voltou ao final do dia ela já estava estabelecida, em casa. Havia preparado um chá, serviu-lhe uma xícara.

Sobre a mesa pusera um pequeno boneco, com a base arredondada.

— É seu? — perguntou Glover.

Ela pareceu alarmada por um momento.

— Tudo bem?

— É claro. — Glover cutucou o boneco, que tombou e retornou à posição em que estava.

— *Hai!* — disse Sono, imitando o seu gesto. — É Daruma. Bodhidharma.

O boneco tinha um rosto pintado, um patriarca austero, os olhos fixos à frente, bigodes finos.

— Traz boa sorte — disse Sono, lutando com as palavras. Então o empurrou novamente. — Desce. — Largou-o. — Sobe.

— Ele volta sempre — disse Glover. — Gostei!

Sono bateu palmas, rindo. Glover se inclinou e beijou sua boca macia.

Estava acomodado, instalado em sua poltrona de couro preferida no salão do Clube dos Estrangeiros, sob uma janela aberta com vista para o Dique. Revirava as páginas do *Correio de Nagasaki*, passando os olhos pelas notícias dispersas entre as listas de carregamentos.

Walsh entrou, cutucou o jornal para chamar sua atenção.

— Boa noite, Guraba-san! — exclamou, curvando-se exageradamente.

— Não enche! — respondeu Glover. — Estou tentando ler.

— Mantendo-se a par do que acontece.

— Este eminente periódico informa fidedignamente que sua Majestade a rainha está sofrendo de uma depressão nervosa, que esta fase de sua vida representa um período notoriamente crítico para as senhoras, que se observa uma certa animosidade inerente à família real, e que tudo isto, posto em conjunto, está gerando grande ansiedade com respeito à saúde de sua Majestade.

— Dá para ver a ansiedade estampada no seu rosto! — disse Walsh.

— Também há informes sobre aquelas suas bandas — continuou Glover. — O presidente Lincoln emitiu uma proclamação determinando o recrutamento de setenta e cinco mil soldados.

— Boa época para se estar em Nagasaki — disse Walsh.

— O centro do universo — disse Glover. — Há uma descrição das apresentações do barão von Hohenlohe e do *signor* Spectacolini na última semana. Cantaram duetos e então participaram de uma ópera cômica intitulada *A pequena Toddlekins*.

— Lamentavelmente não pude estar presente — disse Walsh.

— Pois é — disse Glover. — Nem eu. A crítica elogia sua atuação, e então continua: "Ambos estiveram excelentes. Mas o que podemos dizer da senhorita Belle Chimer no papel da senhora Whiffleton?"

— Realmente, o que podemos dizer? — completou Walsh. — Mas se eu conseguir desviar sua atenção desses relatos fascinantes, tenho algo que pode lhe interessar.

Retirou do bolso do colete uma pequena moeda prateada brilhante, segurou-a de modo que cintilasse na luz. Atirou-a no ar em direção a Glover, que a apanhou.

— Chama-se *itzibu* — explicou Walsh.

— Bonita — disse Glover, virando a moeda, um símbolo japonês em cada lado.

— É claro — disse Walsh.

— Pode ter certeza de que vão atrás de prata em vez de ouro.

— Mais sutil, não é mesmo? Mas existe um problema.

— Por que será que isso não me surpreende?

— Começaram a ser usadas em Yokohama — disse Walsh. — Os comerciantes americanos depositaram seus dólares nas balanças da aduana, receberam destas aqui em troca.

— Mas não o suficiente?

— Exato. O câmbio é claramente desfavorável. Quase se viu uma revolta!

— Meu Deus! — disse Glover. — Vão ter que dar um jeito nisso.

— Ah, vão sim — disse Walsh. — Quando bem entenderem.

Glover revirou a moeda entre os dedos, girou-a, atirou-a para o alto, guardou-a no bolso.

Sentou-se em frente a Sono na mesa de jantar, tirou a moeda de prata do bolso, com um floreio.

— *Itzibu* — explicou, e colocou-a na mesa ao lado de três copos virados de boca para baixo. — Prata.

— *Hai!* — disse Sono, concordando e sorrindo. — Porata.

— Agora veja.

Cobriu a moeda com um dos copos, fez o velho truque de trocá-los rapidamente de posição. Aprendera aquilo quando criança, há muito tempo, num velho folheto que comprara por um centavo na feira de Inverurie. Segredos da mágica. Prestidigitação. Ilusionismo. Sono observou, confusa. Glover lhe indicou que adivinhasse onde estava a moeda. Ela focou toda sua atenção, os lábios contraídos e as sobrancelhas perfeitamente arqueadas, concentradas; hesitou por um instante, então apontou decidida para o copo do meio.

— *Kore wa!* — afirmou.

Este aqui.

Glover o levantou.

Estava vazio.

Sono emitiu um pequeno grito e levantou as mãos. Glover riu, acomodou as mangas, fez o truque novamente. Desta vez ela apontou para o copo da direita.

— *Kore wa!* — Agora estava decidida.

Glover o levantou; de novo, estava vazio.

Sono deixou escapar um pequeno suspiro. Ele levantou o copo da esquerda e ali estava ela, brilhante.

— *Voilà!*

Ela soltou um "Oh!" espantado que o fez gargalhar.

— Mágica! — exclamou Glover.

Mackenzie estava enfurecido, deixou cair uma sacola cheia de moedas sobre a mesa, os *itzibu* de prata se esparramaram.

— Maldito xogum! Maldito *bakufu*! Maldito país! Por que não podem usar ouro, como todo o resto do mundo?

— Ah! — disse Glover. — É aí que está. Eles não são como o resto do mundo. Não são como *ninguém* neste mundo.

— São inflexíveis — disse Mackenzie. — São obstrutivos.

— São japoneses!

Glover brincou com as moedas, deixou-as correr entre os dedos, um gesto imensamente deleitoso, teatral, o avaro com seu tesouro. Ouro e prata.

Parou, subitamente sacudido por um pensamento tão absurdo que não poderia ser verdadeiro.

— Deus do céu! — exclamou.

— O que foi? — perguntou Mackenzie, ainda irritado.

— Uma idéia boba — disse Glover.

— Mais uma?

Glover checou o *Correio de Nagasaki*, os preços dos produtos, a taxa corrente da barra de ouro.

— Santo Deus!

Largou o jornal, correu para fora, deixou Mackenzie ali, balançando a cabeça.

Abriu caminho até a aduana, Shibata e Nakajimo seguiam em seu encalço. O lugar estava abarrotado de comerciantes — americanos, europeus, chineses, todos discutiam irritados, uma barulheira infernal. Viu Montblanc com sua postura petulante, exasperado como só um francês poderia estar. Atrás do balcão via-se um funcionário, o rosto insosso, inexpressivo, pesando moedas numa série de balanças, movimentos calculados e impassíveis como se estivesse executando algum ritual religioso ancestral, não se deixando apressar ou afetar pelo tumulto e a comoção ao seu redor.

Shibata se curvou profundamente à sua frente. Glover lhe dissera o que deveria perguntar. O funcionário grunhiu uma resposta. Shibata fez um gesto afirmativo e Glover se virou, avançando aos empurrões até a saída, seus dois ajudantes correndo para conseguir acompanhá-lo.

Estava de volta meia hora depois. Com a ajuda de Shibata e Nakajimo, esvaziara seu cofre, metendo todas as moedas de prata em seis bolsas e estas num carrinho de mão. Também tomara a precaução de levar sua pistola, presa ao cinto. Carregaram as bolsas diretamente até o balcão, largando-as pesadamente. Então esperaram pacientemente até que o sumo sacerdote do comércio, em seu ritmo peculiar, depositasse as oferendas sobre as balanças, escrevesse uma série de números numa folha de papel, fizesse um breve floreio com o pincel de bambu. Glover conferiu com Nakajimo se a quantia era a esperada.

Guiou-os novamente para a rua, avançando até o Banco de Hong Kong e Shangai, fortemente protegido. Lá dentro, entregou o documento da aduana, recebendo em troca uma quantidade de barras de ouro trazidas do cofre. Nakajimo e Shibata as colocaram no carrinho de mão, cobriram-nas com alguns pedaços de pano e arrastaram a carga preciosa de volta ao escritório de Glover, que caminhava à frente, alerta, com uma mão apoiada na pistola presa ao cinto.

Após trancar o ouro em segurança, correu em busca de Mackenzie e Walsh, encontrou-os no clube.

— Vocês não vão acreditar nisso! — começou, tentando não falar alto demais, mas incapaz de conter o entusiasmo na voz. Apanhou uma moeda *itzibu*. — Estas aqui valem seu peso em ouro. Na verdade, valem três vezes o seu peso!

— Tem minha atenção completa e absoluta — disse Walsh.

— Explique — disse Mackenzie.

— É simples! — continuou Glover. — Quatro destas, isso dá uns seis xelins na cotação atual, compram um *cobang* de ouro. Mas se exportarmos esse ouro, vendemos um *cobang* por dezoito xelins. Lucro de duzentos por cento!

— Minha nossa! — disse Mackenzie.

Walsh já estava de pé, seguindo em direção à porta.

— Pois bem, temos que nos mexer rápido — disse —, antes que todos os saqueadores de Nagasaki tenham a mesma idéia.

— Todos os *outros* saqueadores! — retrucou Mackenzie.

Durante algumas semanas houve caos, uma corrida do ouro, os rumores correram rápido e os mercadores faturaram. Não paravam de partir navios para a China, repletos do ouro japonês. Foram feitas fortunas antes que os oficiais aduaneiros impusessem restrições no número de *itzibu* permitido a cada comerciante. No entanto, eles simplesmente compraram sob nomes falsos. Glover, Mackenzie e Walsh se tornaram os senhores Hook, Line e Sinker, respectivamente. O governo do xogum acabou por intervir, retornando relutantemente ao padrão-ouro e acabando com a especulação.

Os três se encontraram novamente no Clube dos Estrangeiros, brindando ao êxito obtido.

— À alquimia! — brindou Mackenzie.

— Mágica! — disse Glover.

— À grana rápida! — completou Walsh.

— Senhor Hook!

— Senhor Line!

— Senhor Sinker!

Esvaziaram os copos num só gole.

— O xogum, é claro, não está nem um pouco contente com toda esta história — disse Mackenzie. — Poderia ter desestabilizado toda a economia.

— Eles não têm a quem culpar, exceto a si mesmos — respondeu Walsh. — Eles é que estavam tentando trapacear, desvalorizando o dólar. O tiro saiu pela culatra, só isso.

— Que se danem — disse Glover. — E se isso enfraquecer o xogum, melhor ainda.

Estava sentado outra vez à mesa, de frente para Sono, os pequenos copos de saquê novamente entre eles. Como antes, cobriu uma moeda de prata com um dos copos, executou seu ilusionismo, sua mágica. Sono escolheu o copo do meio. Glover o levantou, revelando uma reluzente moeda de ouro. Então levantou o da esquerda, e ali havia uma segunda moeda de ouro; levantou o da direita, revelando uma terceira. Sono apanhou as três moedas, sacolejou-as juntas, riu maravilhada.

Sono estava esperando um filho. Hesitara em lhe contar, estava indecisa, não sabia como ele reagiria.

Glover ficou fascinado — animado, entusiasmado, embriagado, apavorado. Um filho! Seria pai, ele! Riu, bateu na mesa, disse que se casariam imediatamente.

— Você não precisa fazer isso — disse Walsh quando soube da notícia. — Veja bem, pode-se dar um jeito. Você pode pagar os serviços da garota e demiti-la. A criança pode ser adotada.

Glover ficou ressentido.

— Pelo amor de Deus! — disse. — Eu sabia que você era empedernido, mas o que está dizendo é completamente insensível. É inacreditável!

— Desculpe — disse Walsh, dando-se conta de que julgara mal a situação. — Esqueci que era um homem apaixonado!

A palavra incomodou Glover.

— Ah, deixa para lá.

Mas quando se viu ao lado de Sono no templo, na montanha atrás de Ipponmatsu, sentiu-se tocado por uma enorme ternura.

Sua esposa.

Sua esposa. E carregava um filho seu; talvez um menino, para continuar a linhagem, levar o nome da família; e se fosse uma menina, também seria bom, estava tudo bem, um menino viria depois.

A cerimônia foi simples. O monge budista do templo entoou um mantra, ministrou uma prece. Um pastor cristão leu os votos; Glover os repetiu um a um, enquanto Sono acenava, concordando.

Até que a morte os separe.

— *Hai. So desu.*

Mackenzie e Walsh estavam ali, como testemunhas, a madame da casa de chá sorria, desejando-lhes seus próprios votos.

Ao voltarem a Ipponmatsu, Glover e Sono ficaram em pé no gramado, observando as luzes noturnas nas colinas distantes, os navios ancorados na baía. Haviam conversado sobre passar por Kagoshima, para visitarem o pai de Sono. Aquilo agora parecia essencial.

— Vai ser avô — disse Glover. — *Oji-san.*

Ela riu, bateu palmas.

— *Oji-san!*

— Você acha que ele vai ficar feliz em saber?

— Espero que sim — respondeu Sono. — É homem muito forte. Como você.

Ela já lhe falara de seu pai, um samurai do clã Satsuma. Kagoshima, no extremo sul do país, era seu bastião. Sono dizia agora que seu pai e o clã poderiam querer fazer negócios com ele.

— Bem — disse Glover. — Agora que ele é da família...

Ela sorriu.

— Não é mesmo, senhora Glover? *Guraba-fujin.*

Sono riu, cobrindo a boca. Glover a abraçou, fazendo com que ela soltasse um gritinho, levantou-a e carregou-a, tão leve, para dentro de casa.

Sono partira à frente, viajara a Kagoshima alguns dias antes para preparar seu pai, Shimada-san, para o encontro. Ela estava esperando no cais, recebeu Glover quando seu navio atracou. Bateu palmas com um entusiasmo quase infantil quando o viu, então retomou conscientemente a compostura, o comedimento, curvou-se formalmente. Glover riu, curvou-se ridiculamente baixo, então tomou a mão de Sono e a beijou.

O porto de Kagoshima não fazia parte dos tratados. Os Satsuma eram hostis às mudanças, ressentiam-se da invasão ocidental e do xogum, que a permitira. Ao caminhar com Sono pela ruela estreita até o *ryokan*, a estalagem onde se hospedaria, Glover pôde perceber esse ressentimento no ar. As pessoas o encaravam, não com curiosidade, e sim com hostilidade franca, com ódio e medo; as mulheres se viravam, os homens praguejavam, as crianças corriam e se escondiam.

Glover já havia lido descrições do faroeste americano, relatos de comerciantes que se aventuraram por aldeias indígenas, e imaginou que a sensação deveria ser como aquela, um ambiente predatório, onde ele era a presa. Alguns dos homens estavam armados, espadas presas ao cinturão. Mais de uma vez notou uma mão apoiada sobre a empunhadura, em prontidão, e deu graças por haver levado a pistola. Por sorte também estava acompanhado de Sono. Mas o desconforto que sentia, aquele nervosismo visceral, fez com que suspeitasse até mesmo dela. Sono talvez estivesse sob a influência de seu pai, poderia levá-lo a uma emboscada. Só estavam juntos há alguns poucos meses, e a única coisa que sabia sobre os japoneses era que não sabia de nada. A apreensão cresceu dentro dele, o desconforto se aprofundou. Essa mulher, sua esposa, era uma completa estranha. Então Sono parou na entrada da estalagem, virou-se e o olhou com uma franqueza que o fez se envergonhar.

O encontro com Shimada-san foi marcado para o mesmo dia, à noite. Glover passou toda a tarde acompanhado de Sono, que lhe mostrou a cidade.

— Kagoshima bonita — disse ela.

— Logo se vê.

Ela riu e imitou suas palavras, cantarolando.

— Logo se vê!

À distância, em uma ilha próxima à costa, via-se um vulcão, suas encostas eram íngremes, azul-esverdeadas, um filete de fumaça sobre o cume.

Sono notou que Glover o observava.

— Sakurajima — disse, citando seu nome.

Ela lhe mostrou jardins e templos, uma oficina onde se faziam vasos e tijelas belíssimos, alguns pretos, outros brancos, dispostos com muito bom gosto. Por ali passava um pequeno riacho, e sobre a correnteza fora colocado um pedaço de bambu. Tinha uma extremidade aberta e seu centro estava amarrado a uma peça de apoio, um fulcro. A abertura apontava contra a corrente, de modo que a água o enchia gradualmente e o peso o derrubava, fazendo com que batesse numa pedra, o que produzia um ruído agradável — tunc! O bambu era então esvaziado, e o processo recomeçava. Glover ficou ali observando o mecanismo, fascinado por como se enchia e esvaziava, enchia e esvaziava.

Tunc.

— *Shishi-odoshi* — explicou Sono.

— É assim que se chama?

— *Hai.*

— Mas para que *serve*?

Sono deu de ombros, não entendeu a pergunta.

Shishi-odoshi.

Ao passarem por um altar, Sono parou e se curvou em frente a uma pequena estátua de pedra, um de seus deuses; tinha a expressão benigna e compassiva, uma das mãos levantada, em bênção. Ao redor dos ombros tinha um pequenino pedaço de seda, envolto como um xale, e a seus pés alguém depositara oferendas, uma única flor de crisântemo, um bolo de arroz, uma garrafa de saquê.

— Jizo — disse Sono, apoiando a mão na barriga. — Rezamos para ele, pelo bebê.

Olhou novamente para a estátua, pareceu enunciar uma prece. Juntou as mãos e se curvou mais uma vez. Glover sorriu e fez o mesmo.

Shimada estava sentado no chão, de pernas cruzadas, diante de uma mesa baixa. Glover retirara os sapatos, ajoelhou-se no tatame, de frente para o velho senhor; Sono estava entre eles, ainda mais deferente e recatada que o normal, a filha comportada, a brandura em pessoa. Apresentou Glover formalmente, o velho emitiu um resmungo.

— Shimada-san — disse Glover, curvando-se o bastante para demonstrar respeito, mas ainda assim mantendo sua dignidade. — *Hajimemashite. Yoroshiku onegai shimasu.*

Shimada pareceu satisfeito ao ser cumprimentado pelo *gaijin* em seu próprio idioma. Desta vez o grunhido foi um pouco mais expressivo, mais aprovador. Inclinou quase imperceptivelmente a cabeça, indicou a Sono que lhes servisse a bebida, saquê em pequenos copos pretos, de cerâmica.

— *Kanpai!* — disse Glover, e beberam.

Sono encheu mais uma vez os copos, e Glover levantou o seu novamente. Chegara o momento de arriscar o brinde que preparara, ensaiado com a ajuda de Sono.

Olhou diretamente para o velho.

— *Shogun!* — exclamou, e o velho se deteve, o copo levantado a meio caminho da boca, até que Glover continuasse: — *Nanka kuso kurae!*

O velho pareceu alarmado, considerou o que Glover lhe dissera, assimilou a idéia. O xogum! O diabo que o carregue!

O rosto de Shimada pareceu se encrespar, dobrar-se sobre si mesmo. Um som engasgado lhe surgiu na garganta. Então deixou escapar um rugido, uma gargalhada, bateu na mesa.

— *Nanka kuso kurae!*

Muito bem! Tinha uma história para contar: o *gaijin*, seu genro, amaldiçoando o xogum!

Agora podiam falar de negócios.

A conversa foi lenta e laboriosa, o idioma era um problema, mas com a ajuda de Sono e do saquê generoso conseguiram se entender. Num certo momento, Shimada viu a pistola no cinto de Glover, sob seu casaco, e apontou para ela. Glover pensou que teria aborrecido o velho por trazer uma arma para dentro da casa, começou a se desculpar, mas Shimada só queria vê-la, olhá-la mais de perto.

Glover se assegurou de que a trava de segurança estava em seu lugar, acionada, e lhe entregou a arma, segurando-a pelo cano. Shimada sentiu-lhe o peso na mão, os movimentos muito teatrais, comentou que era pesada.

Então o tempo parou.

O velho levantou a pistola à altura dos olhos de Glover, mirou cuidadosamente, armou o cão. Glover ficou imediatamente sóbrio, petrificado, os olhos fixos no cano. O velho tinha um olhar gélido, absolutamente inexpressivo. Então gargalhou, devolveu-lhe a pistola, indicou sua aprovação. Era aquilo o que queria comprar, além de outras coisas. Fez como se estivesse disparando um rifle. Glover apoiou as mãos no coração, fingindo ter sido atingido. O velho rugiu mais uma vez.

Passaram a noite conversando, beberam ainda mais, barganharam preços e quantidades, datas de entrega. Por fim, já de madrugada, pelo que Glover entendeu, chegaram a um acordo. O trato estava feito.

Do lado de fora, na brisa fria, Shimada se despediu, muito bem-humorado. Glover e Sono percorreram a curta distância até o *ryokan*. À distância, via-se a ponta do vulcão, um brilho avermelhado na escuridão.

Pela manhã seguiram para o porto, Shimada os acompanhou. Enquanto caminhavam pela rua principal, ouviram o ressoar grave de um tambor, viram uma procissão que vinha em sentido oposto, na direção deles, bandeiras tremulavam no ar, estampadas com o escudo do clã, uma cruz envolta por um círculo. A procissão era liderada por meia dúzia de samurais armados, usando elmos e couraças; atrás deles vinha um *norimon*, um palanquim carregado por quatro homens, seguido por outra coluna de guardas armados, vinte ao todo. As pessoas se afastaram, esvaziando a rua.

— *Daimyo* — disse Shimada, e lançou a Glover um olhar ansioso, mas ele já fora sensato o suficiente para recuar bastante, curvar a cabeça. Shimada fez o mesmo, Sono se ajoelhou na terra.

O *daimyo* era o líder do clã, o governante do território. Glover achou melhor não levantar o olhar, manteve a cabeça baixa, sentiu a tensão no pescoço. Mas quando o *norimon* passou por ele, ouviu-se uma ordem enérgica, um comando seco vindo do interior, e a procissão parou bem à sua frente. Shimada apoiou um joelho no chão, falou rapidamente em resposta às perguntas que vinham de trás da cortina. Para Glover foram apenas palavras ásperas e confusas, indistintas e apressadas, mas pôde reconhecer seu nome, uma menção ao xogum, algo sobre fazer negócios. A cortina foi aberta por um momento e Glover levantou os olhos, o pescoço ainda tenso, encontrou o rosto do *daimyo*, encarando-o, a expressão já familiar de desgosto contorcendo os lábios severos. Glover lamentou por ser meramente humano, desejou ser capaz de cuspir fogo, produzir uma segunda cabeça; talvez assim conseguisse satisfazer a intensidade das expectativas. Mas o que quer que estivesse se desenrolando, ele pareceu haver sido aprovado. O *daimyo* enunciou outro resmungo gutural, como se limpasse a garganta de um bloqueio desagradável. A cortina foi fechada. A procissão seguiu em frente.

Mackenzie lhe explicou a situação. Os *daimyos* eram homens poderosos, muitos deles tradicionalistas radicais, opostos ao xogum. Mas o xogum tinha maneiras de mantê-los em seu lugar.

— Por exemplo?

— Para começar — disse Mackenzie —, o xogum insiste em que as esposas e famílias dos *daimyos* permaneçam em Edo, bem debaixo do seu nariz. Os *daimyos* só têm permissão para visitá-las com o convite expresso do xogum. Se saírem da linha, suas famílias correm perigo.

— Então, na verdade são mantidas como reféns.

— Exatamente.

— É bastante brutal — disse Glover.

— Sim — disse Mackenzie. — Portanto, olhe bem por onde anda.

Mas na semana seguinte Glover viajou novamente a Xangai, para comprar mais carregamentos de rifles, desta vez para os Satsuma. Na viagem de volta notou, à distância, um navio que parecia segui-los, vinha em seu encalço. Apanhou uma luneta, viu que pertencia à frota do xogum, a bandeira dos Tokugawa tremulava no mastro.

— Uma das velhas sucatas do xogum! — gritou ao piloto. — Nunca vão nos alcançar!

E estava certo. Aquele barco não era páreo frente ao clíper da Jardine que Glover tomara emprestado para essa viagem. Mudaram de direção, aproveitaram o vento e ganharam velocidade, deixando o navio do xogum bem para trás.

Quando aportaram em Nagasaki, Shimada os aguardava. A carga foi novamente desembarcada à noite, desta vez transferida para um dos navios mercantes dos Satsuma, que a levaria até Kagoshima. Glover sugeriu a Shimada que seu clã também poderia pensar em adquirir navios melhores, tinha contatos na Escócia que poderiam lhes fazer um bom preço. Um vapor de segunda mão, recondicionado e em excelente estado, custaria cerca de US$30 mil. Com a indicação de Glover, o preço poderia ser reduzido a US$25 mil. Shimada riu, disse que era bom ter um comerciante na família, discutiria a questão com o *daimyo*. Enquanto isso, providenciaria o pagamento pela encomenda dos rifles, parte em ouro, parte em dólares de prata mexicanos, uma quantia substancial, em torno de US$3 mil.

Shimada e Glover se cumprimentaram, curvando-se, o acordo estava feito.

Glover caminhava sozinho, perdido em pensamentos. Virou a esquina sem motivo nenhum, entrando em uma viela estreita; estancou de repente, assustado por uma figura escura que surgiu de uma travessa e se plantou bem à sua frente, barrando o caminho. O homem era um samurai, jovem, provavelmente da mesma idade que ele. Glover amaldiçoou a própria estupidez; deixara-se pegar de surpresa, desatento. Retesou os músculos, pronto para lutar ou fugir.

O homem o encarava diretamente, seu olhar fixo o atravessava.

— Guraba-san?

— *Hai* — disse Glover. — *So desu.* — Falou com uma voz rude, defensiva, poderia ter acrescentado: "E você quem é? Por que quer saber?"

— Meu nome é Ito Hirobumi — disse o samurai, curvando-se —, do clã Choshu.

— Fala a minha língua? — perguntou Glover, verdadeiramente surpreso, novamente pego desprevenido.

— Preciso entender meu inimigo — respondeu o homem, quase sorrindo.

— Modo interessante de iniciar uma conversa — disse Glover.

— Podemos conversar um pouco? — perguntou o samurai.

Glover estava inseguro, e Ito indicou uma outra silhueta, parada logo no início da travessa, alerta e em guarda.

— Conhece Matsuo-san?

Glover olhou, reconhecendo o jovem que viajara com ele pelo interior do país. Cumprimentou-o com um aceno de mão. Matsuo se curvou, teso.

A presença de Matsuo lhe passou alguma confiança, e por algum motivo Glover sentiu que podia confiar nesse Ito; seguiu-o pela travessa até chegarem a uma porta baixa, a entrada de uma estalagem. Glover teve que abaixar a cabeça para entrar, e quando se endireitou, viu-se frente a frente com outros três samurais, entre eles Takashi.

Pela segunda vez maldisse a própria estupidez. Fora levado a uma emboscada, sua curta vida terminaria ali, naquele covil miserável, seria cortado ao meio, despedaçado como carniça. Os três samurais ficaram em pé, mas Ito deu um passo à frente, encarou Takashi, trocaram resmungos numa cadência gutural, ladridos secos, os ânimos exaltados.

A discussão terminou quando Takashi bateu com o punho na mesa, gritou: "*Ie!*" Abriu caminho, passando por Glover, confrontou-se com Matsuo, que acabava de entrar pela porta. Takashi lhe dirigiu alguma provocação, a voz sibilante, desdenhosa. Então lançou um último olhar mortífero a Glover e saiu em grandes passos, seguido pelos outros dois.

— Espero que não tenha ido em busca de reforços — disse Glover.

— Você está a salvo — disse Ito. — Por enquanto.

Matsuo se postou em guarda, em frente à porta. O garçom se encolheu, rígido, atrás do balcão. Ito o chamou, pediu bebidas. O homem se apressou em buscá-las. Os poucos fregueses que havia no lugar pareceram relaxar novamente, respiraram aliviados, retomaram as conversas, que haviam sido interrompidas. Numa mesa no outro canto, um senhor idoso os observava de longe. À sua frente estavam dispostos pincéis e uma pedra de tinta, algumas folhas de papel enroladas. Outros dois homens murmuravam entre si, riam, continuaram alguma conversa ancestral.

O garçom lhes trouxe uma bandeja com uma garrafa de saquê e dois copos.

— Por favor — disse Ito, indicando a Glover que se sentasse.

— Então — disse Glover —, não se importa de beber com o inimigo?

— Espero que você não precise ser inimigo — disse Ito. — Pelo que ouvi dizer, talvez seja diferente dos demais *gaijin*. Talvez possamos até fazer negócios.

— Estou lisonjeado — disse Glover.

— Ito não lisonjeia.

— Muito bem, então estou honrado. — Glover levantou o copo. — *Kanpai!*

— Saúde! — disse Ito, e os dois beberam.

O velho do canto desenrolou uma de suas folhas de papel, começou a desenhar, fazendo um rápido floreio com o pincel. Os outros dois soltaram uma gargalhada.

— Muito bem — disse Glover, dando toda sua atenção a Ito. — O que quer de mim?

— O senhor vendeu armas ao xogum — disse Ito.

— Seus espiões estão fazendo um bom trabalho.

— Eu fico de olhos bem abertos. Vendeu também ao Satsuma, o clã de sua esposa.

— Estou impressionado! — disse Glover.

— Portanto — disse Ito —, isso enfraquece clã Choshu. Também deve vender para nós. Todos os inimigos do xogum devem ser fortes.

— Direto ao ponto! — disse Glover. — Mas o que me garante que depois não vão apontar suas armas contra os estrangeiros?

— Tem palavra de honra de Ito.

O rosto de Ito se contraiu, parecia uma máscara *bunraku* mostrando uma expressão exagerada de determinação, integridade, os cantos da boca virados para baixo. Poderia parecer ridículo, mas não era. Estava convicto do que dizia, realmente considerava que sua palavra era uma garantia aceitável, e Glover, sem motivo nenhum, seguindo apenas seus instintos, acreditou nele.

Conversaram, beberam mais saquê, tentaram decifrar as intenções um do outro, barganharam.

— Tenho que pensar um pouco no assunto — disse Glover —, conseguir informações. Talvez possamos nos encontrar outra vez, para discutir melhor a questão.

Levantaram-se para partir. Glover se curvou, Ito lhe estendeu a mão, cumprimentaram-se. Ito então relanceou o velho sentado no canto, o artista. O homem pediu que se aproximasse, para que visse o que estivera fazendo. Ito olhou para o pedaço de papel, rindo. Deu algumas moedas ao senhor, apanhou a folha e a mostrou a Glover. Via-se um desenho, notava-se o rosto de Glover, mas era uma caricatura grosseira — o ocidental na visão dos japoneses. Os olhos esbugalhados e demoníacos, os pêlos da barba brotavam grotescamente.

— É como os japoneses o vêem! — disse Ito. — O bárbaro!

Glover riu.

— Está mais para o demônio!

Enrolou o desenho, guardou-o no bolso do casaco, acenou para o velho, que jogou a cabeça para trás e gargalhou, o rosto ancião todo enrugado.

Mackenzie estava preocupado com as transações de Glover com Ito, disse-lhe o que pensava.

— Não faz muito tempo, esse homem andava lado a lado com Takashi — explicou —, determinado a livrar o país dos malditos bárbaros. Lembra-se da sua primeira noite em Dejima?

— Como eu poderia esquecer?

— Aquilo foi há apenas dois anos, Tom. E há rumores de que o ataque foi orquestrado por Ito.

Glover se lembrou daquela noite, da figura imponente que vira contendo Takashi, ordenando à multidão que se dispersasse. Poderia muito bem ser Ito. De fato, quanto mais pensava no assunto, tentando visualizar a cena, mais certo estava daquilo.

— Foi realmente só dois anos atrás? — perguntou. — Parece mais distante.

— Não passou tempo nenhum — disse Mackenzie.

— Tempo suficiente para que as pessoas mudem.

— Mas não estou falando apenas de um bando de encrenqueiros, Tom. Ito esteve metido em coisas muito piores. Tenho certeza do que estou falando.

— E eu tenho certeza de que ele é um homem de palavra, Ken. Confio nele.

— Pois bem — disse Mackenzie. — Que seja. Mas fique de olhos abertos.

Glover marcou outra reunião com Ito, em Ipponmatsu, à noite. Matsuo, armado com suas duas espadas, manteve guarda do lado de fora da porta.

— Todo cuidado é pouco — disse Ito. — Podemos ser observados por *ometsuke*, os homens do xogum. Ou então, Takashi pode se interessar. Até o governo do seu país tem espiões.

— O lugar deve estar cercado! — brincou Glover. Mas entendeu o que Ito lhe dizia, respeitou a necessidade de cuidado, especialmente porque sabia que os seus próprios movimentos estavam sendo acompanhados da mesma maneira.

Ito o impressionou mais uma vez, sua força de caráter, uma determinação resoluta que não o impedia de manter um senso de humor sarcástico. Seus olhos mostravam que tinha uma inclinação ao riso. A idade era próxima à de Glover, e desde o primeiro momento se sentiram à vontade um com o outro. O respeito era mútuo.

Ito falou apaixonadamente sobre a necessidade de mudanças. O clã Tokugawa governava há duzentos anos, e adoraria manter as coisas exatamente como estavam por mais duzentos.

— Japão, como se diz, "atrasado"? Mas não deveria ser. Japão é país grande, ancestral. Mas também deve ser país moderno. Pode ser poderoso, como seu país.

— Tenho a mesma impressão — disse Glover. — Posso sentir isso.

— Nós podemos fazer isso acontecer — disse Ito. — Primeiro passo, xogum deve partir.

Brindaram à idéia, primeiro com saquê, depois com uma garrafa do melhor uísque de Glover, aberto especialmente para a ocasião.

Glover concordou em entregar um suprimento inicial de rifles, obtidos com a mesma fonte em Xangai. Desta vez não precisou ir pessoalmente, deixou que Wang-Li negociasse a transação. Mais uma entrega noturna, mais um pagamento depositado na conta de Glover, dessa vez feito pelo clã Choshu e seu representante, o príncipe Ito Hirobumi.

— Um príncipe entre os homens! — disse Glover. — É uma honra negociar com o senhor!

— Honra é bom — disse Ito.

A encomenda seguinte foi maior, e Glover decidiu rumar pessoalmente até Xangai. Ito lhe perguntou se poderia acompanhá-lo.

— Quer conhecer o meu contato? — perguntou Glover. — Na próxima vez pode se livrar do atravessador!

Ito se esforçou para entender o que Glover lhe dizia, pareceu ofendido.

— Não é isso. Só quero... — Demorou para encontrar a palavra. — Aventura.

Glover riu.

— Sim, é claro!

6

RONIN

Nagasaki-Edo, 1861

O BEBÊ NASCEU ANTES DO ESPERADO, enquanto Glover fazia outra viagem a Xangai. Ele recebeu a notícia ao desembarcar, correu pela colina até sua casa. Entrou no quarto sem fazer barulho. As janelas haviam sido abertas para que o ar fresco entrasse, mas a atmosfera ainda estava carregada com o odor pesado e metálico do sangue e do esforço. Sono, pálida e esgotada, estava sentada na cama, amamentando o bebê. Levantou a cabeça e olhou para Glover com um grande distanciamento, a fronte enrugada, concentrada. Então, como se o reconhecesse repentinamente, ensaiou um sorriso triste, cansado, e ergueu o bebê em sua direção. Aquele pequeno fiapo de vida era o seu filho, o rosto vermelho e franzido, uma expressão zangada, os olhos pregados, os pequenos punhos cerrados, agarrando-se à existência. Seu filho. O peito de Glover foi tomado de emoção, mas ele a sufocou, prendendo um soluço que lhe escapava. Com a maior delicadeza possível, tomou a criança dos braços de Sono, surpreendeu-se com a leveza daquela criatura pequena, frágil, efêmera, movendo-se sem controle neste novo elemento, um peixe fora da água. Sorriu para Sono, viu em seus olhos tudo o que passara, a exaustão e a dor, a desesperada esperança.

O ataúde era tão pequeno, tão leve, uma simples caixa de pinho branco. Glover o segurou nos braços. Não tinha peso algum, poderia muito bem estar vazio. Mas quanto peso havia naquele *nada*, naquele *vazio*! Caminhou à frente de Sono, carregou-o pelo caminho até a sepultura diminuta. Haviam escolhido um nome para o bebê, Umekichi. Semanas prematuro, sobrevivera apenas uns poucos dias.

O dia estava agradável, o ar cheirava a frescor e a primavera, a argila úmida, a terra revirada. Algumas pessoas compareceram. Mackenzie estava lá, mantendo uma gravidade sóbria, Ito também, com a dignidade rígida de samurai.

Até mesmo Walsh parecia lúgubre e contido, acenou para Glover, apoiou uma mão consoladora em seu ombro.

O pastor leu uma prece. O monge do templo queimou incenso, entoou um mantra, invocando o Buda da Terra Pura.

És pó, e ao pó voltarás.

Namu Amida Butsu.

Glover deu um passo à frente, ajoelhou-se à beira do jazigo e nele acomodou a caixa, vacilou ao se inclinar para a frente, sentiu-a tremer em seus braços. Por mais leve que fosse, foi difícil manter estável aquele quase-nada, deitá-lo suavemente em seu local de repouso, apenas com um leve baque ao final, insignificante.

Quase nada. Ao pó voltarás. A terra pura. Na esperança certa e inabalável.

Namu Amida Butsu.

Glover ficou de pé, apanhou um punhado de terra do pequeno monte formado ao lado da cova, jogou-o sobre a tampa do caixão. Até mesmo esse som foi reduzido, um ressoar oco. Acenou para Sono e ela fez o mesmo, jogou um punhado de terra, observou como se espalhava. Ela então se virou, ajoelhou-se em frente a uma estátua de Jizo. Curvou-se e colocou uma única rosa branca aos pés da estátua, envolveu um xale de criança, bordado, ao redor dos ombros da imagem. Então enfileirou algumas pedrinhas no chão, curvou-se novamente e bateu palmas uma única vez em frente ao rosto.

— É para ajudar nosso bebê seguir caminho — explicou. — Cruzar Sai no Kawara. Rio do Inferno.

Glover passou um braço sobre seus ombros, e só então Sono caiu em pranto, os soluços sacudiam seu corpo.

Ela partiu no dia seguinte, pediu desculpas, disse que tinha que ir, voltar para sua família em Kagoshima, tinha certeza de que ele entenderia. Manteve a sobriedade ao falar com Glover, uma máscara, abafou qualquer sentimento. Ele não tinha o que dizer. Mesmo que conhecesse melhor o idioma, não teria palavras para aquilo. Caminhou com ela até o porto, carregou o fardo pequeno e triste em que levava seus poucos pertences. No píer, fez menção de abraçá-la, mas ela se afastou, deu-lhe as costas. Glover pensou compreendê-la; se Sono desse vazão às emoções, seria completamente derrubada, então tinha que se manter composta, não se deixar abater. Pensou compreendê-la, mas aquilo ainda assim o feriu, aquele distanciamento, a ondulação do seu quimono, o perfume deixado no ar. Ao subir a prancha, parou e se virou na direção de Glover, que acenou. Sono abaixou a cabeça, curvou-se uma última vez e partiu.

Glover retornou lentamente pela costa, passou por *shian bashi*, a ponte da hesitação, subiu o morro até a casa vazia. Serviu-se de um copo de uísque, ficou um bom tempo sentado em sua poltrona, os olhos fixos na janela, sem enxergar, mirando o cipreste no jardim. Não acendeu as lâmpadas, deixou que o quarto escurecesse enquanto a noite caía, tinha a mente vazia, embotada.

Quando finalmente se levantou para caminhar até a cama, a escuridão já cobrira tudo, sentia-se rígido e frio por ter estado inerte tanto tempo. Cambaleou até o móvel sob a janela, acendeu uma vela, viu seu reflexo súbito e conturbado na vidraça. Na sua terra isso era considerado mau agouro, ver o próprio reflexo à luz de velas. Na sua terra, em outra vida.

Entrando no quarto, a chama reluziu por um momento em algum objeto cintilante. Abaixou-se e o apanhou. O broche de Sono, folheado em prata, brilhante. Levou-o aos lábios e o beijou.

Mackenzie dissera a Glover que havia uma inquietação crescente, nos altos círculos, em relação aos seus contatos com Ito e os clãs rebeldes. O cônsul britânico, na legação de Edo, promulgara ordens oficiais, sem mencionar Glover pelo nome, com um alerta contra qualquer ação que pudesse debilitar o xogum e o governo instituído do Japão. Com a morte do bebê, a partida de Sono, Glover fora tomado por um vazio, sentia-se anestesiado, taciturno. Precisava de algo que o sacudisse, para despertar e seguir em frente. Decidiu-se. Rumaria para Edo, para a legação.

— Preciso falar com essa gente — explicou a Ito —, fazê-los atinar.

Estavam no jardim de Ipponmatsu, fitando o porto, os navios mercantes ancorados, as colinas azuladas por detrás.

Ito concordou.

— É bom. Mas será uma viagem perigosa. Matsuo o acompanhará.

Matsuo estava postado respeitosamente ao fundo, ciente de seu lugar. Aprumou-se, alerta, curvou-se desde a cintura.

— Então acha que preciso de proteção? — perguntou Glover.

— Ainda é território hostil — disse Ito. — Há muitos *ronins* como Takashi que prezariam a cabeça de um bárbaro como troféu.

Glover riu, mas a imagem o perturbou, e sabia que Ito estava certo.

— Além disso — continuou Ito —, precisamos de você para o trabalho. Não podemos fazê-lo sozinhos.

— Então sua preocupação pela minha segurança é completamente egoísta?

— É claro!

Desta vez os dois riram. Mas chegaram a um acordo. Matsuo viajaria com ele, como guarda-costas e guia. Navegariam até Yokohama, continuariam a cavalo até Edo.

Yokohama era mais agitada que Nagasaki, tumultuada, completamente voltada ao comércio exterior. Seu crescimento fora rápido e, em boa medida, desordenado; era um pombal, uma bagunça, esparramada em uma faixa de quinhentos metros entre um ribeiro e um terreno pantanoso, entre um estuário e o grande Pacífico. Segundo Mackenzie, a intenção fora, em parte, conter a invasão estrangeira, limitar a expansão pela mera aspereza do lugar. "Uma colônia-prisão", dissera. "Dejima em grande escala."

Mas era impossível conter certas coisas. A ratificação do tratado era uma prova disso.

Glover e Matsuo desembarcaram no cais de granito, alçaram a bagagem nos ombros e seguiram a pé. Passaram pela aduana, um edifício sólido, de pedra, seguiram pela rua principal, cruzando godões instáveis e edifícios mais robustos, uma mistura de lojas e armazéns, casas minguadas, de madeira. Num espaço mais aberto, chamuscado por um incêndio recente, viram uma família sentada no chão, preparando uma refeição, arroz e peixe, uma garrafa de saquê, enquanto alguns carpinteiros começavam a reconstruir a casa ao seu redor.

Mackenzie dissera a Glover que seguisse para o Cerro, um rochedo situado num dos extremos da cidade, onde a maior parte dos estrangeiros se estabelecera, mirando para a orla superpovoada. Aos pés do Cerro, na entrada de uma ponte fortificada, viram um inglês que vestia um hábito encardido, uma gola de padre; postado sobre um caixote de madeira, com uma Bíblia na mão, deblaterava contra os passantes. Cruzou o olhar com o de Glover, começou a imprecar diretamente em sua direção.

— Tome cuidado, jovem senhor, para não tombar pelos caminhos do mal! Este lugar é uma latrina, um poço de iniqüidade, tomado por criaturas daninhas em forma humana. Toda espécie de gente gravita por aqui: aventureiros californianos desregrados, facínoras portugueses, o refugo e os dejetos da Terra. Tomei por ofício contar o número de tabernas, e acredite, senhor, é excessivo ao extremo. E logo ali, à beira do pântano... — apontou sobre a cabeça de Glover, a ira lhe fazia tremer a mão — ...encontra-se um estabelecimento vil, conhecido como a casa de chá Gankiro, onde são empregadas duzentas mulheres para prover todos os meios para a profligação e o vício.

— Tomou por ofício contá-las também? — perguntou Glover.

— Obtive relatos — disse o homem, fixando os olhos ainda mais intensamente em Glover — e não tenho razões para duvidar de sua veracidade. Tornou-se prática comum que um jovem simplesmente *compre* uma mulher com o propósito de viver em pecado, em matrimônio *profano*.

Glover pensou em Sono, vislumbrou nitidamente seu rosto, lembrou-se do que haviam vivido, do que construíram. E soube que aquele homem jamais entenderia, o que o encheu de uma raiva repentina, sentiu-se retesar os braços, cerrar os punhos, como se fosse realmente golpear o homem, derrubá-lo ao chão. Em vez disso, perguntou-lhe:

— Poderia quiçá me mostrar o caminho para essa casa de chá... Como se chama? Gankiro? Eu talvez esteja interessado em conhecê-la.

Seguiu em frente, Matsuo o seguia, o homem gritou às suas costas, a ira lhe sufocava a voz.

— O salário do pecado é a morte!

Passaram a noite num *ryokan*, construído no pequeno espaço entre um armazém e um templo. O quarto de Glover era pequeno, do tamanho de seis tatames, e o *futon* enrolado no chão ocupava quase todo o lugar. Matsuo checou o corredor, instalou-se do lado de fora da porta *shoji*, indicou que descansaria, mas que tinha um sono leve, estaria atento a qualquer intrusão. Para Glover, a precaução era excessiva, mas já aprendera a não discutir com o implacável senso de responsabilidade de Matsuo. Glover o entendia e respeitava.

Deitou-se, deixou que o ruído de fundo do lugar o transpassasse — vozes, chamados, risos esparsos, o ressoar de um *koto*, alegre e melancólico. Deixou-se cair no sono, inalando os aromas de peixe e incenso.

Sua Excelência Reverendíssima, o senhor Robert James, pastor episcopal, já terminara as imprecações do dia. Desceu de seu púlpito — uma caixa de peixe —, chutou-o irritado para a sarjeta. Aquele jovem escocês o deixara exasperado, turvara seu humor. Aquela arrogância, uma completa desconsideração. Pois bem, que queimasse no inferno.

Estava tão encolerizado que, num primeiro momento, não notou os vultos que vinham em sua direção, quatro homens que se aproximavam com a altivez dos samurais, os senhores absolutos daquele chiqueiro. Quando se deu conta, já estavam praticamente ao seu lado; não reduziram o passo, esperavam que ele saísse do caminho.

Ainda tomado pelo brio, ergueu a mão direita, brandindo a Bíblia para os samurais. Pela segunda vez naquele dia citou:

— O salário do pecado...

Mas o verso foi interrompido, pontuado, pelo golpe de uma espada, uma única estocada que transfixou seu abdome, eviscerando-o. Sentiu as entranhas se revolvendo, conseguiu completar a citação — "é a morte" — antes que um segundo golpe lhe arrancasse a cabeça.

Takashi olhou para a figura caída a seus pés, limpou a lâmina nas vestes do homem e embainhou novamente a espada. Rolou-o com o pé para o escoadouro à beira da estrada e seguiu em frente, acompanhado de seus três comparsas.

Glover dormiu profundamente, acordou ao alvorecer. Matsuo já estivera na rua, havia negociado o aluguel de dois cavalos — com ferraduras — e juntado provisões para a viagem: um tanto de arroz cozido, picles, peixe seco. Deixaram a cidade, cavalgando por ruas que já se agitavam com o comércio, vozes levantadas, todo tipo de barganha e negociata, seguiram em direção a Tokkaido, a estrada de Edo.

Num espaço entre dois edifícios, Matsuo apontou para o horizonte. A neblina baixa esvaecera, revelando ali, momentaneamente, uma montanha grandiosa — Glover nunca vira nada parecido. Era singular, em parte, por sua simetria. Seus lados se inclinavam formando um cone perfeito, mas com o cume cortado, um vulcão, de um tom azul profundo, denso.

— *Fuji-san* — disse Matsuo, curvando a cabeça.

Glover não fazia idéia da distância a que se encontrava, ou de sua altura, mas realmente tinha um aspecto impressionante. Matsuo citou seu nome com reverência, como se fosse um ser vivo. *Fuji-san*, o monte Fuji. Seguiram em frente, Glover se virou para observá-lo mais uma vez, mas já desaparecera, perdido novamente nas brumas.

Ao longo do dia vislumbraram relances do vulcão, sempre distintos. Elevou-se mais uma vez sobre as nuvens, ou surgiu numa brecha entre as árvores. Viram-no emoldurado pelos andaimes de bambu de um edifício em construção, ou por toras de madeira no quintal de um lenhador. Observaram-no pela janela de uma casa de chá onde pararam no caminho, através do gigantesco portão vermelho de um templo, refletido numa poça à beira da estrada. Num certo ponto, onde uma curva do caminho os levou a uma pradaria aberta, ergueu-se de súbito, descomunal, dominando o horizonte; Matsuo freou o cavalo e desmontou, prostrou-se no chão. Então, sem dizer uma palavra, montou novamente e tocou o animal avante.

Glover teve a impressão de que haviam mudado de direção, de que estavam seguindo no caminho errado. Comentou o fato com Matsuo, que grunhiu em resposta, disse:

— *Kamakura. Daibutsu.*

Aquilo parecia constituir uma explicação completa e adequada, e Glover decidiu confiar em Matsuo. Deveria ser um desvio necessário.

Chegaram a um pequeno vilarejo uma hora depois, um povoado defronte a uma baía, cercado de colinas.

— *Kamakura* — disse Matsuo.

Desta vez foi Glover que grunhiu.

Yokohama estava tão apinhada de estrangeiros que ninguém dispensara muita atenção a ele. Aqui era diferente, todos o encaravam da mesma forma que em sua chegada a Nagasaki, ou em sua visita a Kagoshima, com um misto de curiosidade e hostilidade franca, inquietação, o temor despertado pelo bárbaro. As crianças repetiam a brincadeira, imitando seus olhos redondos. Glover quase esperava se defrontar com Takashi, avançando pela rua estreita.

Deixaram a cidade, cavalgando até as colinas, pararam à entrada de um templo, amarraram os cavalos. Matsuo avançou à frente, passando por algumas construções externas, cruzou um arco. Então, parou e curvou a cabeça. À sua frente, num átrio aberto, estava plantada uma enorme estátua do Buda, quinze metros de altura, moldada em bronze.

— *Daibutsu* — disse Matsuo. — *Buda Amida.* — Pela segunda vez naquele dia, Glover foi tomado de reverência. Como lhe ocorrera com a montanha, impressionou-se com o tamanho monumental da coisa, mas novamente havia algo mais, um tipo de presença.

Aproximaram-se e Matsuo se prostrou novamente no chão, então se levantou, curvou-se, bateu palmas três vezes. Próximo à estátua havia um incensório, também fundido em bronze, ornado como as folhas e pétalas de um lótus. Matsuo puxou a fumaça fragrante em direção ao rosto, uma purificação, então juntou as palmas mais uma vez, caminhou ao redor da estátua em sentido horário, entoando um cântico.

Namu Amida Butsu.

Glover levantou os olhos, viu a estrutura colossal que se erguia sobre sua cabeça, tentou apreendê-la. Em parte, sua admiração era desprendida, analítica; a perícia técnica necessária para construir algo assim era realmente assombrosa. Como Matsuo, caminhou ao redor da escultura, mas com o andar de um observador, não com o passo de um devoto. Viu que o bronze havia sido moldado em enormes seções, fundidas ou unidas por parafusos.

— É uma senhora obra de engenharia — disse Glover a Matsuo, ciente de que não entenderia, mas ao menos esperando que notasse o respeito em seu tom de voz.

Mas ele próprio, ao ouvir as palavras que dissera, notou que soavam pequenas e vazias, como se houvessem sido proferidas por outra pessoa. Glover sabia que a admiração de Matsuo transcendia o simples apreço pela técnica da construção, que aquilo era arte, e não um mero artefato. Mais que isso, a estátua fora imbuída de um poder verdadeiramente arrebatador. Por mais que tentasse resistir, sentia-se inevitavelmente tocado por ela. Toda a situação parecia conspirar

— o cansaço da viagem, a paz que reinava no lugar, circundado por colinas cobertas de árvores, o aroma do incenso que impregnava o ar, o sussurro grave com que Matsuo entoava seu cântico —, criando uma atmosfera rarefeita, mas preenchida com uma espécie de intensidade. Os objetos pareciam nítidos, de contornos definidos, decididamente presentes, mas nada se destacava tanto quanto aquela figura descomunal.

O escultor captara algo inteiramente particular, insuflara-a com vida. A superfície fora desgastada pelo tempo, formando uma pátina salpicada, um verde pálido quase luzente.

Não adorarás nenhuma imagem esculpida.

E ainda assim...

O rosto que o observava do alto era ao mesmo tempo austero e benigno. Os olhos estavam entreabertos, os cantos da boca elevados num suave meio-sorriso. Sentiu uma dissolução das fronteiras, das distinções, como se estivesse se perdendo, desprendendo-se de seu corpo.

Matsuo bateu palmas mais uma vez. Um sino de ferro soou. Glover voltou a si, estava novamente ali, incompatível, forasteiro naquele lugar remoto. Sacudiu a cabeça, passou as mãos pelo rosto.

Matsuo caminhou por trás da estátua, indicou a Glover que o seguisse.

— E agora o quê? — perguntou Glover, subitamente impaciente, ansioso por seguir em frente, chegar a Edo.

— Dentro — disse Matsuo, indicando uma pequena porta na base da estátua. — Para cima.

Uns poucos passos e estavam dentro do monumento, uma caverna opaca com a forma do corpo do Buda. Matsuo foi na frente, galgando os precários degraus de madeira que levavam diretamente até o topo; Glover o seguiu, postou-se sobre uma plataforma instável no interior da cabeça da estátua, olhou através de seus olhos, viu o terreno em torno do templo, o povoado mais adiante.

Matsuo riu, sua voz ecoou, então o guiou mais uma vez pelo caminho, descendo até a base. Glover sentiu uma estranha hesitação quando remontaram os cavalos, prosseguiram a jornada.

Já anoitecia quando chegaram a Edo, cavalgaram até o complexo que abrigava a legação britânica. O consulado se estabelecera nas instalações de um templo reservado — Tozenji —, um conjunto agradável de edificações e jardins ligados por caminhos sinuosos, pontes de madeira sobre poços serenos, adornados com lótus, uma lagoa plácida. O entorno era fortemente protegido por milícias japonesas, mas Glover notou que tinham uma postura um tanto indolente, deixando que ele e Matsuo passassem livremente por um portal coberto de trepadeiras e seguissem por uma avenida sombreada, margeada por pinheiros e bambus.

O prédio em si era baixo, de madeira, os aposentos divididos por portas deslizantes feitas de pinho e papel. Parecia muito frágil para os pesados móveis ocidentais que haviam sido arrastados para dentro, ocupando todo o espaço — sólidas mesas e cadeiras de carvalho na sala de jantar, poltronas de couro, estantes e escrivaninhas. Mais adiante viam-se guarda-roupas, armários e fogões, penteadeiras e camas com cabeceiras de ferro. O efeito era claustrofóbico, abarrotado, especialmente naquele calor, ao final do verão.

Na entrada, pendurado precariamente em uma das paredes finas, via-se um retrato da rainha Vitória, emoldurado a ouro, e abaixo dele, recostado numa poltrona, Glover se deparou com uma figura familiar, Richardson, o inglês que encontrara na sua primeira noite em Nagasaki. Parecia um século atrás.

— Glover! — exclamou Richardson, ficando em pé e estendendo a mão. — Charles Richardson. Nos conhecemos em Dejima.

Glover apertou sua mão seca e delgada, respondeu:

— Sim, eu me lembro bem de você. Este é Matsuo-san.

— *Hai.* — Matsuo se curvou.

Richardson fez um ligeiro movimento com a cabeça, dirigiu-se novamente a Glover.

— Seu guarda-costas, suponho. É uma precaução sensata nestes dias. Todo cuidado é pouco. Acabamos de receber notícias de Yokohama, esta tarde. Parece que um pastor inglês itinerante foi inesperadamente destripado no meio da rua.

— Acabamos de vir de lá — disse Glover, lembrando-se do clérigo que encontraram, colérico, clamando o fogo do inferno e a danação. O salário do pecado.

— Bem, é ali que estamos radicados — disse Richardson. — Somente pela graça do bom Deus.

— Imagino.

— Mas o que o traz a Edo? — perguntou Richardson. — Está se mudando de Nagasaki para cá?

— Estou bem em Nagasaki — disse Glover. — Vim aqui para falar com o cônsul.

— Tenho certeza de que *Sir* Rutherford ficará encantado em recebê-lo — disse Richardson. — Ouvimos falar bastante de suas... atividades!

Nesse momento um inglês atarracado, de cabelo grisalho, aproximou-se pelo corredor, parou e fixou o olhar em Glover. Aqueles olhos guardavam um cansaço, uma paciência resignada, mas ainda luziam uma intensidade, uma expressão entretida.

— Thomas Glover — disse Richardson, apresentando-os. — *Sir* Rutherford Alcock.

— É um prazer conhecê-lo, por fim — disse Alcock. — Ouvimos falar muito do senhor.

— Foi o que me disseram.

— Nem *tudo* o que nos contaram foi negativo! — disse o cônsul. — De qualquer modo, tenho certeza de que tornará nossa refeição mais interessante. Com a sua presença e a de Richardson, além do jovem senhor Oliphant, será para mim como um banquete após longo jejum. Neste lugar inóspito, o forasteiro é um completo estranho e absolutamente repudiado pelos nativos. Estou ávido de sua companhia, senhor. Jantamos às oito.

Matsuo deu água e comida aos cavalos, guardou-os no estábulo situado à margem do complexo do templo, dirigiu-se à caserna, alojando-se junto com os guardas japoneses. O aposento de Glover era apertado mas razoável, um pequeno quarto de hóspedes ao lado do corredor principal. Lavou-se, fez a barba, limpou o melhor que pôde a poeira da viagem que trazia nas roupas e se apresentou para o jantar.

Eram quatro à mesa, Glover e Richardson, Alcock e o jovem que o cônsul mencionara, Laurence Oliphant. Glover já ouvira falar dele. Viera para o Japão como secretário do lorde Elgin, integrara a primeira delegação britânica enviada às costas japonesas. Oliphant estava muito loquaz, respondendo às perguntas de Glover sobre como fizera para conseguir aquele cargo.

— Sou movido pela necessidade constante de ir a lugares remotos — disse Oliphant —, fazer coisas que ninguém fez antes.

Glover concordou, entusiasmado.

— Entendo perfeitamente.

— Já fui a Catmandu, cruzei a Criméia numa carroça, estive no Ubooch, no Cáucaso Ocidental, e rumei do lago Superior até a nascente do Mississipi em uma canoa de tronco. Passei por Calcutá durante o Motim Indiano e observei o bombardeio de Cantão do convés do HMS *Furious*.

A ladainha obviamente havia sido bem ensaiada, e certamente já fora repetida em muitas mesas de jantar. Mas Glover achou o jovem interessante, sua vivacidade o revigorava.

— Não lhe deve restar muito o que explorar neste mundo — disse Richardson.

— O Japão logicamente era o próximo passo — concordou Oliphant.

— O Japão, este lugar fétido e atrasado — comentou Alcock.

— Ah! — disse Richardson. — *Sir* Rutherford está falando de seu assunto preferido!

— Ora, estou bastante confortável aqui — retrucou Alcock. — Tenho minha biblioteca, meu trabalho...

Richardson interveio novamente.

— *Sir* Rutherford está preparando uma gramática inglesa-japonesa.

— E que tarefa ingrata — disse Alcock. — Um trabalho hercúleo. É um idioma sem gêneros para os substantivos, sem artigos definidos, com uma multiplicidade de formas para nos dirigirmos às pessoas conforme sua posição, e uma abundância estarrecedora de verbos.

Custo a acreditar que tal projeto possa vir a ter qualquer utilidade, assim como é difícil imaginar que poderemos chegar a qualquer forma de amizade ou conciliação verdadeiras com os japoneses. Em suma, não consigo evitar o sentimento de exílio e banimento de tudo o que é familiar e civilizado.

— Ainda há muito o que explorar por aqui — disse Oliphant. — É um belo país. Senhor Glover, chegou a vislumbrar o monte Fuji no caminho para cá?

— A montanha — disse Glover — é realmente espetacular.

Oliphant concordou.

— É o mistério e a grandiosidade em pessoa.

— Quando vista à distância — disse Alcock.

— *Sir* Rutherford teve a bravura de escalar essa montanha infame pouco após chegar ao país — comentou Richardson.

— Não se pode dizer que tenha sido um passeio recreativo — disse Alcock. — A ascensão foi uma escalada árdua e penosa, uma trepação alcantilada por meio de um terreno hostil, árvores e vegetação cada vez mais esparsas, até o ponto em que estávamos galgando encostas deslizantes, topando com pedregulhos, ofegando no ar rarefeito. — Alcock se entusiasmava à medida que expunha seu conto, sem dúvida já narrado em muitas outras ocasiões. — Por fim, chegamos aos abrigos primitivos onde poderíamos passar a noite, cabanas precárias de madeira onde nos amontoamos naquele frio glacial, picados e atormentados por pulgas. À primeira luz, rígidos e doloridos, nos esforçamos por seguir em frente, sobre rochas nuas, mais três horas até a própria beira da cratera.

— É realmente admirável — disse Glover.

— E o que diabos vimos lá de cima? — perguntou Alcock. — Uma visão panorâmica desta terra gloriosa? Uma perspectiva repentinamente alterada? Não. Olhei sobre a borda da cratera, vi suas profundezas nefastas, as próprias entranhas de um abismo. Me virei para o exterior e não se enxergava distância alguma, todo o lugar fora novamente obscurecido por nuvens e bruma, oculto à nossa visão.

— Típico — disse Richardson. — É como se o maldito país quisesse se manter escondido!

— Não é um lugar fácil de compreender — disse Oliphant —, mas o esforço vale a pena.

— Conte a Glover do seu empreendimento — disse Richardson, rindo. — Sua coleção de insetos!

— Estou preparando — explicou Oliphant, pacientemente — uma coleção entomológica para o Museu Britânico, e já encontrei diversos besouros raros.

— Não consigo conter meu entusiasmo! — disse Richardson.

— Qual é a sua opinião, senhor Glover? — perguntou Alcock.

— Sobre colecionar insetos? — Glover riu, mas estava na defensiva, algo no tom da pergunta o deixara em alerta.

— Sobre a possibilidade de compreendermos este lugar. Ou, então, sobre a tentativa de cooperarmos com os japoneses. Acha que é uma atitude sábia?

— Acredito que o senhor Glover já esteja cooperando amplamente com eles — disse Richardson, tragando do charuto.

— E o que quer dizer com isso, senhor? — perguntou Glover.

— Ouvimos falar que se mesclou aos nativos, tem uma esposa e filho japoneses.

— Até a semana passada — disse Glover —, agora não mais. Meu filho morreu. Minha mulher partiu.

— Um infortúnio — disse Oliphant, cortando o incômodo silêncio.

— Isso talvez lhe traga menos dores de cabeça, a longo prazo — disse Richardson.

Glover não pôde acreditar no que aquele homem acabava de dizer; pela segunda vez naqueles dias, viu-se cerrar os punhos frente a uma ignorância arrogante como aquela, contendo-se para não lhe desferir um soco.

— O pragmatismo do senhor Richardson é extremado — disse Oliphant —, e traz consigo uma certa insensibilidade.

Richardson não emitiu qualquer comentário, apenas entrecerrou os olhos, fitando as voltas da fumaça de seu charuto; Glover o encarava fixamente.

— A cooperação a que me refiro é de uma natureza inteiramente distinta — disse Alcock.

— O que talvez seja justamente o tema que me trouxe até os senhores.

— Pelo que pude compreender, tem trabalhado ao lado do senhor Ito Hirobumi, do clã Choshu. Disseram-me que são como unha e carne.

— Ito é um parceiro de negócios, e um amigo.

Richardson soltou uma gargalhada.

— Ah, quanta *naïveté*!

— Esses homens são perigosos — disse Alcock.

— Arrisco dizer que *Sir* Rutherford talvez esteja certo — disse Oliphant, reservado.

— Suas transações comerciais são problema seu — disse Alcock. — A menos que se tornem ilegais, ou politicamente repreensíveis. E temo, senhor Glover, que possa estar se encaminhando a isso.

— O senhor não *quer* se livrar do xogum? — perguntou Glover.

— Sou completamente indiferente quanto ao seu destino — disse Alcock. — O que importa é que o governo de sua Majestade *não quer* se livrar dele. O xogum é o líder *de facto* deste país, oficialmente reconhecido, e devemos considerar sua autoridade.

— Ito e os outros têm sua própria autoridade — retrucou Glover. — Também devemos reconhecê-la, e convencer nosso governo a fazer o mesmo.

— Não podemos tomar partido — disse Alcock.

— Dando apoio ao xogum, estamos fazendo exatamente isso!

— No entanto — disse Alcock —, se fizer qualquer outra coisa, estará infringindo as leis deste país...

— As leis do xogum!

— As leis deste país! Além de estar desafiando a política oficial do seu próprio governo. E que isto encerre a questão!

O silêncio na mesa era ponderoso; Oliphant o rompeu, dirigindo-se a Glover.

— Naturalmente, *Sir* Rutherford não tem nenhuma admiração especial pelo xogum, tampouco, em todo caso, pelo imperador. Nem sequer faz qualquer distinção entre os dois, embora eu acredite que essa separação ainda possa se mostrar importante.

— Pro diabo com os dois! — exclamou Alcock.

— Sua estratégia preferencial — continuou Oliphant — seria trazer de volta os barcos negros do comodoro Perry, reforçados por algumas das nossas próprias fragatas, e simplesmente bombardear os japoneses até subjugá-los.

— O senhor Oliphant sabe que eu deploro a violência — disse Alcock —, mas confesso que há momentos em que anseio pela simplicidade de uma solução como esta!

A noite estava limpa e cálida, e fora previsto que um cometa seria claramente visível, cruzando o céu por volta de meia-noite. Oliphant estava ansioso por vê-lo do gramado, e convenceu Glover a acompanhá-lo. Richardson e *Sir* Rutherford não mostraram nenhum interesse pelo espetáculo e se retiraram prontamente aos seus quartos.

O ar estava carregado com o aroma dos pinheiros. Oliphant respirou fundo, virou-se para Glover.

— Quando o cônsul disse que deplorava a violência, estava se expressando por eufemismos. Na verdade, tem um medo patológico da violência, quase histérico, vive constantemente aterrorizado pelo risco de que uma espada samurai corte seu pescoço.

— É compreensível — disse Glover —, no ambiente em que vivemos.

Oliphant apontou para um brilho à distância, surgindo nos arredores da cidade.

— Fogo — disse. — Chamam-no de "Flor de Edo", que floresce o ano inteiro. Esses edifícios de madeira queimam como palha, e o incêndio se espalha rapidamente. Não me surpreenderia se algum dia a cidade inteira ardesse em chamas.

Notou-se um movimento nos arbustos e ambos se retesaram, mas então a forma de um pequeno cão se esgueirou pela grama na direção em que estavam, enroscando-se aos pés de Oliphant.

— Seu vira-lata inútil! — exclamou, rindo e acariciando o pêlo do cachorro. — Este é o senhor Thomas Glover — disse ao animal, com uma formalidade exagerada. — Senhor Glover, este é Inu-san. Admito que é um nome bastante trivial. Significa apenas "senhor cachorro"!

— Muito prazer — disse Glover.

— Na primeira vez em que estive aqui — disse Oliphant —, tive a impressão de que todos os membros da delegação haviam comprado um bicho desses. Resisti um bocado, ciente de que deixavam suas casinholas de papel em farrapos, uivavam e choramingavam insistentemente a noite toda, e invariavelmente adoeciam e morriam. No entanto, este desengonçado aqui apareceu um certo dia, implorou por uns restos do meu almoço e passou a se sentir em casa. Agora tem um posto oficial, fica do lado de fora da porta protegendo a minha coleção de besouros!

Glover riu, mas então um outro vulto se moveu pelas sombras, desta vez não havia dúvidas de que se tratava de uma forma humana. Oliphant enrijeceu as costas, o cão rosnou, mostrou os dentes, a figura se aproximou, mas tratava-se de Matsuo, que silenciou o cachorro com um comando ríspido.

Nesse momento, Oliphant olhou para cima, apontou. Um clarão súbito, o cometa, brilhou brevemente no céu noturno.

Glover não conseguia dormir, tentou acertar o mosquito que zunia em seu ouvido. Picou-o uma e outra vez. Irritado, levantou-se, acendeu o lampião do quarto, sentou-se em alerta, esperando que o inseto pousasse. Finalmente parou sobre a tela *shoji* logo acima da cama, movendo as asas. Glover se aproximou, golpeou-o com um lenço enrolado, esmagou-o contra a tela de papel. Olhou para o mosquito, deu-se conta de que observava um borrão feito de seu próprio sangue.

Deitou-se novamente e dormiu, acordou de madrugada, uma sensação de perigo lhe apertava a garganta, acelerava sua respiração. Lembrou-se do local onde estava. Edo, a legação. Aquele lugar. Matsuo estava de guarda no corredor, deitado no chão, acordava de tempos em tempos, atento a qualquer perigo. Isso deveria ser suficiente para afastar qualquer temor, mas algo invadira o sono de Glover, algum incômodo o fizera despertar.

Ouviu um arranhão, um gemido nítido e agudo, sorriu ao perceber que era o cão de Oliphant. Via-se que o animal era tão irritante e problemático como os demais. Glover esperava que ele não começasse a arrancar as telas de papel com seus dentes e patas.

Deitou-se novamente, mas o cão ficou mais agitado, começou a latir.

— Droga de animal! — falou em voz alta, cansado e irritado.

Levantou-se, vestiu as roupas, bateu com o pé na perna da mesa posta ao lado da cama, praguejou novamente, calçou as botas. O latido do cachorro parecia agora mais insistente, um ganido, ouvia-se também uma espécie de comoção ao fundo, do lado de fora do complexo; então escutou um grito de Matsuo, o ruído de um embate, e nesse momento as paredes de papel eclodiram para o interior do quarto trazendo dois vultos, um deles Matsuo.

Por um momento, Glover ponderou se talvez ainda estivesse dormindo e sonhando; a cena parecia um grande pesadelo de tão irreal. Matsuo caiu ao chão, o agressor sobre seu corpo; um assassino vestido de preto, a cabeça coberta, um tecido lhe escondia o rosto. Virou-se então na direção de Glover levantando a espada no ar, projetou-a violentamente para a frente no que sem dúvida seria um golpe fatal. Naquele momento o tempo pareceu ceder; Glover observou o desenrolar da cena, sentiu um estranho desapego, como se fosse um ator num melodrama exótico. Por instinto, deu um passo atrás, levantou os braços para conter o golpe; mas este não veio, a espada se deteve no meio do caminho. A arma foi erguida mais uma vez, Glover tensionou os músculos, seu crânio formigava, antecipando a lâmina que lhe partiria a cabeça. Mas o movimento da espada foi novamente interrompido. O agressor a ergueu uma terceira vez, mas o golpe não sobreveio, foi de novo bloqueado. Nesse momento Matsuo se recompôs, jogou-se sobre o assassino lançando-o ao solo, reteve-o ali e o despachou brutalmente com o movimento rápido de uma faca, cortando-lhe a garganta. O homem gemeu, contorceu-se e então parou, imóvel. Matsuo pendeu para trás, desabou no chão. Glover avançou para auxiliá-lo, mas ele o afastou, indicando que estava bem. Glover encontrou sua pistola, verificou que estava carregada e engatilhada, saiu ao corredor.

O ruído que vinha do complexo se tornara agora cacofônico, o estrondo contínuo de uma batalha em grande escala; homens gritando, o estampido de tiros, o choque metálico de espadas. O próprio edifício parecia estremecer com o combate. Lanternas luziam e eram novamente apagadas, disparos fulguravam, todo o lugar era agitado por um infernal jogo de sombras. Num clarão súbito, Glover vislumbrou o cão de Oliphant, os dentes à mostra, ganindo e correndo em círculos. Então, do quarto de Oliphant ouviu um estrondo terrível, madeira partida e vidros estilhaçados, seguido por um grito de dor evidentemente humano. Glover empurrou a porta, entrou, a pistola a postos. Na escuridão entreviu a figura de Oliphant, reclinado sobre a parede, e um outro vulto vestido de negro, vacilando ofegante no centro do quarto, arfando a cada passo instável. Então a figura se recompôs, firmou-se, levantou agilmente uma espada e emitiu um grito de guerra. Glover apontou a pistola e disparou diretamente contra o intruso, abateu-o, mas não antes que o homem conseguisse atacar Oliphant, derrubá-lo.

O brilho súbito de um lampião invadiu o quarto — Alcock entrava pela porta e, assim como Glover, trazia uma pistola.

— Meu Deus! — disse Alcock, vendo aquela desordem. O *ronin* claramente se lançara pela janela vindo do exterior, investindo contra o quarto. Mas caíra sobre o estojo de vidro em que Oliphant guardava seus espécimes de insetos, estilhaçara-o no chão, cortando os pés com os fragmentos. O acidente dera a Glover tempo para entrar no quarto. Mas chegara tarde demais? Oliphant estava tombado no chão, banhado no próprio sangue, que jorrava de um talho em seu braço.

Alcock baixou a lanterna e a pistola, observou o ferimento enquanto Glover mantinha a guarda. O braço de Oliphant havia sido fendido até o osso, estava rachado, como um corte de carne feito por um açougueiro. Com as mãos trêmulas, o cônsul rasgou um lenço em tiras, amarrou-as ao redor do braço de Oliphant, improvisando um torniquete.

Do lado de fora, a batalha se tornava ainda mais ruidosa, uma rajada de disparos cruzou o ar, ouviram-se gritos. Glover e Alcock fizeram o melhor possível para se proteger num canto do aposento, viraram uma mesa e se entrincheiraram atrás dela, sustentando Oliphant com um travesseiro atrás das costas. O jovem recuou bruscamente quando eles o tocaram, tinha o rosto assustadoramente pálido à luz do lampião, todo o rubor drenado. Glover soprou a chama, esperaram.

Ficaram ali, sabe Deus por quanto tempo. O ruído diminuía, crescia novamente em arroubos e ondas, até se apaziguar por fim, deixando uma estranha calma. Oliphant gemia, perdia os sentidos e os retomava. Alcock se dirigiu a Glover, num tom que não passou de um sussurro.

— Eu me pergunto se os desgraçados vão nos torturar antes de nos matar.

— Pelo amor de Deus, homem! — exclamou Glover. — Vamos sair dessa!

Mas o coração lhe retumbava no peito, o suor lhe correu pelas costas ao se levantar; hesitante, cruzou o corredor até a porta, o vidro estilhaçado rangeu sob seus pés. Passou por sobre o vulto inerte, o corpo do homem que alvejara.

No corredor, a escuridão era ainda mais profunda. De seu lado esquerdo veio uma voz conhecida. Matsuo.

— Guraba-san?

— *Hai*, Matsuo, *so desu*.

Matsuo acendeu uma lanterna, elevou-a. A luz tremulou, e à sua direita, a dois passos de distância, um rosto foi repentinamente iluminado — lá estava Takashi, imóvel, a espada em riste, pronto para o ataque. Novamente a realidade pareceu ceder, Glover se sentiu num sonho vívido, absurdo, levantou a pistola, subitamente pesada em sua mão. Takashi ergueu a espada, Glover apontou a pistola, então sobreveio o caos; figuras vestidas de negro se cruzaram em todas as direções, impossível distinguir as milícias dos *ronins*, a lanterna se extinguiu de repente, derrubada ao solo. Glover se preparou mais uma vez para um golpe que o partiria ao meio, mas este não veio. Uma outra luz invadiu o corredor, mas Takashi não estava mais ali, saltara pela janela aberta e escapara. Os guardas se amontoaram no corredor, revistando os quartos, apavorados com o que poderiam encontrar.

Era uma cena de terror, uma absoluta carnificina, a concretização dos piores pesadelos de Alcock. Corpos espalhados pelos corredores, por todo o complexo, alguns deles desmembrados, decapitados, estripados. Uma cabeça decepada estava jogada no local para onde rolara, na entrada do edifício; no rosto, uma expressão assustada, dolorida, o corpo sem cabeça estava a metros de distância, inchado e grotesco.

A primeira preocupação do cônsul foi com seus convidados. Ele sabia que Glover estava bem. Oliphant precisava de cuidados médicos urgentes. Ninguém havia visto Richardson.

Uma fragata britânica, o HMS *Ringdove*, estava ancorada na baía de Edo. Oliphant seria levado a bordo para que o cirurgião do navio fizesse o que fosse possível.

Richardson surgiu pela manhã, vestindo uma túnica japonesa e coberto de lama. Ele saíra do complexo ao ouvir os primeiros ruídos da confusão e ficara horrorizado ao ver uma batalha aberta, embates corpo a corpo com uma brutalidade medieval. Um dos guardas, preocupado com sua segurança, lhe passara a túnica para que se disfarçasse.

— Não era um disfarce muito eficaz — disse Richardson, seus braços escapavam pelas mangas curtas. — Então me atirei ao chão, rastejei sob o edifício até o espaço debaixo dos alicerces e ali fiquei, esperando o momento em que pudesse sair com segurança do meu esconderijo.

Glover olhou para aquele homem, notava-se que tagarelava numa espécie de agitação nervosa causada pelo mero alívio, por estar vivo, e não apunhalado ou cortado em pedaços. A reação imediata de Glover foi se retrair, permanecer em silêncio, tentando encontrar um pouco de força interior. Mas também estava abalado, sabia que se livrara por muito pouco de uma morte brutal e sangrenta.

Aos poucos a história completa veio à tona. Cerca de quinze *ronins* se reuniram e montaram o ataque; com sua determinação feroz, associada ao torpor e à inaptidão geral dos guardas, provocaram grandes estragos antes que fossem vencidos pela simples desvantagem numérica. Havia dezenas de mortos, e o próprio edifício fora destroçado — portas e janelas, telas de papel, paredes, pisos, móveis, tudo arruinado violentamente com uma ferocidade intensa.

Alcock se dirigiu a Glover.

— E esses são os rebeldes que o senhor pretende armar até os dentes?

— Pelo contrário — disse Glover. — Essas são exatamente as pessoas que desejam manter o Japão na Idade das Trevas. Os progressistas pretendem acabar com isso. Querem trabalhar conosco.

— Desde que isto atenda aos seus interesses. Quando não mais lhes interessar, passam um punhal por sua garganta. São todos farinha do mesmo saco, incluindo o seu amigo Ito.

— Ito preza por sua honra.

— Ah, sim — disse Alcock. — São todos homens honrados!

— É um idealista, um reformador.

— É um fanático. Não podemos lhe dar nosso apoio.

— Ele é o futuro do Japão. Temos que apoiá-lo.

Glover se curvou bruscamente, agressivo, virou as costas, voltou ao seu quarto destruído. Matsuo estava novamente plantado no corredor, mantendo guarda. Seu rosto parecia machucado, movia-se rígido, sem mexer o pescoço e o ombro, mas não tinha outros ferimentos.

A parede *shoji* estava arruinada. O corpo do *ronin* que atacara Glover havia sido arrastado para fora, depositado com os demais ao lado do complexo. As manchas de sangue no tatame haviam escurecido, tinham um cheiro acre, intenso.

Logo na entrada do quarto onde o *ronin* levantara sua espada, Glover viu uma viga baixa, pouco acima da sua cabeça. Tinha cortes profundos feitos pela lâmina da espada. O agressor não vira aquela viga no escuro — isso salvara a vida de Glover. Tão perto. Salvo por um triz.

Glover já juntara suas coisas, os cavalos estavam selados, prontos para partir. Foi se despedir de Alcock, que parecia derrotado, um espectro de si mesmo.

— O ministro das Relações Exteriores — disse Alcock — nos enviou um cesto de patos e um jarro de açúcar como gesto de amizade! Entende o que digo sobre este lugar, senhor? É um asilo de lunáticos!

— Realmente — disse Glover —, o gesto parece um pouco... inadequado.

Alcock olhou para Glover, conseguiu esboçar um leve sorriso.

— Boa sorte na sua viagem, senhor Glover. Eu poderia lhe oferecer um contingente de guardas da legação para protegê-lo no caminho, pelo menos até Yokohama. Mas já deve ter notado o quanto são eficazes. Espero que tudo corra bem em seus projetos, e rezo para que possa escapar em breve deste lugar infernal.

Enquanto deixava o complexo, Glover ainda ouviu a voz de Alcock, exaltada, gritando com algum pobre mensageiro.

— Quero justiça e reparações, não patos e este maldito açúcar!

Cavalgaram de volta pela Tokkaido, Glover seguia calado, Matsuo ainda mais alerta que antes, viram o monte Fuji outra vez, sobre os pinheiros, sobre as nuvens. Então a névoa o cobriu, escondeu-o novamente.

O *Correio de Nagasaki* publicou uma cobertura extensa sobre o incidente. Um dos *ronins* mortos aparentemente carregava consigo um pedaço de papel, uma declaração assinada pelos quinze agressores. Denominavam-se *shishi* — homens de altos princípios. Uma tradução do documento foi anexada ao artigo no jornal.

Não temos paciência para esperar e observar enquanto o Sagrado Império é profanado por estrangeiros. Com fé, e com a força dos guerreiros, expulsaremos os bárbaros dos nossos litorais.

Por um momento, Glover se viu de volta à legação, no escuro, aguardando o golpe da espada. Mostrou o artigo a Ito, explicou-lhe o que dizia.

Ito estivera taciturno desde a volta de Glover. O ataque à legação o abalara, especialmente a participação de Takashi.

— Longo caminho até Edo — disse.

— Estou começando a levar a coisa para o lado pessoal! — disse Glover.

— Com certeza — respondeu Ito. — Ele quer matar você. Fez promessa.

Estavam sentados na sala de entrada de Ipponmatsu, Matsuo mantinha guarda do lado de fora, no gramado. Glover ficou sério, de súbito.

— Ito-san, há uma coisa que desejo lhe perguntar.

— *Hai* — assentiu Ito, ajeitando-se na cadeira.

— Após o ataque à legação, eu tomei o seu lado. Estavam falando de outros ataques. — Glover teve dificuldade em prosseguir, olhou para Ito com gravidade. — Disseram que você já esteve envolvido.

Ito abaixou a cópia do periódico, fitou Glover nos olhos.

— Já fui como Takashi-san. Odiava todos estrangeiros. Mas você tem que entender que era questão de honra. Amo meu país. Não quero ver Japão colonizado, como Índia, como China.

— *So desu* — disse Glover.

— Quando eu era muito jovem — disse Ito —, conheci grande professor chamado Yoshida Shoin. Lecionava na academia quando estive lá. Além de grande professor, era grande homem, grande herói. Ensinava importância de velhos costumes, amor ao Japão, lealdade ao imperador.

— Ele também detestava todos os estrangeiros? — perguntou Glover.

— Via estrangeiros como ameaça — respondeu Ito.

— E o que aconteceu com ele?

— *Bakufu* o prendeu. Foi executado.

— Então...

— Agora o passado é passado. Ainda amo imperador, amo Japão, quero me livrar de *bakufu* e de xogum. Mas quero que Japão se torne forte, como seu país, como Estados Unidos. Temos que nos abrir ao Ocidente. Obter o que precisamos e aprender.

Glover consentiu.

— *Hai.*

Algumas semanas depois, Glover recebeu uma carta de Oliphant.

Caro Glover,

Fiquei contente por encontrá-lo em Edo, embora ao final as circunstâncias tenham sido as mais desventuradas possíveis. Contaram-me que conseguiu escapar de toda aquela situação nefasta sem um arranhão, o que me deixa muito feliz. Devo-lhe minha gratidão por haver descarregado a pistola no momento certo; de outro modo, temo que meu destino poderia ter sido ainda pior. De todo modo, as últimas semanas têm sido um tormento para mim.

A bordo do Ringdove, *foi-me concedido um leito na cabine do próprio capitão, mas não obtive ali nenhum conforto, somente uma agonia incessante. Minhas feridas eram graves, e o médico do navio teve que enfaixar meus braços junto ao tronco; com isso, tive que ser alimentado como um bebê. Perdi tanto sangue que me surgiram erupções por todo o corpo. Então, com as defesas enfraquecidas, fui vítima de uma infecção ocular — oftalmia — que vinha afetando a tripulação. O médico enfaixou meus olhos e aplicou-lhes nitrato de prata, que ardia como se me cravassem navalhas. Suportei tudo isso sob um calor de trinta e cinco graus, numa cabine repleta de moscas e mosquitos, meu corpo inchava e doía a toda hora.*

É para emergências como essa que a benévola Providência nos concedeu o consolo do tabaco! Graças a algum tipo de milagre, sobrevivi, e ainda ontem, com alguma ajuda, consegui subir até o convés e respirar o ar fresco da noite. No entanto, ainda preciso de maiores cuidados médicos, seguidos por um longo período de convalescença. Sir *Rutherford me informou que, assim que estiver suficientemente bem, retornarei à Inglaterra.*

Espero que esta carta lhe chegue prontamente, e desejo que seja muito bem-sucedido na tentativa de se adaptar a este glorioso e enervante país.

Cordiais saudações,

Laurence Oliphant.

Por um momento, Glover se viu novamente na legação, encolhendo-se no escuro, esperando pelo golpe que o atingiria. Sacudiu-se, deixou a carta de lado. Os *ronins* haviam conseguido executar uma pequena parte de seu intento. Um invasor bárbaro havia sido expulso. Glover não tinha nenhuma intenção de se deixar afugentar, aquilo o deixava ainda mais determinado.

7

VIAGEM NOTURNA

Nagasaki, 1862

DURANTE OS MESES QUE SE SEGUIRAM ao ataque à legação, a colônia de estrangeiros de Nagasaki e o enclave de Yokohama estiveram em alerta, temendo uma insurreição. O xogum anunciou que os perpetradores da agressão seriam localizados e punidos. Mas não se ouviu mais nada sobre o assunto. Tampouco ocorreram outros incidentes. O comércio e os negócios continuaram como antes.

Glover e Ito tinham que buscar mais um carregamento em Xangai. Wang-Li iria novamente com eles. Walsh foi até o cais para se despedir, desejar-lhes boa viagem.

De pé no convés, Glover o chamou.

— Tem certeza de que não quer vir conosco desta vez?

— Não é o meu estilo, Tom. Você me conhece, prefiro delegar esses trabalhos.

— Manter as mãos limpas!

— Exatamente! Wang-Li vai me trazer algumas coisas. Espero que não se importe.

— Desde que não seja nada muito fedido. Ou que não exploda na nossa cara!

Walsh riu.

— É um risco que se corre, parceiro! — Acenou com a mão. — *Adiós!*

Glover acenou de volta. Ito mantinha o olhar fixo em Walsh, impassível. O navio zarpou, afastando-se do porto.

Aparentemente, tudo corria conforme o planejado. Seguiram os mesmos passos das viagens anteriores; desembarcaram do clíper, foram diretamente até o armazém, guiados por Wang-Li; passaram pelos mesmos estabelecimentos infames onde as mesmas jovens vendiam seus serviços atrás de cortinas imundas; desviaram do que parecia ser uma continuação da mesma briga de rua; acompanharam Wang-Li pela mesma viela estreita, cruzaram o mesmo pátio, entraram no mesmo armazém até a mesma sala dos fundos, e só então tiveram a sensação de que alguma coisa estava diferente. A atmosfera do lugar parecia mudada, e não para melhor. Glover pôde sentir uma tensão no ar e, numa rápida troca de olhares, viu que Ito pressentia o mesmo. Wang-Li parecia especialmente agitado, abanava-se, enxugava o suor da testa.

O homem sentado no escritório não era Chan, o agradável negociante que cuidara das transações anteriores, e sim um outro mais jovem, de modos mais ríspidos e temperamento hostil. Às suas costas estavam plantados dois guardas, enormes e implacáveis.

Wang-Li explicou que Chan havia sido substituído. Aquele era o novo chefe.

Ninguém ofereceu chá, não os convidaram a fumar um cachimbo. Trataram diretamente de negócios. As carroças que levariam o pedido já estavam sendo carregadas; ouviram o sacudir das caixas, que eram empilhadas com pressa, bruscamente. Ito largou uma velha bolsa de couro sobre a mesa, deixou-a cair ruidosamente. Estava cheia de ouro, uma mistura de dólares e barras, na quantidade exata acordada.

O novo chefe não perdeu tempo. Glover lhe mostrou uma lista do que haviam encomendado, dez caixotes de rifles, a mesma quantidade de munições. O homem passou os olhos sobre a lista, assentiu com a cabeça, devolveu-lhe uma lista do próprio punho. Wang-Li a leu, pareceu ainda mais alarmado.

— Algum problema? — perguntou Glover.

Wang-Li pigarreou.

— Ele diz dinheiro não ser suficiente. Preço subiu.

— Quanto?

— Duas vezes — disse Wang-Li. — Quer o dobro.

Glover bufou, riu, mas manteve o olhar fixo e frio sobre o comerciante.

— Impossível. — Bateu com a mão na lista, na folha de papel. — Isto é o que combinamos. Agora, que tenha um bom dia.

Levantou-se, não havia mais o que discutir.

O comerciante bateu na mesa, gritou com Wang-Li, que começou a gaguejar.

— Ele diz você pagar mais.

— Mais! — exclamou o comerciante.

— Eu trouxe a quantia que combinamos — retrucou Glover.

Wang-Li traduziu novamente. O comerciante gritou com ele.

— Ele diz você paga essa quantia, leva só metade das armas.

— Fizemos um trato — disse Glover. — Ele tem que cumpri-lo.

Acenou para Ito, caminhou em direção à porta.

O comerciante se levantou, gritou:

— Não!

Então ocorreram muitas coisas ao mesmo tempo, como se seguissem os passos de uma coreografia ensaiada: um dos guardas bloqueou a saída, sacou uma pistola e a apontou para Glover, que levantou os braços; o segundo guarda agarrou Wang-Li pela gola, empurrou-o contra a parede; Ito se moveu ágil, em passos leves, cruzou a sala ganhando as costas do comerciante, num único movimento desembainhou a espada e a apoiou sobre a garganta do homem; o segundo guarda também sacou uma pistola e a apontou para Ito. Por um momento ficaram todos imóveis, num impasse.

Glover acenou para Ito, deu de ombros para o guarda à sua frente. Nesse momento, tudo pareceu correr mais devagar. O guarda avançou para apanhar a pistola que Glover trazia no cinto; quando se inclinou, Glover lhe desferiu uma cabeçada no rosto, o outro guarda se virou mas foi atingido lateralmente pelo comerciante, que Ito empurrara com força. O primeiro guarda deixou cair a pistola e Glover o acertou novamente, desta vez com um direto de esquerda clássico que o derrubou, estatelou-se no chão. Ito já cruzara novamente a sala, apoiava a espada no pescoço do segundo guarda, a ponta afiada lhe pressionava a pele.

Houve um instante de silêncio, imobilidade, respirações pesadas, os ruídos do pátio ao fundo.

— Agora — disse Glover —, estamos de saída.

Antes de partir teve uma idéia, alcançou a bolsa de couro, retirou duas barras de ouro e as guardou no bolso do casaco.

— Pela inconveniência — declarou, levantando o chapéu.

O comerciante mal conseguia conter a raiva, parecia uma caricatura, os olhos salientes, os tendões do pescoço tensos, rígidos.

Wang-Li tremia ao guiar o caminho até a porta, Glover o seguiu, Ito cobriu a retirada. Quando Ito virou a cabeça por um momento, o segundo guarda fez uma última tentativa de barrá-los, lançou-se sobre Ito. Sem hesitar, Ito o abateu calmamente com um único golpe, passou por sobre seu corpo, desceu rapidamente as escadas.

No pátio não perderam tempo, assumiram o trabalho dos funcionários que carregavam as carroças, três ao todo. Tomaram as rédeas e tocaram os cavalos.

Chegaram ao cais, moveram-se rapidamente. Wang-Li foi ter com um outro chinês, conversaram sobre o caixote encomendado por Walsh. Glover organizou a tripulação para que levassem a carga de rifles a bordo. Ito ficou de guarda, a espada a postos.

No momento em que o comerciante chegou ao seu encalço, escoltado por vários homens armados, o clíper já se dirigia ao mar aberto.

No convés, Ito estava sentado no chão com as pernas cruzadas, a espada, embainhada, à sua frente.

— Você foi muito útil com isso aí — disse Glover.

— Como disse? — perguntou Ito, sem entender.

— A espada — disse Glover, e fez um movimento como se a tivesse nas mãos, cortando o ar. — Muito bom.

— Ah! — respondeu Ito, sorrindo e concordando.

— Você poderia me ensinar — disse Glover, imitando outra vez o movimento.

Ito riu.

— Você quer ser samurai?

— Um samurai escocês! — disse Glover.

O senso de humor japonês ainda surpreendia Glover. Ito jogou a cabeça para trás e soltou uma forte gargalhada. Quando se recuperou, Glover continuou.

— Eu poderia lhe ensinar a lutar boxe.

Ito pareceu confuso.

— Boxe?

— É, boxe! — disse Glover, socando o ar.

Ito entendeu, riu novamente.

— E isso! — Ito imitou a cabeçada de Glover.

— Rá! — disse Glover. — Esse é um velho truque escocês!

Ito deu outra cabeçada, imitou a expressão de Glover, arrancando-lhe também uma grande gargalhada.

Quando já se aproximavam do porto de Nagasaki, Wang-Li chamou Glover, passou-lhe um telescópio. Glover o tomou nas mãos, focalizou um navio.

— Droga! — exclamou. — Desta vez não é uma daquelas sucatas do xogum. É a maldita Marinha Real. Não vamos ter como escapar deles.

— Então — disse Ito, empunhando a espada. — Vamos lutar.

— Espero que não precisemos chegar a esse ponto — disse Glover, erguendo novamente o telescópio.

A fragata os alcançou com facilidade. Um grupo de abordagem galgou o convés, os soldados apontaram as armas para Glover e Ito.

— Isto é um ultraje! — disse Glover. — Sou um mercador respeitável, fazendo negócios legítimos!

Os caixotes foram retirados do compartimento de carga. Um dos oficiais apanhou um pé-de-cabra, abriu uma das tampas, retirou um rifle, uma caixa de munições.

— Respeitável? — Mostrou o rifle. — Legítimo?

Glover se manteve calmo, mas levantou a voz.

— Faço questão de falar com o seu capitão.

Outra voz, imbuída de autoridade, surgiu às suas costas.

— Senhor Glover.

Glover se virou, reconheceu o homem, graças a Deus. Era Barstow, o amigo de Mackenzie que presidira sua iniciação no Primeiro Grau. Esconder, ocultar e nunca revelar.

— Capitão Barstow — disse Glover —, o senhor me conhece. Sabe que tenho intenções honradas.

— Tem mesmo? — perguntou o capitão, elevando ligeiramente as sobrancelhas, um leve sorriso por trás da barba cheia e longa.

— Este carregamento de armas se destina à proteção da colônia de estrangeiros em Nagasaki. O senhor conhece a situação como ninguém. É imprevisível, volátil. Aquele lugar é um barril de pólvora, principalmente desde o ano passado, após o ataque à legação de Edo.

— Soube que o senhor vivenciou a situação na própria pele — disse o capitão.

— Tive sorte de escapar com vida, senhor.

O capitão concordou.

— Muita sorte.

— A necessidade de segurança é imperiosa. Temos que estar prontos para nos defender.

— E o perigo se encontra nesses clãs rebeldes, o Satsuma, o Choshu?

O capitão fixou os olhos diretamente em Ito, que se manteve rígido, não desviou o olhar.

— Certamente há elementos nesses clãs — disse Glover — que representam uma séria ameaça à nossa presença aqui.

O capitão fez um sinal ao grupo de abordagem, que abaixou as armas.

— Muito bem, senhor Glover. Aceitarei a sua explicação. Faremos um relatório sobre a situação e não tomaremos outras medidas, desta vez. Mas fique atento. Alguns dos meus colegas podem não ser tão condescendentes.

Virou-se, preparando-se para descer a escada de corda e retornar ao seu navio.

— Vamos escoltá-lo em segurança até o porto. Certamente está ciente de que estas águas estão infestadas de piratas, e seria um infortúnio se a sua carga caísse em mãos erradas. — Saudou-o. — Que tenha um bom dia.

De volta à costa, em sua taberna preferida, Glover propôs um brinde.

— Aos britânicos, e seu jogo limpo!

Ito tinha a fisionomia fechada.

— Ele insultou clã Choshu, e você concordou com ele — murmurou.

— Eu disse que havia elementos perigosos em ambos os clãs. Pode me lembrar a que clã pertence o nosso amigo Takashi? Ah, sim, Choshu!

— Ele disse que somos como Satsuma. Mas Satsuma muito pior. Causaram todo esse problema.

— Deus, dê-me forças!

— Agora Satsuma compraram navio do seu país.

— Um negócio muito oportuno, que tive o prazer de intermediar.

— O navio se chama *Inglaterra.*

— Então — disse Glover. — O Japão está comprando a Inglaterra.

Ito demorou a apreender as palavras, entendeu a piada, jogou a cabeça para trás e rugiu novamente, uma grande gargalhada gutural.

— Algum dia comprará! — respondeu.

— Ao Japão! — disse Glover, propondo um outro brinde.

— *Nippon!*

Juntos disseram "*Kanpai*", viraram as bebidas num só gole, bateram com os copos na mesa e pediram outra rodada.

Estavam no gramado de Ipponmatsu, Glover vestia uma camisa; Ito, as habituais roupas japonesas, leves e soltas. Matsuo estava com eles, carregava duas espadas de madeira de grande tamanho. Curvou-se, entregou-as a Ito, que passou uma a Glover.

— *Hai!*

Mostrou a Glover a maneira como deveria se posicionar, o peso bem distribuído, os pés leves, o modo de empunhar a espada, firme mas com leveza.

Glover tentou imitá-lo, sentiu-se pesado e canhestro.

Ito repetiu a demonstração, enfatizou a importância da postura, da prontidão, instruiu-o a respirar profundamente, sentir a própria força, o fogo em seu ventre, uma energia que poderia aproveitar.

— Assim. — Demonstrou alguns golpes e movimentos com a espada, graciosos e dinâmicos, agressivos, embora controlados. — Agora você.

Glover tentou mais uma vez, imitou os movimentos com muito ímpeto, mas com evidente falta de destreza.

— É mais difícil do que parece — disse Ito, rindo.

— Mas com um pouco de prática vou pegar o jeito.

— Muita prática — continuou Ito, impassível. — De novo.

Glover atacou novamente, golpeando o ar. A noite estava quente, ele já começava a suar.

— De novo.

Mantenha-se firme mas relaxado, sinta a empunhadura, levante a espada. Ataque e avance. De novo. De novo.

— De novo.

— Santo Deus!

— De novo.

— Assim vai acabar me matando!

— De novo!

Glover se preparou para quebrar a lâmina de madeira no crânio de Ito. Respirava pesado; o suor lhe formigava na cabeça, na nuca; tinha a camisa colada ao corpo.

— Agora — disse Ito. — Você recupera o fôlego, você ataca. Me bate!

— Com prazer! — disse Glover.

— Lembre — disse Ito. — Respire fundo. — Apalpou a barriga. — Sinta aqui.

Glover tentou se manter calmo, concentrado.

— Bom — disse Ito. — Agora.

Firmou-se, equilibrou-se, posicionou a espada à sua frente, indicou a Glover que avançasse.

Glover ergueu a espada, atacou-o, baixou a lâmina com muita força.

Despreocupado, quase com desdém, Ito desviou o golpe, Glover quase caiu no chão.

— Está vendo? — disse. — Eu uso sua própria força contra você.

— Sim — disse Glover. O impacto lhe sacudira os braços, os punhos. — Estou vendo!

— Agora — prosseguiu Ito. — De novo.

Já era o final da tarde, a brisa começava a esfriar. Matsuo os ajudou a amarrar as luvas. Glover as comprara por impulso — dois pares — numa barraca no mercado do porto, parte de um pacote que incluía um bastão de críquete e uma bola de futebol de couro, provavelmente trazidos por algum missionário que zelava por converter os nativos ao caminho do esporte.

Agora era a vez de Ito se sentir desconfortável.

— Uma revanche — disse Glover. — A nobre arte!

Ito olhou, estupefato, para os pesados pedaços de espuma que lhe recobriam as mãos.

— Nobre arte — repetiu.

— Use os punhos — disse Glover. — Regras de Queensberry.

Ito pareceu ainda mais confuso.

— Segundos fora! — disse Glover, e assumiu sua posição, o pé esquerdo à frente, as mãos em frente ao rosto. Ito fez o mesmo, mas com o pé direito à frente.

— Canhoto! — disse Glover. — Está ficando interessante.

Ito desistiu de tentar entender, fez o melhor que pôde para acompanhar os movimentos de Glover, esquivando-se e girando, na ponta dos pés. Glover lhe mostrou como deveria manter a guarda alta, soltou um ou dois jabes, os socos acertaram as luvas de Ito.

— Direto de esquerda — disse Glover, e indicou a Ito que batesse de volta, bloqueou seus golpes.

— Bom! — disse Glover. — Agora. — Ameaçou com a esquerda, mas entrou com um gancho abaixo da guarda de Ito, bem no plexo solar, deixou-o sem fôlego.

Ito se endireitou, curvou-se, retomou a posição, a guarda alta. Conseguiu bloquear o gancho seguinte, após duas ou três tentativas conseguiu revidar, acertando um soco na cabeça de Glover.

— Ótimo! — disse Glover. — Você é um pugilista nato! Algum dia podemos lutar sem as luvas, punhos à mostra.

Ito concordou, entendeu o desafio.

— Algum dia podemos lutar com espadas de verdade, aço duro e frio.

E Glover viu, por um instante, a dureza, a frieza no olhar de Ito, e soube que se chegasse o dia em que tivessem essa luta, Ito o faria em pedaços. Apesar da sua amizade e confiança aparentemente profundas, aquela alteridade, aquela distância ainda estavam presentes. Ito vivia com base num código que era absoluto, subjugava todo o resto, e Glover, como os demais bárbaros, sempre teria que manter a guarda alta.

Pelo que souberam, entre os principais participantes do incidente estavam dois conhecidos de Glover. A brutalidade crua do fato e seu barbarismo súbito fizeram com que a história fosse contada e recontada.

Glover primeiro a ouviu como um rumor, depois leu uma notícia no jornal, posteriormente obteve o relato verbal de uma testemunha que presenciara a sua deflagração.

Charles Richardson, que Glover conhecera ao chegar em Dejima e depois encontrara na legação, saíra cavalgando de Yokohama pela

Tokkaido com dois companheiros, um jovem diplomata chamado Dawes e a sua noiva, a senhorita Clemence, recém-chegada da Inglaterra. Segundo o testemunho dos dois, Richardson estava ruidoso, animado por servir de guia naquela terra de selvagens.

Infelizmente, pela fatalidade do destino, encontraram, vindo na direção oposta, o *daimyo* dos Satsuma com seu séqüito. Glover se lembrou claramente de seu breve encontro com o *daimyo*, o poder daquele homem, a intensidade e ferocidade do seu olhar ao fitá-lo de dentro do *norimon*. O *daimyo* vinha de Edo, onde havia sido chamado para participar de uma audiência com o xogum. Glover pôde visualizar a cena com muita nitidez, como uma peça de teatro se desenrolando com uma inevitabilidade implacável, tendo em vista os personagens envolvidos.

Richardson seguia à frente de seus companheiros, tocando o cavalo pela estrada estreita. Os batedores do *daimyo*, dois guerreiros formidáveis, armados até os dentes, adiantaram-se e ordenaram a Richardson e seus companheiros que saíssem do caminho.

Richardson, tolo e precipitado, gritou de volta, negando-se a abrir caminho, disse-lhes que deixassem de tagarelar suas malditas asneiras, que ele era um cidadão britânico e se recusava a abaixar a cabeça ante qualquer um.

Dawes se deu conta do perigo, gritou para Richardson, dizendo-lhe que recuasse. Mas já era tarde demais. Outros quatro guardas correram à frente, desembainhando as espadas, seguidos por mais quatro que vinham a cavalo. Um único talho decepou o braço de Richardson, que foi derrubado do cavalo, gritando aos demais que se salvassem, pelo amor de Deus. Dawes sentiu um golpe no ombro enquanto virava o cavalo. *Miss* Clemence gritou no momento em que uma espada se dirigia à sua cabeça e, por alguma espécie de milagre, conseguiu se esquivar; a lâmina lhe arrancou o chapéu e cortou seu cabelo.

O jovem casal conseguiu esporear os cavalos e se afastar, voltando a galope até Yokohama; deram o alerta e então colapsaram, exaustos e ensangüentados.

A notícia sobre o ataque se espalhou, causando reações indignadas. O fato de que ocidentais fossem agredidos dessa maneira já era ultrajante, mas a presença de uma mulher entre as vítimas era imperdoável. Cinqüenta homens se armaram, montaram em seus cavalos e partiram pela Tokkaido — marinheiros britânicos, soldados franceses, mercadores holandeses e americanos, todos prontos para uma batalha.

Não foi difícil encontrar o cenário preciso do ataque; havia manchas de sangue escurecidas na estrada, moscas revoando ao redor, alguns cães atraídos pelo cheiro de carne. Afastando-se uns poucos metros, encontraram os restos de Richardson, arrastado até uma árvore e deixado ali, coberto por esteiras de palha, destripado, a garganta cortada, cabeça e rosto mutilados e desfigurados, a mão direita amputada quando havia tentado bloquear um golpe.

Glover ficou sabendo desses detalhes terríveis graças a um relato feito por Dawes, alguns meses depois. Dawes estava passando por Nagasaki, seguiria para Xangai e dali para a Inglaterra. Sua noiva já voltara para casa, muito abalada pela experiência. Dawes a seguiria, assumiria um cargo em Londres. Já se recuperara dos ferimentos, restando-lhe apenas uma dor permanente no ombro, no local onde a lâmina o atingira.

— Temo que a levarei comigo pelo resto dos meus dias — declarou, sentado numa poltrona no Clube dos Estrangeiros, fitando um copo de uísque como se pudesse ali ler seu futuro. — Além das cicatrizes mais profundas.

— Não se sinta tão mal — disse Mackenzie —, poderia ter sido muito pior, para o senhor e sua noiva. Poderiam ter o mesmo destino que o senhor Richardson.

— É verdade — disse Dawes.

— O que diabos Richardson tinha na cabeça? — perguntou Mackenzie.

— Bravata — disse Dawes —, pura e simples.

— E completamente inadequada — disse Glover. — O homem era um palerma.

— Pois bem — disse Dawes, um pouco irritado —, certamente pagou por isso.

— O que temo — disse Glover — é que muitos outros ainda tenham que pagar esse preço. Isso ainda pode ter grandes conseqüências.

— Se não houve maiores conseqüências na própria noite do ataque — disse Dawes —, foi graças à providência da razão. O grupo de homens que partiu de Yokohama naquela noite rapidamente se tornou uma turba.

— O desejo de vingança era forte — disse Mackenzie.

— Uma facção estava decidida a perseguir o *daimyo* e sua escolta, resolver o assunto ali mesmo.

— Teria sido um banho de sangue — disse Glover.

— O cônsul clamou por comedimento — disse Dawes. — Afirmou que era uma questão diplomática, que deveria ser resolvida pelos canais adequados.

— Aposto que a turba adorou essa declaração! — disse Glover.

— De fato houve queixumes, para muitos aquilo foi uma conciliação covarde. Mas a sanidade prevaleceu. A perseguição foi suspensa, graças a Deus.

— Amém — disse Mackenzie.

— Pois bem — disse Glover. — Mas o assunto ainda não está encerrado. Muito pelo contrário.

Na sala de estar de Ipponmatsu, a atmosfera era solene e formal. Cinco jovens samurais, Ito e outros quatro, sentavam-se rígidos ao redor da mesa. Matsuo entrou no quarto, curvou-se ante Glover e Ito, retirou a curta espada *wakizashi* da bainha. Posicionou-se atrás de Ito, que se aprumou, endireitou as costas, respirou fundo. Matsuo agarrou o coque no topo da cabeça de Ito, que simbolizava sua posição como samurai, puxou-o com a mão esquerda e então o cortou com a espada, deixando que o tufo de cabelo caísse ao chão. Ito se curvou, e Matsuo percorreu a mesa repetindo a mesma ação em cada um dos demais, de maneira ritualística e cerimonial, cortou seus coques, depois todos eles se curvaram.

Ao terminar, Ito olhou para os outros, os cabelos tosquiados e um pouco desalinhados. Desgrenhou então o próprio cabelo, jogou a cabeça para trás e riu, os outros fizeram o mesmo. Glover apanhou uma tesoura.

— Muito bem — disse. — Basta alinhá-los um pouquinho e passarão por perfeitos cavalheiros ingleses!

A idéia original fora de Ito, mas Glover a desconsiderara em seguida — era um disparate, impossível de realizar, além de extremamente perigosa. Agora percebia que seria a única saída para Ito, para todos eles, para o próprio Japão. Ito teria que partir para o Ocidente.

Levaria consigo quatro companheiros, jovens samurais de seu próprio clã, o Choshu. Glover faria os preparativos para tirá-los do país furtivamente.

Mackenzie ficou perplexo.

— É loucura, Tom! Pense no risco que está correndo!

— Já pensamos nisso. Sabemos no que estamos nos metendo.

— E se tudo sair errado? Você será expulso do país. Seus bens serão confiscados. Estará arruinado.

— Então que seja. Ito e os outros estão se arriscando muito mais.

— Se forem pegos, serão executados sumariamente.

— Eles sabem disso, e aceitam o fato. Não ajudá-los seria covardia.

Mackenzie sacudiu a cabeça.

— Está indo longe demais, Tom. Não posso concordar com isso, mesmo vindo de você.

— Então não vai nos ajudar?

— Não posso.

Glover concordou.

— Tudo bem.

Tiveram que admitir que a sua aparência estava de fato um pouco cômica, o cabelo ainda desalinhado, cortado sem muita perícia. Deixaram suas roupas de samurais, vestiram ternos ocidentais que Glover lhes conseguira. Os menores ternos ainda tinham as mangas muito longas, assim como as calças, pareciam palhaços de circo.

Mas Ito então os alinhou, como um general inspecionando sua tropa. Dispuseram-se à frente de Glover esperando sua aprovação, rígidos e apreensivos, como uma família no estúdio de um fotógrafo, posando para um retrato formal. Mas havia algo de especial na dignidade crua de sua postura, em seu orgulho inerente. Glover se viu tocado por isso, curvou-se profundamente ante o grupo.

Apanhou uma garrafa de seu melhor uísque, serviu uma dose a cada um em pequenos copos de saquê, propôs um brinde.

— Aos Cinco Choshu!

Todos ergueram os copos e beberam.

Ito pigarreou.

— Quando partimos em viagem como esta, a tradição manda fazer poema haicai. Pode ser última viagem. Faço por todos nós.

Levantou-se, altivo, recitou em japonês, as palavras lentas e hipnóticas. Os outros emitiram ruídos de aprovação, curvaram-se.

Ito olhou então para Glover.

— Faço tradução:

"*Viagem noturna —*
Será grande a distância
até a outra costa?"

— Bom — disse Glover, e todos se curvaram novamente. — Agora, chegou o momento.

A noite estava quente e abafada. Glover os guiou por uma ruela estreita até o porto; tinham as golas levantadas, as abas dos chapéus baixas, Matsuo vinha logo atrás, alerta para qualquer perigo. As malas com seus pertences haviam sido embarcadas, durante o dia, num clíper da empresa ancorado na baía. Um bote os esperava no cais, pronto para transportá-los até o navio. Tinham a esperança de que no escuro, à distância, passassem por um grupo de jovens europeus. Se fossem abordados deveriam permanecer em silêncio, os rostos virados, deixar que Glover resolvesse a situação.

Tudo correu bem até o momento em que chegaram ao cais, quando uma lanterna surgiu inesperadamente no escuro, ofuscando-os, e uma voz ordenou que parassem, que ficassem onde estavam.

— Meu Deus! — sussurrou Glover.

O guarda era um dos homens do xogum, patrulhava as docas. Temiam que chegassem outros guardas, que houvessem sido alertados, estivessem prontos para atacar.

Glover se adiantou, disse que os homens eram comerciantes ingleses.

— *Igirisu no shounin desu.* — Estavam partindo para Xangai. — *Shanhai e iku tokoro desu.*

O guarda ergueu a lanterna, iluminou seus rostos. Na luz intensa, puderam notar sua expressão rígida, desconfiada. Disse secamente que teriam que esperar, a voz áspera.

— *Koko de matte ore!*

Ito e os demais se retesaram, inquietos. Matsuo se posicionou entre Glover e o guarda, a mão direita apoiada suavemente no punho da espada. Então, de trás deles, ouviu-se uma outra voz, forte e impositiva, dirigindo-se rispidamente ao guarda.

Era Mackenzie, dizendo que os homens se encontravam sob sua responsabilidade, estavam a cargo da Jardine.

— *Jardine to akinai o shite oru no desu.*

O guarda pareceu relutantemente aplacado, virou-se para partir.

— Bem na hora, Ken! — disse Glover.

Mackenzie concordou, lacônico.

— Pois é.

— Agora seguimos para Inglaterra! — disse Ito.

O grupo foi tomado de alívio, e um dos samurais mais jovens riu, disse:

— *Hello. Good morning. Good afternoon. Good evening. How are you? I am very well, thank you.*

Um dos outros o cutucou, brincando, mas exagerou um pouco, fazendo com que tropeçasse e tombasse, seu chapéu caiu e rolou a uma certa distância.

O guarda parou e se virou, ergueu a lanterna novamente, iluminando o vulto caído ao chão, o jovem era evidentemente japonês. Empunhou a espada, abriu a boca para dar o alarme, mas Matsuo já se adiantara, sacou a espada e cortou a garganta do guarda, que caiu à frente, morto.

— Santo Deus! — exclamou Mackenzie.

— Vão! — disse Glover, apressando Ito e os outros para que entrassem no barco.

Matsuo arrastou o corpo pesado do guarda pelo cais, lançou-o ao mar, provocando um ruído surdo e oco, a água se levantou e então se fechou sobre o cadáver. O barco partiu e se ouviram gritos à distância, vozes levantadas, mais guardas corriam do outro lado do cais.

— *Hayaku!* — disse Matsuo. — Rápido! — E partiu correndo por uma rua lateral, Mackenzie e Glover o seguiram.

— Santo Deus! — disse Mackenzie, arfando, sem fôlego. — Não consigo acompanhar!

Os guardas seguiam em seu encalço, seus passos se tornavam mais próximos. Dobraram uma esquina, entrando numa travessa estreita. Quando passaram por uma porta, Matsuo parou, empurrou os dois para dentro, pôs um dedo nos lábios para indicar que ficassem calados, e continuou a correr.

Glover e Mackenzie esperaram, tensos e apreensivos, sentindo a própria respiração. Ouviram-se mais passos entrando pela travessa, mas seguiram em frente, passaram pela porta até se perderem mais adiante. Então tudo se aquietou novamente; Glover podia ouvir as batidas do próprio coração, gradualmente se tornando mais lentas, voltando ao ritmo normal.

Estava escuro, mas conseguiu discernir que estavam no pátio de um pequeno templo, um santuário. Um aroma forte de incenso impregnava o ar, somando-se a um leve cheiro de mofo. Mackenzie tombara, estava sentado no chão, as costas na parede, o rosto apoiado nas mãos.

— Pelo amor de Deus, o que estamos fazendo?

Glover indicou que se mantivesse calado. Ouvira alguma coisa, um murmúrio baixo. Devagar, com muito cuidado, pé ante pé, cruzou o pátio, tentando se mover em silêncio, mas a cada passo o cascalho rangia sob seus pés. Um outro som o deteve, inerte, o ressoar de um gongo, o badalo de um sino de metal. Então se deu conta de que a voz era a de um monge, no interior do templo. Deu mais dois passos e olhou para dentro. Uma lâmpada, quase apagada, iluminava fracamente o ambiente, o que lhe permitiu distinguir a silhueta do monge, um velho sentado com as pernas cruzadas em sua vigília, suas devoções. O monge se virou e olhou para Glover, atravessou-o como se não estivesse ali, como se sua presença ou ausência fosse uma questão de suprema indiferença. Retomou sua concentração pertinaz, prosseguiu com seu cântico. *Namu Amida Butsu.* E golpeou novamente o sino de ferro, o som reverberou, ressoou no crânio de Glover, tomando-o por completo.

Na manhã seguinte, Mackenzie, ainda abalado, se plantou à frente da mesa de Glover.

— Aquilo foi uma loucura completa, Tom! Podíamos ter sido mortos!

Glover mantinha uma calma superficial, mas o entusiasmo ainda o agitava, surgia-lhe em ondas.

— Mas conseguimos, Ken. Tiramos eles daqui!

— Isso é o de menos...

Glover bateu na mesa.

— Isso é o de menos?! Tem idéia do que isso fará a esses homens?

— Se sobreviverem à jornada.

— É claro que vão sobreviver. Pelo amor de Deus, são samurais!

— Bom, não estou muito certo disso!

— E a Jardine vai cuidar deles quando chegarem a Londres, vou me assegurar disso.

— Vai ser uma viagem e tanto.

— Você consegue imaginar como será para eles? — disse Glover. — Em Cingapura já vão ficar estupefatos quando passarem pelos navios de guerra britânicos. E quando atracarem em Southampton, partirem para Londres num trem, mal vão conseguir acreditar! Antes de mais nada, vão se dar conta de que não podem lutar contra esse poder. É impossível. Ito já tem um pressentimento disso. Só quero que ele o perceba completamente, sem qualquer sombra de dúvida.

— E depois?

— Vai ficar ainda mais determinado a trabalhar conosco, começar do zero, transformar o Japão numa grande potência.

Mackenzie o fitava com o olhar fixo.

— E depois?

8
A FLOR DE KAGOSHIMA

Nagasaki-Kagoshima, 1863

AS ENGRENAGENS DA DIPLOMACIA DEMORARAM muito a se mover, tudo tão longe de Londres, o centro do universo conhecido. Mas o anúncio, quando veio, foi aterrador em sua simplicidade — parecia tratar de negócios cotidianos, expressos na linguagem do comércio e do direito, sem se preocupar em dissimular a grave ameaça implícita.

> *Por permitir o assassinato de um civil inglês, Charles Richardson, e por deixar de prender seus assassinos, o xogum deverá pagar ao governo de sua Majestade a quantia de £100 mil, em dólares de prata mexicanos. Outras £25 mil deverão ser pagas pelo* daimyo *dos Satsuma, para que sejam distribuídas entre os parentes da vítima. Os assassinos deverão ser aprisionados e executados na presença de autoridades britânicas. Se estas condições não forem cumpridas dentro de vinte dias após esta proclamação, o clã dos Satsuma sofrerá um ataque em represália.*

Era o que Glover mais temia. Era provável, embora nem um pouco certo, que o xogum pagasse a quantia exigida. Ele iria hesitar, divergir, bravatear, retardar o pagamento. Mas terminaria por pagar, no último momento possível. Não tinha alternativa, não havia como responder à força dos navios de guerra britânicos que, dizia-se, já se dirigiam a Kagoshima. O *daimyo*, no entanto, dificilmente daria o braço a torcer, não se importando com as conseqüências.

Alcock, o cônsul britânico, finalmente deixara o seu cargo, retirando-se para uma vida mais pacata na China, que considerava infinitamente mais civilizada que o Japão. Seu sucessor, *Sir* Harry Parkes, era um homem mais difícil em todos os sentidos. O novo cônsul havia sido informado de que Glover mantinha contato com os Satsuma, já fizera comércio com eles, chegara a formar relações familiares com o clã. Assim, escreveu-lhe uma carta formal, pedindo-lhe que usasse sua influência para interceder junto aos líderes do clã, fazê-los atinar para o caminho da razão.

— Razão? — perguntou Glover, lendo a carta. — Logo se nota que este homem chegou ao país há pouco tempo!

— Sim, eles vão encontrar o caminho da razão — disse Walsh. — No dia de São Nunca.

Glover respondeu a Parkes que pensaria um pouco no assunto. Parkes retorquiu que o tempo era escasso, que havia uma certa urgência quanto ao caso.

No vigésimo dia após a proclamação, praticamente vencido o prazo especificado, o xogum concedeu o pagamento de £100 mil. Um grupo de trabalhadores arrastou o dinheiro em grandes caixotes de madeira repletos de dólares de prata mexicanos, levando-os do tesouro japonês à legação britânica em Edo, agora reconstruída e fortificada, solidamente protegida. As moedas foram contadas e pesadas por uma equipe de funcionários chineses, experientes na detecção de fraudes, atentos à substituição da prata por metais de menor valor. Verificaram diligentemente todas as pilhas de moedas brilhantes, pesaram-nas em suas balanças, emitiram sua aprovação.

O *Correio de Nagasaki* publicou uma ilustração representando a cena, um retrato feito pelo artista Charles Wirgman, que presenciou o momento. Mostrava os chineses em primeiro plano, o cabelo preso em tranças, debruçados sobre as pilhas de moedas como usurários de algum melodrama ou pantomima. Atrás deles sentavam-se três autoridades japonesas, representantes do xogum, rígidos e formais em suas vestes, a expressão severa, grave. À direita e à esquerda estavam plantados delegados britânicos, todos aparentando uma honradez crítica, mas incapazes de esconder a presunção, a avareza ante a fortuna que brilhava aos seus pés.

— Eles realmente puseram o xogum no seu devido lugar — disse Walsh, devolvendo o jornal a Glover. — Mostraram quem é que manda.

E Glover deveria haver ficado encantado com aquela imagem, que ilustrava um momento de triunfo sobre o xogum e a sua influência. Mas, de algum modo, a cena o deixou desconfortável, os funcionários pareciam mercenários, parasitas, os observadores britânicos se gabavam, demonstravam uma altivez desleixada, os japoneses mantinham uma dignidade estóica frente à ignomínia e à humilhação. Glover estava inquieto, dobrou o jornal e o jogou ao chão.

Somente mais tarde, ao receber outra mensagem de Parkes, mais urgente, renovando o pedido para que intercedesse junto aos Satsuma, Glover percebeu por que a imagem o afetara tanto. Ela representava a confirmação absoluta do poder que o Ocidente detinha, e era a epítome do espírito confrontador dos japoneses, que seria agora expresso da maneira mais extrema possível pelo *daimyo* dos Satsuma. Agora, mais do que nunca, o *daimyo* se recusaria a retroceder, a dar o braço a torcer. Poderia se mostrar irredutível, provar que era mais corajoso, mais honrado que o xogum, que capitulara covardemente. O bombardeio de Kagoshima era inevitável.

Ito voltara de seu retiro, cheio de histórias para contar. Sentou-se na sala de estar de Ipponmatsu narrando suas aventuras e Glover o escutou, atento a cada palavra.

A viagem parecia agora um sonho distante. A princípio se sentiram apreensivos, temiam serem capturados e executados.

— Mas *Hagakure* nos manda ter determinação firme, estar prontos para morte. Então estávamos preparados, tínhamos mente focada.

Quando alcançaram o mar aberto, rumo a Xangai, sabiam que estavam seguros. Mas a viagem à frente foi difícil e perigosa, interminavelmente longa, testou a fundo a perseverança dos samurais.

O tamanho, a escala das embarcações ocidentais ancoradas no porto de Xangai os impressionou. Ito já vira navios como aqueles nas viagens que fizera com Glover para comprar armas. Mas subir a bordo, pisar em seu convés, era uma experiência distinta, inquietante porém instrutiva. O navio que os transportaria era o *Pegasus*, de trezentas toneladas, que pertencia à Jardine. Suas cabines, no andar inferior, eram apertadas e úmidas; foram forçados a trabalhar penosamente, ao lado dos aprendizes de marinheiro. As refeições eram parcas; a comida, intragável: carne seca fibrosa e bolachas. Sua saúde foi abalada, sofreram com vômitos e diarréia, tiveram que permanecer no convés mesmo nas águas mais agitadas; num certo momento, Ito, tomado de náuseas, precisou ser amarrado a um mastro para não ser lançado ao mar.

Ito ria enquanto contava a história do próprio infortúnio, sem admitir sua fraqueza, e sim mostrando-se orgulhoso pelo que havia suportado.

— Determinação firme. Prontos para a morte.

A jornada durou quatro meses, e de fato quase os matou. Então, ao atracarem em Southampton, contemplaram, pasmos, os gigantescos navios de guerra britânicos ancorados ali.

— Queria que você percebesse as possibilidades — disse Glover.

— Nós percebemos — respondeu Ito, deixando muito por dizer.

Viajaram até Londres de trem, outra experiência instrutiva, cruzaram os campos ingleses numa velocidade inimaginável, milhas e milhas de trilhos de ferro. Aquilo os abalara, não só fisicamente, mas também de uma maneira mais profunda, inspirara admiração e respeito genuínos. O Japão, em comparação, ainda engatinhava, tentando deixar a Idade Média.

Em Londres, os viajantes foram muito bem recebidos por representantes da Jardine. Ao contrário do que passaram em sua longa e árdua travessia marítima, em que foram tratados como clandestinos, os mais desprezíveis dentre os passageiros, viram-se ali subitamente honrados, agraciados como heróis, hóspedes ilustres. Seu itinerário foi traçado e embarcaram numa grande turnê pela Grã-Bretanha industrializada, visitaram fábricas e estaleiros, universidades e museus. Passaram algum tempo em Glasgow, viram os enormes navios construídos sobre o rio Clyde; rumaram mais ao norte, chegando até Aberdeen.

Ito tremeu, fez como se estivesse com muito frio, soprou as mãos, esfregou-as de volta nos braços.

— Agora sei por que você tão durão!

Glover riu, conseguia imaginar o desconforto de Ito, metido no chuvisco cinzento e monótono do mar do Norte.

— Eu trago isto — disse Ito, e com todo cuidado, formalmente, com as duas mãos, entregou a Glover uma carta.

Glover a recebeu, comovido ao reconhecer a caligrafia. Era de Martha, e trazia até mesmo um leve aroma, algo com lírios. Ela provavelmente embebera o papel e o envelope.

Deixou-a sobre a mesa, poderia lê-la depois que Ito se fosse.

A viagem de volta de Ito foi muito menos complicada que a de ida; a Jardine pagou suas passagens num clíper americano; ele e seus companheiros viajaram em cabines como os demais passageiros, chegaram a Yokohama exaustos mas ilesos, desembarcaram sem maiores incidentes, e Ito seguiu diretamente até Nagasaki, para contar a Glover tudo o que haviam visto.

Glover escutou tudo atentamente, demonstrou sua aprovação com um gesto.

— Agora que voltou, encontrará uma situação ainda mais volátil do que quando partiu.

Ito pronunciou a palavra, tentando compreendê-la.

— *Volátil*?

— Mais perigosa — disse Glover. — Como pólvora. — Fez como se acendesse um estopim. — Bum!

— *Hai* — disse Ito. — *So desu.*

— O *daimyo* dos Satsuma está dificultando as coisas.

— Satsuma sempre difíceis — disse Ito. — Não têm bom senso.

Glover lhe falou da carta enviada por Parkes, pedindo-lhe que interviesse. Na opinião de Ito, Glover não deveria, em nenhuma hipótese, rumar até Kagoshima.

— *Daimyo* não muda — explicou. — É como Takashi, mas pior.

— Entendo — disse Glover. — Mas algo me diz que eu *tenho* que ir.

— É questão de honra?

— Mais ou menos, sim.

Ito concordou, mas pareceu perturbado.

— Não é bom eu ir com você. Não bem-vindo. Choshu e Satsuma não são amigos.

— Já pude perceber!

— Matsuo não vai, mesmo motivo.

— Então, irei sozinho — respondeu Glover. — Talvez seja melhor.

Ito fez menção de dizer mais alguma coisa, mas mudou de idéia. Depois que se despediram, Glover leu a carta de Martha.

Querido Tom,

Envio esta carta aos cuidados do seu amigo japonês, o senhor Ito. Foi maravilhoso ouvir notícias suas em primeira mão. (Ele parece lhe guardar muita estima.)

Ito nos impressionou a todos, é encantador, apesar de sua aparência incomum, e o seu inglês, apesar do sotaque forte, é incrivelmente bom. Imagine o alvoroço que causou em Bridge of Don! O papai, é claro, não lhe dirigiu mais que duas palavras, e o pouco que disse, gritou-o como se o homem fosse surdo! O senhor Ito, por sua vez, parecia confortável, sentado em silêncio, agitando no colo uma xícara de chá. Não sei qual dos dois estava mais taciturno. Já a mamãe, como era de se esperar, falava pelos cotovelos! Queria saber se você estava bem, como haviam se conhecido, e se você voltaria logo para casa. O senhor Ito foi a cortesia em pessoa, disse que você estava sendo muito bem-sucedido, mas que não se esquecera de seu lar e de sua família. Ele achava, no entanto, que seu trabalho no Japão talvez ainda o prendesse por mais alguns anos. Espero sinceramente que esteja enganado.

Lembrei-me agora daquela velha música, "Quando é que vais voltar?", e se não me contiver, vou acabar chorando como um bebê!

Mamãe e papai estão bem, embora não se possa dizer que estejam mais jovens. De fato, papai vai se aposentar em breve, e isso vai trazer grandes mudanças, pois teremos que encontrar uma nova casa na vizinhança, já que a nossa está ligada ao trabalho do papai. Portanto, a menos que você se apresse e nos faça uma visita, é provável que já tenhamos nos mudado da nossa casa de infância quando você voltar!

Não tinha a intenção de escrever uma carta tão longa, Tom — mandei uma outra há pouco tempo, cheia de notícias e fofocas! —, mas não pude perder a oportunidade de lhe mandar uma mensagem especial, diretamente pelas mãos do senhor Ito, ou príncipe Ito, como gosta de se apresentar! (Ele é mesmo um príncipe? Essa palavra tem algum outro sentido aí no outro lado do mundo? Não quis fazer muitas perguntas, por medo de parecer rude.) De fato, o cavalheiro em questão partirá amanhã de manhã, está no andar de baixo neste momento, esperando a entrega desta carta.

Termino então por aqui.

Da sua irmã, com amor,

Martha.

Glover leu e releu a carta, depois a leu mais uma vez, sentiu o perfume que já desvanecia, trazia-lhe memórias da sua casa. Martha a escrevera em abril; Glover pôde imaginá-la sentada à janela, olhando para o mar; o ar ainda estaria gelado, mas com a primeira promessa pálida da primavera.

Saiu ao jardim. A noite estava quente e pesada, úmida. A missão que tinha pela frente o oprimia, pesava-lhe nos ombros. Voltou para dentro, leu a carta ainda uma outra vez, dobrou-a com cuidado e a guardou na gaveta do escritório.

Ao desembarcar em Kagoshima, sentiu um aperto no estômago, a sensação simultânea de familiaridade e estranheza, um sonho desperto. Lá estava o vulcão, Sakurajima, escurecendo o céu com sua nuvem de fumaça, deixando um rastro no ar, o odor acre das cinzas. Lá estava a estrada que cruzava a cidade, passando por jardins e templos, a fábrica de vasos. Glover estivera ali com Sono; parecia tanto tempo atrás. Caminharam juntos por um regato, olharam para o bambu que se enchia e esvaziava com a água, *shishi-odoshi*. Sono se curvara ante uma estátua de Jizo, rezara pelo bebê. Glover bebera saquê com seu sogro, Shimada, vira-se frente a frente com Shimazu Saburo, o *daimyo*, presenciara de perto a intransigência feroz que ainda traria destruição a toda a cidade. De súbito, sentiu-se profundamente fatigado, percebeu sua inutilidade e impotência ante os eventos. Havia respondido a Parkes, implorando-lhe que usasse sua influência para suspender o ataque, ou ao menos retardá-lo. Parkes respondera que isso era impossível, o problema já tinha ido longe demais e estava fora do seu controle. A menos que o *daimyo* fosse convencido a mudar de idéia, a desforra não seria mais postergada.

Glover realmente acreditara ser capaz de dissuadir um líder guerreiro de perpetrar seu grande gesto de afronta? O mais provável era que o *daimyo* nem sequer se dispusesse a vê-lo; ou pior, poderia ser feito prisioneiro, executado por sua insolência, pelo crime de ser ocidental, forasteiro, um invasor bárbaro saqueando seu país. Era loucura. E ainda assim...

Glover se endireitou, sentiu-se repentinamente imbuído de um propósito. Como um ator numa peça, tinha que desempenhar seu papel, passar por aquilo. E sabia que, mesmo que falhasse em seu plano maior, nessa tarefa impossível, poderia ao menos falar com Sono, convencê-la a partir com ele. Talvez salvasse uma única vida, e a de Sono era uma que valia a pena salvar.

Glover sabia que Shimada-san estaria arriscando a própria vida ao levá-lo até a residência do *daimyo*, e sentia-se muito agradecido. Trouxera um presente para o *daimyo*, um relógio de bolso, delicadamente embrulhado. Shimada apanhou o presente e o levou a um dos serviçais do *daimyo*. A pistola de Glover foi confiscada; foi instruído a retirar os sapatos, esperar numa ante-sala. Esperou durante uma hora, que pareceu um dia inteiro. A sala estava vazia, austera; não havia cadeiras ou almofadas; a madeira era escura, o chão, duro e polido. Sentou-se ereto, as pernas cruzadas, até que suas costas e joelhos começaram a doer, tinha cãibras nas panturrilhas. Então se ajoelhou, até que essa posição também se tornasse intolerável, ficou agachado, por fim teve que se levantar, caminhou pela sala, calçando meias.

Depois de passar pelo tédio, pela agitação, pela raiva contida, chegando por fim a uma espécie de aceitação embotada, a porta que levava aos ambientes interiores se abriu, e dela saiu Shimada. Trazia o presente de Glover, que nem sequer havia sido desembrulhado. O olhar de Shimada lhe dizia que não havia nenhuma esperança. Atrás dele saiu o serviçal, que lhe disse que o *daimyo* não tinha tempo para falar com ele, portanto deveria partir.

Glover manteve a compostura, de algum modo conseguiu encontrar uma forma de se expressar que indicava uma enorme obediência, humildade e respeito. Mas sua voz foi firme, confiante, ao sugerir que o *daimyo* demonstraria sua sabedoria se concordasse em pagar a indenização. Ao retardá-la por mais tempo que o xogum, já demonstrara ser mais forte. Ao obrigar o Ocidente a exibir a sua força, mostrara ainda mais o seu poder. E agora podia evitar a destruição e a perda de vidas se tivesse a sagacidade tática de empreender uma retirada honrada.

Houve um silêncio. Shimada manteve a cabeça curvada. Então, o *daimyo* em pessoa emergiu de seus aposentos, fitou Glover nos olhos, e Glover soube que aquele homem nunca, jamais retrocederia. Seu rosto era uma máscara feroz, os lábios firmes, as sobrancelhas contraídas, as narinas dilatadas. Murmurou qualquer coisa ao serviçal, que se curvou quase até o chão, transmitiu a mensagem a Glover.

— O *daimyo* não aceita o seu presente nem os seus conselhos. Ao contrário, ele *lhe* dá um presente. Permite que você continue com a sua cabeça.

A porta foi fechada.

O serviçal indicou a saída a Glover.

— Agora vá embora.

Shimada caminhou lentamente de costas, reverente. Glover o seguiu, calçou os sapatos. Devolveram-lhe a pistola. Shimada o guiou para fora do complexo, percorreram todo o caminho observados por guardas armados.

Na casa de Shimada, o ambiente estava pesado, tenso. Glover ofereceu o relógio ao velho, mas ele o recusou. Beberam saquê, como haviam feito tanto tempo atrás, e Glover repetiu o brinde do qual Shimada rira na outra vez. "*Shogun! Nanka kuso kurae!*" O xogum! Que o diabo o carregue! Mas desta vez Shimada nem sequer sorriu.

Glover tentou substituir "*shogun*" por "*daimyo*".

— *Daimyo! Nanka kuso kurae!*

O velho golpeou o chão com força.

— *Ie!*

Não! Aquilo era uma quebra de protocolo, deslealdade ante o clã, jamais poderia ser aceito.

Glover se desculpou humildemente.

O silêncio pesava ainda mais entre eles.

Após algum tempo, Glover mencionou hesitante o nome de Sono, perguntou como estava. O velho grunhiu, disse alguma coisa que Glover não entendeu, levantou-se e saiu da sala.

Glover deitou a cabeça nas mãos. Que diabos estava fazendo ali? Provavelmente piorando as coisas, fazendo bobagens. Um elefante escocês em uma loja de porcelanas japonesa. Ouviu que a porta *shoji* deslizava, levantou-se para se desculpar por uma última vez, seguir seu caminho. Mas a pessoa que viu ali não era Shimada, era Sono.

Glover tivera a esperança de encontrá-la, procurá-la, mas foi completamente sacudido ao vê-la ali, de repente ali.

Abalado, proferiu seu nome, tudo o que pôde dizer.

— Sono!

Ela entrou no quarto, ajoelhou-se à sua frente, curvou-se até tocar a cabeça no chão.

— Guraba-san.

— Tom! — respondeu Glover, tomando-a pelo braço e fazendo com que ficasse de pé. — Pelo amor de Deus, *Tom*!

— *Hai* — respondeu Sono, um leve sorriso triste lhe passou pelo rosto por um instante. — Tomu.

— Aí está você! — disse Glover, acariciando-lhe o rosto, o cabelo. Ela parecia mais magra, mais abatida, usava vestes simples, quase monótonas. Aquela tristeza em seus olhos se aprofundara, se firmara. Mas sua beleza ainda brilhava, emanava.

Sono se virou por um momento, apanhou uma bandeja que deixara à entrada da sala, apoiou-a sobre uma mesa baixa num canto, indicou que se sentasse.

— *Dozo.*

Por favor.

Ela havia cozinhado para Glover, serviu-lhe a comida. Glover foi tocado por aquilo, conteve a emoção, sentou-se de pernas cruzadas.

Só se deu conta da fome que tinha quando começou a comer, e devorou a comida com avidez, chupou o macarrão ruidosamente, engoliu todo o resto, o cágado cozido, o cantarilho fervido, duro e fibroso, o rabanete em conserva, amargo; comida simples, mas boa.

— *Oishi-desu!* — disse Glover, com sinceridade. Estava delicioso.

Viu outra vez em seu rosto um meio-sorriso fugidio, uma memória de tempos melhores.

— *Arigato* — disse Sono, curvando-se.

O momento de simplicidade doméstica, de compartilhar algo, tocou-o novamente. Aquela mulher havia sido, era, sua esposa. Ele precisava fazê-la compreender o perigo da situação, a necessidade de sair daquele lugar. Mas se viu de súbito abasbacado, sem palavras. A língua o abandonou. E ela, muito provavelmente, não falara inglês desde que o deixara. De qualquer maneira já falava pouco, e agora até mesmo esse pouco estaria atrofiado, seco. Não tinham palavras.

Passou a noite no mesmo *ryokan* onde ficara na primeira visita, mas desta vez sozinho. O velho gerente estava rude, rancoroso, relutou em lhe alugar o quarto; mas Glover pagou adiantado, um pouco a mais, deitou ruidosamente o dinheiro sobre o balcão; o homem acabou cedendo, deixou que entrasse. Glover tirou as botas, carregou-as consigo pelas escadas de madeira.

Estava cansado, desenrolou o *futon* no meio do quarto, desabou sobre ele sem tirar as roupas, exceto pelo casaco, que jogou num canto. Mas apesar de sua exaustão, não conseguiu dormir. A noite estava quente, tinha a mente agitada, uma sensação de desastre iminente lhe pesava sobre o abdome. Quando finalmente adormeceu, foi um sono conturbado e entrecortado por pesadelos. Rostos o encaravam, Shimada parecia sombrio, Sono melancólica, o *daimyo* feroz. Estavam no quarto com ele e todo o lugar ardia em chamas; o fogo crescia e ele não podia detê-lo, manteve-se deitado, paralisado, incapaz de se mover.

Acordou aterrorizado, em pânico, encharcado de suor, sentou-se, a respiração rápida e superficial. O pesadelo havia acabado, mas deixou-lhe um senso de ameaça, estava alerta a qualquer ruído. Procurou a pistola, retesou-se, mas os barulhos que ouviu eram apenas o vento nos pinheiros, o canto áspero e agudo das cigarras. Deitou-se novamente e estava em Bridge of Don, tentando retornar para casa, avisar sua família, alertá-los de algum perigo anônimo, levá-los a um local seguro; mas não conseguia correr, afundava na lama até os joelhos.

Acordou mais uma vez, situou-se, sentou-se novamente. A vigília da madrugada, momento de demônios. Recostou-se, os olhos bem abertos, fitando a escuridão. Não plenamente acordado, ainda não adormecido, sentiu-se preso a algum imenso mecanismo, sabia que ao menor movimento, se mexesse um músculo, suscitaria uma conflagração que engoliria tudo ao seu redor. Mas, para impedir que isso ocorresse, precisava se mover. Não conseguia se mexer, tinha que fazê-lo. Rezou, santo Deus, fez um grande esforço e se sentou, esperando. Mas nada aconteceu. O mundo não terminou. Estava vivo, e sozinho, naquela estalagem decadente, num pequeno vilarejo no extremo sul do Japão, numa vida mais estranha do que qualquer sonho; mas era real, era verdadeiro; estava ali.

Desta vez decidiu continuar desperto. Ergueu o corpo, apoiou as costas contra uma coluna de madeira. Sua cabeça pendeu uma vez, outra, e a primeira luz cinzenta do dia se insinuou pelo quarto.

Desceu até o porto, sentiu ainda mais a hostilidade e a ameaça que lhe eram dirigidas. Podia notá-las em cada olhar lançado em sua direção, cada maledicência. Glover chegara cedo para verificar os horários dos barcos que partiriam para Nagasaki, mas era tudo uma grande desordem; nenhuma embarcação chegava ou partia do porto, a frota invasora estava ancorada à entrada da baía.

Os eventos finalmente começaram a correr com mais velocidade, após meses de demora. Glover havia lido um ofício antes de rumar para Kagoshima, listando os navios que formariam a esquadra; a capitânia HMS *Euryalus*, um par de corvetas, a *Perseus* e a *Pearl*, um brigue, o *Argus*, um transporte e duas canhoneiras, a *Racehorse* e a *Havoc*. Suas silhuetas se insinuavam à distância, sinistras em meio às brumas que começavam a se dispersar. Se conseguisse um telescópio emprestado, poderia distinguir os vultos no convés, cuidando de seus ofícios predatórios.

Correu de volta à casa de Shimada. O velho o recebeu em trajes de guerra, as espadas presas à cintura, uma pistola no cinturão, o elmo de samurai debaixo do braço. Glover perguntou se poderia ver Sono novamente, Shimada lhe indicou que ela havia seguido até o templo, para rezar.

Glover abriu caminho pelas ruas abarrotadas, passou pelo altar dedicado a Jizo, pelos jardins, pelo portão *torii* de um templo xintoísta, mas não a encontrou em parte alguma. Mais adiante havia outro templo, budista, e Glover pensou que ela talvez estivesse ali, rezando para qualquer um que a pudesse ouvir. Mas não, não havia nenhum sinal de Sono. Glover tinha a impressão de que se desencontravam a cada esquina, sentia que ela estava sempre um passo à sua frente, fora de alcance.

Cruzou a cidade mais uma vez, sempre procurando-a, foi em direção ao porto, cobriu os olhos, viu ali um bote que se aproximava, vindo da nau capitânia ancorada na baía. Correu até lá, teve que empurrar a multidão que se amontoava perto do cais. Uma delegação estava desembarcando, um capitão naval, um civil que parecia inglês, uma guarda armada formada por quatro marinheiros. Shimada estava lá para recebê-los, e o civil o cumprimentou num japonês mais fluente que o de Glover. Retransmitiu os comandos do capitão a Shimada, insistiu em ser levado até o *daimyo* para entregar um ultimato. Shimada se recusou, manteve-se resoluto, explicou que o *daimyo* não se prestaria a atendê-los, mas que a mensagem seria repassada e uma resposta poderia ou não ser emitida.

— Não vai conseguir uma resposta muito melhor que essa — disse Glover.

— Era o que eu temia — disse o inglês. — O senhor deve ser Tom Glover.

— Sou sim — disse Glover, surpreso.

— *Sir* Harry nos avisou que talvez estivesse aqui, numa última tentativa de utilizar as vias diplomáticas. Meu nome é Ernest Satow, e este é o capitão Josling.

Glover acenou com a cabeça. Já ouvira falar de Satow, um lingüista radicado na legação, que se tornara indispensável como tradutor.

— Situação exótica, esta — disse Satow.

Era magro, e aos olhos de Glover parecia fraco, efeminado, tinha o cabelo escuro e fino, um bigode ralo.

— É uma maneira de enxergar a coisa — disse Glover.

— Este lugar não é exatamente como eu imaginava ao chegar aqui — disse Satow. — Vislumbrei uma terra de eternos céus azuis, o sol sempre a brilhar, na qual todo o trabalho de um homem consistisse em se reclinar num chão acolchoado, vendo pela janela um belíssimo jardim em miniatura na companhia de donzelas atenciosas, de olhos negros e lábios vermelhos!

Glover o encarou; o tom de voz daquele homem, sua languidez pareciam inadequados na situação em que se encontravam.

— Mas é claro — continuou Satow —, o lugar certamente tem seus encantos, sua magia. Infelizmente, a realidade é complexa.

— É verdade — disse Glover.

— Pode ser severa a ponto de se tornar brutal.

— Somos comparáveis a eles em termos de brutalidade — disse Glover. — Como parecemos determinados a demonstrar.

— Usando suas próprias palavras — disse Satow —, essa é uma maneira de enxergar a coisa.

O oficial naval os interrompeu.

— Posso supor que nosso trabalho aqui já esteja terminado?

— De fato — disse Satow. — Dentro do que pode ser feito.

— Então vamos retornar ao navio imediatamente.

Satow se virou para Glover.

— Gostaria de jantar conosco no *Euryalus*? Estou certo de que o almirante adorará tê-lo como hóspede e, dadas as circunstâncias, o senhor estará mais seguro a bordo.

— Dadas as circunstâncias — disse Glover —, terei que recusar o convite. A comida não me cairia bem.

Satow o fitou com uma espécie de admiração.

— Compreendo — replicou. — Realmente compreendo.

— Vamos, senhor! — disse o capitão, ansioso por deixar o lugar.

Satow se curvou ante Shimada, partiu afavelmente, mantendo o grau exato de formalidade que a situação exigia; então se voltou para Glover, disse-lhe:

— Talvez prevaleça a voz da razão.

— Temo que a voz da razão já esteja sendo ignorada — disse Glover — por ambos os lados.

Satow acenou com a cabeça, seguiu o capitão e os quatro guardas pela prancha até o bote. Shimada murmurou a Glover que deveria ter partido com eles; então se virou, avançou em grandes passos na direção da residência do *daimyo*, seguido por seu contingente de guardas.

Na manhã seguinte, ainda cedo, cansado após outra noite inquieta no *ryokan*, assolado por mais pesadelos perturbadores de desolação, pânico e perda, Glover se dirigiu à casa de Shimada. Desta vez foi parado no portão por dois dos guardas, armados com lanças. Explicou o que fazia ali e um deles foi para dentro da casa, o outro manteve Glover do lado de fora, fechando a entrada com sua arma. Após algum tempo, Shimada surgiu, e Glover lhe perguntou mais uma vez por Sono.

Inicialmente achou que o velho lhe falava em japonês, dizendo algo que não compreendia. *Disela osevai.* Então percebeu que o velho se esforçava por falar em seu idioma.

— Diz ela, você vai.

— Não é seguro ficar — disse Glover, lutando para encontrar as palavras. — *Anzenna... de-nai.*

— Diz ela, lugar dela aqui, você vai.

O velho se curvou, uma expressão de lamento nos olhos, mas resoluto. Nada mais a dizer.

Uma hora depois, Glover estava de volta ao cais, e a delegação britânica já regressara para receber a sua resposta. O capitão Josling observou, com um olhar de desdém, enquanto Satow repetia as exigências do governo britânico e Shimada lia a resposta do *daimyo*, recusando-se a pagar a indenização e, na verdade, exigindo que os invasores bárbaros deixassem Kagoshima, e o Japão, imediatamente.

Satow expressou seu pesar, curvou-se, então se dirigiu a Glover e sugeriu que aquele não seria um bom momento para ficar detido naquele lugar, talvez devesse acompanhá-los de volta ao navio.

— Poderá se juntar a mim no convés do *Argus* — explicou —, um local conveniente de onde poderemos observar os procedimentos.

— Os *procedimentos*? — indagou Glover. — Sou incapaz de contemplar o bombardeio de uma cidade, e a conseqüente perda de vidas, com tamanha frieza e desprendimento.

Satow pareceu ofendido.

— A oferta foi feita de boa-fé, senhor, e tendo em vista a sua própria segurança.

O capitão já se movia em direção à canoa, dirigiu-se a Satow.

— Devemos partir antes que a maré mude. O senhor Glover claramente já se decidiu, e parece indiferente à razão. Que seja sobre a sua cabeça.

Satow rogou a Glover uma última vez.

— Se mudar de idéia, tenho certeza de que podemos fazer com que algum destes barqueiros o leve a bordo.

— Não vou mudar de idéia — disse Glover.

— Não — disse Satow, e apertou a mão de Glover. A conversa estava terminada.

Talvez fosse presunção, ou precipitação, ou mera imprudência, mas Glover não sentia nenhum risco iminente contra sua pessoa, apesar do que Satow lhe dissera. Era sem dúvida uma situação delicada, e estaria mais seguro se Matsuo o acompanhasse, mas Glover se rendera ao destino, ou à História, ou a quaisquer outras forças que estivessem em jogo. Estava preocupado apenas por Sono. Se não conseguira convencê-la a deixar a cidade, talvez pudesse ao menos se assegurar de que ela se afastaria do porto, até algum lugar mais elevado.

A casa de Shimada estava agora entrincheirada; não havia nenhum sinal do velho, que deveria estar organizando as defesas, comandando o posicionamento dos canhões. Tampouco havia sinal de Sono. Glover rezou para que ela houvesse deixado a cidade, rumado para o interior, ou que estivesse se refugiando no templo budista; ali, pelo menos, estaria fora do alcance dos canhões dos navios.

A área próxima às docas estava tomada por uma multidão agitada, ansiosa por remover suas posses dali, tentar sair do caminho. Um senhor idoso se apressava por retirar os produtos da sua venda, esforçando-se por amontoá-los em caixotes. A maior parte eram quinquilharias, velhos utensílios de cozinha, uma balança, peças de cerâmica curiosas. Mas, entre tudo aquilo, Glover viu uma coisa que lhe interessava, uma luneta.

Perguntou-lhe o preço.

— *Ikura?*

O velho, em pânico, sugeriu um preço maior do que o devido. Glover lhe pagou em dobro, meteu a luneta no bolso do casaco, dirigiu-se para fora da cidade.

Ao meio-dia o calor era intenso. No templo, procurou por toda parte, passou pelos pátios, perturbou um velho monge no salão de meditação, assustou um grupo de jovens monjas que ancinhavam a brita de um jardim. Devem ter pensado se tratar de uma aparição demoníaca. Glover se desculpou, assegurou-se de que Sono não se encontrava em lugar algum nos arredores.

Encontrou um local, à sombra de uma árvore, de onde tinha uma boa vista do porto. Sentou-se numa pedra e foi, de súbito, tomado por uma certa vertigem. A intensidade dos acontecimentos dos últimos dias, as noites maldormidas, a agitação, tudo aquilo se combinara, agora que finalmente conseguira parar e ficar quieto, acertando-o como uma onda. Por um instante esteve bastante abalado, então se recompôs novamente. Mas não conseguia se desvencilhar da sensação de estranhamento e distância; era tudo como um sonho, apesar de nítido e real.

Uma memória repentina lhe ocorreu, de um momento da sua infância. Estava brincando na praia em Bridge of Don, correndo em debandada pela areia durante alguma brincadeira de criança, quando parou e se virou, viu seus amigos como se estivesse a uma grande distância, as vozes, os guinchos das gaivotas, fracos e vazios ante o bater das ondas. E foi como se despertasse para a realidade absoluta da sua própria existência; aquela era a sua vida, e era ele quem a vivia; estava ali, no centro da sua própria história. E agora aquilo lhe ocorria novamente, naquela terra estranha; a vida o atravessava, sua história corria como tinha que correr.

Sentiu sua respiração entrar e sair por conta própria, olhou para a vastidão à sua frente, a cidade espalhada abaixo, o porto ante a baía, o vulcão plantado naquela ilha há milênios, nuvens e fumaça em seu cume. Os insetos zuniam no ar e, de algum lugar às suas costas, veio o retumbar sonoro de um sino.

Deitou o olhar nos navios que ocupavam a baía, sua atenção foi inteiramente focada no presente, na situação precisa; aquilo também era real, estava de fato acontecendo. Os navios se movimentavam, as canhoneiras manobravam, tomando posição.

O tempo se tornara vagaroso, mas parecia agora acelerar. O clima mudou rapidamente, reuniram-se nuvens, sopraram fortes rajadas de vento. Três vapores japoneses se encaminhavam ao porto, foram cercados pelos navios de guerra britânicos. Glover levou a luneta ao olho, ajustou a distância focal, conseguiu centrar a visão em um dos vapores. Vultos vestidos de azul se moviam no convés, um grupo de abordagem; ajustando a luneta, focou nos outros dois vapores, viu que também haviam sido abordados, as tripulações forçadas a abandonar o navio e rumar para a costa em botes. Os marinheiros britânicos pareciam agora estar pilhando os vapores, carregando o espólio de volta aos seus navios. Então brilhou um fogo súbito no cordame do primeiro vapor, e no segundo, e no terceiro, todos eles arderam, logo depois se inclinaram, naufragaram.

Os ventos cresceram ainda mais, o céu cinzento escureceu, uma tempestade se insinuava. Glover se ajeitou sobre a pedra, as rajadas o empurravam. Então veio uma resposta dos Satsuma, o estrondo dos canhões disparados pelas baterias dispostas na orla. Glover observou, estonteado, a nuvem de fumaça a cada tiro, as cargas estouravam no ar sobre os navios, explosões súbitas contra o cinza cada vez mais escuro do céu, os navios sacudidos pelos ventos impetuosos, as ondas turbulentas. Foi novamente tomado por aquela sensação de sonho nítido; estava ali, assistindo ao início de uma batalha. E aquele era o seu povo, posicionado ali com sua esquadra de navios; os canhões que atiravam contra eles eram os que ele vendera aos Satsuma, o clã de sua mulher. Estava preso entre dois mundos, nada podia fazer além de observar o desenrolar dos acontecimentos.

As baterias dispararam em série novamente, e desta vez houve um acerto, diretamente sobre a nau capitânia. Glover ergueu a luneta, tentou mantê-la estável, a lente tremulante apontou para uma confusão de água e céu, então se firmou sobre o *Euryalus*, viu a comoção no convés, fumaça e chamas, a tripulação corria para apagar o fogo, remover corpos do local. Aquilo não era um sonho. O canhão disparou outra vez, e outra, e uma das canhoneiras foi atingida, a segunda parecia lutar contra a ventania, era arrastada em direção à costa.

Então ocorreu o inevitável, o inexorável. Os navios se firmaram, reagruparam-se e abriram fogo, bombardeando a costa. Viu-se uma explosão atrás da outra ao redor das baterias, uma fumaça negra serpenteava no ar. Os edifícios se incendiaram e os ventos fortes espalharam o fogo, toda a região das docas foi subitamente tomada pelas chamas. Glover não pensou, não hesitou, partiu em disparada em direção à conflagração.

A situação na região do porto era infernal; as pessoas se chocavam tentando escapar, o fogo tomava um edifício após o outro. Lembrou-se de Oliphant falando do fogo: “A flor de Edo, que floresce o ano inteiro.” Agora era a flor de Kagoshima, e seus botões ardiam em laranja e vermelho.

Uma tropa de bombeiros entrou em ação, cruzaram a avenida central com uma coragem burlesca, uma bandeira à frente, uma escada e uma bomba de mão logo atrás. Uma família arrastou suas posses preciosas, envoltas em mantas, retirando-as de sua casa em chamas justo antes que colapsasse. Os bombeiros os apressaram para que saíssem do lugar, usaram varas para derrubar o que restava da construção antes de acionarem a bomba, lançando um tímido jorro de água em direção às labaredas.

Glover tentou ajudar a família, mas se voltaram contra ele, o pai o ameaçou com uma vara de bambu. Só o que conseguiam ver era um bárbaro; provavelmente pensaram que ele fazia parte da tropa terrestre, a força invasora. Glover recuou, abriu caminho entre a multidão, o rosto ardia com o calor das chamas.

As baterias haviam sido fortemente castigadas; disparos precisos deixaram crateras nos lugares antes ocupados por homens e canhões. Entre a fumaça, Glover distinguiu a figura de Shimada, organizando os canhoneiros que restavam. Em um dos lados os canhões estavam sendo carregados por meninos novos, não tinham mais que doze ou treze anos. Uma granada sibilou pelo ar, explodiu sobre suas cabeças. Os meninos se agacharam, cobriram-se, então se levantaram e voltaram a disparar. O olhar de Glover encontrou o de Shimada, saudou-o brevemente. Shimada acenou com a cabeça, continuou a bramir ordens.

Galgando montes de entulho, Glover seguiu seu caminho até a casa de Shimada, ou o que restava dela. O telhado fora arrancado, duas paredes destruídas, as colunas impelidas para fora, o resto queimava. Meu Deus, Sono. Desesperado, cobriu o rosto com o braço, olhou para os destroços em chamas, não viu ninguém. Ela devia ter escapado, por Deus. Afastou-se aturdido, cambaleou pela cidade na esperança de encontrá-la por milagre em meio ao caos.

Nunca presenciara tamanha destruição, não acreditava que fosse possível. O bombardeio prosseguira por horas, muito mais tempo que o necessário para que as defesas estivessem subjugadas. Tornara-se um ato de vingança, de ira, uma demonstração de que a força sempre prevaleceria. Foram centenas de vítimas, todo o povoado destruído, arrasado. Correu um rumor de que Josling, o capitão da frota, fora mortalmente ferido quando aquele primeiro disparo acertou seu alvo. A retribuição foi violenta, brutal, reduzindo a cidade a escombros e poeira; a destruição foi indiscriminada, deliberadamente aleatória. Depois de causar danos suficientes, a esquadra içou as âncoras, rumou para Yokohama, certa de que a justiça prevalecera.

Glover caminhou pelas ruínas, pelo que havia sido uma bela cidade, em busca de referências, tentando encontrar seu caminho. A fábrica de cerâmicas reduzida a estilhaços, os jardins lacerados por grandes crateras, transformados em lama, não havia nem sinal do pequeno altar dedicado a Jizo.

Os incêndios se estenderam por muito tempo, alimentados pelos fortes ventos, quase um tufão; então vieram as chuvas, apagaram as chamas, somente algumas áreas ainda fumegavam. Glover caminhava num pesadelo desperto, em absoluta desolação, encharcado pela tempestade; passou por famílias que retornavam a suas casas incineradas, pelos feridos, mortos e moribundos. Chegou por fim ao local onde estivera a casa de Shimada, encontrou-o de pé, o olhar perdido nos escombros, ou além deles, fitando o nada.

Glover esperou até que percebesse sua presença, virou-se de frente para o velho samurai.

— Ruim — disse Glover, a única palavra adequada.

Shimada concordou.

— Muitos mortos.

Glover esperou, deixou que o silêncio pousasse entre eles, deixou não dita a única pergunta que tinha, até não poder mais retê-la.

— Sono?

O velho assentiu com a cabeça, um soluço na voz ao falar.

— *Hai.*

Não havia nada a dizer, nem mais uma palavra.

Exausto, Glover seguiu seu caminho por entre a cidade destroçada, foi uma última vez ao *ryokan*.

Desligado, mecânico, distante de si mesmo, fez sua mala, sentou-se fitando as paredes do quarto.

No dia seguinte, comprou uma passagem para o primeiro navio que deixaria o porto, um clíper holandês que seguiria para Nagasaki. O trabalho de reconstrução já começara no cais. Enquanto o navio zarpava, Glover olhou para trás, por um momento pensou ter visto Sono, parada ali, vestida de branco, mas ao olhar novamente viu apenas um pequeno filete de fumaça, soprado pelo vento.

Nada fazia sentido. Guardou tudo para si mesmo, manteve segredo, esquivou-se às companhias. Delegou trabalho aos seus funcionários. Quando Walsh e Mackenzie expressaram sua preocupação, Glover lhes disse que deixassem de chatear; disse o mesmo a Ito em japonês. Passaram dias, semanas. Recebeu uma carta enviada por Satow, de Edo.

Prezado Glover,

Chegou-me a notícia de que o senhor retornou a Nagasaki bem e em segurança. Sinto-me aliviado por isso, e tomo a liberdade de lhe enviar esta mensagem. O incidente de Kagoshima tem ocupado meus pensamentos. Acredito haver sugerido ao senhor que aquela era "uma situação exótica". Em retrospecto, parece ter sido uma expressão terrivelmente inadequada.

No início das hostilidades, quando abordamos e afundamos os vapores japoneses que bloqueavam nosso caminho, confesso ter sido bastante tomado pelo entusiasmo da coisa. Eu mesmo tive a oportunidade de assaltar um dos navios e carregar alguns troféus, um mosquete japonês, um chapéu de guerra cônico, que levei triunfante de volta ao Euryalus. *Toda a situação parecia uma grande aventura, e ver o incêndio e o naufrágio das embarcações foi bastante emocionante. Até mesmo quando as baterias da costa começaram a disparar contra nós, o espetáculo foi extasiante, as granadas rebentando no ar sobre nossas cabeças, explodindo contra o pano de fundo das nuvens que se ajuntavam.*

A demora na nossa resposta se deveu inteiramente a uma circunstância singular, cuja ironia, acredito, não lhe passará despercebida. Quando o xogum finalmente decidiu conceder a indenização pelo caso Richardson (que, afinal de contas, foi o que deu início a toda esta infeliz contenda), a quantia de £100 mil em prata mexicana foi entregue à legação de Edo e transferida então, em enormes caixas reforçadas, para o convés do Euryalus. *De fato, as caixas foram empilhadas em frente à porta do paiol de munições — o que poderíamos pensar se tratar de um erro de julgamento por parte dos oficiais do navio, e que demonstrou efetivamente sê-lo. Passou-se quase uma hora até que tivéssemos acesso à munição, mas nesse momento as condições climáticas já se haviam deteriorado, e a precisão dos canhoneiros inimigos aumentava. Para nossa surpresa e espanto, duas granadas de dez polegadas atingiram diretamente nossa nau capitânia; uma delas caiu sobre o convés principal, a outra atingiu a ponte e matou o capitão Josling e um outro oficial, o comandante Wilmot.*

Quando finalmente abrimos fogo, tínhamos um espírito de vingança, e o dia foi por fim ganho, embora tenha tido seu custo: cerca de sessenta e três tripulantes britânicos foram mortos ou gravemente feridos na batalha. O almirante Kuyper, comandante da expedição, considerou-a, apesar de tudo, um grande êxito, tendo em vista que o clã dos Satsuma aprendeu uma importante lição e que Kagoshima sofreu danos da ordem de £100 mil.

Sei que o senhor terá uma visão mais circunspecta do caso, como de fato também tenho. As condições do nosso encontro foram, de certa forma, atribuladas, e espero que não tenham restado ressentimentos entre nós. Como o senhor, acredito firmemente na possibilidade de trabalharmos rumo a uma maior cooperação com os japoneses, e espero que possamos deixar este infeliz incidente para trás, para nos dedicarmos justamente a isso. Aqui em Edo, e em Yokohama, a comunidade já não se encontra em pé de guerra. As coisas se assentaram novamente, a calma foi restaurada e o comércio prossegue em seu ritmo habitual. Acredito que o mesmo se dê em Nagasaki, e espero que os seus negócios continuem fecundos.

Saudações cordiais,

Ernest Satow.

Glover leu novamente a carta inteira, amassou-a e a lançou contra a parede. Serviu-se de uma bebida, virou o copo num só gole, vestiu o casaco e saiu de casa. Tinha que fazer algo para extirpar a raiva que trazia dentro de si. A noite caía rapidamente, varrendo o que restava da tarde enquanto ele cruzava *shian bashi* e *omoikiri bashi*.

Havia bebido demais, ou não o suficiente. A madame insistira em apresentá-lo a uma nova cortesã, Maki Kaga. Glover foi rude com a garota, perfunctório, fez o serviço, tomou outra bebida. Num certo momento ele a xingou, disse-lhe que fosse embora; então bebeu ainda mais e desmaiou. Quando despertou de seu estupor, estava só, o quarto minúsculo à meia-luz. Levantou-se instável, inteiramente nu, sentiu-se preso. Precisava sair, mas todas as paredes eram idênticas, portas *shoji* fechadas; estava trancado, sua cabeça doía e sua bexiga estava prestes a explodir. Que se foda. Mijou no chão, molhando o tatame. Ficou ali sem equilíbrio, desorientado. Na primeira vez que vira Sono, a porta *shoji* se abrira e lá estava ela, sentada, curvou-se à sua frente. Glover soltou um gemido de angústia e avançou torpe contra a porta, atravessou-a, rompendo e rasgando a madeira e o papel ao cair do outro lado. Ouviu gritos, vozes femininas, mãos o agarraram, viraram-no para cima, tentando ajudá-lo a se levantar. Viu por um momento o rosto de Maki, ansiosa, então ela desapareceu e surgiram vozes masculinas, familiares. Walsh e Ito haviam saído de outros quartos, cobriram-se com robes *yukata*.

Walsh olhou para o estrago, contraiu o rosto.

— Pelo amor de Deus, Tom, você mijou na droga do chão!

— Babaquice! — disse Glover. — Pura babaquice!

— Levamos ele para casa — disse Ito.

— Certo — concordou Walsh.

Tudo se turvou mais uma vez, teve a impressão de que Maki o ajudava com suas roupas, então Walsh e Ito surgiram novamente, agora inteiramente vestidos, seguraram um braço cada um, suportaram seu peso, carregando e arrastando o amigo para fora, para a noite, onde o choque com o ar frio o fez engasgar, vomitou. Os outros o soltaram e Glover se virou para eles, focalizando seus vultos.

— Idiotas! Qual é o sentido? Qual é o sentido de qualquer coisa? É tudo loucura, porra! — Apontou um dedo acusador para Walsh. — Vocês! Malditos americanos! Fodam-se vocês e a sua grana rápida!

Voltou-se para Ito.

— E vocês! Malditos japoneses! Cortam minha garganta logo que têm uma oportunidade.

Cambaleou mais alguns passos, vomitou de novo, limpou o vômito e o cuspe do rosto.

— Vão se foder todos vocês! — Dobrou as pernas e tombou à frente, alheio ao mundo.

Acordou dolorido, arrastado de algum submundo infernal no qual a luz lhe perfurava os olhos e só respirar já lhe causava dor. Bombas e foguetes choviam sobre Ipponmatsu, o cipreste solitário era uma árvore de fogo, a própria casa estava em chamas, mas sabia que se fosse rápido, se conseguisse irromper novamente na casa, talvez pudesse salvar Sono. O calor era intenso, a garganta ardia, a fumaça negra o sufocava.

Sentou-se, estava em sua cama com todas as roupas postas, fedendo a urina e a vômito. Engasgou novamente, ainda tinha a garganta em brasa, ácida. Não saíra inteiramente do pesadelo, perguntou-se como as chamas teriam sido apagadas, como poderia o quarto estar intacto. Então voltou a si, lembrou-se. A noite anterior parecia um fluxo confuso, entrecortado, mas se lembrou de alguns momentos, gemeu. E por trás de tudo aquilo, como um pano de fundo, estava a escuridão de Kagoshima, e tudo o que de fato acontecera, ele estivera realmente ali, e Sono estava realmente morta.

Levantou-se, uma dor lhe pulsava na cabeça, constante e monótona. A necessidade de água era imperiosa, absoluta, santo Deus, precisava beber. Apressou-se, instável, para a sala de entrada, e lá estava ela, usando um quimono branco, ajoelhada de costas para Glover. Shimada se enganara, Sono sobrevivera de algum modo, viera encontrá-lo.

— Sono!

Ela se virou, assustada, não era ela, não era Sono, era uma outra jovem. Ela apoiou a mão na garganta, curvou-se.

— *Ie*. Não. — Apontou para si mesma. — Tsuru *desu*.

— Certo — respondeu Glover. — Tsuru. Prazer em conhecê-la. *Yoroshiku onegai shimasu.* Mas o que diabos está fazendo aqui?

Ela se curvou mais uma vez, mais profundamente.

— Ito-san disse eu vir aqui, ajudar senhor.

— Ah, ele disse? — A dor na cabeça o golpeava, retorcia-se de náusea.

A moça se levantou, ligeira e eficiente, atenciosa.

— Eu faço *hocha*, chá. Pego água quente para banho.

— Tudo bem — disse Glover, sentando-se. — Mas primeiro água, para beber. — Fez como se bebesse de um copo.

— *Hai* — respondeu a moça —, *so desu.* — E se curvou novamente, desapareceu para a cozinha.

Glover apoiou a cabeça nas mãos. Tinha um cheiro horrível e isso o fez engasgar de novo, a boca áspera, um hálito péssimo.

A moça voltou, uma jarra de água numa mão, um copo na outra. Encheu o copo, entregou-o a Glover, que bebeu a água num só gole, estendeu o copo para que ela o enchesse de novo, virou copo atrás de copo até terminar a jarra, então o devolveu à moça.

— Mais.

Ela voltou com a jarra, cheia até a borda. Desta vez ele a tomou de suas mãos, largou o copo, bebeu diretamente da jarra, derramando água sobre si mesmo, esvaziou-a, devolveu-a à jovem, disse:

— Muito bem. Suficiente. *Arigato.*

Ela sorriu, deixou o quarto, os pequenos pés cobertos por meias deslizaram suaves pelo chão de madeira. Glover se recostou na poltrona, desejava desaparecer, tornar-se um nada.

Acordou sobressaltado, a moça indicava que ele poderia tomar seu banho. A banheira estava cheia; Glover se despiu de suas roupas malcheirosas, imergiu na água, quase quente demais, sentiu que o calor lhe amansava os ossos, o vapor o deixou um pouco tonto.

Ao terminar, secou-se, jogou um *yukata* ao redor do corpo. A moça havia virado o colchão, trocado os lençóis manchados por outros limpos, um novo travesseiro. Glover se jogou na cama, voltou a dormir, acordou novamente sem saber quem era ou onde estava.

Um novo jogo de roupas lhe fora preparado, as roupas imundas que tinha antes não estavam mais lá. Mesmo vestido, ainda se sentia frágil. A jovem estava na cozinha, preparando alguma coisa, um cozido temperado com gengibre. O cheiro revirou suas entranhas outra vez, engasgou. Ela retirou a panela do fogo, cobriu-a com uma tampa, curvou-se e recuou.

— Obrigado — disse Glover, tentando recordar seu nome. — Tsuru-san?

— *Hai* — disse a jovem —, *so desu.*

— Muito bem. Agora vá.

Ela pareceu confusa.

— *Sagare* — explicou Glover, lembrando-se da palavra.

Ela entendeu, partiu em seguida, fechando suavemente a porta, deixando-o sozinho.

Precisava de uma bebida, foi até o Clube dos Estrangeiros, sentou-se no canto mais escuro e distante, longe do bar.

Mackenzie o procurou, perguntou como estava.

— Oh, feliz e contente — respondeu. — Vi a nossa marinha arrasar uma cidade inteira, matar mulheres, crianças e velhos inocentes, matar minha *esposa*, pelo amor de Deus! E para quê? Para se vingar da morte de um inglês idiota! É loucura em grande escala!

Mackenzie tinha uma expressão carregada, fitava o próprio copo.

— Eu sei, Tom. Eu sei. É a diplomacia do canhão no que tem de pior.

— E acabei de receber uma carta de Satow, aquele imbecil, falando como se tudo aquilo fosse uma brincadeira, uma travessura. Só se deu conta de onde estava metido quando o idiota daquele capitão foi feito em pedaços por um canhonaço. Então ainda teve o desaforo de dizer: "Ora, até mais, garotão, vamos deixar essas coisas para lá e voltar ao nosso comércio de sempre!"

— Bem...

— Pelo amor de Deus, Ken, que diabos estamos fazendo aqui?

— Só ganhando a vida, Tom. Só isso.

— Este não é o nosso lugar. Tínhamos que sair daqui!

Mackenzie olhava para o copo, misturou a bebida.

— Tudo vai ficar bem, Tom, com o tempo.

— Mas a que preço? Quantas outras cidades vamos arrasar? Quantas pessoas teremos que matar? Só para que os seus líderes entendam de uma vez por todas?

Glover gritava, fazendo com que as demais conversas do bar fossem interrompidas, as cabeças se voltassem em sua direção.

Levantou-se para sair.

— Agora, se me dá licença...

Walsh acabava de chegar, fez menção de falar com Glover.

— Tom...

Glover estava enfurecido, cuspiu-lhe as palavras.

— E o que diabos você quer? Tem outra idéia para uma grana rápida? Quanto mais rápida, melhor. Uma única lei: oferta e demanda. Um critério: podem pagar? — Empurrou Walsh para um lado, passou por ele com violência, saiu dali, ganhando a noite.

Ao chegar em casa, em Ipponmatsu, bebeu mais um pouco, mergulhou no torpor, outra noite inquieta.

Passou o dia seguinte novamente nauseado, confuso. Ao final da tarde seguiu para o seu armazém, nem sequer olhou para a papelada que se acumulava em sua mesa; vagueou um pouco pelo porto, não se preocupou em supervisionar o desembarque de uma carga. Então algo lhe chamou a atenção, um trabalhador que inspecionava a operação. Não o reconheceu, mas havia algo estranho, furtivo, no modo como o homem olhava ao redor. Ele claramente não se dera conta da presença de Glover, que estava parcialmente oculto atrás de uma pilha de caixotes. Então, num movimento rápido, dissimulado, o funcionário pôs uma das caixas num carrinho de mão trazido por outro trabalhador, que a cobriu com um tecido, levou-a embora.

Glover se deu conta do que estava acontecendo; seus negócios estavam sendo assolados por esse tipo de rapinagem. Aquilo gradualmente se tornava mais comum, estava corroendo os seus lucros. Glover foi tomado de raiva, e bramiu contra os dois homens.

— Seus ladrões desgraçados!

Apanhou uma vara de bambu, correu na direção dos dois e os atacou, golpeando-os. O rapaz que levava o carrinho conseguiu se safar, saltou para o cais e escapou. O outro tropeçou e caiu, e Glover continuou a surrá-lo com o bastão, espancou-o, libertando toda a cólera irracional que se acumulara em seu interior.

Então, ao levantar a vara de bambu mais uma vez, uma mão o deteve, contendo-o. Glover puxou o bastão de volta, viu que a pessoa que o detinha era Matsuo.

— Então você também faz parte deste esquema?

— Assim mata ele, não é bom — disse Matsuo. — Eu impeço. — E se curvou.

Glover o encarou, enraivecido, mas ciente de que Matsuo estava certo.

— Ah! — exclamou. — Não enche! Me deixe em paz!

Matsuo deu um passo atrás, mas não saiu dali.

— Vai! — gritou Glover. — *Sagare!* — Jogou o bastão no chão, virou-se e partiu. O ladrão já conseguira ficar de pé. Matsuo gritou com ele, então seguiu Glover, mantendo alguma distância.

Glover não suportava a idéia de voltar para casa, não queria conversar com Walsh ou Mackenzie no clube, não podia voltar à casa de chá após os estragos que causara. Sentou-se em seu escritório, notando a noite, que já caía. Com um movimento do braço, varreu a pilha de papéis para o chão, ficou sentado, fitando a pequena coleção de objetos que juntara, que guardara para que trouxessem boa sorte: a borboleta de papel, a moeda de bambu, o dólar de prata. Um copo de saquê sobre a mesa, virado de boca para baixo; levantou-o, olhou para a moeda de ouro que escondia.

Um ruído súbito na porta fez com que se virasse. Uma figura surgiu das sombras, ganhou a sala. Glover se endireitou, pronto para alguma confusão, mas era Ito. Sua apreensão se transformou em irritação.

— O que você quer?

— Isto não é bom — disse Ito. Era um desafio. *Isto* era o humor de Glover, seu temperamento.

— Ah, é? — indagou Glover, agressivo.

— Precisa superar isto — disse Ito.

Isto.

— É mesmo?

— Existência é sofrimento — disse Ito. — Precisa continuar. Importante é o que faz depois.

Glover bufou.

— O que faço depois é sair deste maldito país. Já estou cheio deste lugar.

Desta vez foi Ito quem ficou irritado.

— Ah é, está cheio deste lugar? Enche a pança neste país e depois vai embora. É como todo o resto.

— Ora, vamos com calma! — Glover jogou a cadeira para trás ao se levantar.

Ito continuou, irrefreado.

— Vende seu ópio, vende suas armas, leva nosso ouro. Não se importa com quem sofre, desde que ganhe seu dinheiro!

Glover gritou com ele, irado.

— Já chega!

— Achei que fosse um homem. Achei que fosse um guerreiro, como os samurais. Mas não passa de um covarde.

Aquilo já era demais, um insulto intolerável. Glover lhe desferiu um soco, acertou-o no lado da cabeça, Ito cambaleou. Mas o samurai era robusto, recompôs-se, revidou com um soco na barriga, Glover ficou sem fôlego. Os dois se mediram, então se atracaram, soco contra soco. Glover estava ficando cansado, agarrou Ito e o conteve, segurando-o pelo pescoço. Ito conseguiu se soltar, afastou-o com um empurrão, encaixou um perfeito direto de esquerda no queixo que o derrubou ao chão.

Glover ficou sentado, aturdido, tinha gosto de sangue na boca. Ito o ajudou a se levantar, curvou-se.

— Santo Deus! — disse Glover, segurando o queixo. — Uma coisa é certa: ao menos lhe ensinei a dar um bom direto de esquerda!

A expressão de Ito se manteve séria.

— Você tem uma dívida com este país.

Glover cuspiu sangue.

— Certo.

9

FOGO INTENSO

Nagasaki, 1864

KAGOSHIMA MUDARA GLOVER PARA MELHOR. Ou para pior. Só o tempo diria. Sentia um pouco da *determinação firme* de Ito, daquela *prontidão para a morte* no cerne do código samurai. Em Kagoshima presenciara tantas mortes em primeira mão; sabia que ele e todos os demais já estavam mortos. Conhecia a iminência da sua morte, não apenas como uma idéia, mas em seu próprio âmago. Muito bem. Já estava morto, então que viesse a vida.

Suas ações tinham conseqüências, e ele era responsável por elas. Também sabia disso, definitivamente.

Alinhou-se completamente com Ito e os demais rebeldes. Para o inferno com o xogum! Para o inferno com o governo britânico! Que se danem todos!

Arremessou-se ao trabalho com fúria, com uma energia irremitente, pôs tudo a funcionar a pleno vapor.

Tocou seus negócios regulares de chá, seda e ópio, a "santa trindade" de Walsh. Comprou e vendeu propriedades hipotecadas junto à Jardine. Entrou em qualquer transação que pudesse lhe render um lucro rápido, exportou cera vegetal e óleo de cânfora, importou produtos de algodão e lã, trazidos de sua terra. Ouviu falar de um carregamento de pau-de-tinta que algum mercador comprara na Malásia e não conseguira vender. Conseguiu um preço reduzido, US$1 o picul; comprou oito mil piculs, embarcou-os, vendeu-os em Yokohama a US$35 o picul. Investiu os lucros em novos navios, comprou um vapor de segunda mão, o SS *Sarah*, vendeu-o aos Satsuma por US$70 mil. Afirmava que, a longo prazo, o Japão teria que construir seus próprios navios, em seus próprios diques secos, minar seu próprio carvão, forjar seu próprio ferro e aço. Estava embriagado com essa perspectiva.

Voltou a freqüentar o mundo flutuante, passando seu tempo na casa de chá — pagou uma reforma, reparou os danos causados naquela noite obscura; recompensou generosamente a madame e voltou a ser recebido como um hóspede ilustre.

Tsuru vinha todos os dias a Ipponmatsu; limpava a casa e cozinhava para Glover, flertava um pouco com sua leveza saltitante. Mas não se mudou para lá; Glover não estava pronto para isso. E, na casa de chá, deliciava-se com os favores de Maki Kaga, a jovem que conhecera naquela mesma noite. A imagem da moça ficara gravada em sua memória, apesar de tão bêbado e torpe, e ao voltar para lá procurou por ela. Maki tinha um quê diferente, era natural e suave, sem nenhuma formalidade, um feitio interessante; ria fácil; por trás da máscara de cortesã estava viva, desinibida, e isso o agradava, condizia com seu temperamento. Quando lhe servia chá, inclinando o bule com aquele seu jeito, ou dispunha um único arranjo de flores, ou tocava alguma melodia sedutora no samisen, era um bálsamo para a sua alma.

Ito adorava cantar uma certa música quando estava embriagado. A princípio Glover não conseguia distinguir as palavras — era cantada num jargão gutural, áspero; além disso, quando bebiam alguns copos, o japonês de Glover o desamparava, e o inglês de Ito se tornava imaginativo e improvisado. Mas, no fim das contas, conseguiram bolar uma tradução aproximada.

Ébrio repouso, com a cabeça recostada no colo de alguma beldade,
Sóbrio e desperto, tomo o poder e lidero a nação.

Deitado uma noite nos braços de Maki, ouviu a voz de Ito, que cantava a música aos brados num quarto ao lado. Tentou acompanhá-lo, confundiu as palavras, ouviu que Ito gargalhava, fingiu uivar como um cão. Maki riu até que as lágrimas lhe corressem pelo rosto, e Glover a puxou mais uma vez para junto de si.

Tanto Ito como Maki, cada um à sua maneira, ensinaram a Glover um pouco do zen, por meio de histórias e poemas, parábolas e enigmas. Alguns deles eram desnorteantes, misteriosos; outros, assombrosos, vigorosamente ilógicos. Muitas vezes eram engraçados, e boa parte deles, para Glover, parecia fundamentado numa espécie de senso comum iluminado.

— Certo — dizia Glover, em resposta a alguma observação direta, perspicaz. — É bem por aí.

Maki aprendera o zen com um de seus primeiros clientes, um jovem monge que escapava, de tempos em tempos, dos rigores da vida monástica e seguia até o Sakura. O monge lhe contava as histórias, ela sorria, quer entendesse, quer não. Maki as escutava, aceitava-as como parte do pagamento por seus serviços, tinha-lhes muita estima, e agora as contava a Glover.

Uma história era sobre dois monges que, ao se aproximarem de um rio, encontraram uma bela jovem que tentava atravessá-lo. Um dos monges a ignorou, obedecendo à ordem de seu mestre de nem sequer olhar para uma mulher. O outro, no entanto, a carregou em seus ombros, cruzou o rio, deixou-a do outro lado, curvou-se e seguiu em frente. O primeiro monge seguiu ao seu lado, claramente contrariado. Meia hora depois se deteve, queixou-se amargamente do comportamento do companheiro. Este pareceu perplexo, respondeu: "Aquela mulher? Eu a deixei lá atrás, no rio. Por que ainda a carrega consigo?"

Glover riu daquilo.

Além das histórias, Maki memorizara poemas que havia lido e guardado com muita estima, principalmente haicais e tancas, pequenas meditações, percepções desconcertantes sobre a beleza e a transitoriedade do momento.

A folha caída,
retornando ao ramo?
Era uma borboleta.

— Muito interessante — disse Glover.

O zen de Ito era muito mais incisivo, tinha suas raízes no *bushido*, o caminho do guerreiro. Sua força vinha do *Hagakure*, o código samurai.

Enfrente uma situação difícil com coragem e contentamento. Quanto mais água, mais alto flutua o barco.

Em outros momentos, fazia a Glover perguntas irrespondíveis, charadas que não conseguia decifrar. Ito as propunha entre as músicas embriagadas que cantava no Sakura.

Qual é o som de uma só mão batendo palmas? Um cão tem a natureza do Buda? Como era o seu rosto antes de nascer?

Glover lhe perguntava quais eram as respostas. Ito dizia não saber.

— Tem que encontrar respostas dentro de você — explicou-lhe Ito.

— Pensando? — perguntou Glover.

— Sem pensar! — retrucou Ito.

— Certo — disse Glover. — Tudo bem.

Durante a ausência de Ito, Takashi se tornara ainda mais poderoso, influenciando a liderança dos Choshu a se alinhar mais firmemente contra o Ocidente. Apesar do incidente de Kagoshima, ainda acreditava que conseguiriam expulsar os invasores das costas do país, ou talvez, o que seria ainda mais glorioso, poderiam morrer na tentativa.

Os Choshu tinham baterias de canhões protegendo os estreitos de Shimonoseki, ao norte de Nagasaki. Os estreitos eram estrategicamente vitais, um canal entre as ilhas de Kyushu e Honshu que levava ao mar Interior, o principal caminho para Osaka e mais além, até Yokohama e Edo. Constituía a principal via de passagem para os navios ocidentais; portanto, era fundamental que as rotas permanecessem abertas. Os Choshu armaram um bloqueio, declararam que nenhum navio estrangeiro teria permissão para atravessar, e começaram a abrir fogo contra qualquer embarcação que tentasse cruzar.

Em resposta, foi montada no porto de Yokohama uma frota combinada de embarcações britânicas, americanas, francesas e holandesas, uma armada de navios de guerra que carregava dois mil combatentes. Foi um presságio sombrio.

Assim como ocorrera no caso de Richardson, o xogum recebeu um ultimato, no qual insistia-se que tomasse atitudes contra os Choshu, caso contrário estaria sujeito a represálias. O xogum, manipulando inimizades ancestrais, ordenou aos Satsuma que enviassem tropas para atacar os Choshu com uma força terrestre, distraindo sua atenção dos estreitos.

Apesar de ainda resistirem ao xogum e ao Ocidente, os Satsuma foram cautelosos ante a perspectiva de terem suas casas novamente bombardeadas. Além disso, não conseguiram resistir à oportunidade legítima de lesarem seus rivais. Enviaram um contingente de infantaria que aportou em Nagasaki, marchou ao norte e se posicionou no interior do território, obstruindo a retirada dos Choshu.

Ito irrompeu no escritório de Glover, furioso.

— Eu lhe disse, Satsuma inúteis! Antes, muito idiotas mas muito corajosos, enfrentavam xogum e lutavam contra Ocidente. Agora fazem o que xogum manda, ajudam Ocidente, atacam Choshu!

Glover expressou seu pesar com a situação, mas disse que era o roto falando do esfarrapado.

— Por que você fala assim? — perguntou Ito, ainda mais encolerizado. — Vocês estrangeiros e seus disparates!

— Para mim, os cabeças-duras e idiotas neste caso são os Choshu.

— Takashi é um louco — disse Ito. — *Ele* que tem a cabeça dura!

— Não faz muito tempo, você concordava com ele — disse Glover.

— Mas não mais. — Ito pareceu ofendido. — Eu mudei.

— Eu sei — respondeu Glover. — Agora o resto do seu clã precisa mudar.

— Satsuma também — disse Ito.

— Certo — disse Glover. — Satsuma também!

Parkes tentava novamente avançar pela via diplomática; escreveu, por intermédio de Glover, uma carta ao *Honrado príncipe Ito Hirobumi do clã Choshu.* A mensagem descrevia sucintamente a situação presente, as ações agressivas da liderança dos Choshu, a ameaça que aquilo representava para o comércio pacífico. Então, apelava para Ito, um honrado amigo do Ocidente, que havia visitado a Grã-Bretanha há tão pouco tempo sob os auspícios do senhor Glover e com o apoio e boa vontade do governo de sua Majestade, e cuja amizade duradoura seria estimada pelos anos vindouros, ou assim esperava. Exortava Ito a utilizar sua influência como príncipe do clã Choshu para dissuadir o *daimyo* e seus conselheiros de suas atuais atitudes agressivas e para persuadi-los a cessar imediatamente as hostilidades, ou a encarar as conseqüências.

Ito leu a carta, olhou para Glover.

— Ele quer que eu os faça parar?

— Essencialmente.

— Como disse?

— Sim — disse Glover. — Ele quer que você os faça parar.

— Não acho ser possível — disse Ito, sereno. — *Daimyo* dá ouvidos a Takashi.

Glover se lembrou dos seus próprios esforços em Kagoshima, da intransigência inabalável do *daimyo* dos Satsuma. Sentiu por um momento o cheiro da pólvora e das chamas, viu o rosto de Sono.

— Eu sei — respondeu. — Vai ser difícil.

— Mas preciso tentar — disse Ito.

— Sim. — Glover sabia que Ito estava prestes a arriscar a própria vida, sabia também que ele não tinha escolha.

Ito se preparou para partir no dia seguinte, com Matsuo e Inoue Kaoru, outro dos Cinco Choshu que haviam retornado recentemente. Inoue era um jovem sério, não tinha o espírito revolucionário de Ito, mas ainda assim estava comprometido com as mudanças. Voltara do Ocidente abalado com o que vira; a viagem o forçara a rever muitos de seus conceitos. Os três velejariam até Yokohama; ali, receberiam um salvo-conduto, sendo transportados por um navio de guerra britânico, desembarcariam na ilha de Kasato, próxima a Shimonoseki, onde encontrariam os líderes do seu clã e lhes apresentariam um documento que continha as demandas do governo britânico e seus aliados.

No último momento, Glover decidiu viajar com eles. Num clíper da Jardine, viajaram à noite, protegidos pela escuridão, conseguiram passar pelos estreitos sem maiores incidentes. Em Yokohama, foram recebidos por uma delegação britânica, da qual participava Ernest Satow, que entregou um documento a Ito.

— É o ultimato britânico — disse Satow — traduzido ao japonês para o *daimyo*. — Fez um sinal para Glover. — Temo que tudo isto pareça terrivelmente familiar.

— Sim — disse Glover. — É Kagoshima, mais uma vez.

Embarcaram no navio de guerra, o HMS *Cormorant*, que seria seguido por outro, o HMS *Barrosa*, no que seria uma demonstração de força destinada a dar aos Choshu um prenúncio do que viria caso decidissem manter sua obstinação.

O capitão Barstow, mestre da loja, que já cobrira o retorno de Glover e Ito de Xangai com um carregamento de armas, estava no comando do *Cormorant*. Aquilo parecia ter ocorrido muito tempo atrás, tantas coisas haviam se passado desde então.

— Senhor Glover — disse o capitão —, noto que ainda está defendendo os interesses britânicos.

— De fato — disse Glover. — Talvez mais do que o senhor possa imaginar.

— Se me lembro bem — disse o capitão —, na última vez que nos encontramos o senhor teve a previdência de me alertar sobre o perigo que estes clãs poderiam representar, especialmente os Choshu.

— Se me lembro bem — respondeu Glover —, também mencionei a existência de notáveis exceções.

— Senhor Ito — disse o capitão, reconhecendo-o e acenando com a cabeça.

Ito o encarou de volta, frio e impassível, não disse nada.

Durante toda a viagem os três japoneses permaneceram sentados no convés, com as costas eretas, o olhar fixo à frente. Quando o navio ancorou em Kasato, levantaram-se, curvaram-se formalmente uns para os outros e então se despediram de Glover, curvando-se um a um.

— Boa sorte — disse Glover.

— Precisamos mais que sorte — respondeu Ito, com um sorriso contido, grave.

Antes de embarcarem no bote que os levaria até a costa, Matsuo se posicionou em frente a Glover, curvou-se mais uma vez com profunda humildade, dobrando-se quase completamente. Então lhe estendeu a mão, algo que nunca fizera antes, apertou a de Glover, firme e rápido, disse-lhe:

— *Arigato gosaimasu*. Obrigado, Guraba-san.

Enquanto observavam o bote que seguia rumo à ilha, Glover disse:

— Que Deus os ajude.

Satow, ao seu lado, completou:

— Espero que sim.

— Acha que eles têm alguma chance de conseguir?

— Eu diria que a probabilidade de que tenham suas cabeças removidas são de sete em dez.

— Meu Deus! — disse Glover.

— Neste caso, acho que seria melhor o senhor invocar o Buda — disse Satow.

Glover se lembrou da enorme estátua de bronze que vira em Kamakura, sua presença, seu desprendimento benigno. E, de alguma forma, as palavras lhe vieram à mente. *Namu Amida Butsu*. Glover as ouvira entoadas no funeral de seu filho, no templo onde se escondera com Mackenzie, no altar de Kagoshima; as palavras lhe surgiram sem que as buscasse, e ele as recitou interiormente, em silêncio.

Segundo o combinado, esperariam um dia inteiro ancorados. Se necessário, os três mensageiros passariam a noite, continuariam as negociações na manhã seguinte, voltariam ao navio ao meio-dia.

Glover não conseguia dormir, passou a noite caminhando pelo convés, observando a faixa escura de água que os separava da costa. Mesmo com sua luneta não conseguia distinguir coisa alguma, nenhuma centelha de luz. O céu começou a clarear imperceptivelmente, a ilha tomou forma. Às quatro badaladas, Satow se juntou a ele no convés.

— Nenhum sinal?

— Nada — respondeu Glover.

— Imagino que, quanto mais demorarem, maior será a esperança de que consigam — disse Satow.

Perto do meio-dia notou-se uma movimentação na ponte. O bote fora visualizado, retornando da costa. Aproximou-se pela lateral, balançando nas ondas. Ito e Inoue subiram pela escada de corda, galgando o navio. A expressão de Ito era sombria.

— Nada bom. Takashi poderoso demais. Eles não escutam.

Glover já esperava por isso. Ao menos Ito e Inoue estavam vivos, em segurança. Então se deu conta de que algo estava errado; olhou para o bote abaixo, viu apenas os dois tripulantes.

— Onde está Matsuo? — perguntou.

Ito soltou um suspiro longo e pesado.

— Ficou. É longa história. — Tinha duas espadas presas ao cinturão. Empunhou a mais curta, a *wakizashi*, entregou-a reverentemente a Glover. — Ele me pediu para entregar isto a você. Quer que fique com ela.

Glover recebeu a espada, curvou-se.

— O que aconteceu?

— Ele ficou com outra espada. Amanhã comete *seppuku*.

— Santo Deus, mas por quê?

Desta vez o suspiro de Ito foi doloroso.

— Eu disse, é longa história. Muito... complicada.

Essencialmente, haviam conversado até chegarem a um impasse. O líder do clã já estava decidido; Takashi se encarregara disso. Ainda assim tentaram, debateram durante toda a noite, passando repetidamente pelas mesmas questões.

Os britânicos exigiam uma interrupção imediata dos ataques contra navios estrangeiros, o desmantelamento das baterias costeiras, o pagamento de indenizações pelos danos já provocados. Numa linguagem elaborada e evasiva, os Choshu rejeitaram todas as demandas, citando a necessidade de defenderem seu território contra os "invasores".

Glover escutou, desesperançado, um gosto metálico lhe tomava a boca.

— E Matsuo, o que aconteceu com ele?

Ito tentou encontrar as palavras.

— Eu lhe contei que quando era jovem, era membro de *sonno-joi*. Queríamos lutar contra Ocidente, expulsar todos invasores.

— Sim, contou — disse Glover, notando que o capitão Barstow franzia o cenho ao ouvir o que Ito dizia.

— Eu também fazia parte desse grupo — disse Inoue. — Assim como Takashi.

— E Matsuo também — disse Ito. — Graças a Takashi, todo o grupo fez um juramento, defender clã sempre, expulsar bárbaros. Até assinaram com próprio sangue. Matsuo fez isso.

— E o senhor? — perguntou o capitão.

— Eu estava em Edo — disse Ito —, tratando de negócios. Assim como Inoue-san. Não assinamos.

— Muito conveniente — disse o capitão.

— Ito e Inoue talvez já estivessem vendo as coisas com mais clareza — disse Glover, enfrentando o capitão.

— Talvez — respondeu Barstow.

Ito o ignorou, seguiu em frente.

— Na noite passada, Takashi disse que Matsuo é traidor, rompeu seu juramento. Assinou com sangue, então deve tirar própria vida.

— E ele lhe deu ouvidos? — perguntou Glover.

Ito assentiu com a cabeça.

— Para piorar, pai de Matsuo estava lá. Disse que Matsuo é desonra para família e clã.

— Minha nossa! — exclamou Glover.

— Agora Matsuo se prepara para *seppuku*.

— Não! — disse Glover. — É loucura! Não podemos deixar que ele faça isso!

— É muito triste — disse Ito. — Mas é morte nobre. Vai morrer bem.

Glover segurava a espada nas mãos, olhou em direção à ilha. Não havia o que fazer.

— Então — disse o capitão —, já estamos todos reunidos? Podemos voltar a Yokohama?

— *Hai* — disse Ito. — Vamos.

No caminho de volta a Yokohama, Ito esbravejou contra o xogum.

— Xogum limitou comércio com Ocidente para poder controlá-lo. Fica sentado em seu palácio, cada vez mais rico e gordo, e ninguém mais ganha com isso. Britânicos devem se livrar dele, tirar xogum de lá. Devem ir a Osaka e fazer tratado com jovem imperador, recolocá-lo no poder. É isso que povo japonês quer. Trazer unidade. Todos clãs respeitam imperador, se juntam, fazem Japão forte. Bom para Ocidente também.

O capitão, como sempre, expressou seu ceticismo enfastiado, desconsiderou as palavras de Ito, que considerava um desordeiro, um interesseiro, não confiava nem um pouco nele. Ainda assim, ficou impressionado com a sua intensidade, sua determinação lúcida. Enquanto o *Cormorant* seguia a todo vapor para o porto de Yokohama, Satow se dirigiu a Glover.

— O senhor realmente considera que Ito e os demais possam representar alguma esperança para o futuro?

— Tenho certeza disso. Eles *são* o futuro.

— Se dependesse dele, o *Cormorant* seguiria diretamente até Osaka, levando uma delegação para falar com o imperador!

— Infelizmente, é mais provável que este navio acabe por retornar a Shimonoseki com o resto da frota, para subjugar os Choshu à força.

— De fato — disse Satow. — Temo que o cônsul, tendo reunido uma força desse porte, sinta a necessidade de usá-la.

Satow estava certo. Os eventos foram bem documentados, sendo noticiados na semana seguinte pelo *Correio de Nagasaki*. A armada de dezessete navios entrou nos estreitos e se distribuiu, assumindo a formação de ataque. O bombardeio das baterias dos Choshu foi implacável e decisivo. As tropas desembarcaram na costa, cruzaram os campos de arroz, subiram pelo morro até as fortificações e as baterias de canhões. Após um último embate, alguns confrontos frente a frente, os Choshu se renderam. Os canhões foram desmantelados, seus berços esmagados, balas e granadas jogadas ao mar, a pólvora queimada. O povoado foi incendiado; os habitantes fugiram; as tropas enterraram seus mortos ao pé da colina; a frota levantou âncora e rumou de volta a Yokohama. Os estreitos foram imediatamente reabertos aos navios cargueiros, e os Choshu foram forçados a pagar uma indenização, que financiava em parte a expedição que os atacara, ironia que não passaria despercebida pelo clã e sua liderança.

Glover leu a notícia tomado de desalento, uma sensação que já se tornava familiar. Tudo aquilo era um desperdício enorme.

Satow lhe escreveu, contando que Parkes havia recebido uma carta do Ministério do Exterior, entregue alguns dias após o bombardeio. Aconselhava-o a não empreender ações militares, pois essa não era a política de sua Majestade nessas circunstâncias. O cônsul esboçara uma resposta, explicando o atraso no recebimento da mensagem e comunicando que, infelizmente, as ações já haviam sido tomadas. Mas antes que pudesse enviar sua resposta, recebeu uma nova mensagem de Londres, dizendo que, tendo em vista as novas informações recebidas, a decisão de utilizar a força fora acertada, afinal de contas.

Satow também alegou que o envio de uma força ocidental coligada, que incluía um contingente de tropas francesas, servira como uma mensagem bastante clara para o xogum, além de dificultar a possibilidade de uma aliança entre os japoneses e franceses que estava se fortalecendo e que poderia se mostrar problemática.

Muito bem.

Glover leu a carta de Satow mais uma vez, rasgou-a ao meio, e ao meio novamente.

Contanto que o governo de sua Majestade estivesse satisfeito com o transcurso dos acontecimentos, e que seus navios pudessem ir e vir, tudo corria do modo adequado, Deus estava nos céus, não havia nada de errado no mundo.

Jogou os pedaços de papel sobre a mesa, apanhou a espada de Matsuo, que colocara junto às demais recordações. Deslizou ligeiramente a bainha expondo a lâmina afiada, que reluziu com o brilho da lâmpada. Vislumbrou, com muita nitidez, a imagem de Matsuo com a outra espada, o rosto contorcido ao se inclinar à frente sobre a lâmina, transpassando as próprias entranhas.

Desperdício.

Nunca entenderia inteiramente aquele país, aquelas pessoas. Mas agora estava comprometido com o trabalho, para o bem ou para o mal, precisava dedicar-se a ele com todas as suas forças.

Fez um pequeno corte no dedo com a lâmina, o suficiente para expor uma gota de sangue, cumprir a tradição samurai. Formou-se um pequeno globo vermelho, uma jóia. Lambeu-a, guardou novamente a espada na bainha, apoiou-a na testa, recolocou-a sobre a mesa.

As forças do mercado estavam sempre presentes, a demanda por mercadorias variava, modificava-se. Glover ficava atento às flutuações, procurava sinais, pistas do que estaria por vir. Da noite para o dia, graças a alguma nova tendência, surgiu uma grande demanda pelo chá na América. Glover agiu rápido para aproveitar o momento, expandir sua operação, aumentar a escala da produção. A sua fábrica de secagem foi posta abaixo e substituída por dois enormes godões, enormes armazéns de teto alto, verdadeiras usinas de processamento do chá. O mercado do chá se tornou de súbito uma indústria, empregava uma força de quatrocentos homens e mulheres.

Era o início da estação; a safra crua era trazida do interior em grandes carregamentos, precisava ser aquecida e secada o mais rápido possível, embalada em caixotes prontos para serem despachados; os clíperes partiam repletos, levando todo o chá que podiam. O trabalho não parava nunca, os turnos se sucediam dia e noite, e Glover surgia para supervisionar a produção a qualquer horário, completamente animado, entusiasmado.

Numa noite, levou Walsh para visitar a fábrica, antes de seguirem para a casa de chá.

— Minha nossa, Tom! — gritou Walsh, em meio ao ruído da produção. — Quando você se dispõe a fazer algo, realmente entra de cabeça!

— Não tem outro jeito! — gritou Glover. — Senão, qual é o sentido da coisa?

O calor do lugar era intenso, centenas de tachos de cobre repletos de carvão incandescente. Sobre eles, as folhas verdes secavam em enormes cestos chatos, sacudindo de lado a lado sem nunca parar; o suor brilhava na pele dos operários, os homens vestiam apenas tangas, as mulheres tinham os seios expostos; as chamas criavam sombras no teto, reflexos alaranjados, e o vapor das folhas impregnava o ar. O ruído também era arrebatador; enormes engradados de madeira se agitavam para acomodar o chá seco, que era despejado dentro deles num fluxo ininterrupto.

— É infernal! — gritou Walsh, afrouxando a gola da camisa.

— É! — disse Glover. — Não lhe disse?

Walsh olhou para Glover com um olhar estranho, circunspecto.

— Você está demoníaco!

Glover riu, entendeu o que Walsh queria dizer, o ânimo que o possuíra. Conseguia senti-lo em seu interior, indomável. Estava completamente exaltado.

Mais tarde, ainda mais avivado por um ou dois tragos, exasperou-se com alguma coisa dita por Walsh sobre os operários, que trabalhavam como escravos.

Glover o encarou, frio.

— Essas pessoas estão felizes por terem um trabalho. Eu lhes pago bem pelo que fazem. E não acho que um americano seja a pessoa mais indicada a dar sermões sobre a escravidão!

Então foi a vez de Walsh ficar irritado.

— Não esqueça, senhor, que estamos travando uma guerra para aboli-la.

— E metade dos seus conterrâneos estão travando uma guerra para mantê-la!

— Você às vezes vai longe demais.

— Impossível! — respondeu Glover, dando-lhe um tapa na cabeça, um pouco forte demais, e gargalhando novamente, enquanto agarrava Maki pela cintura. Ela soltou um gritinho e se pendurou em Glover, que sorveu seu cheiro, inebriado.

Glover exportava o seu chá em grandes navios; vendia arroz para a China, transgredindo a lei do xogum que proibia tal comércio. Investindo os lucros, começou a importar barras de ouro da Europa, cem barras de cada vez, e então as vendia ao governo japonês a um preço menor que os chineses, acabando com seu monopólio no suprimento de ouro. Intermediou a venda de um vapor da Jardine Mathieson, o *Carthage*, contratou um engenheiro holandês que compareceu ao estaleiro de Nagasaki, supervisionou e aprovou a reforma do navio, vendeu-o ao *bakufu* por US$120 mil. Com a comissão que recebeu, aumentou sua importação de ouro, passando a trazer mil barras de cada vez. Agenciou outras vendas de navios para alguns dos clãs japoneses menores, que não podiam pagar em dinheiro mas que os trocavam por enormes quantidades de arroz, que Glover vendia à China. E assim continuou, numa espiral de sucesso nos negócios, sempre em frente, sempre para cima.

Mackenzie recomendou que fosse mais cuidadoso, precavido.

— Você está andando numa corda bamba, Tom.

— Com certeza — respondeu. — E estou fazendo malabarismos e engolindo fogo ao mesmo tempo!

Também sabia que, de todas as transações que fazia, as mais lucrativas eram as vendas de armas. No entanto, já não era interessante vender a quem pagasse o melhor preço. Não teve nenhum problema em fazer negócios com o xogum, com o *bakufu*, explorá-los e ficar com seu dinheiro em troca de ouro ou navios mercantes. Mas vender-lhes armas já não era uma opção viável. Os dias do xogum estavam contados.

Depois do que ocorrera em Shimonoseki, houve rápidas mudanças no seio do clã Choshu. Sua derrota rápida, quase trivial, seguida pela humilhação causada pelo pagamento da indenização, trouxe a ruína a Takashi e à sua facção. Finalmente deram ouvidos às palavras de Ito e Inoue, que passaram a exercer maior influência. Obtiveram o apoio de um membro poderoso do clã, Kido Takayoshi, e o levaram no meio da noite até Ipponmatsu, para uma reunião preliminar com Glover.

A princípio Kido pareceu hostil, desconfortável. Falava pouco inglês, Ito e Inoue lhe serviram de intérpretes. Como eles, Kido fora inicialmente contrário à idéia de lidar com o Ocidente. Ressentia-se especialmente da ameaça dos missionários cristãos, e tentava ativamente desmascarar os *kakure* japoneses, cristãos disfarçados, que via como transgressores de uma proibição secular contra a mais detestável das religiões. Afirmava que o único propósito do cristianismo era minar os valores tradicionais dos japoneses, convertê-los para então conquistá-los.

— No entanto... — disse Glover, perguntando-se como poderia encontrar algum ponto no qual pudessem concordar.

Ito traduziu a palavra:

— *Shikashi*...

Kido ficou em silêncio, encarando Glover fixamente. Então continuou, com Ito traduzindo.

Kido não tivera a intenção de ofender. Só estava apreensivo em relação ao futuro do Japão. Entendia que Glover era um *gaijin* honrado, que também se preocupava com o Japão e estava disposto a ajudá-los em seu empreendimento. O único caminho a seguir seria acabar com o xogum e com os demais elementos reacionários. Só assim o Japão poderia se abrir inteiramente ao Ocidente, aprender com o Ocidente e, por fim, igualar-se ao Ocidente.

— *Hai* — disse Glover. — *So desu.*

Serviu saquê em quatro pequenos copos de vidro, repetiu o brinde que fizera um dia em Kagoshima.

— *Shogun! Nanka kuso kurae!*

Viraram os copos. Ito e Inoue sorriram. Kido fez um sinal de aprovação, mas se manteve sério.

Glover abriu uma garrafa de uísque escocês, encheu os copos novamente, propôs um outro brinde.

— Japão — disse. — *Nihon.*

Beberam mais uma vez, repetiram a saudação, a bebida forte lhes umedecia os olhos.

— *Nihon!*

Glover continuou seguindo em frente, indiferente a quaisquer limites. Seus interesses comerciais, tanto os legítimos como os outros, geravam lucros cada vez maiores; mais chá, mais seda, mais ópio, mais arroz, mais navios, mais armas, mais ouro. Dizia-se que ele se aventurava em qualquer negócio que lhe fosse apresentado.

Numa noite, um jovem se aproximou dele no Clube dos Estrangeiros.

— Senhor Glover?

O rapaz tinha uma expressão intensa, extenuada. Aparentava não haver dormido muito nos últimos tempos.

— Pois não? — disse Glover, precavido.

— Queria lhe perguntar, senhor, se não deseja comprar um tigre.

Ele de fato dissera aquelas palavras. Era um desfecho incomum para uma história familiar: aquele jovem, Mitchell, chegara recentemente de Yokohama, dera um passo maior que as pernas, assumindo compromissos que não conseguiria honrar, contraindo dívidas que era incapaz de pagar. Numa noite de festanças particularmente desmedidas na quadra dos prazeres, viu-se induzido a entrar numa transação que lhe traria um lucro garantido. Assim, comprara um tigre.

Apesar de tudo, Glover ficou intrigado.

— O cavalheiro que me vendeu a fera — disse Mitchell — era um chinês.

— Porventura chamado Wang-Li?

— O senhor o conhece?

— Certamente — disse Glover. — Continue.

— Ele adquiriu o animal nos Estados Malaios. Como me explicou, o preço pelo qual o oferecia era tão favorável que eu não poderia deixar de ganhar com a transação. Tinha certeza de que algum circo itinerante, ao passar por estas bandas, teria grande interesse em comprá-lo. O senhor Li o venderia pessoalmente, a um preço muito mais alto, se um compromisso familiar urgente não o obrigasse a retornar a Xangai.

— Ele é um homem muito comprometido com a família — disse Glover. — É muito comovente.

— Senhor Glover — disse o jovem —, naquele momento tudo pareceu tão razoável...

— Ah, sim — respondeu Glover. — Sempre parece.

— Mas na manhã seguinte, com as idéias mais claras...

— Um gosto amargo na boca.

— Exatamente. Então, quando vi o animal...

Glover o interrompeu, subitamente alerta:

— Chegou a vê-lo? Ele existe?

— Ah, sim.

— Está aqui em Nagasaki?

— Está sendo mantido em quarentena, numa cabana ali perto do cais.

Glover já se levantara da cadeira, caminhava ansioso em direção à porta.

— Leve-me até lá, senhor!

Seguiram em direção ao porto, Glover avançava em grandes passos, o jovem se esforçava para acompanhá-lo, explicando que a situação fora complicada pelo fato de que as autoridades japonesas se recusavam a emitir uma autorização para a importação da criatura. No meio-tempo, conseguira um outro empréstimo para pagar Wang-Li em dinheiro.

— Porque ele estava muito apressado para voltar a Xangai — disse Glover —, devido a seus compromissos familiares urgentes.

— O senhor o conhece bem! — disse Mitchell.

— Então agora está quebrado, e não consegue um retorno pelo seu investimento.

— Essencialmente.

— Comprou um elefante branco. Um tigre encaixotado!

De fato, o tigre estava numa jaula de bambu construída especialmente para transportá-lo: varas grossas e sólidas, firmemente entrelaçadas, a porta trancada com uma barra, um cadeado de ferro. Toda a estrutura estava presa ao solo por cordas amarradas a grandes estacas fincadas no chão.

À meia-luz, conseguiram distinguir a enorme silhueta do tigre, enroscado num canto da jaula. Seu cheiro tomava o ambiente, intenso e animalesco.

O tigre havia comido carne embebida em láudano, estava sedado, entorpecido. Agora começava a despertar de seu estupor, movia-se, tentava se levantar. Firmou-se, fixou os olhos amarelos em Glover e no jovem Mitchell, emitiu um rugido grave e ameaçador.

— Minha nossa! — disse Glover. Nunca vira um animal como aquele, a não ser em revistas ilustradas, desenhos no anúncio de um circo, e sempre pensou que se tratassem de representações fantasiosas, exageradas. Agora a realidade estava bem à sua frente, encarava-o poderosa, ameaçadora, uma ferocidade fragilmente contida.

— *Tigre, tigre, fogo intenso* — disse Mitchell.

— O que é isso, um verso? — perguntou Glover.

— William Blake — respondeu Mitchell. — O poeta inglês.

— É mesmo?

— *Cruza a noite, o bosque denso.*

— Como continua?

— *Que mão imortal poderia...*

— Sim?

— *Moldar tua feroz simetria.*

— Ah — disse Glover. — Não conheço muito poesia, exceto Burns, é claro. Mas, para mim, parece que captou muito bem a coisa.

— Certamente — disse Mitchell.

Fogo intenso.

Glover encarou o tigre de frente, fitou aqueles olhos que se fixavam agora nele, sentiu sua alteridade absoluta, viu a natureza do animal, predatória, implacável e destemida. Virou-se para dizer alguma coisa a Mitchell e o tigre pulou, lançou-se diretamente em sua direção, o rabo agitado, as grandes garras se chocaram contra as barras sacudindo a jaula inteira, forçando as cordas.

Num instinto de sobrevivência, preservação, os dois recuaram em direção à porta.

— Senhor Mitchell — disse Glover —, acaba de vender o seu tigre!

— Muito obrigado! — disse Mitchell.

— Vou lhe dar o quanto pagou por ele e acrescentar, digamos, dez por cento, para recompensá-lo pelo trabalho que teve.

— É muito generoso da sua parte — disse Mitchell —, considerando que...

— Considerando que agora terei que lidar com esses teimosos oficiais aduaneiros e convencê-los a emitir uma autorização.

Apertaram-se as mãos, fechando o negócio. O tigre emitiu um grande urro, e dois guardas da aduana surgiram à porta, como se houvessem sido chamados.

Glover se curvou ante os homens, disse-lhes que estava ansioso por consumar as formalidades o mais rápido possível, para retirar o tigre daquelas dependências. Os guardas responderam que aquilo era impossível, as normas não o permitiam, os tigres não estavam entre os itens do acordo de tarifas.

Glover explicou que o animal lhe fora vendido ali mesmo pelo senhor Mitchell (Mitchell se curvou), que por sua vez o comprara do senhor Wang-Li, um comerciante respeitável, que certamente conheciam.

Os guardas se entreolharam, o de maior patente apenas repetiu sua ladainha.

— *Muri o iuna!* — Impossível.

Muito bem, perguntou Glover, o que fariam então? Wang-Li já deixara o país e não poderia responder pelo caso. O dono original estaria em algum lugar nos Estados Malaios. O tigre não poderia ser devolvido a mais ninguém.

Os guardas disseram que ele teria que sacrificá-lo. Glover se recusou.

— Acabei de gastar uma boa quantia na compra deste animal magnífico. Não tenho nenhuma intenção de abatê-lo para que seja vendido como carne de cachorro!

O guarda apenas repetiu:

— *Muri o iuna!* — E acrescentou: — *Kyokashou nado dasen!* — Não posso lhe dar uma autorização.

— Muito bem — disse Glover. — Eu não posso devolver a criatura, recuso-me a matá-la, os senhores não permitem que ingresse no país. A única solução é libertá-la, deixar que retorne à vida selvagem.

Caminhou até a porta da jaula. O tigre se agachou, rugiu.

— Senhor Mitchell! — Estendeu a mão. — Teria a gentileza de me fornecer a chave deste cadeado, para que possamos libertar esta bela fera e eximir os cavalheiros de qualquer responsabilidade sobre a questão?

Mitchell pareceu assustado, lutava para conter seu pânico. Ainda assim, entregou-lhe a chave.

Os guardas não entenderam o que Glover dizia a Mitchell, mas a sua intenção era evidente. Começaram a gritar, dizendo-lhe que parasse, aquilo era loucura, a criatura os devoraria a todos, um por um.

O tigre se lançou novamente contra as barras, sacudiu a jaula. Glover girou a chave.

— Pois bem?

O guarda falou em inglês pela primeira vez, a voz trêmula.

— Damos autorização. Fica com animal.

— Obrigado — disse Glover, e voltou-se novamente para Mitchell. — Foi um prazer fazer negócios com o senhor.

O guarda resmungou qualquer coisa, sem se preocupar em dissimular a palavra:

— *Yaban!*

Glover ouviu o que ele havia dito.

— Talvez esse seja um bom nome para o tigre! — E fitou-o novamente nos olhos, ergueu uma mão, como se o abençoasse. — Seu nome será Yaban, o Bárbaro!

O tigre mostrou as presas enormes, rugiu.

O tigre foi mais uma vez drogado; a jaula, elevada por um sistema de cordas e roldanas e colocada sobre uma carroça, transportada entre saltos e solavancos até a colina de Ipponmatsu. A viagem foi feita à noite, para não alarmar os moradores locais, mas mesmo assim um ou dois trabalhadores correram assustados ao verem a grande criatura adormecida, a luz das tochas reluzindo em seus flancos amarelos e negros, e pelo menos um marinheiro bêbado, de tão atemorizado, jurou nunca mais pôr as mãos num copo de uísque ou num cachimbo de ópio.

A jaula foi depositada ao lado da casa, fixada mais uma vez com cordas grossas e estacas de ferro. O tigre dormia.

Na manhã seguinte, Glover foi acordado por um grito, a voz aguda de uma mulher, que berrava absolutamente apavorada. Glover vestiu seu *yukata* de algodão, apanhou a pistola que guardava na mesa-de-cabeceira, correu para fora da casa.

O tigre estava semidesperto, parecia atordoado, desenroscou-se, ficou em pé, cambaleou sobre as patas enormes, um gemido cru e gutural se formou em sua garganta, os olhos fixos em Tsuru. Ela subira o caminho até a casa como sempre fazia, carregando um cesto de palha com provisões, evidentemente não esperava encontrar aquela fera enorme e aterrorizante. Estava rígida, incapaz de se mover, o cesto e o seu conteúdo espalhados aos seus pés.

Glover se aproximou com palavras de consolo.

— Está tudo bem, Tsuru-san. Tudo bem.

Ela deu um passo atrás.

Glover falou com o tigre.

— Calma aí, grandalhão. Parece que está de ressaca! Por sinal, esta aqui é Tsuru-san. — Tsuru deu mais um passo atrás. — Não vá pensar que ela é seu café-da-manhã. Não daria nem para o começo!

Tsuru tremia.

— *Dozo* — disse Glover, indicando-lhe que viesse para dentro. — Por favor.

Na casa, levou-a até a poltrona, preparou chá, serviu-lhe. Essa simples atitude pareceu chocá-la tanto quanto a visão do tigre.

— Desculpe — disse Glover. — Não tive como alertá-la sobre Yaban.

Tsuru pareceu confusa.

— Yaban?

— É como o chamei — explicou Glover. — O tigre, *tora*.

— Seu nome? — perguntou Tsuru.

— *Hai*.

— É nome certo — concordou. — É como bárbaro.

Glover riu, contente de vê-la retomar a compostura e até mesmo lhe lançar uma pequena provocação. Mas ele precisou sair para apanhar o cesto, as provisões. Mais tarde, quando Tsuru foi ao mercado comprar mais carne para alimentar a fera, Glover teve que acompanhá-la até o portão, e ela se manteve ao seu lado, os olhos baixos, sem olhar para a jaula.

Naquela noite, Glover levou Maki até Ipponmatsu pela primeira vez. Ela arregalou os olhos ao ver o tigre; bateu palmas e riu, gritou, ao mesmo tempo apavorada e entusiasmada com a imagem do animal.

— *Yaban!* — gritou a moça. — *Gaijin!* — E riu novamente.

Glover a levou para dentro, até o quarto que dividira com Sono. Já excitada, pendurou-se nos ombros dele, puxou-o para a cama; arqueou as costas, selvagem, ao montar em seu corpo, gemeu.

Um mês após haver comprado o tigre, Glover leu uma notícia no *Correio de Nagasaki*, anunciando a chegada de um circo itinerante a Yokohama, sob a direção do mestre Risley, antigo acrobata do Teatro Strand, de Londres, onde maravilhara as platéias com suas impressionantes demonstrações de força e agilidade, incluindo a propulsão de seus dois filhos pequenos com as solas dos pés.

Glover escreveu imediatamente uma carta ao mestre Risley, entregou-a ao capitão de um clíper que partiria no dia seguinte rumo a Yokohama. Em uma semana recebeu uma resposta entusiástica, e três dias depois disso o mestre Risley chegou em pessoa a Ipponmatsu, ansioso por ver Yaban com os próprios olhos.

Não se decepcionou.

— Meu Deus, senhor, é uma bela criatura!

Risley era atarracado e musculoso, tinha uma cabeça brilhante, calva, um magnífico bigode com as pontas encurvadas, performático da cabeça aos pés, a própria caricatura de um artista de circo. Glover evitou lhe perguntar em qual universidade obtivera o título de mestre e qual cadeira lecionava.

— Imaginei que ficaria impressionado — disse Glover.

— Nunca vi um animal como este, e já viajei da América até as Índias, da Austrália até a Rússia.

Seu circo chegara recentemente de San Francisco, e infelizmente perdera alguns dos animais na viagem, vítimas de doenças, entre eles um leão. O tigre seria uma excelente substituição, se pudessem acordar um preço favorável a ambos. A mão da Providência, disse Risley, era de fato generosa.

Glover simpatizou com aquele homem, seu temperamento, seu otimismo infatigável. Viajara até a Austrália para se aventurar na corrida do ouro; o mesmo motivo o levara ao Clondyke.

— Nunca sequer vi a cor do negócio — comentou. — Mas quem não arrisca..., hem?

Tsuru o achou aterrador, encolheu-se quando ele entrou na casa.

— Coisinha bonita — disse Risley.

— É sim — disse Glover, olhando-a com afeto. — Não sei o que eu faria sem ela.

Tsuru ficou desconcertada, saiu correndo da sala.

— Essas japas — disse Risley. — Como são atraentes!

— Vou levá-lo à casa de chá — disse Glover.

— Se não se importa — disse Risley —, preferiria algo um pouco mais forte.

Glover soltou uma gargalhada.

— No Sakura vendem muito mais do que chá!

Ao chegarem à casa de chá, o mestre Risley ficou imediatamente encantado com Maki, mas Glover deixou claro que ela não estava disponível, já havia sido, digamos assim, prometida.

— Pelo amor de Deus, Glover — disse Risley —, você é um cafajeste de primeira! Aquela sirigaita lá na sua casa, esta outra aqui. Você é muito ganancioso!

Glover o encaminhou até uma outra jovem, uma amiga de Maki chamada Yumi.

— Hum... Yumi! — disse Risley, maravilhado, agarrando-a pela cintura.

Na manhã seguinte, combinaram um preço pelo tigre. Glover nem sequer barganhou. Estava satisfeito, conseguira um lucro substancial, encontrara um bom lar para a fera. Risley, por sua vez, sentiu-se aliviado por conseguir salvar seu circo; a criatura certamente seria uma atração irresistível para as platéias, o investimento seria recuperado com a venda dos ingressos.

— A mão generosa da Providência — disse Glover, selando o acordo com um aperto de mãos.

O tigre se sacudiu, despertou, espreguiçando-se e bocejando, ondulando os flancos.

— Agora sim encontrei o meu ouro! — disse Risley.

No porto, os mesmos guardas da aduana pareceram muito satisfeitos em se livrarem do animal, vê-lo ir embora; apressaram-se em aprontar a papelada, ansiosos por terminar de uma vez com o processo. A jaula foi içada a bordo de um navio de carga, amarrada e fixada ao chão. O tigre estava atordoado, mais uma vez drogado para a viagem. Glover sentiu uma estranha tristeza ao vê-lo partir.

Risley o chamou do convés.

— O circo vai visitar Yokohama e Edo, Osaka e Hyogo. Precisa vir vê-lo!

— Eu vou! — disse Glover, acenando. — Eu vou! — E seguiu seu caminho, sentindo-se estranhamente vazio.

Ao voltar para casa, Tsuru disse estar contente com a partida de Yaban.

— O tigre ou o homem? — perguntou Glover.

— Os dois — respondeu, com uma sinceridade que o fez rir.

Uma vez terminado o caso do tigre, houve uma certa expectativa, mesclada com apreensão, quanto ao que Glover faria em seguida, qual seria sua próxima atitude extravagante. Seus admiradores, e seus detratores, não precisaram esperar muito.

— O que temos que fazer — disse para Mackenzie — é preparar uma demonstração, para que vejam em primeira mão tudo o que realizamos no Ocidente, deixá-los maravilhados!

— No que você está pensando, mais precisamente? — perguntou Mackenzie, ressabiado.

— Em uma linha férrea! — respondeu Glover. — A primeira do Japão!

— Muito bem — disse Mackenzie, sacudindo a cabeça. — Faça como achar melhor.

Abaixo da sua casa havia uma faixa de terra plana, ao longo da estrada costeira de Oura. Ordenou que os carris fossem deitados ali, duzentos metros de trilhos de via estreita. Importou uma locomotiva inglesa, a *Iron Duke*, trazida de Xangai; ficou ali olhando, ansioso como um garotinho, enquanto a locomotiva era desembarcada, pendurada num enorme guindaste, as correntes tensas rangendo. Foi posta sobre um carro construído especialmente para esse fim, arrastada lentamente por uma tropa de cavalos até o início dos trilhos, alçada e posicionada em seu lugar.

A máquina seria alimentada com carvão japonês extraído nas proximidades, na ilha de Takashima. A ferrovia de Nagasaki estava pronta para fazer sua viagem inaugural.

— A enorme distância de duzentos metros! — disse Mackenzie.

— Já é um começo! — retrucou Glover.

— Seu amigo, o mestre Risley, ficaria impressionado.

Mackenzie estava certo; foi uma folia, um festival. A via foi decorada com flâmulas e bandeirolas, uma grande multidão compareceu para assistir ao espetáculo. O próprio Glover viajou na cabine do maquinista, disparou sua pistola para o alto, fez soar o apito do trem. A fornalha foi atiçada, as rodas rangeram e giraram, o trem deslizou à frente, ganhou velocidade, ringiu pelos trilhos em meio a nuvens de vapor e fumaça. Os cavalos empinaram, as crianças correram e se esconderam, as mulheres cobriram os ouvidos. Glover acenou para Tsuru, que cobria a boca com a mão, para Maki, que soltava risinhos junto às outras raparigas da casa de chá, para Walsh, que o saudou, congratulando-o. Quando o trem se chocou contra as molas ao final da linha, deu marcha a ré e recuou lentamente até o início. Glover desceu da locomotiva, o rosto enegrecido pela fuligem, seus olhos brilhavam.

— É isso aí! — gritou para Mackenzie, que riu junto com ele, empolgado. — É isso aí!

Estava deitado ao lado de Maki, com a cabeça apoiada em seu ombro, o rosto enterrado em seu cabelo. Inalou aquela fragrância, o aroma do seu perfume e, por trás dele, o cheiro de seu corpo, ela mesma, um odor cálido de mulher. Maki se aninhou junto a Glover e ele a segurou ali, pele contra pele, compartilhando suor e calor. Era sempre assim, depois. Ela praticava a sua magia, brincava com as mãos, com a boca; sabia atiçá-lo e excitá-lo, deixá-lo desperto, o envolvia com seu corpo, o tomava dentro dela; no momento exato, como uma bailarina, sabia perfeitamente quando recuar, quando relaxar, fazer com que o enlevo o tomasse até o último ímpeto, o último arroubo, essa explosão de alegria pura, perder a noção de tudo além daquilo.

Então Glover se deitava um pouco, quieto e saciado e profundamente contente, a satisfação lhe emanava do sexo, a serenidade o irradiava por inteiro, narcótica. Não havia nada melhor, nada mais importante.

Caiu no sono, inconsciente, acordou no meio da noite, viu que Maki estava sentada à beira do colchão. Tinha o cabelo desfeito pelo amor daquela noite, cobrira os ombros com um *yukata* de algodão e sentara-se ali, fitando-o de um modo que ele nunca vira antes, apenas olhando, os olhos distantes e tristes.

— Maki — disse Glover, tomado por uma espécie de ternura. — O que foi?

— É nada — respondeu.

— Nada?

— Sentimento — continuou. — Não tem palavra em seu idioma. *Chotto monoganashii.*

— *Chotto* é pequeno?

— *Hai* — disse Maki. — *Monoganashii* é... difícil dizer. É como tristeza porque tempo passa, coisas mudam.

— Tudo é inconstante — disse Glover.

— Não conheço essa palavra — disse Maki. — Mas parece certo.

— Uma tristeza porque tudo é inconstante.

— Sentimento um pouco triste.

— *Chotto monoganashii?*

— *Hai.*

Chotto monoganashii.

Ito e Inoue o abordaram com uma explícita declaração de intenções. Haviam se reunido mais uma vez com Kido, conseguindo agora convencê-lo completamente a seguir suas idéias, estavam determinados a reconstruir o poderio militar dos Choshu, para que pudessem fazer frente ao xogum. Com essa finalidade, pediram a Glover um suprimento de mil rifles Minie de cano longo, para entrega imediata; suas forças de reconhecimento indicavam que essa era a quantidade total disponível na região de Nagasaki. Posteriormente, queriam outros sete mil rifles, além de um suprimento de canhões e granadas — todos os que ele conseguisse obter. Para destacar ainda mais o alcance das suas ambições, queriam que um navio de guerra fosse construído na Europa e enviado até Nagasaki. Planejavam nada menos que uma revolução em grande escala, e Glover estava ansioso por tomar parte no levante.

Tudo isso ainda precisava ser negociado em segredo. Apesar da influência crescente de Ito, os Choshu ainda eram tratados com hostilidade e suspeita, não apenas pelo xogum e pelos Satsuma, como também pelo governo britânico. Ito e Inoue esperaram que o sol baixasse para ir à casa de Glover, temendo por suas vidas, disfarçados de mercadores do clã Satsuma. Conversaram durante toda a noite, conceberam planos empolgados pelo efeito de alguns copos de saquê, celebraram seu projeto abrindo uma garrafa de uísque, reserva especial, que Glover tinha guardada. Ito cantou suas músicas rebeldes; sonhavam com um novo Japão.

O navio deveria ser construído no exterior e trazido de volta. Nenhum dos estaleiros japoneses era capaz de construir um navio daqueles, não havia mão-de-obra com experiência para tal. Glover já dizia há muito tempo que o Japão precisava extrair seu próprio carvão, forjar seu próprio aço, construir seus próprios navios, atrair especialistas que lhes ensinassem as técnicas.

O primeiro passo seria fazer com que o pequeno estaleiro que havia em Nagasaki ganhasse um dique seco, para que os navios maiores pudessem ser construídos e lançados.

Quando o céu começava a clarear, Ito já se comprometera a conseguir apoio para a construção do dique, a captar fundos e comprar o terreno. Num momento de absoluta lucidez, Glover viu claramente que o dique e o navio de guerra deveriam ser construídos em Aberdeen, no estaleiro Hall Russell, e que ele viajaria pessoalmente até seu país natal para supervisionar o trabalho. Pensou naquilo com convicção, com certeza. Já se imaginava lá, respirando aquele ar, abrigando-se contra o ar gelado que soprava do mar do Norte.

Ito voltou a Ipponmatsu alguns dias depois, à noite, como de costume, evitando chamar a atenção para si. Foi acompanhado de outro jovem samurai que Glover não conhecia, apresentou-o como Ryono Sakamoto.

— Do clã Tosa — disse Sakamoto, curvando-se.

Glover se curvou profundamente em resposta. Sentiu uma força naquele rapaz, uma clareza. Sakamoto falou pouco, deixando que Ito tomasse a palavra; estava ali para escutar, observar.

Ito queria discutir o progresso da venda de armas, assegurar-se de que tudo corria conforme o previsto.

— Kido muito sério — explicou Ito. — Traz conselheiro militar, organiza Choshu como força poderosa.

Alguém bateu na porta, Glover ficou tenso, alerta; não era comum receberem visitantes inesperados. As batidas se repetiram; três golpes firmes, fortes. Glover acenou para Tsuru, que foi abri-la, anunciou que dois jovens desejavam vê-lo. Glover lhe disse que os mandasse entrar.

Um deles tinha a idade de Glover, o outro era apenas um garoto, não parecia ter mais de quatorze anos.

Ito ficou em pé, pareceu desconfortável, disse que era hora de partir. Sakamoto fez menção de segui-lo, mas pareceu contrariado com a idéia.

— Espere — disse Glover. — Por favor.

Ito se curvou.

— São do clã Satsuma. Não querem minha presença aqui.

— Pois bem, esta é a minha casa, e eu quero que fique aqui! — Não conseguia esconder sua impaciência. — Deus do céu, e eu pensava que os escoceses fossem difíceis! Malditos clãs!

O jovem se curvou perante Glover.

— Meu nome é Toamatsu Godai. Este é Nagasawa Kanae. E sim, somos Satsuma.

— E têm algum problema com a presença de Ito-san aqui?

Godai hesitou, mas só por um instante.

— Não. — Fez uma pausa. — Na verdade, pode até ser bom.

Glover parou para assimilar o que ele havia dito.

— Ito-san?

Sakamoto sussurrou algo para Ito.

Ito concordou, emitiu um grunhido áspero que Glover reconheceu como uma concordância relutante.

— Muito bem! — disse Glover. — *Dozo*. Por favor. — Indicou aos visitantes que se sentassem, pediu a Tsuru que trouxesse chá.

— Então...

O garoto se sentou, as costas eretas. Godai respirou fundo.

— Somos de Kagoshima.

Ouvir aquele nome já era como um soco no estômago, a desolação, a destruição; os mortos. Sono. Um filete de fumaça.

— Sim — disse Glover, apenas.

— O que aconteceu lá — disse Godai — não deve acontecer de novo. Em lugar nenhum.

— Não.

— Shimonoseki também foi muito ruim. — Seus olhos se cruzaram brevemente com os de Ito. — Líderes Choshu, como líderes Satsuma, entenderam coisas errado. Presos nos velhos tempos. Precisam mudar.

Ito se dirigiu a Glover, mas referindo-se a Godai.

— Satsuma atacaram Choshu. Fizeram trabalho sujo de xogum.

— Eu sei — disse Godai. — Isso foi muito ruim. Diga a Ito-san que peço desculpas em nome do meu clã.

Curvou-se profundamente à frente de Ito, que reconheceu o gesto com um movimento de cabeça.

— Única maneira de seguir em frente — continuou Godai — é tornar Japão forte. Muito que aprender.

— Está falando como Ito-san! — disse Glover.

Ito resmungou.

— Sei que Ito e outros Choshu foram ao Ocidente — disse Godai. — Sei que os ajudou.

— Eu fiz a minha parte — disse Glover.

— Agora eu quero ir — disse Godai — com outros Satsuma.

Ito respirou fundo, ruidosamente, acomodou-se na cadeira.

— Quantos? — perguntou Glover.

Godai pensou um pouco.

— Talvez vinte.

Ito tossiu, quase engasgou. Glover riu.

— Os Vinte Satsuma! — Glover virou-se para Ito. — Pois bem, Ito-san. O que acha disso?

Ito ficou em silêncio; o assunto era grave; exigia reflexão.

Sakamoto falou novamente com ele, em voz baixa.

Por fim, Ito exalou um longo suspiro, declarou:

— Talvez tenha chegado hora.

Glover colocara guardas armados ao redor da casa, nos portões, espalhados pelo jardim.

— Se alguém perguntar — explicou —, digam que vocês são um grupo de caça, atirando em patos.

— À noite? — perguntou Mackenzie.

— Vão pensar que são coisas de ocidentais, com seus hábitos estranhos — disse Glover. — E, de qualquer forma, um rifle carregado traz consigo uma certa autoridade eloqüente, sugere à pessoa que cuide da própria vida e não se meta na dos demais.

O contingente dos Satsuma se reunira dentro da casa, abarrotando a sala de entrada. Como os Cinco Choshu antes deles, tinham os cabelos curtos, usavam roupas ocidentais desalinhadas, ternos escuros, camisas com golas muito largas. Nagasawa, o garoto, parecia particularmente desconfortável, como um enorme boneco de ventríloquo numa apresentação teatral. Ainda assim, mantinham sempre aquela dignidade, a postura dos samurais, o que tocou Glover profundamente.

O garoto já presenciara uma batalha sangrenta, estava ao lado de Godai carregando um canhão dos Satsuma enquanto Kagoshima era bombardeada. E o que o motivava, assim como aos outros, não era o desejo de vingança, e sim a necessidade de se igualar, de ser tão forte quanto seus conquistadores. Os pais de Nagasawa haviam visitado Glover alguns dias antes, viajaram especialmente de Kagoshima. Tinham orgulho do filho, mas estavam ansiosos por mandá-lo em direção ao desconhecido, além dos extremos do mundo.

Usando Godai como intérprete, Glover fez o melhor que pôde para tranqüilizá-los; disse-lhes que, quando o grupo chegasse à Escócia, o jovem Nagasawa ficaria hospedado na casa de sua família em Aberdeen, sua própria mãe cuidaria dele.

A mãe do garoto não se conteve ao ouvir essas palavras, soluçou. O pai se manteve severo, taciturno, endireitou as costas ainda mais, assentiu monossilábico, era a epítome da austeridade. E ao mencionar seus pais, Glover se lembrou nitidamente deles, de sua mãe choramingando, das poucas palavras de seu pai. "Certo", diria ele, mesmo que estivesse frente a frente com o demônio no Dia do Juízo Final, "está certo".

O pai de Nagasawa agradeceu a Glover, apertou sua mão, confiou-lhe a vida de seu filho.

Agora o garoto estava ali, junto aos demais, pronto para aquela jornada que poderia mudar suas vidas. Glover contou quantos estavam presentes, terminou no garoto, apoiando a mão em seu ombro.

— Dezenove? — perguntou, contando-os outra vez. — Pensei que fossem vinte.

— Um ficou doente — explicou Godai.

— Só de pensar na viagem? — disse Glover. — Pois bem.

Verteu bebida para todos, em pequenos copos de saquê, serviu-se a si mesmo e a Mackenzie, e a Ito e a Sakamoto, que convidara especialmente para a ocasião. Glover tinha a forte impressão de que a influência de Sakamoto era boa, e o fato de vir do clã Tosa, menor que os outros, indicava que não seria atormentado pela contenda entre os Choshu e os Satsuma.

— Um brinde — disse Glover, erguendo o copo. — Aos Dezenove Satsuma!

Todos beberam.

Mackenzie parecia desconfortável, como se esperasse algum problema, estava atento a qualquer invasão súbita pela guarda do xogum. Ito permanecia impassível, contrariado por estar ali, mas Glover agradeceu sua presença, disse que ela demonstrava o comprometimento, a maturidade de um estadista, que ele era um exemplo para os demais, um desbravador, e muitos outros ainda seguiriam seus passos. Ito resmungou, agradecido, e quando Glover disse que não havia poetas entre os Dezenove Satsuma, pediu-lhe que compusesse um haicai para a ocasião; Ito respondeu que veria o que podia fazer.

Mais alguns copos de saquê, mais algumas palavras de estímulo e ele se levantou, limpou a garganta, disse que tinha um poema.

— É tanca — explicou —, não haicai. Cinco versos, não três. Mas espírito é o mesmo.

Leu então seu poema, entoou-o, sonoro, traduziu-o para Glover e Mackenzie.

Guiei o caminho
pela noite escura,
voltei ao sol nascente.
Outros agora despertam
e seguem.

Glover fez um gesto de aprovação, baixou o copo.

— Cavalheiros — proclamou —, o Ocidente os espera!

Partiram em grupos de três ou quatro, para não levantar suspeitas. Ito, fazendo jus ao poema, liderou o primeiro grupo. Godai e Nagasawa partiram por último, acompanhados de Glover e Mackenzie. Desta vez não tiveram problemas, não encontraram as milícias do xogum. O navio partiu à primeira luz, na virada da maré.

Mackenzie decidira se aposentar, voltar para casa, para a Escócia.

— Minha nossa, Ken! — disse Glover. — Por quê?

— Ah — respondeu Mackenzie. — Estou ficando velho demais para isto tudo. Já não consigo mais acompanhar o ritmo de vocês rapazes! E sempre disse que queria terminar meus dias em Edimburgo.

— Tenho uma grande dívida com você — disse Glover.

— Ah, tudo bem, deposite um cheque na minha conta e estamos acertados!

— Sabe — disse Glover —, tem um trabalho que você poderia fazer por mim lá na Escócia.

— Ah, é? — Mackenzie o olhou com um olhar desconfiado, em parte fingido.

— Preciso de alguém para supervisionar o meu contrato com Hall Russell, começar o trabalho antes que eu vá para lá pessoalmente.

Mackenzie franziu o cenho.

— Então você vai realmente seguir em frente com essa história?

— Já me comprometi — disse Glover. — Sinto-me preso a essa obrigação.

— Conheço gente que gostaria de vê-lo preso — disse Mackenzie. — Num sanatório!

— Ah! — retrucou Glover. — O mundo inteiro é um grande manicômio! — Olhou então para Mackenzie, intrigado. — Estava pensando em alguém em particular?

— *Sir* Harry Parkes não tem andado muito satisfeito com as suas últimas atividades. É possível que venha a ser considerado *persona non grata* na legação.

— Se *Sir* Harry tem algo a me dizer, gostaria de encontrá-lo frente a frente!

— Vai ter essa oportunidade antes do que imagina.

— Ah, é? Como?

— O pessoal está planejando uma pequena festança para celebrar a minha aposentadoria. Ouvi dizer que *Sir* Harry talvez apareça.

— Ótimo! — disse Glover. — Não vejo a hora de falar com ele. Ele precisa entender certas coisinhas!

Sir Harry Smythe Parkes, cavaleiro real, ministro britânico, representante do governo de sua Majestade no Japão, expansivo após algumas doses de brande, fazia um discurso em homenagem a Mackenzie. Parkes transmitia uma impressão de força compacta, uma firmeza. Seus olhos, de um azul profundo, demonstravam uma intensidade que, de tempos em tempos, cedia lugar ao bom humor, incitado pela bebida. Concluiu seu discurso, propôs um brinde.

— Temos todos uma grande dívida com Ken Mackenzie. Ele foi um verdadeiro pioneiro nesta região, um timoneiro firme nestas águas. Desejo-lhe *bon voyage* e que retorne para casa em segurança. — Ergueu o copo. — Ken Mackenzie!

Virou o copo, encheu-o novamente. Mackenzie se aproximou do palanque entre gritos e aplausos, os mais jovens golpeavam o chão com os pés. Quando o ruído diminuiu, ele pigarreou, um pouco acanhado, agradeceu a *Sir* Harry pela homenagem.

— Pioneiro, hein? É assim que chamam os apressados que não param para pensar onde estão se metendo? Não me arrependo nem um pouco do tempo que passei aqui. É claro, uma parte de mim se ressente de ter que partir... Ei, quem aí disse "Qual parte?"? Mas tenho muita confiança na nova geração que está chegando para me suceder e, que diabos, para me superar! Dentre esses, não posso deixar de mencionar Tom Glover. Ele também é um timoneiro firme, embora às vezes goste de navegar por águas agitadas!

Ouviram-se mais risadas, gritos na direção de Glover. Mackenzie então continuou:

— Ah, que se dane! Nunca fui muito de fazer discursos, então acho melhor ir botando o pé na estrada. *Arigato gosaimasu* pra todos. E *sayonara* de uma vez por todas!

Todos gritaram, assoviaram, bateram os pés, puseram-se a beber mais uma vez.

Mackenzie veio diretamente até Glover.

— Obrigado, Ken. Fico feliz pelo voto de confiança que me deu.

Mackenzie riu.

— Você não achou que eu estava falando sério, hem?

— Ah, talvez só um pouquinho!

— Está lembrado de quando chegou aqui? Eu lhe dei três conselhos. Não cruze o caminho dos samurais. Não se meta com política.

— E veja bem onde enfia o seu brinquedo.

— Você prestou atenção ao que eu lhe disse?

— Não muita!

— Na verdade, você se dedicou a quebrar sistematicamente os três preceitos.

— E você sabia muito bem que era isso o que eu faria!

— Ora, tudo bem.

Mackenzie olhou então para Parkes, que cruzava o recinto em sua direção.

— Ken! — disse Parkes, acenando com a mão.

— Obrigado mais uma vez pelo elogio! — disse Mackenzie.

— Ah, todos os políticos são experientes na arte de contar mentiras! — disse Parkes, rindo.

— Este é Tom Glover — disse Mackenzie, apresentando-o.

— Foi o que imaginei — disse Parkes. — Então este é o rapaz esquentado de quem tanto ouvi falar!

Ainda tinha aquele tom expansivo, brincalhão, mas seu olhar era novamente intenso, penetrante.

— Muito prazer, *Sir* Harry.

— Talvez pudéssemos trocar algumas palavras — disse Parkes. — Num lugar mais reservado.

— Talvez não seja a melhor hora.

— Quanto antes, melhor.

Glover concordou, dirigiu-se a um quarto privado atrás do bar, Parkes o seguiu.

Walsh passou por eles, disse:

— Ih, a coisa vai esquentar!

Dentro do quarto, deixaram de lado todas as formalidades, as gentilezas. Parkes partiu diretamente ao ataque.

— Que diabos pensa que está fazendo?

— Achei que estivesse aqui para me despedir de Ken Mackenzie.

— Sabe muito bem do que estou falando! Está de novo transportando esses rebeldes para fora do país!

— Desta vez são de um clã diferente, para manter algum equilíbrio.

— Equilíbrio! — Parkes estava irascível, o rosto vermelho, não só pelo uísque. — Equilíbrio! Faz idéia da confusão que pode causar?

— Certas vezes, o que falta é justamente um pouco de confusão.

— Está indo de encontro às leis do xogum. Está desafiando o seu próprio governo.

— O tempo do xogum já passou, suas leis logo se tornarão obsoletas. E tenho certeza de que sua Majestade ficará muito satisfeita em lidar com o novo governo, administrado pelo imperador.

— Mesmo nesse caso, não podemos ser vistos como aliados dos rebeldes.

— Mais cedo ou mais tarde — disse Glover — terão que levar esses homens em consideração.

— São violentos, jovens afoitos e tolos.

— São pessoas inteligentes, visionárias. Os revolucionários de hoje são os estadistas de amanhã. Lembre-se dos Estados Unidos.

— É sempre uma boa idéia! — disse Walsh, que acabava de entrar no quarto, inventando algum pretexto.

— Pense na França — disse Glover.

— Estou pensando na França! — disse Parkes, novamente exaltado. — Eles estão dando um apoio sólido ao xogum. Se formos vistos planejando sua derrocada, corremos o risco de entrar em outra guerra colonial com os franceses.

— Não acho que chegaremos a tanto.

— Ah, o senhor não acha? — Parkes estava fora de si. — O *senhor* não acha?! Com base em quê, na sua vasta experiência com diplomacia e relações internacionais? Realmente, senhor, a sua arrogância é simplesmente inacreditável!

Mackenzie entrou no quarto, parecia ansioso por mediar o debate.

Walsh golpeou seu copo com o dedo, como se tocasse um sino.

— Fim do primeiro *round*! — declarou. — Deste jeito, acho que vamos acabar estragando a festa de Ken. Talvez devêssemos postergar o resto da luta para um outro momento!

Glover concordou, e Parkes, após alguma hesitação, fez o mesmo.

— Por respeito à ocasião — disse Parkes. — Mas devo recordar que o senhor Glover corre o risco de perder sua licença de comércio, de ser efetivamente banido e exilado do Japão, e seus aspirantes a revolucionários poderão enfrentar a execução.

— Golpe baixo — disse Walsh —, depois do gongo!

— Cavalheiros — disse Mackenzie —, que tal se retornássemos à nave da igreja?

Parkes partiu no dia seguinte, voltou a Edo sem retomar sua conversa com Glover. Mas sua posição já estava bastante clara. Glover teria que entrar na linha.

Mackenzie também estava de partida, num clíper que seguiria até Xangai, onde tomaria um vapor que o levaria a Southampton.

— Este lugar não vai ser o mesmo sem você — disse Glover, despedindo-se no cais.

— Ora — disse Mackenzie. — Todos vão sentir falta da minha cara amarrada!

— Bem, vou vê-la de novo em pouco tempo.

— Vai ser bem estranho nos encontrarmos por lá.

— Sim — disse Glover. — Com certeza.

— Tenho certeza de que Hall e Russell terão ressalvas em relação ao contrato.

— Por isso acho ótimo que você fale com eles antes da minha chegada.

— Escute, Tom...

— Estou escutando há anos!

— Mas o que eu lhe digo entra por um ouvido e sai pelo outro!

— Não é verdade.

— Estou falando sério...

— Eu sei.

— Vá com calma, Tom. Olhe por onde anda.

— Pode deixar.

— Por que será que não acredito em você?

— Espero que faça uma boa viagem, Ken. Nos vemos dentro de três meses.

Apertaram-se as mãos, o cumprimento de Mackenzie firme como sempre. Cruzou a prancha, acenou mais uma vez. Glover se virou, surpreso com a emoção que lhe comprimia a garganta, o peito. Caminhou de volta ao escritório, tinha que começar os preparativos para sua própria partida.

Ken estava certo, seria estranho voltar. Tantas coisas haviam mudado dentro dele, mas ainda assim imaginava que a situação em casa continuaria como antes. Glover sabia que Martha teria desabrochado, havia um jovem, falava-se de um noivado. Seu pai estava aposentado, e a família se mudara da casa próxima à Estação da Guarda Costeira. Glover lhes mandara dinheiro para que comprassem um novo lugar, no alto da colina de Bridge of Don. Podia imaginar a reação de seu pai ao receber o presente, orgulhoso de seu filho, mas ao mesmo tempo desconfortável, sentindo-se em dívida. Conseguia vislumbrar a cara do velho, ouvir sua voz, "Está certo", e isso o fez rir. Já quase sentia o cheiro do lugar, salgado e fedido, o ranço de peixe no vento cortante.

Tinha as malas feitas e estava pronto para partir, já organizara suas transações de negócios da melhor forma possível. Era difícil delegar tudo aos demais, a Harrison e Groom, aos jovens japoneses Shibata e Nakajimo, que agora ocupavam posições mais importantes em sua empresa. Instruíra-os a procurar Walsh caso surgisse alguma situação complicada. Walsh se sentira lisonjeado, disse que jamais poderia se igualar a Glover, com sua obstinação e suas artimanhas, mas tentaria fazer o melhor possível.

Walsh tentou convencê-lo a ir uma última vez ao Sakura, na véspera da viagem, mas Glover queria se manter concentrado na jornada que tinha pela frente.

— Além disso — disse —, Maki parece ter desaparecido. Não a vejo há semanas e, sempre que pergunto por ela, a madame me responde com toda a eloqüência do seu silêncio.

— Essas sirigaitas — disse Walsh. — Elas vêm e vão!

Viu o rosto de Maki por um instante, quase sentiu seu perfume. Walsh então se despediu, curto e áspero, e Glover subiu o morro de Minami Yamate na direção de casa.

Tsuru se mudara para Ipponmatsu, ocupando um dos quartos menores, aos fundos. Era razoável, especialmente enquanto estivesse ausente, ter alguém para cuidar do lugar, mantê-lo arrumado.

Ela lhe preparara um banho quente, Glover se limpou, recostou-se imerso na banheira, ouviu leves gotas de chuva que se chocavam contra o teto, sentiu-se estranhamente contente. Após se secar voltou ao quarto, relaxado, e descansou; a pele formigava. Tsuru havia deixado seu *yukata* de algodão ao lado da cama, trouxe-lhe chá, serviu-o. Seus movimentos eram cuidadosos, sem nenhuma pressa; Glover foi tomado de uma certa paz ao observá-la.

— Vou sentir saudades disto quando estiver lá em casa — disse, tocado por uma gratidão singela.

Tsuru se curvou, mas pareceu um pouco agitada, nervosa.

— Vai ficar muito tempo em Esococia?

— O tempo que for preciso. Talvez alguns meses, mas com a viagem de ida e volta é possível que me tome um ano.

— *A, so desu ka.* — Ela absorveu a informação, serviu-lhe mais chá. — Queria que não vai.

— Ora — disse Glover. — Não sabia que se importava!

— Importa — disse Tsuru, movendo a cabeça.

E ele se deu conta nesse mesmo instante, claramente, que ela estava emocionada, esforçando-se por manter a compostura. Sua respiração pareceu então se acelerar, e lhe surgiram lágrimas nos olhos.

— Ei — disse Glover —, o que foi?

— É nada. Vou ficar bem.

— Oh, menina — disse Glover. — Tsuru.

Ela agora sacudia os ombros, seu pequeno corpo era tomado por grandes soluços. Glover apoiou sua xícara, foi até ela, segurou-a junto de si, deixou que chorasse. Consolou-a com leves murmúrios, como se acalmasse um bebê. O rosto molhado de Tsuru umedeceu o algodão suave do *yukata* de Glover; seu roupão estava solto, e ao se mover, abriu-se à altura do pescoço, sentiu o calor da jovem ali, uma gota lhe caiu sobre a pele, sobre os pêlos do peito. Beijou-lhe o cabelo, a curva do pescoço, sentiu sua própria nudez sob o *yukata*, endurecendo, excitando-se, e ela respondeu, pressionou o corpo contra o dele, a respiração acelerada, soltou suspiros agudos, afrouxou a faixa que lhe prendia o quimono, abriu-o e o deixou cair ao chão, e ele a carregou até a cama, encantado com a imprevisibilidade de tudo aquilo, aquilo, aquilo.

Maki tinha certeza; já estava há algumas semanas. O enjôo e a dor, a exaustão, o atraso nos ciclos. A madame lhe dissera que fosse embora e lidasse com a situação, de um modo ou de outro, e ela se retirara para um lugar sossegado, fora da cidade. Agora chegara a hora, precisava contar a Tomu, Guraba-san. Não fazia idéia de como ele reagiria. Ela havia visto outros *gaijin* ficarem nervosos com aquilo, transformarem-se em demônios enrubescidos, baterem em suas mulheres. Ouvira falar de outros que fugiram do problema, negaram qualquer responsabilidade, voltaram para casa, para suas velhas vidas, deixando tudo para trás.

Ainda tinha como acabar com aquilo. Não era tarde demais. Havia um médico em Naminohira, próximo ao porto. Poderia tentar, arriscar sua vida miserável, rezar para Jizo, que protegia os que estavam por nascer.

Ou poderia procurar Tomu, dizer-lhe que o filho era seu. Ela tinha certeza disso, e não só pelas datas, ela sabia, sentia-o no sangue.

Nunca se importara com seus modos ásperos, o cheiro do bárbaro; na verdade gostava daquilo, assim como ele gostava do jeito desvairado dela, do modo como ela o fazia rir. Ele a levara até sua casa, mostrara-lhe o tigre na jaula. Yaban! Acenara para ela daquela grande máquina barulhenta na ferrovia, o rosto negro, como um demônio insano.

Riu ao se lembrar daquilo, mas foi sacudida por mais um espasmo, contraiu-se e engasgou quando a bile lhe subiu pela garganta; afastou o cabelo do rosto, arquejou e vomitou numa bacia ao lado da cama. Uma pancada súbita de chuva caiu sobre o telhado, deveria tê-la acalmado, mas sentia dor, cada nervo seu doía, repuxava. A janela estava inteiramente aberta, para que o ar frio entrasse. Inclinou-se para fora, estendeu um tecido de algodão, deixou que a chuva o molhasse, não se importando se também molhava sua manga. Limpou o rosto, umedeceu a nuca para se resfriar. Ele gostava de beijá-la ali, levantando seu cabelo.

Um poema lhe veio então à mente, um tanca escrito por Izumi Shikibu, quase mil anos atrás.

Meu longo cabelo negro está tão emaranhado
como meus emaranhados pensamentos.
Durmo sozinha e sonho
com alguém que se foi.
Ele me acariciava o cabelo até fazê-lo brilhar.

Mil anos. Izumi fora famosa por sua beleza, tivera muitos amantes, fora odiada pela senhora Murasaki. O que será que ela escreveria sobre isto? Descabelada, desarrumada, suada, tomada pelo cheiro de seu próprio vômito. *Isto.*

Maki se levantou, com esforço, olhou de novo pela janela, aspirou o ar fresco. A chuva cessou tão repentinamente quanto havia começado. A lua nascente flutuava baixo no céu, cheia e pesada, cor vermelho-sangue.

Glover estava em pé no convés do clíper, que se movia lentamente pelo porto. Parecia estar num grande rio, as montanhas se erguiam de cada lado, e por um momento se lembrou de quando chegou ali pela primeira vez, tanto tempo atrás, era tão jovem e não sabia de nada. Às vezes ainda achava que não sabia de coisa alguma. O navio passou pela ilha de Pappenberg, com seu pico cônico, mudou de rumo e partiu para o mar. Olhou para trás uma última vez.

Tsuru caminhava pela casa como num sonho. Era um sentimento doce e triste; a memória daquela noite ainda a impregnava, bem como o cheiro de Guraba-san. Era como um velho poema, um drama do teatro nô, estar por fim com seu amante, e ter que vê-lo partir. Mas ele retornaria, tinha certeza disso. Ele tinha aquela casa, tinha uma vida ali, seu trabalho. Recolheu o *yukata* do chão, levou-o ao rosto, sentiu seu cheiro. Deixaria a casa arrumada, limpa, mas a seu tempo, ainda não. Faria a cama mais tarde; dobrou os lençóis, deitou-se novamente; queria repousar ali só mais alguns minutos.

Ao nascer do dia seguinte, Maki se recompôs. Tomou um banho, penteou o cabelo com uma escova de prata, maquiou o rosto, vestiu um quimono perfumado — Guraba-san gostava daquele, com um desenho de folhas e borboletas. Contratou um *norimon* para levá-la até a cidade, carregado por dois homens. Eles riram, disseram que ela era tão leve que quase não lhe aumentava o peso. Como se um pássaro pequenino houvesse pousado sobre o assento, disse um deles. Uma borboleta, disse outro, como as que tinha no quimono. Ela sorriu, fechou as cortinas e cerrou os olhos, escutou os sons que passavam do lado de fora, a musicalidade estranha e familiar de tudo aquilo, atravessando-a ao sacolejar do palanquim; vendedores ambulantes discutiam com seus clientes, um machado cortava bambus, uma criança ria, outra chorava, as rodas de uma carroça, um rouxinol, um grilo, o latido de um cachorro. Parou aos pés de Minami Yamate, pagou os dois homens. Seria o mesmo peso ao voltar, disse um deles. Seria como se ainda a estivessem carregando, disse o outro. E essas palavras a fizeram lembrar de uma história, sobre dois monges que cruzavam um rio. Um deles carregou uma mulher até o outro lado, deixou-a na margem. O outro ainda estava irritado com isso horas depois, e seu companheiro lhe perguntou por que ainda a carregava. Guraba-san adorava suas histórias. Ria delas.

Subiu o morro de Minami Yamate em passos curtos, lentos, precisos, pé ante pé, delicados em seus *geta* com solas de madeira. Atravessou o portão de Ipponmatsu, parou em frente à porta de Guraba-san, respirou fundo, bateu.

Tsuru foi arrancada de um sonho pelas batidas. Estava com Guraba-san, mas sabia que o tigre estava do lado de fora; agora o animal golpeava a porta com as garras e ele fora atendê-la; ela precisava detê-lo.

Ouviu outra batida e despertou completamente, sentando-se. Não era o tigre, já não estava lá há muito tempo. E Guraba-san também partira, naquela mesma manhã. Alguém realmente batia na porta.

Maki já havia batido duas vezes, estava prestes a ir embora quando ouviu um ruído no interior, movimento. Tentaria mais uma vez, bateu de novo, firme e alto, esperou.

Tsuru se envolveu no roupão, tentou arrumar o cabelo despenteado enquanto corria para atender a porta. Abriu-a suavemente, olhou para fora, viu a mulher parada ali, a outra, sua favorita no Sakura, a que ele trouxera para a casa.

Maki fitou a mulher que olhava para ela, a outra, a que cozinhava para ele e limpava sua casa, cuidava dele.

Olharam uma para a outra, não disseram nada.

Glover, no convés, pensava em Tsuru, lembrando-se da noite anterior, inesperada. Então se lembrou de Maki, viu seu rosto por um instante, nítido, claro. Ela lhe contava histórias, e uma delas lhe vinha à mente agora. Um homem estava cruzando um campo quando encontrou um tigre. O tigre rugiu e o perseguiu. O campo terminava num precipício, e o homem caiu nele, agarrou-se a uma videira selvagem que o salvou da morte. O tigre o fitava de cima, os dentes à mostra. Lá embaixo, aos pés do precipício, um outro tigre caminhava em círculos, urrando, olhava para cima, esperando que caísse. Surgiram dois camundongos, que começaram a roer pouco a pouco os dois lados da videira. Ao seu lado havia um suculento morango. Segurando-se com uma mão e esticando a outra, o homem conseguiu alcançar a fruta. Arrancou o morango e o colocou na boca. Como era doce!

Maki se curvou, perguntou se Guraba-san estava em casa.

Tsuru se curvou, uma mecha de cabelo lhe caía sobre o rosto, desculpou-se, disse que Guraba-san partira, fora para sua casa na Escócia, ficaria longe por muito tempo, talvez anos.

O silêncio pesava entre elas. Tsuru pediu licença e fechou a porta. Maki ficou parada sobre o degrau, a mente vazia, um vácuo cinzento. Sentiu outra vez o enjôo que lhe subia à garganta. Desceria a colina, iria ao Sakura e falaria com a madame, pediria o endereço do médico de Naminohira.

10

BRIG O' BALGOWNIE

Aberdeen, 1865-1866

A VIAGEM DE TREM RUMO AO NORTE, após a longa jornada marítima, foi debilitante, tardou um dia e meio. Na última etapa, desde Edimburgo, Glover estava numa espécie de limbo, um estado vago, a meio-caminho entre o sono e o despertar, oscilando alternadamente entre os dois. Ao norte de Montrose tudo pareceu assustadoramente familiar, como um sonho de algo que já conhecera, a paisagem acidentada, esculpida pelo vento, a chuva cinzenta que caía do céu cinzento para o mar cinzento. Tão longe. Tão ao norte. Ao passar por Stonehaven sentiu um aperto nas entranhas, uma sensação de que aquilo era a realidade e de que ele despertava para ela, os últimos sete anos haviam sido apenas um sonho. Então o trem ganhou impulso, desceu num ímpeto o último trecho até Aberdeen, cruzou nuvens de fumaça, carvão queimado, e passou então pelo farol, e pela vila de pescadores em Torrie, e adentrou lentamente a própria cidade, seu coração de granito cinza.

Glover abaixou a janela, travou-a um ou dois pinos abaixo, pôs a cabeça para fora, respirou fundo aquele aroma inesquecível por trás da fumaça e do óleo da estação, o cheiro de peixe suspenso no ar. E lá estavam as gaivotas, mergulhando rápidas dentro da estação, pairando sob as vigas de ferro que sustentavam a enorme cobertura arqueada, seus gritos ecoavam contra o teto de vidro. Eram de uma raça particularmente bravia encontrada no norte, fortes e predatórias, davam rasantes sobre as cabeças dos passageiros, disputavam seu espaço entre as pessoas, em busca de restos de comida.

Glover então saiu à plataforma, esticou as pernas, contratou um carregador para levar sua bagagem, o mesmo velho baú que usara todos esses anos e, além dele, um caixote de madeira repleto de presentes; manteve-se de olhos bem abertos, atento, e, em meio à fumaça e ao vapor sibilante, viu algo branco e pequeno, um lenço agitado em sua direção; e a jovem que o sacudia era Martha, sua irmã, o modo como virava a cabeça, a postura inconfundível, tão querida e familiar que o tocou, intensa e inesperadamente. Um sentimento profundo lhe nasceu no peito, apertou-lhe a garganta. E atrás de Martha estava um velho casal, fitando-o inseguro, e passou um instante até que os reconhecesse, sua mãe, seu pai. Santo Deus. Como poderiam ter envelhecido tão rápido, encolherem assim sobre si mesmos?

Foi até eles, abraçou Martha, que riu-chorou.

— Aí está você!

— Olhe só minha irmã caçula! — disse Glover, segurando-a à distância dos braços, maravilhado.

Abraçou sua mãe, sentiu-lhe os ossos finos dos ombros por debaixo da roupa.

— Tom! — disse ela, vagamente encantada. — Você... já é um homem!

— Ora, mamãe — disse Glover. — Sempre com as suas observações aguçadas!

Virou-se para seu pai. O velho pigarreou, estendeu-lhe a mão, cumprimentou-o com firmeza, sério e contido.

— Olá, Tom.

— Olá, pai.

Atrás do grupo familiar, mantendo alguma distância, estava outra figura conhecida, Mackenzie, um sorriso no rosto.

— Ken! — gritou Glover. — *O genki desuka?*

— *O genki desu!* — respondeu Mackenzie, e ambos se curvaram formalmente, então riram e se apertaram as mãos.

— Só um pequeno cumprimento em japonês — explicou Glover a Martha.

— Imagino — disse ela — que uma tradução aproximada seria "Como vai? Tudo certo!".

Glover riu outra vez, disse:

— Ah, Martha! É ótimo encontrá-la, menina.

— Você também — respondeu Martha, com um grande sorriso no rosto.

Uma confusão súbita, uma comoção no outro lado da estação, fez com que todos se virassem. A multidão na plataforma se afastou e viram uma figura baixa, atarracada, caminhando em grandes passos na direção deles, com a postura orgulhosa típica dos samurais, tão familiar, mas incongruente naquele lugar.

O jovem Nagasawa vestia seus trajes de samurai, as vestes escuras, de mangas largas; presa ao cinto, em vez de uma espada longa, trazia uma pequena adaga, sua mão direita repousava sobre o punho.

— Meu Deus! — disse Glover. — Será que ele cruzou a Union Street vestido assim? Deve ter chamado um pouco a atenção!

O garoto trazia uma expressão de pura seriedade, compostura, continência. As pessoas ao redor o encaravam boquiabertas, apontavam, gargalhavam. Um ou dois gritaram alguma coisa, caçoaram dele ao passar.

— Ei, bobão!

— Ô, seu japa!

— Xingui-lingui-lim, chinezim!

Nagasawa parou, virou-se para encará-los, apertou com mais força o punho da adaga.

Glover o chamou:

— Nagasawa-san!

O garoto deu os últimos passos até ele, apressado, parou à sua frente, curvou-se profundamente.

— Guraba-san.

Glover também se curvou, então riu, segurou-o pelos ombros, sacudiu-o até fazê-lo sorrir.

— Pode-se tirar o garoto de dentro do Japão — disse Mackenzie —, mas não se pode tirar o Japão de dentro do garoto!

Era a primeira vez que via a nova casa, em Braehead. Seu pai estava tentando lhe agradecer pelo dinheiro que mandara, ajudando-os a comprar a casa.

— Foi uma bela atitude — disse o velho, o lábio superior contraído, reprimindo uma emoção inconveniente.

— Ora — disse Glover, encerrando a discussão.

A casa ficava a pouco menos de um quilômetro da Estação da Guarda Costeira. Como Ipponmatsu, ficava no topo de uma colina, tinha um jardim espaçoso e uma vista ampla. Em comparação à velha casa, era uma mansão.

A bagagem de Glover foi trazida da estação por uma carroça. Na sala de entrada, abriu o caixote com um pé-de-cabra que buscou no quarto de ferramentas de seu pai, desembrulhou cuidadosamente seus tesouros. Para Martha e sua mãe, trouxera rolos de seda brilhante, para que fizessem vestidos. Para seu pai, um conjunto de espadas samurais, com bainha e armação, e um cachimbo de carvalho esculpido. Para adornar a casa, um pequeno Buda de bronze, uma armadura samurai, peças de seda delicadamente pintadas com aves e flores, diversos enfeites e ornamentos valiosos, belíssimas esculturas *netsuke*, vasos Satsuma pretos e brancos com seu tênue brilho esmaltado. Seu pai tomou nas mãos um vaso negro, opaco, indicou sua aprovação.

— São tantas coisas! — disse a mãe. — Não precisava...

— Não foi nada — respondeu Glover. — Há móveis a caminho, biombos e tapetes, e um engradado inteiro de chá!

— Vai transformar o lugar num pequeno recanto japonês — disse Martha.

— Não tem nada de errado nisso — disse Glover, e retirou do caixote uma pequena muda de árvore num vaso de terra, envolta em musselina.

— *Kurumi* — explicou. — Nogueira japonesa. Pensei que podíamos plantá-la no jardim.

Para Mackenzie, trouxe um livro que encapara pessoalmente, cheio de vívidas pinturas feitas em madeira, com ilustrações de Nagasaki.

— Uma pequena recordação — explicou.

— Ora! — disse Mackenzie, mas sorriu, pareceu comovido ao revirar as páginas.

Para Nagasawa trouxera outra espada samurai, menor. O garoto pareceu estonteado, incrédulo, aceitou-a com reverência. Não podia imaginar que Glover lhe traria um presente, como se fosse alguém da família, e que o presente fosse isto. *Isto*. Ficou quase arrebatado, curvou-se e apoiou a fronte sobre a espada. Então se deteve rígido, curvou-se novamente, deu meia-volta e deixou a sala.

Durante o jantar, animado por uma dose do uísque que seu pai reservara para uma ocasião especial, Glover os entreteve com histórias dos anos em que esteve afastado. Elogiou efusivamente a ajuda de Mackenzie, disse que aprendera tudo o que sabia com ele.

— Declaro-me inocente! — disse Mackenzie.

Contou-lhes dos negócios que fizera, da fortuna que conseguira juntar, do incorrigível Walsh, do indomável Ito. Fez pouco caso dos perigos por que passara, do ataque à legação, disse que era uma época de levantes e mudanças, e que estava contente por participar delas. Suprimiu completamente qualquer referência ao mundo flutuante, à quadra dos prazeres, cruzou o olhar de Mackenzie uma ou duas vezes e notou em seu rosto uma expressão perspicaz, ciente das lacunas que estava deixando em sua versão dos fatos.

Quando a conversa começou a se encaminhar às questões de trabalho, às transações com o estaleiro Hall Russell, ao progresso já feito, Martha os interrompeu, disse que poderiam falar de negócios no dia seguinte, pois havia algo muito mais importante, que demandava mais urgentemente a atenção de seu irmão.

Rindo entre os dentes, Glover deixou que ela o guiasse até o jardim. Martha já escolhera um local, cavara um pequeno buraco para plantar a muda, trouxe-a já pronta.

— Achei importante que você a plantasse — disse, e Glover se ajoelhou, apoiou a raiz em seu lugar, recolocou a terra ao redor, socou-a até que estivesse plana.

— Aí está! — disse Glover, pondo-se de pé.

Martha bateu palmas e Glover ficou novamente maravilhado com ela, aquela jovem bela e equilibrada, sua irmãzinha.

— Esse seu rapaz é um sujeito de sorte — disse Glover.

— John — disse Martha. — Vai gostar dele.

— Com certeza.

Martha o fitou, pareceu hesitar por um momento, então lhe perguntou:

— Era bonita, Tom? A sua mulher, Sono?

— Era — respondeu simplesmente.

— E o garotinho, seu filho?

— Viveu muito pouco.

— Deve ter sido uma época terrível para você.

— Foi, sim.

— Você nunca contou muito nas cartas.

— Não.

— Eu tive que ler nas entrelinhas.

— É.

— Mas você está bem agora?

— Já se passaram dois anos.

— Só isso? — perguntou Martha. — Parece mais tempo.

— Parece.

Ela o tomou pelo braço e caminharam até o final do jardim, olharam para Brig o' Balgownie.

— Como está a pequena Annie? — perguntou Glover, lembrando-se de uma noite de verão, de uma garça voando sobre o rio.

— Não tão pequena — disse Martha. — Um pouco como você!

Martha riu, mas pareceu desconfortável por um momento.

— Ela está bem.

— Eu lhe escrevi assim que cheguei lá — disse Glover. — Mas ela nunca respondeu.

— Bom — disse Martha. — O que passou, passou. Às vezes é melhor deixar as coisas para trás.

— É verdade — disse Glover.

Era como se nada houvesse mudado em todos aqueles anos. A mesma congregação, mais velha, o mesmo pastor, mais cinzento, mais encurvado, a mesma opressividade rígida, o ardor austero, os hinos ressoantes e sóbrios lembrando a longínqua colina verdejante, exortando as pessoas da Terra a cantar ao Senhor um cântico alegre. Sentiu-se novamente tomado de pânico, do medo de que a vida o houvesse encontrado e punido, devolvendo-o àquele lugar severo, temeu que sua escapada houvesse sido uma mera ilusão.

Lembrou-se de si mesmo mais jovem, olhando desesperado ao redor, repousando o olhar em Annie, uma visão do paraíso. Sem pensar, passou os olhos pelo lugar, e ali estava ela, tinha certeza daquilo, o cabelo loiro, mais longo e um pouco mais escuro, o gorro cobria em parte seu rosto. Não conseguia vê-la com clareza, mas sabia que era ela, lembrava-se exatamente do modo como se sentava, o formato da cabeça. Desejou que ela se virasse, o fitasse como fizera certa vez, mas não, manteve os olhos fixos à frente, cantando os hinos sóbrios de louvor.

Saiu à frente de Martha, cumprimentou o pastor na entrada da igreja.

— Ora, senhor Glover — disse o pastor. — Ouvimos dizer que estava de volta. — E proclamou essas palavras como se lesse uma sentença de morte. Serás levado deste lugar.

Esperou no cemitério à frente da igreja, viu que Annie saía pela porta, deu um passo à frente e a cumprimentou, erguendo o chapéu. Mais velha, o rosto mais fino, mas ainda mais bela do que em sua memória, uma beleza suavizada pela experiência, um entendimento quase-triste em seus olhos.

— Annie.

— Tom.

Ela não demonstrou nenhuma surpresa; a notícia de que ele voltara já havia corrido, Annie já esperava encontrá-lo. Mas o reconhecimento, a lembrança de Glover foram profundos. Ela o conhecia, ele também a conhecia. Glover tomou a mão de Annie, segurou-a na sua. Por um instante ela pareceu responder com uma mínima pressão, mas então se retraiu, distanciando-se.

Só então Glover notou a presença de um homem atrás de Annie, um pouco afastado; tinha a idade de Glover, talvez um ou dois anos mais velho, já corpulento, o cabelo começando a rarear.

Annie recolheu a mão, aproximou o homem de Glover, apresentou-o.

— Já conhece o meu marido, Andrew.

Glover o fitou, viu o homem muito mais jovem por trás daquela languidez, a entrada prematura na meia-idade.

Andy Robertson, seu colega de escritório naquela velha vida, parceiro de bebida de tantos anos atrás, que gostava de citar Burns, temia se meter em aventuras, desejava uma vida pacata.

— Andy!

Cumprimentaram-se, o aperto de mão de Robertson era frouxo, sem nenhuma vontade.

— É bom te ver, Tom. — A boca sorria, mas os olhos vacilavam, traíam as palavras.

Glover riu ao se lembrar de uma coisa.

— Ainda costuma mergulhar em Brig o' Balgownie?

O sorriso de Robertson foi fraco, os lábios contraídos.

— Aquilo é que foi uma noite e tanto! — disse Glover. — *Abusamos da bebida, que enlouquece e alegra a vida.*

— É — disse Robertson, desconfortável, não queria ser lembrado daquilo.

Glover captou um movimento com o canto do olho, um pequeno garotinho que saiu de trás de uma lápide, correndo, escondeu-se na saia de Annie.

Ela riu, trouxe-o à frente.

— Este é o nosso filho, Jamie.

Cabelo loiro, olhos azuis. O menino olhou tímido para Glover, escondeu o rosto em seguida, espreitou por trás da saia.

Glover se agachou.

— Muito prazer, Jamie.

— Este é o senhor Thomas Glover — disse Annie.

— Tom — disse Glover, e escondeu o próprio rosto com as mãos, espiou por entre os dedos, Jamie riu.

— Venha — disse Robertson, segurando a mão do menino. — Já é hora de irmos embora.

Glover olhou para Annie, notou qualquer coisa em seus olhos, algo não dito, fugidio, saudade, arrependimento.

— É *realmente* bom encontrá-lo, Tom — disse Annie, e então as portas se fecharam, manteve o rosto imóvel.

— De fato — disse Robertson. — Espero que aproveite sua visita.

Saíram então pelo portão, só o garoto olhou para trás, acenou; Martha deixou a igreja, surgiu por trás de Glover, tomou-o pelo braço, não disse nada.

Caminhou pelo jardim, final da tarde, ainda um leve traço de calor no ar, mas mitigado pelo vento frio que sempre soprava ao fundo, uma brisa cortante, incontestavelmente gélida nas sombras. Sorriu ao ver a muda que plantara com Martha; era bom pensar que as gerações vindouras se sentariam sob seus ramos, em sua sombra, os filhos de Martha, talvez até seus netos.

Olhou para baixo, para a ponte de Brig o' Balgownie. Num ímpeto, num impulso, decidiu descer e dar uma olhada.

Como todo o resto, parecia menor que em sua memória. Estava ali, ela mesma, num pequeno sonho rochoso de si mesma. Mas a queda até o rio ainda era bastante alta, o parapeito estreito e desigual. Lembrou-se de Robertson caindo de lá, riu da insensatez tola da brincadeira. Poderiam facilmente ter rachado a cabeça, afogar-se. Mas não; viveram suas vidas, seguiram caminhos diferentes.

Annie.

Mal acabara de pensar na moça, virou-se, e ali estava ela. Estavam os dois ali e aquilo ocorria de fato, mais uma vez; recorrência, uma cena de teatro, um sonho dentro de um sonho. Annie também ficou maravilhada, embora não inteiramente surpresa, já quase esperava por aquele momento; Glover pôde notá-lo em seus olhos, uma mão erguida até o pescoço.

Sem pensar, Glover deu um passo à frente, abraçou-a, beijou sua boca com força, sentiu-a ceder, responder; ela então se soltou, afastou-se, voltou a si quando o menino correu em sua direção, vindo do outro lado da ponte.

— Jamie! — gritou, alto demais, confusa e desajeitada por causa do menino. — Lembra-se do senhor Glover?

— Tom! — gritou o menino, confiante, então se escondeu atrás de Annie, novamente tímido, espiou.

— Olá de novo, Jamie! — disse Glover.

— Ele gostou bastante de você, Tom.

— E eu dele.

Retirou uma moeda dourada do bolso, atirou-a no ar, apanhou-a e a apoiou sobre as costas da mão. Mantendo-a coberta, abaixou-se até Jamie.

— Cara ou coroa?

O garoto olhou para a mãe, que deu de ombros. Ele tinha que escolher.

— Cara! — disse. — Não, coroa!

— Tem certeza? — perguntou Glover.

O menino concordou, mudou de idéia outra vez.

— Cara!

Glover levantou a mão num gesto bastante teatral, espreitando a moeda por baixo da mão, sem deixar que o menino a visse.

— Deu cara! — anunciou, e entregou a moeda ao garoto, que riu, guardou-a no bolso.

E, de repente, algo no olhar do menino o fez pensar o impensável.

— É um belo rapaz — disse Glover.

— É um pestinha — disse Annie.

— Não parece com o pai, então?

— Parece até demais.

Annie se deu conta do que havia dito, mordeu o lábio.

— Quantos anos tem, então?

— O suficiente.

— Imagino que tenha em torno de seis.

— Você sabe perfeitamente. — Olhou para Glover, os olhos intensamente calmos. — Não faça isso, Tom.

O silêncio pesou entre eles, o rio corria sob a ponte, o guincho de um ostraceiro, pungente.

— Andy sempre gostou de você — disse Glover, rompendo-o por fim.

— Você foi viver a sua vida, Tom. Agora, deixe que sigamos com a nossa.

Annie segurou Jamie pela mão, levou-o pela ponte. O menino olhou para trás mais uma vez, assustado, despediu-se, a voz aguda.

Depois disso, Glover caminhou até a cidade, três quilômetros, maquinal, alheio ao mundo ao seu redor. A certeza queimava em seu peito. Ele tinha um filho. Todos esses anos, não fazia idéia. Agora não havia nada que pudesse fazer sem causar estragos, destruição.

Seguiu em frente, quando se deu conta já estava nas docas, nas vielas escuras, em busca de conforto, esquecimento.

Os carris do dique seco teriam mais de duzentos metros de comprimento. Construí-lo fora um feito de engenharia surpreendente, e transportá-lo até o Japão seria algo próximo a um milagre. Glover explicou a Russell, o dono do estaleiro, que o local onde o dique seria posicionado, em Kosuge, já estava sendo escavado. O clã Satsuma, que detinha o terreno, já investira US$10 mil. Outros diques estavam em construção, o clã pretendia edificar um novo Japão, industrializado. Tinham que ser bem-sucedidos.

A solução de Russell foi ao mesmo tempo simples e complexa. Construiriam o dique no estaleiro, então o desmantelariam e o transportariam por partes, para então montá-lo novamente em Nagasaki.

— É loucura! — disse Glover. — É fantástico!

Russell o levou para conhecer o estaleiro, em Footdee. A construção do dique já estava a pleno vapor, e já haviam começado a trabalhar numa embarcação que transportaria as diferentes seções até Nagasaki. O navio era um clíper de cinco mastros chamado *Helen Black*, cujo compartimento de carga fora reforçado especialmente para acomodar as partes do dique e a maquinaria associada, transportá-las até o outro lado do mundo. O projeto era um empreendimento descomunal, dera trabalho a dezenas de comerciantes especializados, legiões de operários e estivadores. O ruído constante da construção tomava o ambiente, da aurora até o anoitecer.

Russell, com seu estaleiro, havia sido um dos pioneiros na produção de caldeiras e máquinas a vapor. Agora colhia os frutos. E Glover lhe trazia o prospecto de outros grandes projetos. Os Choshu queriam um navio de guerra, e aquele seria o melhor lugar para construí-lo.

— São gente séria — disse Glover. — Têm dinheiro e já me pagaram uma comissão para levar o projeto adiante. Até agora eles se viraram com carcaças sucateadas que compraram dos americanos e dos holandeses, alguns navios mercantes recondicionados com uns poucos canhões leves. Sofreram alguns desastres, tentando usar canhões grandes demais, cujo coice acabou rachando os navios!

Russell riu. Seus olhos brilharam ao pensar nas implicações, mas seu entusiasmo foi mitigado por uma preocupação genuína.

— Esses seus amigos, Tom, disse que são os Choshu, certo?

— Isso.

— Não são os rebeldes de que estava falando?

— Esses mesmos. Estão mudando a cara do Japão, para melhor.

— Que seja, mas não tenho nenhuma intenção de atrair a ira da Marinha Real por haver rompido a neutralidade britânica, armando um dos lados na guerra civil de um país.

— Mas estaria armando o lado certo! — disse Glover. — Ouça o que estou lhe dizendo, esses que agora são chamados de rebeldes estarão no comando do país dentro de muito pouco tempo. E então terão que constituir sua marinha, vão encomendar uma frota inteira.

Russell vislumbrou a grandiosidade da idéia.

— Estou inclinado a confiar no seu julgamento — respondeu.

— Já tenho as especificações — disse Glover. — Deram inclusive um nome ao navio, antecipadamente. *Ho Sho Maru*. E têm uma idéia bastante clara do que querem. Uma corveta encouraçada, de três mastros, movida por vento *ou* vapor; quatro canhões sobre o convés, dois de cento e dez libras e dois de sessenta libras.

Os olhos de Russell cintilavam de entusiasmo.

— É como estamos fazendo aqui no estaleiro — disse —, abandonando a madeira e as velas e adotando o ferro e o vapor.

— É o caminho do progresso — disse Glover. — E quem melhor para construir esse navio e todos os outros que virão a seguir?

— Acho que podemos fazer negócios — disse Russell, e apertaram as mãos, ao estilo maçônico, uma garantia a mais.

O garoto Nagasawa se esforçava. A língua dificultava bastante; para piorar as coisas, o inglês de Aberdeen era mesclado ao dialeto da população local, o dórico, com sua musicalidade estranha e peculiar, difícil de aprender. As pessoas trocavam as palavras, tinham gírias próprias. O garoto estudava, escutava. Além disso, havia o lugar em si, o clima, a chuva cinzenta, a bruma úmida, os ventos cortantes que vinham do noroeste, do mar. Usou roupas agasalhadas, protegeu-se do frio, sobreviveu ao inverno. Era um samurai. Era forte. Suportaria tudo aquilo. Resistiria.

O mais difícil era estar tão longe, tão incrivelmente longe de casa, de sua família. Por vezes sonhava com Kagoshima, acordava pensando estar de volta à sua terra, imaginando encontrar tudo como antes, esperava olhar pela janela e ver o monte Sakurajima, com seu filete de fumaça branca. Quase sentia seu cheiro, o leve aroma das cinzas no ar cálido. Em outras noites sonhava com o bombardeio, via os edifícios destruídos, bairros inteiros arrasados. O cheiro, então, era de destruição, pólvora e fogo e terra revirada.

Na escola, levaram em consideração o fato de não saber inglês. A professora lhe disse uma vez: "Você fala tão bem quanto alguns destes jumentinhos." Ele não entendeu, até que alguém lhe explicasse.

Sempre fora bom em matemática, e isso não mudou. Aquela linguagem era universal. Destacou-se, e alguns dos jumentinhos o odiaram por isso. Esses eram os que o provocavam, gritavam-lhe insultos. Nagasawa os ignorava. Suportava. Mas um dia, foram longe demais.

Glover viu a cena da janela do segundo andar de Braehead, do lado que olhava para a rua. Estava examinando algumas das plantas para o dique seco, ouviu uma comoção, esgueirou-se.

Nagasawa ainda estava a alguma distância, subindo o morro em direção à casa. Atrás dele, quatro garotos riam, gritavam. Então um deles apanhou uma pedra, jogou-a, acertou as costas de Nagasawa.

Glover já se preparava para intervir, surpreendeu-se ao ver que Nagasawa corria para dentro de casa. Não imaginou que o garoto estivesse sendo covarde, mas talvez a desvantagem numérica fosse muito grande; com sua inclinação para a matemática, poderia ter feito os cálculos, preferindo adotar uma atitude mais comedida.

Ouviu que a porta de entrada foi aberta, fechada com força, escutou os passos de Nagasawa na escada, ouviu-o apanhar alguma coisa em seu quarto, descer correndo novamente as escadas. Os meninos que o provocavam estavam junto ao portão, ainda rindo, desfrutando de seu triunfo. Glover olhou, incrédulo, quando Nagasawa correu na direção deles, carregando sua espada samurai, desembainhada.

Os meninos devem tê-lo visto naquele mesmo momento; ficaram imóveis, esqueceram-se de suas bravatas e fanfarrice, tornaram-se uma gangue de garotinhos assustados. Nagasawa ergueu a espada acima da cabeça, avançou contra eles, soltando um grito de guerra.

— *Kaaaa!*

— Minha nossa! — exclamou Glover, descendo as escadas e saindo pela porta.

Ao chegar ao portão, chamou o garoto, gritando:

— Nagasawa-san!

O menino perseguira seus algozes por cinqüenta metros, o pânico os fizera correr como loucos. Ao chamado de Glover parou, virou-se.

Glover foi severo com ele, como tinha que ser, obrigou-o a devolver a espada, ordenou que fosse para dentro.

— Isto não vai servir de nada — disse-lhe.

Repreendido, o menino ficou imóvel.

— Eles me insultaram. É questão de honra.

— Sei muito bem. É *bushido*, o código samurai.

O garoto se retesou, como se estivesse em posição de sentido.

— *Hai, so desu.*

— Mas não estamos em Nagasaki. Estamos em Bridge of Don!

— Desculpe se o desonro.

— Não! — disse Glover. — Não é isso. Mas aqui fazemos as coisas de maneira diferente. E cortar a cabeça de alguém por lhe jogar uma pedrinha é visto como algo um pouco exagerado.

— Entendo.

— Agora — disse Glover — vou ficar com isto aqui, por enquanto, só por segurança. Dê-me a bainha, vamos guardá-la.

O garoto a buscou, entregou-a a Glover. Glover lhe estendeu a espada, deixou que cortasse a ponta do polegar na lâmina, só um arranhão, o suficiente para extrair uma gota de sangue, aplacar sua honra. Então a guardou na bainha.

O menino se virou para ir embora, parecia tão consternado que Glover o chamou de volta.

— Eu lhe dei a espada de presente — explicou —, e em algum momento ela será sua novamente. Mas, por agora, quero lhe dar uma outra coisa, como um sinal de respeito e amizade.

Deixou a espada sobre a mesa, retirou de uma gaveta um pesado relógio de bolso, com sua corrente.

Nagasawa o aceitou e se curvou, agradecido. Seus olhos brilhavam.

O próprio Nagasawa contou a Glover o que ocorrera.

Os mesmos quatro meninos que perseguira com a espada o esperaram no caminho de casa, na saída da escola, logo antes da ponte, no local onde a trilha subia a colina a partir do rio. Bloquearam seu caminho, cercaram-no, começaram a provocá-lo.

— Ei, japinha!

— Cara amarela!

— Abra os olhos!

— Não é tão valente sem o seu espadão, hem?

Quando se aproximaram dele, largou os livros escolares aos seus pés, pôs a mão no bolso do casaco, apanhou o relógio que Glover lhe dera, sentiu-lhe o peso na mão. Então o segurou pela corrente, girou-o sobre a cabeça como uma arma, lançou-o em direção ao garoto mais próximo, o líder do grupo, acertou-o no ombro, um golpe enérgico. Aturdido, o garoto cambaleou, tropeçou e caiu ao chão.

Os outros avançaram para atacar Nagasawa, mas ele se virou em sua direção, ainda girando o relógio no ar, emitiu seu grito de guerra e os afugentou. O primeiro deles já se pusera de pé, agora aterrorizado, mas Nagasawa parou, verificou que o relógio ainda funcionava, guardou-o no bolso. O menino se afastou, alguns passos hesitantes, então apertou a marcha, debandou na direção dos amigos.

Glover ouviu a história, fez um sinal de aprovação.

— Obrigado por me contar, Nagasawa-san.

Nagasawa lhe entregou o relógio.

— Agora também vai pegar isto aqui de volta, guardá-lo com a espada. Por segurança.

Glover riu.

— Não acho que seja necessário. E imagino que aqueles garotos não o incomodarão outra vez.

Nagasawa pareceu confuso.

— Meu amigo Ito-san — disse Glover —, certa vez me contou uma história, sobre o modo de nos defendermos.

Nagasawa pareceu perturbado. É claro. Ito era Choshu, ainda um inimigo.

Glover continuou.

— Havia uma serpente que vivia num pequeno vilarejo, que costumava assustar as pessoas e picá-las. Um dia, um mestre zen visitou o lugar e fez um discurso sobre a não-violência. A serpente estava passando por lá e parou para ouvi-lo. Ficou tão inspirada com o discurso que percebeu os erros que vinha cometendo e jurou ser uma boa serpente daquele dia em diante. Deslizou até o mestre e pediu sua orientação. É claro que os animais sempre sabem falar nessas histórias. Ou talvez o mestre conseguisse ler seus pensamentos e falar com ela em silêncio.

Nagasawa pareceu ainda mais confuso.

— De qualquer forma — prosseguiu Glover —, o mestre lhe deu instruções simples. Medite todos os dias, e pare de picar as pessoas!

O garoto assentiu, atento.

— Enfim, o tempo passou, como sempre faz, e após alguns meses o mestre visitou o vilarejo novamente. Olhou ao redor, perguntou: "Onde está minha amiga cobra?" Mas ninguém sabia lhe dizer.

Quando já estava deixando o vilarejo, deu-se conta de que ali, na beira da estrada, estava a serpente, toda machucada e esfarrapada, quase morta. "O que aconteceu?", perguntou o mestre. "O senhor me disse para nao picar mais ninguém", respondeu a cobra. "E os meninos do vilarejo perceberam que eu não representava nenhum perigo, perderam todo o medo que tinham de mim. Quando se deram conta de que eu nem sequer revidaria, vingaram-se de todos os anos em que piquei as pessoas. Deram-me uma surra e me jogaram na sarjeta." O mestre exibiu um leve sorriso, balançou a cabeça, respondeu: "Eu lhe disse para não morder. Mas nunca falei que não podia silvar!"

Nagasawa ainda estava profundamente concentrado, o cenho franzido, juntando as sobrancelhas.

Glover lhe devolveu o relógio, disse:

— Às vezes é preciso silvar.

E, de súbito, o garoto pareceu se iluminar, compreendeu; captou a mensagem, caiu o *itzibu*. E abriu um amplo sorriso de menino, jogou a cabeça para trás, pela primeira vez Glover o viu gargalhar.

— Silvaru — silvou o garoto, exultante.

Riu tanto que lhe brotaram lágrimas nos olhos. Glover lhe passou um lenço e ele limpou o rosto, riu mais um pouco, então retomou sua formalidade contida, sua compostura consciente e deliberada. Devolveu o lenço, agradeceu a Glover, curvou-se e se virou para partir.

Glover pensou por um instante, chamou-o de volta e, de maneira formal, cerimoniosa, devolveu-lhe a espada.

— Não pique! — alertou.

O menino sorriu mais uma vez, então se conteve, tomado por uma emoção mais profunda, uma reverência ante a espada, pura gratidão por tê-la de volta.

Curvou-se profundamente, disse num soluço, com a voz grave:

— *Arigato, Guraba-san. Arigato gosaimasu.*

Começou novamente com o aperto de mão, o sinal secreto de lealdade, de que podiam confiar um no outro. Esconder, ocultar, nunca revelar. Glover fora convidado a uma reunião da loja, esperou até que terminassem as formalidades, então Russell o chamou para um canto, disse que queria falar com ele.

A sala estava mobiliada confortavelmente, com uma mesa de carvalho polida, grandes poltronas de couro. As paredes estavam repletas de livros, textos maçônicos, e entre as estantes pendiam pergaminhos contendo os símbolos secretos, o esquadro e o compasso, uma constelação, um olho brilhando no centro de uma pirâmide.

O uísque foi servido, acenderam-se charutos. A fumaça perfumada encheu o ambiente, ondulou nas sombras sob o teto alto. Era uma atmosfera segura, masculina. Mackenzie estava lá, Robertson também, além do jovem John Grant, o companheiro de Martha. Trabalhava para Russell, era engenheiro. Naquela confraria era o mais novo, o aprendiz, mas parecia estar à vontade, mostrava-se cortês. Glover gostara dele, seria um bom partido para Martha.

Robertson ainda trabalhava para o velho George, estava prestes a assumir o trabalho de seu sogro. Minha nossa, seu sogro. Quando o velho se aposentasse, em cerca de um ano, Robertson seria promovido, assumiria a empresa. Abrandado pela bebida, pelo bom fumo, Glover olhou para Robertson com certo afeto. Seguira lentamente seu caminho, tinha tudo o que queria na vida. Não era o suficiente para Glover, que era inquieto demais. E ainda assim... Aquela dor incisiva, retorcendo-o por dentro. Aquele panaca tinha Annie, e o menino. Meu Deus, o menino. Outro gole de uísque, outra dose. Não poderia recusar, devo dizer que é um excelente malte. Ah! Fizeram escolhas, viveram suas conseqüências. Aquilo bastava.

Russell se dirigia a ele.

— A Escócia precisa de homens como você, Tom, visionários. Se algum dia pensar em voltar, certamente não lhe faltariam ofertas.

— Por exemplo?

— Não me parece precipitado falar de um lugar na diretoria, no grupo de conselheiros, talvez uma cadeira no parlamento.

— Deputado T.B. Glover. Soa bem. Minha mãe iria morrer de orgulho!

— Estou falando sério, Tom.

— Ora, sei muito bem que está, acredite. Sei muito bem, e é tentador.

— Poderia comprar um pedaço de terra, uma fazenda.

— Assim vou acabar ficando convencido. Afasta de mim a tentação!

Russell deixou passar a insinuação de blasfêmia, olhou sério para Glover.

— Pense no assunto.

— Vou pensar — disse Glover. — Vou pensar.

Passando os olhos pelo ambiente, viu que a expressão de Robertson era ríspida.

Russell mudou de tom, repentinamente espirituoso, propôs a todos um jogo de golfe na manhã seguinte.

— Imagino que jogue, Tom.

— Ora, posso tentar.

O buraco da última pista ficava no topo de um morro, bastante próximo a um penhasco que caía diretamente sobre o mar do Norte, trinta metros abaixo. Um vento violento soprava da costa, vindo diretamente da Noruega, impossibilitava qualquer espécie de julgamento. A bola de Glover caiu num banco de areia, numa depressão um pouco antes do buraco.

— Rá! — gritou, contra o vento. — Um desafio! — Protegeu os olhos com a mão, apertou-os para enxergar a bandeira. — *Outro* desafio!

Não tinha grande habilidade, jogava com vontade e energia, e não lhe faltava um pouco de sorte.

Avaliou o declive do terreno, a direção do vento impetuoso, apanhou o taco que seu *caddie* lhe entregou. Segurou-o por um momento à frente do corpo, ergueu-o como uma espada samurai, riu, gritou outra vez.

— Rá!

Sem hesitar, sem parar para pensar, golpeou a bola com força, levantando uma lufada de areia, viu-a cair sobre a grama e rolar, parando a poucos palmos do buraco.

— É isso aí! — gritou.

Haviam começado cedo, logo após o desjejum, Glover e Russell, Andy Robertson e John Grant. Somente Mackenzie recusara o convite, dissera não ter a intenção de arrastar sua velha carcaça por um campo de golfe a uma hora tão ingrata.

Russell claramente organizara o jogo para dar prosseguimento ao encontro da noite anterior, não fez nenhuma observação evidente ou insensível que pudesse estragar a partida, além do comentário estranho, digamos, sobre o frescor do ar, a amenidade do clima na cidade; e os comentários, por sua vez, levaram a ponderações tangenciais sobre o futuro do Nordeste, as melhorias previstas para os próximos dez anos nas estradas e vias férreas.

— Imagine só, Tom — disse Russell, apanhando um taco. — Pontes ferroviárias sobre os rios Forth e Tay. O tempo de viagem até Edimburgo será reduzido a duas ou três horas. — Golpeou a bola, lançando-a bem no meio do campo. — Imagine!

Seu modo de falar era como o dos japoneses, dando voltas em torno do assunto, discutindo-o sem discuti-lo.

— É verdade — disse Glover. — Entendo o que está dizendo.

Russell era, de longe, o melhor jogador entre eles; seu jogo era precavido, tacadas seguras na maior parte do tempo, por vezes corria riscos calculados. Estava bem à frente dos demais. Atrás dele, o jovem Grant apresentava um jogo razoável, com tacadas suficientemente precisas, mas perdia a concentração se cometesse um erro — quando saía do campo se atrapalhava na grama alta. Robertson era cauteloso, metódico, parecia ofendido se suas tacadas não saíssem como esperava. No último buraco estava apenas duas tacadas à frente de Glover, que acertava mais a grama que a bola em suas tentativas.

Russell já conseguira deixar a bola bastante próxima ao buraco, acertou-a sem dificuldade e venceu o jogo. Os outros aplaudiram, corteses. Duas tacadas depois, Grant acertou a sua, garantindo o segundo lugar. Glover caminhou pela grama, pensou por um momento, calculou, golpeou a bola, talvez com muita força. Ela seguiu em direção ao buraco, talvez o cruzasse completamente, talvez batesse na bandeira e saltasse para fora, talvez girasse na borda e corresse para um lado. Grant deu dois passos leves à frente, retirou a bandeira no último instante. A bola de fato correu sobre a borda, girou duas vezes por sobre o buraco e caiu, com um agradável ruído.

— *Hai!* — gritou Glover, num lapso momentâneo. — Digo, é isso aí!

Robertson ainda tinha que dar sua última tacada, estava a apenas cinco palmos do buraco, parecia fácil, mas as condições estavam longe das ideais, o declive era ingrato, o gramado irregular. Caminhou ao redor da bola, avaliou-a de todos os ângulos possíveis, verificou a direção do vento, agachou-se e alisou a grama com a mão.

— Vamos lá, rapaz! — disse Russell. — É bem sofrido ficar aqui congelando enquanto podíamos estar bebendo uns goles por aí!

Robertson sorriu, uma expressão tensa, disse:

— Certo.

Firmou-se, curvou-se sobre a bola, os joelhos um pouco dobrados, estirou as costas novamente, corrigiu ligeiramente a posição dos pés, tentou outra vez, afastou a cabeça do taco e bateu na bola com um estampido seco. Todos a viram passar pelo buraco e descer o declive, ganhar velocidade e desaparecer no penhasco, perdida no abismo.

Os outros três se contiveram por um momento, refreando-se, então caíram todos na gargalhada.

— Azar! — disse Grant.

— Por que não escala o rochedo e tenta salvar a bola? — zombou Russell.

— Provavelmente encontraria uma pobre atobá sentada sobre ela — disse Glover —, tentando chocá-la.

Os outros riram outra vez, mas Robertson estava abatido.

— Está com uma cara horrível! — disse Russell. — Venha, eu lhe pago uma bebida.

— Minha nossa! — disse Glover, enquanto saíam do campo. — Que ótimo jogo! — Parou, uma idéia se formava em sua cabeça. — Eu talvez pudesse levá-lo para o Japão.

— Tenho certeza de que nunca faria sucesso por lá — disse Russell.

— É — disse Glover —, acho que tem razão.

Enquanto caminhavam, Russell lhe perguntou, casualmente, se pensara um pouco em suas propostas. E, de repente, ao ver as bandeiras que tremulavam com a força do vento, Glover se viu pensando em Nagasaki, com grande saudade. Robertson estava à sua frente, de cabeça baixa, abatido. Glover poderia ficar ali, ser tudo o que Russell lhe sugeria e ainda mais, prosperaria, sua fortuna aumentaria, viveria uma vida abastada e sem muito esforço. E, se o fizesse, estaria perto de seu filho, poderia vê-lo crescer. Mas ao olhar para Robertson, prostrado e humilhado, teve certeza do caminho a seguir. Naquele momento, naquele instante, sabia que deveria voltar, e era melhor fazê-lo o quanto antes.

As bandeiras tremulavam ao vento que vinha do mar. Ito e os outros estariam traçando seus planos.

— Estou realmente lisonjeado — disse Glover a Russell. — Mas tenho negócios inacabados no Japão.

Bandeiras, tremulando ao vento.

11

DAIMYO

Nagasaki, 1867-1868

Ao chegar em Nagasaki, Glover teve a sensação de que voltava ao seu verdadeiro lar. Ali não sentia nenhum estranhamento, as montanhas, a baía, tudo tão familiar, sua casa, Ipponmatsu, tão acolhedora; o próprio ar do lugar já era um bálsamo, um alívio para a alma. E agora Aberdeen parecia apenas um sonho distante.

Dentro de casa, caminhou de quarto em quarto, tocando as coisas, *suas* coisas, reacostumando-se ao ambiente: um boneco de Daruma que pertencera a Sono, a espada samurai de Matsuo. Ouviu um movimento às suas costas, e ali estava Tsuru, parada na porta, sorrindo insegura.

— Tsuru, menina! Como é bom encontrá-la!

Ela se curvou, disse "*Irasshaimase!*", então cobriu o rosto com as mãos e caiu em pranto. Glover foi até ela, segurou-a junto a si.

— Oh, garota!

As visitas começaram naquela mesma noite, um fluxo constante de pessoas que surgiam para cumprimentá-lo.

O primeiro foi Walsh, parecia contente em vê-lo.

— Ora, Tom, é bom tê-lo de volta! — Walsh riu, cumprimentou-o entusiasmado com leves pancadas no ombro. — Este lugar estava meio parado sem você.

— Ah, não me venha com essa!

— Bem, talvez nem tanto! As coisas fermentaram bastante na sua ausência. Mas você certamente ajuda a temperar a mistura, e sentimos falta disso, infelizmente.

— Bom, vou ver o que posso fazer agora que estou por aqui!

A primeira idéia de Walsh foi levá-lo à quadra dos prazeres, mas Glover se mostrou relutante.

— Ai, meus sais! — brincou Walsh. — Nunca imaginei que iria escutar isto algum dia!

— Alguma notícia de Maki? — perguntou Glover.

— Olhe, nunca mais ouvi falar dela. É esquisito, ela simplesmente desapareceu da face da Terra.

— Estranho.

— Mas se me permite dar uma opinião — disse Walsh —, pelo brilho que se nota no olhar da senhorita Tsuru, eu diria que você já tem tudo o que precisa!

— Talvez — respondeu Glover, sem se comprometer.

— Cafajeste! — disse Walsh.

Glover abriu uma garrafa de um bom uísque que trouxera de Aberdeen, serviu duas doses generosas.

— Agora — disse —, conte-me *todas* as novidades.

Durante a hora seguinte, e dois ou três copos depois, Walsh o deixou a par de tudo, do preço do chá à força das novas alianças que se formavam, tanto as insuspeitas como as demais.

— Seu velho amigo Montblanc, aquele do pincenê e das preferências estranhas, tem se insinuado no seu território, fazendo negócios com os Satsuma.

— É mesmo?

— Agenciou-lhes a venda de um par de navios, vapores. Mas ouvi falar que cometeu uma verdadeira gafe num deles. Queria fazer o máximo possível para agradá-los, tentar impressioná-los. Então, mandou entalhar o brasão do clã em todos os móveis e decorações.

— Que cafona — disse Glover. — É o que se poderia esperar, vindo dele.

— Mas cometeu o engano de mandar bordá-lo nos tapetes, de modo que o *daimyo* e outros dignitários do clã mal conseguiam caminhar pelo navio, tentando não pisar no brasão!

— Bem que o desgraçado mereceu.

— Não foi muito bom para a sua reputação.

— Bem, vamos ver se conseguimos sujá-la um pouco mais.

— Ele já foi repreendido pelo seu próprio cônsul, um recém-chegado chamado Roches, que, pelo que se conta, tem fama de fanfarrão.

— A posição francesa ainda é decididamente pró-xogunato?

— Exatamente. Acredito que esse tal Roches e *Sir* Harry Parkes tenham se enfrentado na semana passada, com uma boa dose de ameaças de ambos os lados. Roches acusou os britânicos de serem frouxos no apoio ao xogum e ao *bakufu*.

— Eu queria ter estado lá.

— Tenho certeza de que as ameaças se voltarão em sua direção dentro de pouco tempo!

— E o que disse *Sir* Harry, como se defendeu?

— Apenas repetiu a posição oficial do governo de sua Majestade, que está comprometido com uma política de absoluta neutralidade e não-intervenção.

— Tivemos uma bela demonstração de não-intervenção em Kagoshima!

— Mas a situação não é mais a mesma, Tom. Já se pode sentir uma mudança de ânimos. Satow, aquele seu velho amigo, parece ter adotado inteiramente o seu modo de pensar. Escreveu alguns artigos no *Diário do Japão*, criticando severamente o xogum. Eu trouxe alguns artigos para que você leia quando tiver algum tempo.

Retirou os recortes de jornal de sua valise, entregou-os a Glover, que passou os olhos por eles, leu as manchetes. “A presente situação no Japão”, “A traição do xogum”.

— Então — disse Glover —, talvez tenha realmente chegado a hora.

— Enquanto isso — disse Walsh —, lá na minha terra, nossa pequena querela finalmente chegou ao fim.

— Uma guerra civil nada civilizada.

— Com um resultado satisfatório.

— Conheci um sulista no caminho para cá — disse Glover —, um cavalheiro da Louisiana. Não concordava com essa opinião. Dizia que a questão da escravidão era apenas um pretexto, uma desculpa usada pelo Norte para provocar a guerra, dividir as plantações, tomar a terra.

— É claro que um cavalheiro da Louisiana veria a coisa *dessa* forma. Poderíamos facilmente argumentar que esta pequena revolução que você está tramando por aqui foi encomendada pelos britânicos, com os franceses à espreita, prontos para entrar no jogo se alguma coisa sair errada.

— Eu certamente ainda estou devendo um olho roxo ao senhor Montblanc.

— Seja qual for a política da situação, seja qual for a ideologia, o fato é que a guerra está terminada, o que significa que teremos um enorme excedente de armas no mercado, em todo o mundo: rifles, canhões, metralhadoras Gatling, o que quiser. É o melhor momento para armar o seu exército rebelde.

Glover ergueu o copo.

— À revolução, e às alianças insuspeitas!

Walsh mal havia deixado Ipponmatsu quando surgiram Harrison e Groom; Shibata e Nakajima os seguiam, deferentes. Outra garrafa de uísque foi aberta, Glover serviu doses a todos, propuseram outro brinde.

— À Glover & Companhia!

— *Kanpai!*

Glover havia mantido contato com eles durante o tempo em que passou afastado, mas a comunicação era lenta, precisava se pôr a par da situação. Serviu mais uísque, escutou o que poderia ser considerado um informe corporativo, transmitido com muito entusiasmo.

O comércio de navios continuava intenso. Haviam intermediado a venda de meia dúzia de embarcações, e agora esperavam a entrega da canhoneira *Nankai* ao clã Tosa, pelo preço de US$75 mil. A Jardine ainda lhes devia US$20 mil pela construção de três vapores. Glover lhes escreveria, reivindicando a transferência imediata dos fundos. Harrison continuava com seus investimentos em propriedades; as aventuras de Groom com o câmbio exterior, apostando nas flutuações das moedas entre Nagasaki e Yokohama, ainda geravam lucro, e ele conseguia se manter, ainda que de maneira instável, dentro dos limites da lei. O negócio do chá empregava agora mais de mil trabalhadores, e Glover havia projetado uma máquina movida a vapor para a separação do chá, tornando todo o processo mais eficiente. Uma versão mais avançada da máquina já estava sendo desenvolvida na Inglaterra, e seria embarcada assim que estivesse pronta. Enquanto isso, o trabalho de agenciamento da empresa se expandira, e agora atuavam para a Lloyd's e para diversos bancos chineses.

— Trocando em miúdos — disse Harrison —, os negócios estão florescendo.

— E estes camaradas aqui — disse Groom, indicando os dois funcionários japoneses — têm mantido o escritório na mais perfeita ordem.

Os dois abriram amplos sorrisos, curvaram-se.

— Outro brinde — disse Glover. — Shibata-san! Nakajimo-san!

— *Kanpai!*

Quando os quatro partiram, sentou-se para ler os artigos de jornal deixados por Walsh, as fortes críticas de Satow contra o xogum.

> *O xogum, esse magnata ganancioso que governa o país, arroga-se o título de líder supremo, um título ao qual não tem nenhum direito legítimo, e simula uma dignidade que não lhe pertence de fato. Essa presunção extraordinária foi revelada de maneira evidente no incidente de Shimonoseki, no qual demonstrou a deslealdade de que é capaz.*

Se críticas como essa circulavam tão abertamente, a situação estava realmente se transformando.

Glover bocejou, espreguiçou-se. Começava finalmente a sentir os efeitos da longa viagem que havia feito desde Aberdeen, um cansaço difuso, uma dor nos ossos. Seria melhor pedir a Tsuru que lhe preparasse um banho. No entanto, antes que pudesse completar o pensamento, ouviu pela terceira vez naquela noite uma batida na porta. Desta vez era Ito, acompanhado de Godai.

— Minha nossa! — disse Glover. — E por falar em alianças insuspeitas...

Mais uma garrafa foi aberta, a bebida servida. Glover se sacudiu, despertou, preparou-se para uma longa noite de debates.

Ito sorriu, acenou para Tsuru, sorriu ainda mais. Fora ele quem a mandara para lá naquela primeira noite, após Kagoshima. Apertou a mão de Glover, parecia encantado em revê-lo.

— Guraba-san! Bem-vindo de volta a Nagasaki!

— Ito-san! Seu salafrário! Como é bom revê-lo!

Godai se mostrou mais contido, formal. Curvou-se.

— Guraba-san.

— Godai-san. Espero que tenha aprendido bastante com sua visita ao Ocidente.

Godai se curvou profundamente.

— *Hai! So desu.* Todo clã Satsuma muito grato.

Godai lhe contou que, em Londres, foram tratados como dignitários, embaixadores de um Estado estrangeiro. Laurence Oliphant, com as feridas já praticamente curadas, enxergava agora a situação com mais distanciamento e defendia a causa rebelde, afirmando que a deposição do xogum era fundamental para o progresso do Japão. Glover vislumbrou seu rosto por um momento, lívido, o braço cortado até o osso por uma espada samurai. Oliphant havia usado sua influência no parlamento para providenciar um encontro entre Godai e o ministro do Exterior, lorde Clarendon, que demonstrara grande interesse nas opiniões de Godai sobre a possibilidade de reviravoltas políticas no Japão, com a formação de laços comerciais mais estreitos.

— São ótimas notícias, Godai-san — disse Glover. — *Muito* boas. — Então fez uma pausa. — Mas temos algumas contas a acertar!

Godai pareceu confuso.

— Contas?

— Os Satsuma têm feito negócios com aquele francês idiota, Montblanc. Chegaram a comprar um de seus navios!

— Ah — disse Godai. — *So desu.* — Então deu um sorriso rígido, a boca tensa, como os japoneses sempre faziam quando estavam embaraçados. — *Furansujin, hai. Monburo.*

— O próprio — disse Glover, seco.

— Aprendemos com Guraba-san — disse Godai. — Fazemos concorrência. Bom negócio!

— Ah, é mesmo?

— Compramos um de seus navios, mas não é bom homem, não é honrado.

— Conte-me mais, vou acabar com a reputação desse desgraçado. E depois com a raça dele!

— Como disse?

— Eu já soube da história do brasão do clã no chão do navio! — disse Glover.

— Nada bom — disse Godai. — Então quis nos vender mais navios, mas seu governo diz não. Apoiam xogum e *bakufu*.

— Sei bem disso!

— Então não lhe pagamos preço total.

— Rá! — disse Glover, rindo. — O feitiço se voltou contra o feiticeiro!

Godai pareceu ainda mais confuso.

— Não se preocupe — disse Glover. — Ele está recebendo o que merece.

— Mas agora *daimyo* quer encontrar o senhor.

— Ah.

Glover se lembrou daquele rosto implacável, intransigente, a expressão imóvel. Kagoshima em chamas. Escombros e fumaça.

— Quer falar também com seu governo, fazer acordo. Quer que leve *Sir* Harry Parkes para Kagoshima.

— Mais alguma coisa? — perguntou Glover.

— É importante — disse Ito. — Precisa acontecer. Satsuma fizeram aliança forte com Choshu. Kido-san transformou Choshu em grande força de combate; Kiheitai estão bem treinados, bem armados. Com Satsuma, podemos vencer xogum facilmente.

Glover deixou escapar um longo suspiro.

— Santo Deus! — disse. — Bem-vindo de volta a Nagasaki!

Passaram a noite conversando, fazendo planos, esquemas, só partiram de madrugada. Quando Glover os levou até o portão, um brilho avermelhado começava a tingir o horizonte. Ito e Godai ainda se moviam furtivos, com a cautela habitual, olhando ao redor como se a qualquer momento pudessem surgir vultos das sombras, agentes do xogum, espiões franceses. Glover caminhou até o final do jardim, observou a cidade adormecida, salpicada de alguns poucos lampiões acesos, o porto, a silhueta vaga das montanhas. Precisaria colocar guardas ao redor da casa, instalar canhões na encosta da colina. Passou as mãos pelo rosto, exausto, inspirou o ar da noite, cálido e perfumado.

Voltou para dentro, Tsuru estava enroscada numa poltrona, despertou com o ruído da porta. Levantou os olhos, sonolenta.

— Pois bem, pequena Tsuru — disse Glover. — Onde é que estávamos mesmo?

Era a primeira vez que voltava a Kagoshima após o bombardeio. Tantas coisas haviam mudado, tantas continuavam iguais; lá estava o vulcão, Sakurajima, o contorno familiar da baía; o odor leve das cinzas ainda impregnava o ambiente; ali estava o porto, reconstruído, e de súbito ouviu-se um estrondo no ar, tiros de canhão. Mas desta vez era apenas uma saudação, quatro disparos para ele, o hóspede honrado, e o navio que o transportava era um vapor dos Satsuma, o *Otento Sama*. Glover se sentiu abalado por um momento, quase cedeu às emoções, mas conseguiu mantê-las contidas, postou-se rígido e saudou seus anfitriões. Godai, ao seu lado no convés, fez o mesmo.

Shimada o aguardava no cais. O velho samurai se curvou, cumprimentou-o. Ainda se mantinha formal e seco, mas seus olhos deixavam escapar um brilho de reconhecimento e aceitação, um afeto familiar. Guardas do clã estavam alinhados sobre o píer, seis ao todo, e Shimada encaminhou Glover até um *norimon* que o levaria à residência do *daimyo*. Nunca havia sido transportado daquela maneira; sentiu-se desajeitado ao montar no palanquim, sentar na almofada, os joelhos não cabiam. O *norimon* foi erguido por quatro homens, dois à frente e dois atrás, sacudiu e balançou pelo curto trajeto até o seu destino.

No palácio, não perderam tempo; Glover foi levado até uma ante-sala, onde tirou as botas, e dali para a câmara interna, onde encontrou o *daimyo* em pessoa, sentado de pernas cruzadas sobre uma plataforma elevada.

Glover se curvou profundamente, mas o suficiente para não perder sua dignidade. O *daimyo* dos Satsuma, Shimazu Saburo, príncipe e regente do clã, apenas acenou com a cabeça, reconhecendo-o. Em sua última visita àquele lugar, Glover fora mantido na ante-sala; o *daimyo* recusara seu presente, um relógio de bolso, e permitira, magnânimo, que deixasse o lugar com a cabeça ainda presa ao pescoço.

Glover trouxera novos presentes, confiara-os a Shimada ao chegar. Apresentou-os ao *daimyo*, dois pacotes, embalados com elegância no mais fino papel, amarrado com seda. Aquilo era importante, demonstrava respeito, preocupação com as formalidades, com a estética da situação. Pôs os pacotes à frente do *daimyo*, dirigiu-se a ele com o grau exato de respeito. Cruzou o olhar com o de Godai, que lhe indicara as palavras exatas que poderia usar. Godai lhe dirigiu um meio-sorriso, isso mesmo, aquele era precisamente o tom que deveria empregar.

— *Dozo* — disse Glover, empurrando os embrulhos à frente. — Por favor.

O *daimyo* fez um gesto para que Shimada os abrisse. O primeiro continha outro relógio de bolso, com uma corrente de ouro. O *daimyo* o sacudiu, levou-o ao ouvido, grunhiu um agradecimento. Ainda tinha os cantos da boca voltados para baixo, mas os olhos que fitavam Glover demonstravam um leve brilho, sugeriam alguma aceitação.

Shimada abriu então o segundo embrulho e retirou o presente; uma pistola, com a coronha recoberta de mármore. Desta vez, a reação foi inconfundível; seus olhos se animaram, os cantos da boca se ergueram, o *daimyo* emitiu um ruído de aprovação. Sentiu o peso da pistola na mão, olhou através do tambor. Então, repetindo o gesto de Shimada tanto tempo atrás, a mesma cena, ergueu a arma, apontou-a diretamente para a cabeça de Glover. Embora soubesse que a arma não estava carregada, algo naquela atitude, naquela intenção ameaçadora despertou em Glover um instinto primitivo; o suor lhe formigou nas mãos, na nuca.

O *daimyo* lhe perguntou se tinha munição. Glover explicou que havia trazido uma caixa inteira no navio, mas tinha uma pequena bolsa consigo, com meia dúzia de balas. O *daimyo* lhe pediu que carregasse a pistola; Glover obedeceu, devolvendo-lhe a arma. Agora a ameaça era real, os dois sabiam disso. O olhar do *daimyo* era predatório, uma expressão de escárnio. Aquilo era um teste. Ergueu novamente a pistola, apontou. Glover tinha à sua frente um dos homens mais impiedosos do país, que tinha uma velha contenda com o Ocidente. Seus soldados haviam esquartejado Richardson por uma questão de protocolo, etiqueta. Ele havia precipitado o bombardeio de sua própria cidade em vez de dar o braço a torcer aos invasores. E, naquele momento, apontava uma arma para a cabeça de Glover.

Glover não hesitou, sabia que não podia fazê-lo. Curvou-se, disse "*Dozo*", estendeu o braço à frente e empurrou a pistola para o lado, de modo que apontasse para a parede.

O *daimyo* soltou então uma risada, um ladrido seco e áspero, abaixou a arma, acenou novamente para Shimada, que colocou duas caixas pequenas à frente de Glover. Era uma retribuição, o *daimyo* lhe oferecia presentes. Glover se curvou, abriu-as.

Em cada caixa havia um vaso de porcelana, um branco, o outro negro, com seus brilhos característicos, um lustre sutil.

— *Shiromon* — disse o *daimyo*, indicando o vaso branco. — *Kuromon*. — Apontou para o negro.

— *Kiwamete desu* — disse Glover. Eram de fato incrivelmente belos. E se viu novamente tomado de surpresa, naquela terra que não deixava de surpreendê-lo com sua combinação de refinamento e barbarismo, delicadeza e brutalidade.

O *daimyo* indicou a Shimada que retirasse os presentes, levantou-se e os conduziu a uma outra câmara. Era um homem alto, até mesmo para os padrões ocidentais, tinha a mesma altura que Glover, pelo menos um metro e oitenta. Em comparação aos japoneses, era um gigante, de compleição ampla e forte, uma presença imponente, ressaltada ainda mais por suas vestes de seda, uma túnica solta, com ombros largos e rígidos.

Na sala em que entraram havia sido posta uma mesa onde iriam jantar, um modo civilizado de discutirem negócios.

O banquete era farto, foi servida cerca de uma dúzia de pratos, ao longo de três horas. A discussão, auxiliada pela tradução simultânea de Godai, foi a princípio prolixa, arrastada, mas com o decorrer da noite, e após várias doses de saquê e uísque, tornou-se mais direta. O *daimyo* fez questão de expressar que a situação havia mudado, e continuaria a mudar rapidamente. Estava ansioso para que Glover e o governo britânico entendessem claramente que o clã Satsuma não era mais hostil ao Ocidente, embora as represálias contra Kagoshima houvessem ocorrido há tão pouco tempo, apenas três anos.

De fato, estava ávido por expandir o comércio com os britânicos, e isso só poderia ocorrer se fossem formadas novas alianças entre os clãs japoneses, liderados pelos Satsuma e os Choshu. Combinando seu poder, poderiam remover o xogum dos Tokugawa, substituindo-o pelo líder hereditário legítimo do país, o jovem imperador, o Filho do Céu. O *daimyo* ficaria imensamente grato se Glover pudesse transmitir essa mensagem ao cônsul, Parkes. Já se haviam enfrentado numa guerra, mas agora deveriam estabelecer relações de amizade. Para isso, os Satsuma ficariam honrados se o cônsul pudesse visitar Kagoshima em pessoa, onde seria recebido com toda a deferência devida. Ao partir, Glover disse que rumaria em seguida até Edo, para transmitir a mensagem pessoalmente. O *daimyo* grunhiu sua aprovação, disse que Glover tinha o espírito de um guerreiro, um verdadeiro samurai. Os dois riram, brindaram à saúde um do outro.

Na manhã seguinte, Glover foi acordado abruptamente por um serviçal, que lhe ordenou, educado, que se levantasse e aprontasse, o *daimyo* queria que estivessem prontos em uma hora, para uma cavalgada. A cabeça de Glover latejava devido ao banquete da noite anterior, à bebida forte.

— Que diabo!

O serviçal deixou o quarto. Surgiram duas jovens, levaram-no até a casa de banho, riram enquanto o esfregavam e enxaguavam. Godai já estava na banheira, Glover adentrou lentamente a água escaldante. O calor fez com que a cabeça lhe doesse ainda mais, as pulsações em seu crânio aumentaram; sentiu-se mareado, olhou com uma expressão de lamento para Godai, que também parecia esgotado.

— Veja só as coisas que fazemos pelo Japão, Godai-san!

A resposta veio fraca.

— *Hai*.

Ficou imerso na água quente por dez minutos, então emergiu lentamente, apanhou um balde de água gelada e a despejou sobre a cabeça; o choque o despertou. A dor pulsante cresceu, atingiu um pico e então começou a remitir.

— Caramba!

Glover se secou, vestiu-se. As mulheres lhe trouxeram comida, serviu-se de um pequeno bolinho de arroz, para aliviar o estômago. Godai não conseguia sequer olhar para a comida, ainda parecia abatido. Glover riu, deu-lhe uma palmada nas costas.

— Uma pequena cavalgada vai ajudá-lo a recuperar as forças!

Quando saíram, os cavalos já estavam selados e prontos para partir. O *daimyo* fez com que esperassem mais vinte minutos até se fazer presente, montou apoiando o pé no ombro de um empregado, que se ajoelhou ao lado do cavalo. Indicou a Glover e Godai que cavalgassem ao seu lado, e a pequena procissão se pôs a caminho, cruzando os portões. Um cavaleiro seguia à frente, carregando a bandeira do clã, meia dúzia de samurais armados os seguiam.

Ao longo da estrada que deixava a cidade as pessoas paravam, ajoelhavam-se ante a procissão; todas elas — mulheres, crianças, idosos — apoiavam a cabeça contra o solo. Glover se sentiu desconfortável naquele lugar, vendo-se agora no outro lado da situação. Parecia simplesmente errado que as pessoas lhe prestassem reverência. Algumas o fitavam, curiosas, antes de curvarem a cabeça. O *daimyo* mantinha o olhar fixo à frente, tocando seu cavalo.

Mais à frente as construções começaram a rarear, passaram por umas poucas casas esparsas e então ganharam o campo aberto. A vegetação era viçosa, montanhas entrecortadas por campos de arroz ladeavam a estrada. O *daimyo* esporeou seu cavalo, iniciando um galope rápido, forçou os demais a acompanhá-lo; então voltou ao trote, freou completamente o animal numa clareira cercada por palmeiras.

Quando desmontaram, Godai se aproximou de Glover e disse:

— É uma grande honra que *daimyo* cavalgue assim com *gaijin*, está lhe demonstrando grande respeito.

— Diga-lhe que fico muito agradecido — disse Glover.

O *daimyo* caminhara até a borda da clareira; via-se dali uma paisagem aberta, a cidade bem abaixo, à distância, a luz do sol brilhava sobre a baía, sobre as escarpas do Sakurajima. Queria que Glover vislumbrasse a extensão dos seus domínios, contou-lhe da velocidade com que Kagoshima fora reconstruída, erguendo-se novamente.

Explicou que os Satsuma eram um clã poderoso, o mais forte do país. Aliando-se com os Choshu seriam formidáveis, imbatíveis, transformariam o Japão num grande aliado do Ocidente. Reiterou seu pedido de uma reunião com o cônsul, e Glover lhe respondeu que não descansaria até conseguir acertá-la.

O *daimyo* resmungou sua aprovação. Aquela era a resposta correta, a única aceitável. Falou então das oportunidades futuras para Glover. Ali em frente, apontou, situava-se Ryukyu, uma cadeia de ilhas sob o controle dos Satsuma que se estendia até Okinawa, a meio caminho entre o Japão e a China. O comércio da seda passava por ali, e Glover poderia receber concessões, em vez dos intermediários chineses. Também tinham interesse no mercado do açúcar — haviam montado suas próprias fábricas para processar e refinar o produto. Os conhecimentos ocidentais seriam bem-vindos. E, naturalmente, haveria uma demanda constante por navios e máquinas. Glover escutou, compreendeu.

Ao retornarem à residência, o *daimyo* deu a Glover mais um presente, uma pequena palmeira para que se lembrasse da conversa sob a sombra, na clareira, enquanto vislumbravam Kagoshima, a paisagem aberta, o futuro.

Ao voltar a Nagasaki, Glover se deteve apenas o suficiente para assinar alguns papéis, reservou um momento para plantar a palmeira no jardim de Ipponmatsu; ele próprio cavou o buraco, gostou de fazê-lo, apoiou a muda no solo, sentiu o calor da terra entre seus dedos ao recolocá-la em torno da raiz, golpeando-a para firmar a planta. Muito bem. Então, cumprindo sua palavra, rumou diretamente para Edo, primeiro num vapor, depois a cavalo, dirigiu-se imediatamente à legação, passou pelos mesmos caminhos sinuosos, cruzou a mesma ponte, o mesmo lago, a mesma aléia de pinheiros e bambus. As defesas haviam sido reforçadas, havia mais guardas protegendo o entorno, mas ainda pareciam apáticos, poderiam ser feitos em pedaços pela ferocidade de um ataque *ronin*.

Cinco anos desde aquele banho de sangue. A espada de Takashi surgindo do escuro, em sua direção. Agora Richardson estava morto, esquartejado, e Matsuo acabara com a própria vida. Alcock e Oliphant já haviam partido há muito tempo, expulsos. E ali estava ele, de volta àquele mesmo lugar para defender a mesma causa. O tempo passava. As coisas mudavam e permaneciam iguais. O vento ainda agitava os pinheiros.

Esperou na sala de recepção enquanto a sua chegada era comunicada a *Sir* Harry Parkes. Um grande relógio de carvalho marcava as horas, e sua Majestade a rainha, imperadora da Índia, defensora da fé, o fitava do seu retrato formal, régia e severa, inspecionando o posto mais remoto do seu domínio, aquela pequena porção de solo britânico. Glover sentiu por um momento a enormidade, o peso bruto do poder e da responsabilidade que ela herdara. Devia ser uma pressão esmagadora, especialmente para uma mulher; não era de surpreender que ela exibisse aquela fisionomia carregada, melancólica, até.

Parkes entrou apressado na sala. Como Glover previra, estava intrigado com a mensagem que recebera.

— Glover! — exclamou, cumprimentando-o. — Ainda metido em assuntos que não lhe dizem respeito?

— Mas me dizem muito respeito, *Sir* Harry. De fato, tais assuntos me consomem.

— O senhor é um guerreiro, Glover, se me permite dizê-lo.

Glover tomou aquilo como um elogio, acenou com a cabeça.

— No entanto — disse Parkes —, será que eu entendi direito? Está me dizendo que o *daimyo* dos Satsuma deseja que eu vá até Kagoshima, para me receber como um hóspede ilustre?

— Está ansioso por encontrá-lo imediatamente — disse Glover. — Acabei de voltar de lá, onde fui tratado como um rei. — Relanceou o retrato da rainha, que o fitava altiva. — Com todo respeito!

— O homem que massacrou Richardson por um mero capricho, que atraiu a retaliação sobre sua cidade em vez de ceder, esse beligerante inflexível quer agora negociar?

Glover notou, no lintel sobre a porta, um corte profundo na madeira, provavelmente um resquício da noite do ataque causado pelo golpe de uma espada samurai.

— Eles vivem sob um código próprio — disse Glover —, e é um código que nem sempre compreendemos. Mas está baseado em idéias de honra e dever, e isso nós *certamente* somos capazes de entender. Não passam de um povo perseverante. Adaptam-se rapidamente às mudanças, e estamos numa época de mudanças intensas. Precisamos aproveitar o momento.

Parkes deixou um silêncio no ar, enquanto ponderava o assunto. O relógio marcava os segundos. Sua Majestade os fitava do alto. Cigarras e uguisus cantavam e piavam no jardim.

Parkes fez soar um pequeno sino de bronze.

— Será melhor discutirmos a questão — disse por fim — à mesa do chá. E vamos tomar um chá como convém, com leite e açúcar branco, em vez desta coisa verde e amarga que servem aqui.

— De fato, esse é um sabor que se aprende a apreciar com o tempo — disse Glover —, e me alegra dizer que é algo que aprendi vivendo aqui. Mas aceitarei com prazer o seu excelente chá indiano.

— Ótimo — disse Parkes, e tocou novamente o sino.

Na manhã seguinte, Glover acordou cedo, protestou com os guardas que tentaram dissuadi-lo da idéia de seguir sozinho até a cidade. Glover insistiu, disse-lhes que sabia muito bem o que estava fazendo. Os guardas cederam, deixando-o passar, e ele se dirigiu diretamente ao *yashiki* dos Satsuma, a residência do clã em Edo. Num certo momento, teve a impressão de que estava sendo seguido por alguém que vinha a pé, esforçando-se por acompanhar o seu passo; pensou ter avistado um vulto, que se escondeu rapidamente numa travessa quando virou a cabeça para olhá-lo. Enterrou os calcanhares nos flancos do cavalo, tocou-o apressado pelas ruas estreitas, as pessoas o olhavam curiosas, saíam do caminho.

Ao chegar à residência do clã, Glover se apresentou, disse estar ali sob uma ordem expressa do próprio *daimyo*, o príncipe Shimazu Saburo, que o recebera em Kagoshima naquela mesma semana e lhe confiara uma missão especial em Edo.

O representante do *daimyo*, Kinsaburo-san, surgiu apressado para encontrá-lo, apesar do horário, recebeu-o com chá verde e bolinhos *mochi* adocicados. Glover lhe contou de sua reunião com o *daimyo*, da necessidade urgente de fazer com que Parkes fosse a Kagoshima.

Kinsaburo respondeu com grande seriedade, e uma certa altivez, que visitaria o cônsul o mais breve possível, no dia seguinte, e lhe entregaria um convite oficial em nome do *daimyo*. Agradeceu a visita de Glover e o alertou, da mesma forma que os guardas da legação, de que não deveria trafegar pela cidade sozinho; seria melhor se um guarda-costas do *yashiki* o escoltasse.

Glover lhe agradeceu, disse mais uma vez que não teria problemas, que sabia se cuidar, e partiu. No entanto, no caminho de volta à legação, teve novamente a sensação de estar sendo seguido, observado, notou o mesmo vulto fugidio que lhe escapava da visão.

Kinsaburo chegou à legação na manhã seguinte, trazido por um *norimon* e acompanhado de quatro guardas. Usava uma veste de seda amarela, na cabeça um elmo elaborado, ornado com asas, trazia nas mãos um pergaminho. Parkes já esperava pela visita, fora alertado por Glover; usava um traje formal, seu terno oficial bordado a ouro. Um agente do xogum chegou simultaneamente à legação, aparentemente por acaso; foi educadamente instruído a esperar na sala de recepção enquanto o cônsul tratava de assuntos oficiais. Para complicar ainda mais as coisas, o cônsul francês, Roches, surgiu milagrosamente naquele mesmo instante, acompanhado de outro homem, claramente um agente francês. Glover notou algo de familiar na aparência do agente, no modo furtivo como se movia; então se deu conta, aquele deveria ser o homem que o seguira no dia anterior. Ao que parecia, tanto o xogunato como os franceses o estavam espionando; sentiu-se igualmente lisonjeado e insultado. Roches e seu compatriota também foram instruídos a esperar, sob protestos.

Na sala de estar, Parkes não se apressou, esperou que os empregados servissem chá e tortas a Kinsaburo, que leu então o convite formal inscrito no pergaminho, oferecendo-lhe a hospitalidade franca e plena do *daimyo* caso o cônsul o honrasse com uma visita oficial à cidade de Kagoshima.

O cônsul respondeu, num tom afável, que a honra seria toda sua, que seria um enorme prazer; de fato, já teria visitado Kagoshima anteriormente se não houvesse sido obstruído por questões protocolares — aquilo que os japoneses denominavam *yaku-bio*, ou "doença oficial". Mas agora, tendo em vista as mudanças que se insinuavam na situação política, considerava essencial empreender tal visita.

Foi uma incrível demonstração de tato e diplomacia, que deixou Glover profundamente impressionado. Passou a enxergar o cônsul com novos olhos, especialmente ao ver o tratamento que dispensou a Roches e ao agente do xogum após a partida de Kinsaburo. Dirigiu-se aos dois, disse-lhes que as negociações diplomáticas do governo de sua Majestade não lhes diziam respeito, que os Satsuma, bem como os Choshu, tinham o direito de ser ouvidos. Avisou-os da existência de uma forte tendência ao reconhecimento do jovem *mikado*, considerado por muitos como o líder hereditário legítimo do Japão, que deveria ser incluído em quaisquer negociações ulteriores quanto ao futuro do país. Caso optassem por não tomar conhecimento da nova situação, o prejuízo recairia inteiramente sobre eles, e perderiam o trem da História.

Roches escutou o sermão, respondeu com um sorriso lânguido, um olhar de puro enfado e condescendência, sem deixar de demonstrar uma certa pena por aquele homem, cujas idéias lhe pareciam apenas, infelizmente, equivocadas. Disse a *Sir* Harry que a História de fato ficaria com a última palavra. Então se voltou para Glover, dirigiu-se diretamente a ele.

— *Monsieur* Glover. — Era uma afirmação, não uma pergunta. Sabia quem ele era.

— *Monsieur* Roches — disse Glover.

— Meu compatriota, Charles de Montblanc, me transmitiu relatos de suas atividades.

— Envie-lhe meus cumprimentos — disse Glover. — Embora eu espere poder fazê-lo pessoalmente dentro de pouco tempo. E não tenho dúvidas de que também obteve relatos com seu lacaio. — Indicou o outro homem, vestido de preto. — A preocupação do governo francês pela minha segurança me deixa realmente lisonjeado, mas seu funcionário também deveria estar ciente do perigo que corre ao vagar por estas ruas desacompanhado.

Roches riu entre os dentes, respondeu que transmitiria o conselho. Então levantou-se, fez menção de se curvar ante Glover e Parkes, mas se desculpou, despedindo-se com um aceno de mão quase apático, virou as costas e saiu pela porta com o outro em seu encalço.

A visita seguinte a Kagoshima foi um grande triunfo. Parkes aceitara o convite do *daimyo*, chegou acompanhado de sua mulher. Estavam em pé no convés do navio de guerra *Princess Royal*, Glover os acompanhava; outros dois encouraçados, *Serpent* e *Salamis*, fechavam o comboio; passaram pelo Sakurajima e avançaram em direção ao porto. Desta vez foram saudados com quinze tiros de canhão, cada disparo ressoava sobre o porto, deixando um rastro de fumaça no ar. Um dos oficiais presentes, que estivera no *Euryalus* durante o bombardeio, dirigiu-se a Parkes.

— Na última vez que estivemos aqui, os disparos desses canhões vieram cheios de ira. E, santo Deus, nós lhes respondemos à altura!

— Eu me lembro bem — respondeu Glover. — Estava no alto daquele morro, de onde pude vislumbrar com clareza o incidente.

— Foi lamentável — disse Parkes. — Mas aquilo já ficou para a História.

Os navios dispararam de volta, retribuindo a saudação. Bandeiras adornavam toda a orla. Uma multidão estava reunida para saudá-los.

A História.

O *daimyo* em pessoa, Shimazu Saburo, estava no cais para recebê-los; as vestes cerimoniais tornavam sua presença magnífica, e os *geta* de madeira que calçava, com solas grossas, o deixavam ainda mais alto. Desembarcaram e foram levados em palanquins, numa procissão precedida de bandeiras, toques de tambor, flautas estridentes, as ruas repletas de pessoas, até chegarem à residência do *daimyo*.

No palácio, foram recebidos por serviçais que os acomodaram em seus aposentos, serviram-lhes chá e doces; então, o *daimyo* caminhou com eles pelos jardins ao redor da residência, que não mostrara nem a Glover em sua última visita. Eram quilômetros de alamedas sombreadas, caminhos de pedra cobertos de musgo, árvores e samambaias por toda parte. Um regato límpido cortava o jardim, em certo ponto formava uma cascata sobre uma lagoa, dali se dividia em pequenos córregos que desaguavam em tanques repletos de carpas, de bocas abertas. O regato era cortado, aqui e ali, por pontes de madeira que levavam a pavilhões, pagodes, templos, e o ambiente era preenchido pelo canto de pássaros, chiados de insetos.

A senhora Parkes ficou muito impressionada, disse nunca haver visto algo tão belo, o lugar era o próprio paraíso.

— *Jodo* — disse o *daimyo*.

— Terra pura — explicou Glover.

— Logo se nota — disse Parkes calmamente a sua mulher — por que consideram que *nós* somos os bárbaros grosseiros.

Glover pensara haver sido recebido com honras em sua visita anterior, mas via agora que aquilo não era nada em comparação ao banquete servido à noite, uma absoluta extravagância. Desta vez, foram servidos cerca de quarenta pratos, e o jantar durou cinco horas. Comeram leitões assados inteiros, codornas recheadas, incontáveis variações de vegetais e peixes, todos os tipos de conservas e condimentos. Não beberam apenas saquê e uísque, mas também cerveja inglesa e champanhe francês. As mulheres se retiraram, e os homens continuaram as conversas noite adentro. *Sir* Harry explicou, por meio de seu intérprete, que há tempos já estava ansioso por conversar com a eminente liderança do clã Satsuma, e que o teria feito anteriormente se não fosse pela intransigência, a intromissão e os infindáveis empecilhos impostos pelo xogunato Tokugawa. O *daimyo* propôs um brinde à grande imperadora britânica, a rainha além do oceano. *Sir* Harry retribuiu, bebendo à saúde de sua Majestade o *mikado*, o imperador. Comprometeram-se a estabelecer relações mais próximas entre os dois países, deixar o passado para trás.

— Ao futuro! — disse *Sir* Harry. — O passado que fique para a História!

Glover foi mais uma vez acordado muito cedo, teve a impressão de que ainda era de madrugada, a cabeça pulsava. O *daimyo* queria novamente levar seus convidados ao campo. Após um banho quente na banheira, Glover se enxaguou outra vez com um balde de água fria, sentiu que o choque o ajudava a despertar. Desta vez nem sequer olhou para o mingau de arroz, bastou-lhe uma garrafa de água para aliviar a sede, umedecer a boca.

A manhã estava fresca, o céu, claro. Parkes parecia ofuscado, atordoado, tinha o rosto pálido e abatido. O *daimyo* já estava bem desperto, ansioso por partir. Desta vez não fariam apenas uma cavalgada pelas montanhas; iriam caçar.

Nas profundezas da floresta, um grupo de batedores abria caminho pela vegetação rasteira, entoando um canto rítmico; alguns tocavam sinos, outros vasculhavam a área à frente com varas de bambu, assustavam os javalis, espantando-os em direção a uma clareira. O *daimyo*, montado em seu cavalo, abateu a primeira fera com um tiro de mosquete. O cavalo recuou, um serviçal o reteve pelas rédeas. O seguinte foi Parkes, que desmontou, firmou a arma, apontou para um porco selvagem que havia corrido em sua direção, grunhindo e arfando apavorado. Segurou o rifle com firmeza e disparou; o animal caiu morto. Glover fez o mesmo, desmontou e atirou em pé, abateu sua presa. O *daimyo* riu, indicou que montassem novamente, tocou seu cavalo à frente ao longo de um caminho que penetrava ainda mais no bosque. Parkes parecia ainda nauseado, arrependido de estar ali, perguntou a Glover se aquele era o modo como os japoneses se curavam de uma ressaca. Glover lhe respondeu que talvez estivessem caçando o café-da-manhã. O cônsul estremeceu, secou o suor da testa com um lenço.

Mais à frente, o *daimyo* gritou algo aos seus empregados. Um dos serviçais correu até ele, entregou-lhe um arco de caça, uma aljava cheia de flechas.

O *daimyo* se endireitou na sela, tracionou a corda da arma para sentir-lhe a tensão. Levava a aljava na cintura, pronta. Emitiu um comando, apressou o cavalo, seguiu a trote.

Dois cães de caça mestiços haviam sido mantidos presos, nervosos e inquietos, com coleiras no pescoço; foram então libertados, meteram-se rapidamente na vegetação, latindo enérgicos. Assustaram-se ao encontrar um javali, e foi bom que o fizessem, caso contrário seriam perfurados por seus chifres afiados.

O *daimyo* flexionou o arco, retesou-o.

Os batedores recomeçaram sua cacofonia, tocaram sinos e tambores, gritaram, vasculharam o mato com suas varas de bambu; os cães latiram, correram.

Então ouviram o javali, precipitando-se em direção aos cães, que deram meia-volta e debandaram; a fera correu atrás deles, perseguiu-os, irrompeu na clareira, avançando em direção ao grupo de espectadores.

O *daimyo* retesou o arco.

O javali ainda estava a alguma distância, mas ganhava velocidade, aproximando-se. Glover e Parkes já haviam recarregado suas armas, observavam a cena, precavidos. Os guardas lhes indicaram que dessem um passo à frente, mantiveram também seus rifles a postos.

O *daimyo* açoitou o cavalo, que avançou, passou ao galope, perseguiu sua caça.

Os cães estavam em pânico, as línguas para fora, arfando. O javali se aproximava.

Glover mantinha os olhos fixos no *daimyo*, e foi como se o tempo parasse. O cavalo socava o solo com os cascos, tinha as narinas dilatadas, a crina esvoaçante, os flancos brilhavam com o suor. O *daimyo* o esporeou ainda mais, apanhou uma flecha na aljava, apoiou-a sobre a corda, puxou-a para trás, retesando a arma. Todos os seus movimentos eram precisos, certos, rigorosos, agia sem hesitar, sem pensar; suas ações se encadeavam naturalmente. Parecia ter todo o tempo do mundo, apontou a flecha, mediu a altura, deixou-a voar, e o tempo acelerou novamente, a seta cortou o ar, acertou o javali na nuca, o animal cambaleou, mas antes que tombasse, rolando pelo chão, o *daimyo* já havia disparado outra seta, perfurando-lhe o couro, e uma terceira, que o acertou na garganta; então, freou o cavalo, desmontou, sacou uma adaga e abateu por fim a fera, apunhalou-a com força no peito, varou-lhe o coração, observou o sangue que escorria pelo orifício, manchando o solo da floresta de um vermelho escuro.

Glover nunca vira nada como aquilo, aplaudiu espontaneamente o *daimyo*, que sorria à sua frente, as mãos e a túnica manchadas de sangue. Alguns dos serviçais aplaudiram em uníssono, desconfortáveis, exibindo sorrisos tensos que não escondiam seu embaraço. O *daimyo* então urrou, os empregados pareceram aliviados e aclamaram seu líder; dois deles se adiantaram e arrancaram as flechas do animal morto, arrastaram-no para um lado da trilha.

O *daimyo* remontou seu cavalo, liderou o grupo até o palácio; a caça do dia foi reunida, as carcaças amarradas pelas patas, penduradas em hastes e levadas dali.

— Lembre-me — sussurrou Parkes — de não cruzar o caminho deste camarada!

— Ou, então — respondeu Glover —, ao menos mantenha-se fora do alcance do seu arco!

Roches estivera em Nagasaki durante a ausência de Glover.

— Ele estava bufando! — disse Walsh. — Queria saber o que estava acontecendo, por que você e *Sir* Harry pretendiam se alinhar com os Satsuma.

— Eles é que se aproximaram de nós — disse Glover. — Temo que *monsieur* Roches tenha se queimado nessa questão, e não creio que possa voltar atrás. Quem estava tentando se alinhar aos Satsuma era um de seus homens — se é que se pode chamar assim —, nosso amigo Montblanc. E, em virtude disso, acredito, correu o risco de ser guilhotinado!

— Imagino que tenha se redimido — disse Walsh. — Estava andando atrás de Roches como um cachorrinho com o rabo entre as pernas!

Naquela mesma noite, Glover encontrou Montblanc no Clube dos Estrangeiros. O francês estava expansivo, falando aos presentes de suas negociações com os Satsuma, explicando que havia usado sua influência para ajudá-los a fazer contato com a Exibição Internacional de Paris, que ocorreria em breve, prometera-lhes que lá seriam tratados como um Estado independente. Mas seus planos haviam sido arruinados pela intervenção de Roches, e os Satsuma se voltaram contra Montblanc, acusando-o de conduta desonrosa, de não cumprir sua palavra.

— Eles se comportaram como um grupo de cães raivosos — bradou Montblanc para seu grupo de ouvintes —, como selvagens que são. — Agitou o vinho no copo, bebericou. — Os piores de todos são os que visitaram o Ocidente. Tentam macaquear os cavalheiros europeus, imitando inclusive nosso modo de vestir. E estou falando sério: eles realmente parecem uns macaquinhos! Alguns deles tentaram até usar isto aqui! — Indicou os óculos que trazia presos ao nariz. — Mas onde poderiam colocá-los? Têm essas caras achatadas, sem nariz nenhum! Como podem usar um pincenê?

O grupo ao seu redor riu, entretido. Montblanc pareceu ainda mais animado com as risadas, viu então que Glover o encarava, acenou à distância.

— *Monsieur* Glover! Estávamos agora mesmo falando dos seus amiguinhos!

— Eu ouvi — respondeu Glover.

— Na verdade — continuou Montblanc —, já que é o agente do clã, poderia se pronunciar sobre sua inaceitável recusa em pagarem o que me é de direito.

— Não é o momento nem o lugar para isso — retrucou Glover.

O francês havia claramente tomado vinho demais, tinha o rosto vermelho, mostrava-se ridiculamente combativo. Se não fosse por isso, Glover o teria convidado a resolver o problema do lado de fora do bar. Um direto de esquerda no queixo encerraria a questão.

— Então — disse Montblanc, gaguejando um pouco — o senhor tem tão pouca honra quanto eles. Insisto em que me paguem!

Glover manteve o olhar fixo em Montblanc.

— Por mim, senhor, pode enfiar seu pagamento no cu.

Montblanc lhe cuspiu xingamentos em francês, gírias toscas que Glover não compreendeu, de modo que o insulto não surtiu qualquer efeito.

— No que diz respeito aos Satsuma — disse Glover —, pagaram-lhe exatamente a quantia que merece, e deveria se considerar um homem de sorte por ainda ter a cabeça presa ao pescoço. Agora, que tenha uma boa noite.

Parkes não perdeu tempo, iniciou as negociações com os conselheiros do *mikado* em Kyoto. Glover foi convocado, devido às boas relações que mantinha com os clãs em questão, a uma reunião em Osaka. Ito iria acompanhado de Kido, representando os Choshu, e Godai falaria em nome dos Satsuma. Ryomo Sakamoto, do clã Tosa, também participaria do encontro. Glover se lembrou de sua presença serena ao visitar Ipponmatsu, dirigindo palavras de moderação a Ito; sabia que Sakamoto havia sido um dos responsáveis por convencer os Satsuma e os Choshu a resolverem suas diferenças.

Na data acordada, uma esquadra de navios britânicos, franceses, americanos e holandeses ancorou no porto de Osaka. Delegados dos quatro países, entre eles Parkes, representando a Grã-Bretanha, e Roches, em nome da França, desembarcaram e foram recebidos por dignitários da corte do *mikado* e representantes do xogum.

Satow também estava lá, aproximou-se de Glover enquanto caminhavam do porto à residência onde ocorreriam as negociações.

— É difícil imaginar um grupo mais heterogêneo do que este — disse Satow.

— Será que conseguiremos chegar a algum lugar com tudo isto? — perguntou Glover.

— Se não conseguirmos — respondeu Satow —, não terá sido por falta de tentativas. Aqueles navios estão repletos de papel, fitas de seda, penas e tinteiros, mais que o suficiente para o nosso propósito. Tenho a impressão de que *Sir* Harry deseja resolver esta questão, não importa quanto tempo leve!

Com efeito, Parkes queria renegociar as condições que regiam os tratados entre o Japão e as diversas potências estrangeiras, os termos dos acordos de comércio com o Ocidente. Até aquele momento, os tratados haviam sido ratificados pelo xogum, o que bastava para que se tornassem leis. *Sir* Harry insistia agora em que as potências estrangeiras reconhecessem a autoridade do *mikado*, que também deveria ratificar os tratados.

O xogunato, apoiado pelos franceses, mostrava-se hostil à proposta. A facção do imperador estava cautelosa, preferia não se comprometer. Os holandeses assumiram o papel de observadores, interessados em tirar o melhor proveito da situação, para onde quer que se encaminhasse. Os americanos compareceram à reunião sob protesto, e seu cônsul, Townsend Harris, deixou evidente sua aversão às maquinações dos europeus.

— Nós já passamos por tudo isto há seis, sete anos. Só Deus sabe o quanto eu suei para conseguir a ratificação do maldito tratado. E para quê? Para que estes saqueadores britânicos e dândis franceses pudessem entrar e pilhar o lugar.

Parkes protestou, dizendo que a situação havia se alterado radicalmente nos últimos anos, e que precisavam se adaptar às mudanças.

— Manipular a situação para que sirva aos seus interesses — disse Harris. — Legitimar o seu saque. Expandir o seu império.

— Queremos o melhor para o Japão! — retrucou Parkes, exasperado.

— Ah, sim, é claro! — disse Harris. — Senhor, eu venho de uma boa família puritana, e minha avó era uma mulher digna e respeitável, chamada Thankful Townsend. Foram dela os três melhores conselhos que já recebi na vida: diga a verdade, ame a Deus, e odeie os britânicos. E serei fiel aos seus conselhos até o fim dos meus dias.

Roches soltou uma grande gargalhada.

— Vou me lembrar disto!

Parkes os encarou irritado, virou-se e liderou o grupo até a sala de conferência.

Glover, um mero comerciante, não tomou parte nas discussões oficiais, mas Parkes acreditava que sua presença nos bastidores poderia facilitar a condução das negociações. Satow, que atuou como intérprete, teve um lugar na mesa de debate e transmitiu a Glover, ao final de cada sessão, tudo o que foi debatido.

Todos sabiam que seria uma situação muito difícil. Chegar a um acordo que satisfizesse a todas as facções envolvidas seria impossível. Mas até mesmo Glover, que já lidava com os japoneses há anos, surpreendeu-se com a capacidade que demonstraram em discutir, argumentar, debater cada um dos minúsculos detalhes em questão. Satow também já era bastante versado na arte das evasivas, dos subterfúgios, na qual os japoneses eram especialistas. Mas ele também se viu exaurido pela extensão do debate. Uma semana depois, havia poucos sinais de progresso. Satow comentou que talvez precisassem mandar para Edo um novo carregamento de papel, penas e tinta.

Glover, por sua vez, aproveitou a oportunidade para empreender suas próprias discussões. Ito e Godai também o mantinham informado, e Parkes o tomou como homem de confiança. Glover sentia a importância histórica daquele momento, sabia que se *Sir* Harry conseguisse firmar um acordo, seu significado simbólico seria imenso, serviria como um sinal muito claro para os clãs rebeldes e para o xogunato, que se via cercado por todos os lados.

As negociações prosseguiram. Se tanto o xogum como o *mikado* deveriam ratificar o tratado e os acordos subseqüentes, qual ratificação teria a primazia? Era uma questão de honra, e de hierarquia, e de protocolo. Uma ratificação estava condicionada à outra? Dependiam uma da outra para ter validade? Quem ratificava a ratificação?

Decorreu mais uma semana de negociações. Os ânimos se acirraram, o nervosismo aumentou. Os delegados estrangeiros voltavam a seus navios todas as noites, e a cada manhã desembarcavam e reiniciavam o longo e fastidioso processo. As discussões infindáveis sobre cada minúcia começavam a impacientar os estrangeiros. Por que não assinavam de uma vez os malditos documentos e acabavam com aquilo? O xogunato protestou contra a impossibilidade de manterem discussões francas com uma esquadra de navios de guerra ocidentais ancorados no porto, disse que representavam uma evidente ameaça. Ito respondeu que se tratava de fato de uma ameaça, que o xogum deveria levar em consideração. Godai mencionou o fato de que todos haviam sido obrigados a aprender aquela difícil lição, a lição de Kagoshima, de Shimonoseki. A cooperação completa com o Ocidente passara a ser o único meio para avançarem. Parkes se esforçava em ressaltar que não havia nenhuma intenção belicosa nas circunstâncias presentes, os navios estavam ali apenas para fins de transporte, as tropas e os armamentos que carregavam nem sequer se aproximavam da capacidade máxima suportada. Satow interveio com outra referência à enorme quantidade de papel, penas e tinta que traziam a bordo, disse que deixavam pouco espaço para qualquer outra coisa. Parkes e alguns outros riram, satisfeitos pela tentativa de Satow de descontrair a situação, mas aquilo pareceu tornar os japoneses ainda mais intransigentes, resolutos.

Segundo o relato de Satow, Sakamoto o encarou do outro lado da mesa, murmurou alguma coisa para Godai com sua voz seca e sonora, Godai traduziu a mensagem, relutante. Sakamoto dissera que os navios eram de fato um lembrete do pé em que as coisas se encontravam, que eles não tinham escolha a não ser cooperar com os bárbaros, essa era a política oficial de seu clã, a única saída para o avanço do seu país, embora sua inclinação natural fosse a de separar algumas cabeças bárbaras de corpos bárbaros. Então se levantou da mesa, deixou a sala.

Parkes suspirou.

— E estes são os nossos aliados!

As discussões continuaram. Os japoneses chegaram por fim a algum entendimento, alguma fórmula que poderia ser interpretada como o favorecimento do *mikado* e o reconhecimento de sua primazia, apesar de permitir que o xogum mantivesse alguma dignidade, de modo a não perder sua honra. Após quase três semanas de negociações, os representantes do imperador trouxeram o Livro dos

Desejos Irrevogáveis e um novo acordo foi firmado, para a satisfação de Parkes e a humilhação de Roches.

Mais tarde, quando os delegados estrangeiros já se preparavam para partir, Glover se viu ao lado de Harris. Já era o final da tarde, a noite começava a cair, as luzes dos navios estrangeiros ondulavam no porto.

— Então o senhor é Tom Glover — disse o americano.

— O próprio — disse Glover.

— Jack Walsh me falou do senhor. Ele lhe guarda grande estima. De modo geral, isso me faria vê-lo como um tipo suspeito.

— De fato, Jack tem um quê de trapaceiro.

— Mas é perspicaz, e sabe identificar um homem bom.

— Mesmo que esse homem venha a ser britânico?

— Ora, mas o senhor é escocês, não é mesmo? Ingleses e escoceses são animais completamente distintos.

— Ao que me parece, a sua avó talvez tivesse algum sangue escocês!

Harris deixou escapar uma risada, então falou com muita seriedade, num tom intenso.

— Diga-me, o que é que os mais jovens pensam desta situação?

— É uma complicação infernal — respondeu Glover —, e o talento japonês para ofuscar as verdadeiras intenções torna as coisas ainda mais difíceis. Mas se eu fosse um apostador — e eu sou! —, colocaria meu dinheiro nos clãs do sul, Choshu e Satsuma; acredito que eles tomarão o poder e levarão o Japão adiante.

Harris se manteve em silêncio por um instante, retirou um cachimbo do bolso do paletó, encheu-o e o acendeu, fumou alguns tragos, contemplativo, o ar foi tomado por sua fumaça perfumada.

Falou então novamente.

— Eu mantive um diário durante todo o tempo que passei aqui, pensei que talvez pudesse ser de algum interesse para a posteridade. E reli recentemente a anotação que fiz após terminarmos a negociação do tratado anterior. Quando falei a Parkes, aquele sujeito empertigado, que havia suado muito para conseguir firmá-lo, não estava exagerando. De modo que a ratificação foi, de certa forma, um momento de triunfo pessoal. Mas sabe o que escrevi no meu diário? *Reflexões sombrias — mudanças ominosas. Pergunto-me se isto tudo realmente trará algo de bom ao Japão. De certa forma, é o começo do fim.* — Fumou seu cachimbo outra vez. — E hoje fui tomado pela mesma sensação, ainda mais forte. Este novo tratado é evidentemente um progresso importante. Representa um princípio. Mas temo que também anuncie um fim.

12
MEIJI
Nagasaki-Edo, 1868-1869

ESTAVAM TODOS PISANDO EM OVOS; foi essa a descrição de Satow da situação em que se encontravam. As circunstâncias eram tão complexas que qualquer tentativa de prever seu desfecho não passaria de mera suposição.

Os rebeldes, ao que parecia, representavam o futuro, a abertura ao Ocidente. Mas a bandeira que carregavam era a do *mikado*, que se encontrava imerso na tradição, defendia os velhos modos feudais, ressentia-se da intrusão estrangeira. O xogum, por outro lado, havia assinado o primeiro tratado com o Ocidente mas depois se mostrara renitente, tentara obstruir a abertura do país, usando a situação em benefício próprio.

— Para ser sincero — disse Walsh, abaixando o *Diário do Japão,* que trazia notícias sobre o conflito iminente —, acho que o xogum está entre a cruz e a espada. Meteu-se num beco sem saída!

— Exato, ele não tem para onde escapar — disse Glover. — Seus dias acabaram. Esta revolução é inevitável. E então o país poderá finalmente avançar.

— E o *mikado*?

— É apenas um fantoche. Não tem nenhum poder de fato.

— Você parece ter muita certeza do que fala.

— Eu tenho — disse Glover. — É uma convicção inabalável.

No entanto, qualquer que fosse a convicção de Glover, a incerteza crescia a cada dia, e, com ela, a tensão e a inquietude. Os Choshu engendraram um confronto, exigiram que o xogum renunciasse e que os conselheiros do *bakufu* abdicassem de seus cargos, de modo a restaurar o poder pleno e absoluto do imperador. Para forçar o cumprimento das exigências, um exército Choshu marchou sobre Edo. As forças do xogum se apresentaram para conter os invasores; ocorreram alguns embates iniciais, seguidos de um impasse. Enquanto isso, as tropas dos Satsuma eram agrupadas nas ruas de Kyoto, reforçando a ameaça.

O país se encontrava agora incontestavelmente em pé de guerra. Iam e vinham rumores e boatos. O xogum renunciara de seu posto. Fora executado. Não renunciara e suas tropas estavam marchando sobre o palácio do *mikado*. Já o haviam saqueado e incendiado. O *mikado* estava morto. O *mikado* retomara o poder e mostraria seu verdadeiro caráter, expulsando todos os estrangeiros do país.

Nas colônias estrangeiras de Edo, Yokohama e Nagasaki, as defesas foram reforçadas, mulheres e crianças enviadas a Xangai, onde estariam relativamente seguras. Glover, apesar da confiança que sempre carregava consigo, estava cauteloso, não corria riscos, instalou mais canhões na colina abaixo de Ipponmatsu, juntou um bom suprimento de armas e munição, plantou guardas armados ao redor de seu terreno.

— E aquela sua convicção inabalável? — perguntou Walsh.

— Ora, bem — disse Glover. — Nunca se sabe.

Houve uma intensificação da violência, e os embates se tornaram uma batalha franca. Os Choshu estavam em desvantagem numérica; no entanto, armados por Glover, treinados e comandados por Kido, derrotaram o exército do xogum, expulsando-o de volta a Osaka.

O país foi novamente tomado por boatos. O xogum cometera *seppuku*. Seus seguidores haviam sido levados às montanhas e lutariam até que o último homem tombasse. Não, estava vivo e reestruturara suas tropas. Reforçadas pelos franceses, elas haviam rechaçado os Choshu, voltando-se ainda sobre os Satsuma. A intervenção dos franceses levara a uma retaliação por parte dos britânicos. Agora o país não estava apenas cindido por uma guerra civil, mas também por um confronto colonial entre duas grandes potências imperialistas.

— Quem inventa todos estes disparates? — perguntou Glover. — Se estivéssemos em guerra com os franceses, certamente já teríamos sido informados!

Por fim, os rumores mais extremados perderam força, foram desconsiderados. Mas tornou-se evidente que os Choshu haviam conquistado uma vitória expressiva e que o xogum estava ileso, embora sua derrota o houvesse subjugado e humilhado. A marinha do xogum também havia entrado na batalha, sendo igualmente derrotada pelos navios de guerra dos Choshu, construídos em Aberdeen.

O tempo então passou sem que nada parecesse ocorrer de fato, como era típico dos japoneses. O desenrolar dos acontecimentos seria um processo lento e custoso, que decorreria no tempo apropriado. Os estrangeiros esperavam.

Glover tinha outras coisas em mente. Tsuru se aproximou dele uma manhã, disse-lhe que não tinha dúvidas, estava grávida. Também lhe contou diretamente que já havia sido casada — o que certa vez mencionara vagamente, de passagem — e que tinha uma filha nascida desse casamento.

— Casamento não bom — disse Tsuru. — Marido separou. Filha adotada. Eu vim aqui.

Ajoelhou-se à sua frente, as mãos nos joelhos, a cabeça curvada, esperando seu julgamento, disposta a aceitá-lo. Como Maki, Tsuru sabia que a maior parte dos estrangeiros se recusava a reconhecer os filhos que geravam ali, abandonavam sua *musume* ao primeiro contratempo, não assumiam a responsabilidade. Também sabia que Glover havia se casado com Sono, ficara ao seu lado. Ito lhe contara toda a história, dissera-lhe que Glover era um homem bom, honrado. Mas ela não ousava ter esperanças.

Se Glover lhe dissesse que fosse embora, ela iria. Não suportaria a idéia de abandonar outra criança. Tampouco poderia criá-la por conta própria. Se ele dissesse não, ela rezaria para Jizo, procuraria o médico de Naminohira.

Glover segurou sua mão, fez com que ficasse em pé, olhou-a nos olhos, sorriu.

— Tsuru.

Beijou sua testa, seu cabelo, envolveu-a nos braços.

Ito e Kido foram a Ipponmatsu. Como sempre, chegaram tarde, no meio da noite, por uma questão de segurança. No entanto, não mais se mostravam fugidios. Moviam-se com uma nova postura, uma confiança nascida do triunfo. A batalha fora uma grande vitória. Kido falou do grande contingente do exército inimigo, das táticas empregadas pelas tropas dos Choshu, a formação ocidental, o posicionamento da artilharia. Agradeceu a Glover pelo papel indispensável que desempenhara na vitória, e se arrogou todo o crédito pela estratégia militar empregada.

Ito falava como um poeta, um pregador. Narrou os fatos com uma linguagem exuberante, detalhada, deu vida aos acontecimentos.

— Dois exércitos colossais. Batalha de quatro fronteiras. Destino de Japão seria decidido. De um lado xogum Tokugawa, décimo quarto na linhagem, duzentos anos de ascendência. Do outro, *mikado*, Filho do Céu, nascido para liderar país. Somente um dos lados sairia vitorioso.

"Exército Tokugawa muito grande, muito forte. Cavalaria lidera ataque, surge das brumas. Manhã fria. Estrondo de cascos no solo. Soldados a pé os seguem, correndo em formação. Trazem estandarte de xogum e bandeiras de clãs leais. Parte da infantaria tem rifles, mas maioria traz lança e espada, arco e flecha. Usam armaduras de velhos tempos, couro e ferro. Elmo com crista, rosto coberto por máscara. Estrondo de cascos. Névoa começa a clarear, sol reluz em espadas e armaduras. Outro exército é Choshu, comandado por Kido-san, além de clã Tora, liderado por Sakamoto-san. Bandeiras de clãs tremulam.

Todos usam *kingire*, flâmula de seda amarela, mostram lealdade ao imperador. Estrondo de cascos. Infantaria rebelde se mantém firme, espera. Primeira linha dispara salva de balas. Enquanto recarregam, segunda linha dá passo à frente, atira. Cavalos e ginetes tombam ao chão. Da retaguarda, canhões abrem fogo sobre nossas cabeças, atingem infantaria inimiga. Mais disparos e então combate corpo-a-corpo, com espadas e baionetas. Todos lutam com coragem e honra. Batalha longa. Ao final Choshu vitoriosos, repelem exército de xogum. De campo de batalha brota fumaça de canhões e mosquetes, atravessada por raios de sol.

"Eu caminho pelo campo. Muitos mortos, agonizantes. Homens e cavalos. Alguns despedaçados, somente corpos, sem braços ou pernas, ou apenas braços e pernas, ou cabeças separadas do corpo, expressão ainda feroz. É morte nobre. Morte samurai."

Ito fez a primeira pausa desde que começou a falar, tornou-se ainda mais sombrio.

— Sakamoto também caiu, morreu em batalha.

— É uma grande perda — disse Glover, lembrando-se da presença serena de Sakamoto, sua insistência na unidade dos clãs.

— Mas morte boa — disse Ito.

— Sim — respondeu Glover. — É claro.

— Eu me curvo ante todos guerreiros da batalha — disse Ito. — Faço poema tanca.

"Jazem bravos guerreiros —
Choshu, Tosa, Tokugawa —
em nome do Japão.
Clareia o fumo da guerra.
Acima, o sol escarlate."

Os boatos prosseguiram, invenções que beiravam o mito. Uma história particularmente pertinaz dizia que o xogum, Iemochi, estava morto, e desta vez o boato se mostrou verdadeiro. Ele havia contraído beribéri, sofrera uma morte terrível em Osaka, o primeiro xogum

Tokugawa a morrer fora de Edo em dois séculos. Enquanto se formulavam os planos para a sucessão — uma herança ingrata —, as hostilidades contra os Choshu foram momentaneamente interrompidas.

Menos de seis meses depois, o imperador também morreu. Sua morte foi anunciada logo antes do início das festividades que comemorariam o Ano-Novo. As decorações festivas de papel e seda que adornavam as ruas da cidade foram removidas às pressas, sendo promulgado um luto de cinqüenta dias.

— Primeiro o xogum, agora o *mikado* — disse Glover, olhando pela janela do Clube dos Estrangeiros, vendo as ruas invernais repentinamente despidas dos adornos coloridos que as enfeitavam. — Poderíamos até pensar que a coisa toda foi tramada.

— A verdade é que agora as coisas vão ficar muito mais complicadas — disse Walsh.

Esperava-se que o novo xogum, Yoshinobu, um homem jovem e sem experiência nos caminhos do mundo, simplesmente cedesse o poder, rendendo-se de maneira digna. Mas seus conselheiros estavam resolutos, não deveria fazê-lo.

O novo *mikado*, Mutsuhito, era ainda mais jovem, quinze anos, praticamente uma criança. Havia a esperança de que não demonstrasse o desapreço truculento do seu antecessor ante os estrangeiros, abraçando a causa rebelde com entusiasmo, sem nenhuma relutância.

As hostilidades francas foram novamente interrompidas, os atos de guerra, suspensos. A comunidade estrangeira aguardava, apreensiva.

Glover viajou para Edo, deixando Tsuru aos cuidados de uma enfermeira, com um médico a postos. Estava chegando a hora.

Em Edo, resolveu algumas pequenas questões de negócios, encontrou-se novamente com Parkes e Satow na legação.

— Há sinais de mudança no ar — disse Parkes. — Fala-se da abertura de novos portos, a começar por Hyogo.

— Foi o que ouvi — disse Glover. — Ao que parece, o xogum foi aconselhado a avançar nas negociações, fortalecer os laços com o Ocidente.

— É o que tudo indica — disse Parkes. — Fui convidado ao castelo de Osaka para encontrá-lo pessoalmente, com esse fim.

— O xogum? — perguntou Glover, surpreso.

— O próprio — respondeu Parkes.

— Isso sim é uma grande novidade.

— Realmente — disse Parkes. — No entanto, temo que seja uma última cartada, um tanto desesperada. Ele se tornou anacrônico. Seus dias estão contados.

— O *Diário do Japão* escreveu um artigo sobre ele — disse Satow — baseado no relato de um de seus pajens. É inacreditável! O camarada esteve a vida inteira se preparando para isso. Passa os dias num ócio desmedido. Acorda tarde, seus serviçais gastam horas lhe preparando um penteado elaborado, então toma um desjejum extravagante, com iguarias importadas dos quatro cantos de seu domínio. Todos os seus trajes são de seda, e nunca usa as mesmas vestes duas vezes. Durante o dia, pode conceder audiências a um ou dois de seus conselheiros, e depois simplesmente se dedica a satisfazer seus caprichos: joga pólo, exercita sua caligrafia, participa de disputas de arco — que sempre vence! —, vagueia num barco pelo lago. Durante a noite, entrega-se à diversão no Palácio das Madames, onde certas jovens o entretêm como ao mais nobre dos reis. Pelo que se vê, é um cargo que exige enorme esforço e dedicação!

— O senhor Satow está ansioso por observar esse estilo de vida em primeira mão — disse Parkes. — E devo confessar que também tenho certa curiosidade!

— Tenho certeza de que será muito esclarecedor.

— Roches estará lá, como era de se esperar. É claramente incapaz de reconhecer uma causa perdida.

— Ouvi dizer que Harris foi chamado de volta a Washington.

— E já vai tarde!

Glover riu.

— Eu até que gostei dele.

— É um sujeito completamente desagradável — retrucou Parkes. — Cabeça-dura e absolutamente grosseiro. Tudo bem, fez um bom trabalho ao forçar a ratificação do primeiro tratado, mas sua conduta com todos nós não foi nada cortês.

— Um verdadeiro bárbaro — disse Glover.

— Exatamente.

Satow propôs um brinde.

— À diplomacia e ao tato britânicos.

— Diplomacia e tato.

Antes de deixar Edo, Glover precisava fazer uma última visita. Era o final da tarde, o céu estava cinzento, o ar, frio; contratou um *jinrikisha* para levá-lo até a entrada do bairro do entretenimento. Havia recortado um anúncio do *Diário do Japão*, lia-o novamente enquanto o riquexó sacudia pelas travessas estreitas e esburacadas.

Somente uma semana! Circo Internacional Risley!! O maior espetáculo de Edo, se não da Terra!!! Venha contemplar apresentações deslumbrantes, esplêndidas! Emocione-se com as habilidades eqüestres de verdadeiros caubóis americanos, que reencenam uma batalha sangrenta no Velho Oeste contra peles-vermelhas selvagens!! Veja nossa trupe de acrobatas chineses que desafiam a gravidade, alçando vôo e cruzando o ar!!! Fique boquiaberto com o mestre Risley em pessoa, dono e diretor do circo, antigo acrobata de Covent Garden, em Londres, que entrará na jaula de um feroz tigre malaio!!!! Ele sobreviverá ao desafio? Venha descobrir!

Risley ficou encantado em vê-lo, rugiu seu nome.

— Glover!

— Mestre! — disse Glover, apertando-lhe a mão.

Dentro da tenda, enquanto tomavam um chá preto forte, adoçado com açúcar, Risley pôs Glover a par de suas últimas maquinações desvairadas e extravagantes.

— Este sim é um leite de verdade — começou, indicando o chá. — Trouxe de Frisco meia dúzia de vacas leiteiras com seus bezerros. Por muito pouco não os perdemos. A viagem levou dois meses, e os pobres bichos estavam morrendo de sede. Não conseguia vê-los sofrer, e pensei até em sacrificá-los. Então ocorreu um milagre, uma pancada de chuva. Conseguimos juntar água para todos nós, homens e bestas! Mas para coroar a situação, transformou-se numa fortíssima tempestade tropical, um tufão. A escuna derivou, saiu de curso, estivemos prestes a naufragar ao norte de Yokohama. De alguma forma conseguimos nos safar, aterramos e desembarcamos as vacas uma a uma, todas perfeitamente sãs e salvas.

— Admirável! — disse Glover. — Nota-se que a mão da Providência continua generosa!

— Montei um pequeno negócio de laticínios, que está florescendo muito bem. Mas precisava, de alguma forma, manter os produtos frescos neste verão infernal, e resolvi o problema construindo um depósito de gelo! Montei-o perto do porto, trouxe centenas de toneladas de gelo de Tientsin. Consegui um bom lucro!

Glover riu.

— Você é realmente infatigável!

— Gostei dessa palavra — respondeu Risley. — Vou passar a usá-la nos meus anúncios! — Projetou as palavras no ar. — "O infatigável mestre Risley!"

— Soa muito bem!

— E você, meu caro Glover, o que anda fazendo? Ouvi dizer que está metido em todo tipo de intriga.

— Estamos no que os chineses chamam de "tempos interessantes"!

— E quanto às raparigas encantadoras com quem andava, aquelas borboletas graciosas?

— Maki simplesmente desapareceu. Quando voltei da Escócia, não estava mais aqui. — Como sempre ocorria quando pensava nela, Glover sentiu uma dor estranha, uma pontada de melancolia. — Tsuru está esperando um filho meu, que deve nascer a qualquer momento.

— Seria o caso de felicitá-lo?

— Sim, claro. Passei a sentir um grande afeto por ela. Vamos nos casar.

— Faz a coisa certa. Fico feliz por você!

— Mas diga-me — perguntou Glover —, como está Yaban?

Risley deixou a tenda principal e o levou até uma área coberta menor, guardada por dois guerreiros japoneses, armados com lanças, que retrocederam para deixá-los passar. Risley ergueu a lona e entrou, Glover o acompanhou. O lugar estava à meia-luz, o cheiro era inconfundível, carne crua e serragem banhada em sangue, junto ao odor acre e animalesco da própria fera. O tigre estava enroscado no canto de uma jaula com barras de ferro, levantou-se lentamente para saudá-los, imperioso, admitiu-os em seu covil, seu domínio. Farejou o ar, reconheceu Risley, fixou os olhos em Glover, que sentiu mais uma vez sua força descomunal, o mistério de sua alteridade pura. Tinha um olhar predatório, ameaçador, frente ao qual Glover se sentiu uma mera porção de carne e ossos.

Risley ergueu uma lanterna e a luminosidade brilhou nos olhos do animal, que reluziram demoníacos. Expôs as presas enormes, emitiu um rugido surdo e profundo.

— Ora, rapagão — disse Glover. — Estou feliz em vê-lo.

O animal rugiu novamente, fitou-o implacável.

Ainda mantendo o olhar fixo sobre o tigre, Glover se dirigiu a Risley.

— O anúncio diz que você vai entrar na jaula.

— Já ensaiei o ato. Ainda precisamos recorrer ao láudano, embora apenas o suficiente para que não fique grogue. E temos que nos assegurar de que esteja bem alimentado; um ou dois porcos geralmente resolvem o problema! Mas caso decida desfrutar um inglês gorducho de sobremesa, estes camaradas corpulentos estarão a postos com suas lanças!

O espetáculo atraiu um público razoável, tendo em vista que todas as formas de entretenimento haviam sido desestimuladas recentemente, durante o período de luto nacional pelo imperador. A platéia estava dividida entre japoneses, ansiosos por assistir ao espetáculo, e estrangeiros entediados, ávidos por algum divertimento. Uma multidão de rapazes jovens e ruidosos cruzou o lugar, ocupando uma fileira inteira dos assentos; estavam enérgicos, fazendo uma grande algazarra e gritaria, traziam garrafas de bebida, assoviavam e riam dos artistas.

As luzes foram apagadas; viu-se então um clarão súbito, uma chama de magnésio, e em seguida uma trupe de acrobatas chineses correu e saltou, tomando o picadeiro ao som de tambores e pratos, executaram uma dança do dragão. Os arruaceiros uivaram, gritaram, bateram os pés. Os acrobatas escalaram finas varas de bambu, balançaram e giraram e se lançaram no ar, pareceram realmente voar, pousando tão leves que mal tocaram o chão antes de saltarem novamente, já estavam em seguida no alto das estacas, pairando outra vez no ar. A propaganda de Risley estava certa. Desafiavam todas as leis da física, era estupendo.

Os acrobatas foram expulsos do palco por uma outra trupe, meia dúzia de homens vestindo armaduras samurais leves. Novamente giraram, vertiginosos, suas espadas reluzentes colidiram numa luta coreografada, performática e graciosa, de precisão militar. Glover estremeceu, aturdido por um momento, lembrou-se do ataque à legação, a lâmina a um dedo de sua cabeça formigante. Os jovens baderneiros berraram e golpearam o chão com os pés, incapazes de conter sua fanfarrice.

A cena do Velho Oeste os entusiasmou ainda mais. Os peles-vermelhas eram claramente chineses com grandes perucas, os rostos cobertos por uma pintura de guerra. Gritaram e uivaram enquanto corriam em círculo com seus pôneis, cercando os pioneiros assustados numa carroça coberta. Os arruaceiros gritaram com eles, uivando como lobos. Então surgiram os caubóis, galopando para resgatá-los, perseguiram os índios e atiraram do alto de seus cavalos, os garotos bradaram e comemoraram, quase arrebatados em seu entusiasmo embriagado. Um deles se levantou e disparou uma pistola para o alto, para o deleite dos seus amigos. Glover notou que Risley surgiu das sombras, avaliando a situação. O jovem tolo se sentou outra vez e um de seus amigos lhe tirou a pistola das mãos, por segurança. Risley deu um passo atrás.

Uma banda de metais entrava entre os atos, ruidosa; a extravagante cena do Velho Oeste foi seguida por um grupo de malabaristas e acrobatas, pirófagos, anões agitados, todos animados pelas tubas e pelos trompetes estridentes que tocavam uma fanfarra ébria; os baderneiros riam e gritavam, num misto de chacota e aprovação.

Então, ao som de um rufo dramático, do ressoar de tímpanos, o ânimo do lugar se alterou. Um cubo imenso, coberto por veludo brilhante, foi carregado por um esquadrão de trabalhadores e posicionado no centro do picadeiro. Risley tomou um megafone e iniciou sua apresentação, a platéia estancou ao ouvir a intensidade, a pura dramaticidade das suas palavras.

— Senhoras e senhores! Peço-lhes que nos permitam apresentar o ato final desta noite, no qual arriscarei a minha própria vida!

O tecido foi retirado, revelando de súbito a jaula de ferro; o tigre caminhava inquieto, rugia. Uma comoção atravessou a platéia, e até mesmo os jovens rapazes tiveram a decência de ficarem impressionados.

— Esta fera magnífica foi trazida a um custo considerável dos Estados Malaios, onde, até pouco tempo atrás, errava soberana pela selva. Os senhores jamais verão um espécime mais estupendo de *Panthera tigris malayensis*, o grande tigre malaio, a personificação da força, do poder e do mistério. Apresento-lhes Yaban!

O público aplaudiu, os japoneses riam entre os dentes pelo nome do tigre, que julgavam muito apropriado.

— Já foi dito que feras como esta não podem ser domadas. São caçadoras de homens, temivelmente fortes, capazes de partir uma pessoa ao meio com uma única mordida dessas presas terríveis.

Enquanto falava, Risley se dirigiu ao portão da jaula, parando em frente ao tigre.

A platéia se deu conta de que aquele homem realmente pretendia entrar na jaula. O lugar foi tomado de um silêncio súbito, rompido apenas por um pigarro, um riso inadequado e prontamente reprimido. Risley largou seu megafone, apanhou uma chave; abriu a fechadura, entrou na jaula, trancou a porta atrás de si. O tigre se virou para encará-lo, mas Risley já apanhara um chicote e uma cadeira de madeira.

Nos dez ou quinze minutos seguintes Risley estalou seu chicote, provocou o tigre, fazendo-o caminhar ao redor da jaula, subir numa banheira de madeira virada para baixo, saltar através de um aro. Manteve o tigre sob controle apenas com sua força de vontade, fazendo-o executar truques, obedecer comandos.

Terminou com um floreio, deu as costas ao animal e se curvou, caminhou calmamente até a porta, destrancou-a e saiu. A platéia quase veio abaixo.

— Impressionante — disse-lhe Glover mais tarde.

— Devo admitir que estava suando frio — disse Risley. — Alguma coisa me dizia que eu não deveria dar por certa a paciência da fera. Algo em seus olhos. Mais alguns minutos e temo que me teria trucidado.

Glover olhou uma última vez para o tigre, entendeu exatamente o que Risley queria dizer. Não havia como conter aquele poder, a não ser pela força bruta. Encarou o animal e sentiu que ele o encarava de volta, desafiador. E havia ali alguma coisa que não conseguia definir, uma sensação da perceptividade, da consciência da fera; era um animal plenamente vivo, auto-existente, outro; e sentiu algo como um reconhecimento, uma identificação — por um momento Glover *era* o tigre, olhando de volta para si mesmo.

Lembrou-se da última linha do poema que o jovem Mitchell lhe recitara.

O que fez o cordeiro fez-te a ti?

Curvou-se ante o tigre.

— Yaban-san. *Sayonara.*

O animal expôs as presas.

A face do tigre lhe surgiu num pesadelo. Tinha que manter o olhar fixo, sem piscar ou vacilar. Se desviasse os olhos, a fera o atacaria com suas grandes garras, invadiria sua casa. Sono estava no quarto ao lado, dando à luz, mas isso era impossível, o tigre já a destruíra. Era Tsuru e ao mesmo tempo Maki, Glover precisava proteger as duas, manter-se firme, encarar o tigre. Mas estava tomado por um pressentimento terrível, sabia que o tigre era muito poderoso e, caso conseguisse se libertar, não haveria como contê-lo, causaria uma enorme destruição. Acordou gritando, inteiramente suado. Maki o acalmou. Não, Tsuru.

Tsuru.

Ela pariu uma semana depois. Glover estava em seu escritório quando lhe deram o recado. Pôs-se a correr, passou pelo Dique, as pessoas abriram caminho, assustadas; chegou por fim a Minami Yamate, cruzou o portão de Ipponmatsu até a porta de entrada.

O médico japonês estava no corredor, o rosto inerte. A porta do quarto estava fechada.

Deus.

Não.

O médico sorriu.

— Guraba-san. Você pai. Pequena menina.

Sim.

Sim!

Um choro súbito. Empurrou a porta, viu Tsuru com o bebê nos braços, envolto numa manta. Parecia exausta, embora calma, sorriu para Glover de algum lugar profundo e tranqüilo. O bebê era uma coisinha vermelha e enrugada, como o filho que Glover perdera. Porém, de alguma forma, Glover sabia que dentro dela estava a vida, o desejo de sobreviver. Tsuru ergueu a menina, as mãos pequeninas cerradas, os olhos mínimos, pregados.

— Coisinha bonita — disse Glover, segurando o bebê. Pela segunda vez em sua vida, sentia-se arrebatado com o milagre que presenciava. Ouviu o que havia dito, o verso de uma velha canção de sua terra, numa outra vida. Burns, mais uma vez. *Coisinha bonita, coisinha adorável, coisinha vivaz.*

Tsuru, ainda naquele lugar aonde ele nunca iria, falou calma, mas com força.

— Vamos chamá-la Hana.

Já haviam discutido aquilo. Tomu se fosse menino, Hana se fosse menina. Queria dizer "flor". Era bom. E soava como "Ana".

— Hana — disse Glover. — *Hai!*

Hana.

Um pouco depois, o médico pediu para falar com ele. Havia dado a Tsuru algo para fazê-la dormir; uma enfermeira estava cuidando do bebê.

— Menina muito forte — disse o médico. — Muito saudável. Vai ficar muito bem.

— Foi o que pensei — disse Glover. O bebê chorou forte do outro lado da porta. — Tem ótimos pulmões!

O médico pareceu sério novamente.

— Sinto muito dizer, mas há problema para Tsuru-san.

Glover ficou tenso, sentiu como se tivesse uma pedra fria no estômago.

— Que tipo de problema?

— Já teve bebê antes?

— Sim. Casou-se muito jovem.

— Talvez parto difícil.

— Ela não me disse nada.

— Eu acho ser quase certo. Teve problema esta vez. E talvez não consegue mais ter filhos.

O bebê chorou mais uma vez, foi acalmado pela enfermeira.

— Mas tem alguma possibilidade de engravidar novamente?

— Muito difícil.

— E além disso, ficará bem?

— Acho que sim. Só não tem mais filhos.

Glover ficou quieto por um momento, agradeceu ao médico, curvou-se, pagou-lhe generosamente pelo tempo e pelo trabalho dispensados.

— *Domo arigato gosaimasu.*

— *Do itashimashite.*

A formalidade simples e cotidiana das palavras, a pequena polidez frente aos acontecimentos, impondo sua ordem. Obrigado. De nada.

Entrou lentamente no quarto. Tsuru dormia profundamente. Acariciou seu cabelo, afastando-o do rosto, beijou-a na bochecha.

Fizeram uma cerimônia simples no jardim de Ipponmatsu, numa manhã fresca de primavera; o céu estava límpido, azul-claro, cortado por umas poucas nuvens que o cruzavam rápidas. Havia bastante movimento na baía, juncos e navios de carga, canhoneiras ameaçadoras. O *Ho Sho Maru* estaria em algum lugar no meio do oceano, vindo de Aberdeen. O dique seco já havia chegado, estava em construção, mudaria inteiramente o aspecto do porto, a cara do Japão. A enseada seria tomada de estaleiros; aquilo era só o começo.

Ito estava em Kagoshima, elaborando estratégias, a fase seguinte da rebelião. Walsh viajara a Xangai para fechar mais um negócio.

Mackenzie já se aposentara, partira para Edimburgo. Eles haviam sido as testemunhas de seu casamento com Sono; tão pouco tempo atrás, mas parecia um século. Dentro de dois anos, Glover faria seu trigésimo aniversário. Era verdade o que diziam, o tempo acelerava a cada ano vivido.

Dentre as pessoas presentes ao seu primeiro casamento, somente o pastor, Cameron, e o monge budista estavam novamente ali. As testemunhas eram o médico e a enfermeira de Tsuru, ao lado de Harrison e Groom.

A cerimônia teria pouco ou nenhum valor legal. Para Glover, representava apenas um reconhecimento de Tsuru, ou de Hana, conferindo-lhes a condição de esposa e filha, ao menos aos olhos da comunidade local.

O pastor leu os votos, Glover e Tsuru os repetiram.

Prometem ser fiéis.

Até que a morte os separe.

O monge entoou sua invocação, sonora e ressoante, curvou-se como sempre para Amida, o Buda da Terra Pura.

Namu Amida Butsu.

Acendeu incenso, purificou-os com sua fumaça perfumada, tocou um sininho.

Glover segurou a mão de Tsuru, disse mais uma vez:

— Prometo ser fiel.

E ela se curvou à sua frente, sorrindo, os olhos úmidos.

A mudança, quando veio, foi rápida. O exército rebelde combinado, sob a bandeira do *mikado*, marchou sobre o castelo de Osaka. Houve confrontos, uma última resistência desesperada das tropas do xogum, mas os rebeldes, mais organizados e com melhores armamentos, saíram-se vitoriosos. O *Ho Sho Maru*, recém-chegado da Escócia, liderou a frota dos Choshu, que se auto-intitulava Marinha Imperial Japonesa, vencendo uma batalha decisiva nos mares.

O xogum fugiu da cidade vestindo roupas de monge, refugiou-se no santuário de um monastério budista nas montanhas ao norte.

Enviou um mensageiro com um pergaminho, impresso com seu selo oficial e assinado com sua caligrafia elegante e fluida, renunciando a todo o poder e declarando sua lealdade ao imperador, em cujas mãos divinas depositava o seu destino. Era o fim da era Tokugawa.

Algumas facções clamavam pela captura e execução do xogum.

O cônsul francês, Roches, pagou caro por não ter sido capaz de vislumbrar o futuro, apostando na vitória do xogum; foi convocado de volta a Paris, bastante desmoralizado. Com isso, o poder e autoridade de Parkes se tornaram incontestes entre os diplomatas ocidentais, e ele usou sua influência com o *daimyo* para dissuadi-lo de ordenar a estripação do xogum, a remoção de sua cabeça.

Apesar das garantias prometidas pelo *daimyo*, e da fé de Glover em Ito e nos demais rebeldes, a comunidade de estrangeiros ainda se mostrava bastante temerosa. Um dos últimos atos oficiais do xogum foi enviar uma mensagem a Parkes, expressando suas condolências por não mais poder garantir a segurança de qualquer residente estrangeiro. Roches, ao partir, lançou-lhes uma última maldição, declarando, com um ar despreocupado tipicamente galês, que os exércitos do *mikado* incendiariam todos os assentamentos estrangeiros daquela terra, massacrando cada homem, mulher e criança que sobrevivesse à conflagração.

A estratégia desesperada do xogum de abrir novos portos ao Ocidente foi estendida a Kobe, e uma delegação de diplomatas e comerciantes, entre eles Glover e Satow, foi até lá para presenciar a inauguração da nova aduana. Estavam vagando ao redor do edifício quando um grupo desordenado de guerreiros samurais surgiu da cidade em direção a eles.

Glover se deu conta de que havia algo errado quando os homens pararam e desmontaram de seus cavalos, formaram uma linha tortuosa e começaram a carregar seus rifles. Então notou que o seu comandante tinha algo de familiar, algo em sua postura, seu comportamento. Olhou mais uma vez e deu-se conta de que era Takashi; nesse mesmo momento Takashi o viu e o reconheceu.

— Meu Deus! — disse Glover, lançando-se pela porta em busca de proteção no exato momento em que uma salva de balas cruzou o ar, acertando a fachada do edifício, estilhaçando suas telhas e deixando a bandeira britânica em farrapos. Glover olhou por uma janela, viu os samurais numa formação esparsa, alguns deles haviam retrocedido, abalados pelo coice das armas, cujo uso evidentemente ainda não dominavam. Takashi gritava com eles, e o tempo pareceu parar enquanto recarregavam trabalhosamente suas armas. Mas antes que conseguissem se reagrupar e disparar outra vez, ouviu-se um ressoar de cascos e surgiu um destacamento da cavalaria britânica, alertado pelo ruído dos tiros, galopando em direção à aduana. Os samurais remontaram rapidamente seus cavalos e partiram em debandada, seguidos pelos fuzileiros que vinham com os sabres em punho, prontos para o combate.

Glover saiu para a rua, onde os demais estrangeiros, inclusive Satow, começavam a se levantar e sacudir a poeira das roupas, olhando atônitos e incrédulos para os estragos causados ao edifício.

— Cacete! — disse Glover.

Satow já rabiscava algo em seu caderno.

Registrou o incidente em outro artigo que escreveu para o *Diário do Japão*, publicado uma semana depois.

A tropa de samurais, escreveu, era um grupo de dissidentes oriundos de diversos clãs, embora a maioria aparentemente pertencesse ao clã local, Bizen. Eram a favor do *mikado*, haviam participado da aliança rebelde, mas também se mostravam obstinadamente contrários à presença dos bárbaros. Seu comandante, furioso ao ver os demônios estrangeiros que assumiam tranqüilamente o comando da cidade, ordenara a suas tropas que abrissem fogo contra eles. Os samurais haviam adquirido rifles americanos há pouco tempo, ainda não dominavam seu uso, não sabiam como alinhar o alvo na mira, dispararam a esmo; caso contrário, teria ocorrido um massacre. Foram rechaçados, perseguidos pelos fuzileiros.

Mas os Bizen tinham mais experiência como cavaleiros do que como atiradores e conheciam os atalhos das estradas, conseguiram escapar para os bosques ao redor da cidade.

O tom de Satow, como sempre, era desprendido, entretido. Os cavaleiros britânicos, continuou, empreenderam uma brilhante carga de cavalaria ao longo de uma estrada vazia, voltaram com as mãos abanando, a não ser por uns poucos troféus. O espólio da batalha incluía sandálias, alguns *kasa* — chapéus de chuva feitos de palha — e um maço de papéis, amarrados com barbante. Foram entregues a Satow, para que os traduzisse, mas não passavam de picantes cartas de amor escritas por uma jovem mulher. Satow concluiu o artigo fazendo um apelo à calma, reiterou sua convicção de que aquele havia sido um incidente fortuito e isolado, que de maneira nenhuma deveria ser interpretado como uma ameaça representada pelo novo regime. Mesmo assim, por todo o Japão as residências estrangeiras foram novamente protegidas com barricadas e sacos de areia, vigiadas por guardas armados. Glover, assim como Satow, ainda tinha esperanças, mas a presença da pequena Hana o deixou mais atento a qualquer ameaça, o que o fez redobrar as defesas em Ipponmatsu.

Ito surgiu uma certa manhã, sem aviso, assegurou Glover de que não havia absolutamente nenhum perigo. Elementos desleais, dissidentes de qualquer clã, seriam eliminados. De fato, Takashi já havia sido capturado e cometeria *seppuku* ante testemunhas da comunidade estrangeira. Seria punido pelo crime que cometera, mas por ser um guerreiro samurai fiel ao seu clã e ao seu imperador, permitiram que morresse com honra.

Ito proferia essas palavras num tom grave, com as costas eretas; Glover já notava uma mudança em seu caráter. Aquele era seu antigo companheiro de bebida e diversão; nas palavras de Burns, seu *velho, bom, fiel amigo*, que entoava músicas intensas sobre recostar a cabeça no colo de uma beldade. Mas, nessa mesma música, também cantava o momento em que tomava o poder e liderava a nação. Agora chegara exatamente esse momento. Ito, o revolucionário, o rebelde, começava a se transformar no estadista.

Chegava a demonstrar respeito por seu inimigo derrotado, o xogum, narrando sua queda de maneira solene, com a mesma entonação que usara para descrever a Batalha das Quatro Fronteiras, o tom do mito, tomando os fatos ásperos e crus e transformando-os em lenda.

— A era Tokugawa chegou ao fim. O castelo de Osaka tombou. Choshu, Satsuma novamente vitoriosos. Xogum partiu, sentado aos pés do Buda. Agora, *mikado* cria novo Japão. Nós construímos.

Compôs mais um tanca para celebrar a ocasião.

Chuva fria.
Derrotado, descarta
suas roupas finas,
corre até o Buda,
pede refúgio.

— Agora — continuou Ito — vamos beber!

Um mês depois, devido à sua participação na rebelião, Glover foi convidado a integrar uma delegação que visitaria o castelo de Osaka, para conhecê-lo pessoalmente. Parkes estava lá, Satow também, cavalgaram lentamente numa procissão liderada pelos *daimyos* dos Choshu e Satsuma, além de Ito e Godai e um contingente de samurais de ambos os clãs.

O tempo estava novamente fechado, caía uma chuva fria e incômoda, Glover se lembrou de sua terra. Cruzaram os portões, entraram na torre principal. A cena que viram foi de completa destruição, desolação; o lugar havia sido arrasado pelo fogo de artilharia, bombardeado com tiros de canhão, depois invadido, pilhado e incendiado. As muralhas haviam sido fendidas por grandes brechas, e o que um dia fora um palácio não passava agora de uma ruína chamuscada. Blocos de pedra irregulares estavam espalhados sobre o piso, antes revestido com finos ladrilhos. Por toda parte se viam armas abandonadas, armaduras rotas, queimadas, reduzidas a cinzas pelo calor das chamas, algumas retorcidas, derretidas pelo fogo.

Ao contrário do que imaginara, Glover não vivenciou nenhuma sensação de triunfo. Em vez disso, foi tomado apenas por um vazio, uma espécie de melancolia, compartilhada também por Satow e Parkes.

— Deprimente — disse Satow.

— E pensar que há pouco me sentei neste mesmo palácio — disse Parkes —, onde fui muito bem recebido pelo xogum. Naquele momento, pareceu-me o mais belo e refinado dos homens.

— Embora incongruente com a vida no tempo presente — disse Satow.

— Isto me faz pensar que tipo de coisa teremos desencadeado nesta terra — disse Parkes.

A chuva caiu com mais força, fustigando o pátio em fortes rajadas. A bandeira do imperador tremulava sobre as ruínas. Glover guardou para si qualquer dúvida ou inquietação que lhe tenha vindo à mente, não disse nada.

Os três foram convidados a comparecer, como testemunhas, à execução, ao suicídio ritual de Takashi. Os Satsuma já haviam montado seu quartel-general na cidade, num templo bastante espaçoso, e ficou decidido que a execução deveria ocorrer naquele lugar.

— Situação infame — disse Parkes, desconfortável com a idéia de estar ali.

Satow, por outro lado, parecia quase animado com a expectativa de observar os procedimentos em primeira mão. Glover, como Parkes, não tinha nenhuma vontade de presenciar o fato, mas sentia que recusar o convite seria um insulto aos seus anfitriões japoneses. Suportaria aquela cena, resistiria, mas sentia um aperto no estômago, as palmas das mãos suavam enquanto o prisioneiro era trazido ao saguão do templo.

Takashi usava uma veste azul-escura, feita de um algodão rústico, caminhava com a dignidade que correspondia a um samurai, sem demonstrar nenhum temor ou apreensão. Vinha acompanhado de guardas armados, com elmos e armaduras, e alguns passos atrás dele, mantendo uma atitude de respeito, seguia-o um homem vestido de cinza.

Ito sussurrou para Glover.

— Ele é *kaishaku.*

— O carrasco? — perguntou Glover.

— Não — respondeu Ito. — Amigo.

Takashi subiu num pequeno tablado coberto por um tecido inteiramente branco, sobre o qual fora disposto um tapete vermelho-vivo.

Tinha os olhos fixos à frente, ajoelhou-se no tapete; o homem vestido de cinza, o *kaishaku*, manteve-se ajoelhado ao lado da plataforma.

Takashi se curvou, não como vítima, mas suplicante. Encarou suas testemunhas, olhou-as nos olhos, curvou-se ante cada uma. Firmou o olhar sobre Glover por um breve momento, mas nesse instante Glover soube que aquele homem já não estava ali, partira daquele lugar, transcendendo até mesmo o ódio ou o desdém. Seu olhar era penetrante, frio, desapegado.

Um oficial vestindo uma túnica branca se postou ante Takashi, curvou-se e lhe apresentou uma bandeja de laca preta, sobre a qual jazia uma pequena adaga *wakizashi*, desembainhada. Takashi se curvou de volta, tomou a arma na mão, segurou-a com uma espécie de reverência e a deitou à sua frente. Então removeu a veste dos ombros, deixou-a cair, expondo o tórax nu. Com cuidado, sem nenhuma pressa, apanhou-a pelas mangas e a colocou sob os joelhos, de modo que não pudesse cair para trás.

O frio no ambiente aumentou. Qualquer ruído era amplificado naquele silêncio tenso: um dos presentes tossiu, um estrondo súbito e seco; outro, desconfortável, mudou de posição, arrastando os pés. Takashi se preparava para o último ato de sua vida, seus movimentos eram precisos e estudados.

Apanhou a adaga na mão direita, reteve-a novamente à frente dos olhos, parecia quase acariciá-la. Então inspirou fundo e, sem hesitar, cravou a lâmina com força e decisão, perfurando o lado esquerdo do abdome. O ambiente foi tomado por um ofego abafado, emitido coletivamente pelas testemunhas; já sabiam o que iria acontecer, já se haviam preparado, mas não importava, a realidade crua da cena era brutal, chocante, deixou-os perplexos.

Lentamente, centímetro a centímetro e ainda sem vacilar, Takashi trouxe a lâmina da esquerda para a direita, transpassando a própria carne. Parkes desviou o olhar. Satow absorvia cada detalhe, o ruído da navalha, a ferida rubra, aberta; narraria tudo aquilo mais tarde em seu diário. Glover fixou o olhar no rosto daquele homem, estóico, impassível, num momento de absoluta introspecção.

Quando a lâmina chegou ao lado direito de seu abdome, Takashi a retorceu por fim, um último movimento para cima, arrancou-a ensangüentada e a deitou novamente à sua frente. Então se inclinou, esticando o pescoço. Seu rosto se contorceu pela primeira vez numa expressão de dor, mas ainda sem emitir qualquer som. O *kaishaku* se pôs de súbito em pé, num rápido movimento sacou a espada, ergueu-a e decapitou Takashi com um único golpe.

A cabeça decepada rolou pelo chão; o sangue jorrou, correu pelo tapete de feltro, intensificando o vermelho.

Glover olhou para aquele rosto pela última vez, subitamente sem vida, os olhos cerrados, os cantos da boca contraídos, voltados para baixo numa máscara de dor.

Quando saíram ao frio, Parkes precisou se firmar, engasgou e arquejou, pronto para vomitar. Satow estava loquaz.

— Não me pareceu nada asqueroso. — Já rabiscava num caderno de bolso. — Na verdade, penso que é uma cerimônia decente e decorosa, bem mais respeitável que aquela organizada para o entretenimento público às portas da prisão de Newgate!

Glover fechou os olhos, não conseguia afastar da mente a expressão daquele homem, sua máscara da morte. E assim Matsuo havia morrido, brutalmente, dolorosamente, pelo crime de romper um voto obscuro. Era um código por demais cruel, bárbaro. E ainda assim...

Ito se aproximou, curvou-se.

— Justiça do imperador parece haver sido feita.

— Mas com honra.

— Isso.

Havia sido lançado um sinal bastante claro. O regime do imperador se mostrava complacente com o Ocidente, e os ataques a estrangeiros não seriam mais relevados, ou sequer tolerados.

O imperador se mudou para Edo, o antigo baluarte do clã Tokugawa, cujo nome seria mudado para Tóquio, a capital do Leste. Ocupou ali o palácio do antigo xogum e assumiu um novo nome; daquele momento em diante seria conhecido por Meiji, o Governante Iluminado, e aquele ano seria chamado *Meiji Gan Nen*, o primeiro de seu reinado.

13

MAKI

Nagasaki, 1869-1870

WALSH DECIDIRA SEGUIR SEU CAMINHO, voltar para casa. Fez uma última visita a Ipponmatsu para tomar um trago, despedir-se.

— Ao novo Japão! — brindou Glover.

— Desejo-lhes sorte. Vão precisar de muita! — disse Walsh.

— E o que quer dizer com isso?

— Você me conhece, Tom. Prefiro parar enquanto estou por cima. — Olhou para Glover por sobre o copo de uísque. — Talvez devesse fazer o mesmo.

— Parar?

Walsh riu.

— Acho que você realmente *não* conhece essa palavra!

— Por que eu deveria parar? Nós ainda temos tanto por fazer!

— Nós?

— Eu faço parte disto aqui, Jack.

— Eu sei que investiu pesado neste lugar, Tom. Que diabo, você bancou essa maldita revolução! Mas, financeiramente, a situação está instável.

— É o que se espera, após uma revolução!

— Eles deram um passo maior que as pernas. Não vão conseguir pagar tudo o que lhe devem.

— Por algum tempo, não.

— E caso consigam, a moeda está tão desvalorizada que você perderia muito, de todo modo.

— Não estou nesta apenas pelo dinheiro.

Walsh riu.

— Você *realmente* entra de cabeça no que faz!

— Eu pertenço a este lugar. Nós vamos fazer a coisa funcionar.

— *Nós*, de novo.

— Sim, é como encaro a situação.

Tsuru estava levando Hana ao berço, trouxe-a para lhe dar boa-noite. A criança mal se mantinha acordada, os olhos caíam de sono, segurava nas mãos uma boneca de pano colorida. Glover beijou sua cabecinha, notou que Walsh ria consigo mesmo.

— Esse é o verdadeiro pai de família!

Walsh deu boa-noite a Tsuru, que respondeu com um educado "*Oyasumi nasai*". Glover sabia que ela não aprovava os modos de Walsh e entendia por quê.

Os dois se dirigiram ao jardim, no ar frio da noite, caminharam juntos até o portão. Walsh faria uma última visita ao Sakura, cruzaria *shian bashi* e *omoikiri bashi*.

— *Algumas* coisas deste lugar vão deixar saudades! — comentou, rindo. — Será que ainda consigo convencê-lo a me acompanhar? Afinal de contas, um pai de família também tem o direito de se divertir!

— Estou numa boa — disse Glover. E realmente estava.

A previsão de Walsh se mostrou acertada. O atraso e a desvalorização fizeram com que as dívidas de Glover se acumulassem a um grau alarmante. A Jardine o pressionava pelo pagamento de

US$100 mil que lhes devia, dinheiro que tomara por empréstimo em nome dos clãs. Agora que o conflito chegara efetivamente ao fim, o comércio de armas havia declinado. O mercado do chá se expandira excessivamente, já não dava mais lucro, o negócio da seda também chegara ao limite, bem como as vendas de ópio.

Groom, Harrison e Ringer decidiram seguir caminhos diferentes. Não guardavam nenhum ressentimento em relação a Glover; apenas sentiam que já não lhes convinha seguir seu comando. Era uma crítica implícita à sua obstinação em apoiar a revolução a todo custo.

Glover argumentou que a revolução era só o começo, o necessário agora era promover a industrialização em grande escala; os japoneses deveriam minar seu próprio carvão, fundir seu próprio aço, construir seus próprios navios.

Eles respeitavam a visão de Glover, mas não desejavam mais estar comprometidos com ela. Em vez de expandir o negócio, preferiam diversificar, especializar-se. Ringer assumiria as fábricas de chá em seu nome. Harrison montaria uma empresa própria, voltando a se dedicar aos investimentos imobiliários. Groom se mudaria para Xangai, especializando-se novamente no mercado de câmbio.

Passaram um dia inteiro discutindo, negociando, tentando chegar a um acordo que satisfizesse a todos. Trocaram palavras duras, acusações, argumentos e contra-argumentos. A discussão se tornou acalorada, mas estava assentada no respeito comum que guardavam uns pelos outros. As quantias que os três adiantariam seriam suficientes para saldar parte das dívidas de Glover, mas ainda lhe restaria muito por pagar.

Ao final do debate, apertaram-se as mãos, Glover agradeceu, desejou-lhes sucesso. Quando deixaram o escritório, caiu sobre a mesa, exausto. O ar estava denso com o ranço do tabaco. Sua cabeça doía.

Sobre a mesa estava seu pequeno conjunto de recordações, lembranças, amuletos: a moeda de bambu, a borboleta de papel, o dólar mexicano, o *itzibu* de prata. Acrescentara à coleção uma fita de seda amarela, o *kingire* de Ito, que representava a lealdade ao imperador. Atrás deles repousava o boneco de Daruma, brinquedo de criança, com uma expressão feroz pintada no rosto. Empurrou-lhe a cabeça, o boneco tombou e se endireitou, simplesmente subiu de volta. Quem não cai não se levanta.

Apanhou o casaco, colocou-o sobre os ombros, saiu à rua; não tomou o caminho de casa, preferiu caminhar pela orla, respirar o ar noturno, tentando esvaziar a cabeça. Gostava daquela hora do dia, o céu começava a escurecer, mas era ainda cortado por raios de luz, lampiões amarelos brilhavam nas lojas e casas, nos barcos ancorados na baía. Cruzou o mercado, entrou sem motivo algum em um de seus corredores, passou pelas tendas desordenadas, perdeu-se no lugar, rendeu-se aos gritos dos vendedores, os aromas que o atravessavam, incenso e querosene e óleo queimado, peixe seco e temperos perfumados. O dia chegava ao fim, alguns dos comerciantes já guardavam as mercadorias, o que lhe trouxe uma espécie de melancolia, um vazio, uma nostalgia indefinida, despropositada. Tantas vidas sendo vividas. Tão poucas cruzariam a sua. Este lugar que atravessava. Este, aqui, agora. Seu calor e sua tristeza. As luzes noturnas.

Alguns metros à frente viu uma jovem, de costas, com um xale ao redor dos ombros, que pagava pelas compras que havia feito, mas por algum motivo o vendedor parecia tratá-la de maneira bastante brusca. Não conseguiu decifrar as palavras — mesmo após tantos anos, boa parte da língua ainda se mostrava impenetrável —, mas o tom era inconfundivelmente rude. O homem largou as compras à sua frente, ela as apanhou e seguiu seu caminho. Glover não conseguiu ver seu rosto, mas tinha algo de familiar no modo como se movia, como virava a cabeça, no contorno do pescoço; recordava-lhe alguém.

Então notou que uma criança a acompanhava, um garotinho; ela o tomou pela mão e seguiu em frente, apressada. Glover se virou para voltar para casa, mas então estancou. Sim, lembrou-se da pessoa com quem a jovem se parecia. Pôs-se a caminhar outra vez. Era apenas uma coincidência, uma semelhança passageira. Parou novamente, perturbado. Precisava segui-la, desfazer a dúvida. Mas ela havia desaparecido num dos corredores, poderia ter caminhado em qualquer direção, embrenhando-se no mercado ou saindo à rua. Que caminho tomar? As passagens estavam abarrotadas, as pessoas bloqueavam seu caminho por toda parte. Os cheiros e o ruído passaram a perturbá-lo, os gritos de "*Irrashaimase*" se tornaram uma ladainha irritante, o odor fétido de peixe seco o nauseava.

Tudo aquilo era ridículo, jamais a encontraria. De qualquer forma, a semelhança era provavelmente imaginária, uma mera fantasia causada por seu cansaço, pelo estado em que se encontrava. Parou mais uma vez, virou-se para retomar seu caminho, voltar para casa, e a moça surgiu de súbito à sua frente, distraída. Não havia dúvida, era ela, inegavelmente ali. Maki.

Santo Deus.

Maki.

Ela o viu, largou o menino por um instante, levou a mão à garganta, abriu os olhos ao reconhecê-lo, e o ruído que lhe escapou foi em parte um ofego, em parte um soluço silenciado, um gemido profundo. Cobriu a boca para contê-lo, então se lembrou do menino e o tomou pela mão, puxou-o junto a si.

— Maki — disse Glover, sentindo a emoção que lhe brotava no peito. Certa vez em Banchory, quando criança, vira os salmões que subiam a correnteza saltando da água, girando no ar. A sensação era essa.

Ou uma revoada de pássaros assustados.

— Maki!

Ela parecia perplexa, como se estivesse num sonho, deitou suavemente o cesto que carregava, segurou o menino com mais força, curvou-se.

— Guraba-san.

— Pelo amor de Deus, Maki, sou eu! Tom! Seu *gaijin*. O bárbaro peludo. *Yaban*!

— Pensei que foi para casa — disse Maki. — Para Esococia. Não volta a Japão nesta vida.

— Eu fui — respondeu Glover. — Digo, para casa. Mas já estou de volta há três, quatro anos.

— Tanto tempo? — perguntou Maki.

— Muitas coisas aconteceram desde então. Caramba, tantas coisas! Como dizemos, muita água passou debaixo da ponte.

— *Hai* — disse Maki. — *So desu*. Água.

— Tantas coisas mudaram.

— Muito mudou — concordou Maki. — Tudo.

— Rebelião — disse Glover, abrindo os braços, tentando abarcar toda a situação.

— Água debaixo de ponte.

— Sim.

Maki falara num tom sereno, então se calou, ajeitou uma mecha de cabelo que lhe pendia sobre o rosto. Parecia cansada, uma fadiga profunda em seus olhos. Não usava adereços, vestia roupas simples, um manto escuro atado na cintura com uma faixa *obi*. O menino enterrou o rosto em suas roupas, escondeu-se ali, pendurado à mãe. Espiou, olhou para cima, espantado e temeroso, notou que Glover o fitava de volta, via pela primeira vez aquela criaturinha assustada, de olhos grandes.

Havia algo em suas feições, a pele mais clara que a da mãe, o cabelo não inteiramente negro, castanho-claro; algo também naqueles olhos que o encaravam. E nesse momento Glover soube, sem nenhuma dúvida, como soubera com Annie e o menino Jamie, em Brig o' Balgownie, naquela outra vida.

Agachou-se, falou suavemente com ele.

— *O namae wa?*

O menino enterrou o rosto outra vez, escondeu-se.

— Se chama Shinsaburo — disse Maki.

Glover se curvou para ele.

— Shinsaburo-san. *Yoroshiko onegai shimasu.*

O garoto espreitou novamente, olhou-o enviesado, com um só olho. Glover cobriu o rosto com as mãos, espiou entre os dedos. O rapazinho ainda estava arisco, buscou segurança atrás das pernas da mãe.

Glover se levantou.

— O pai do menino é *gaijin*?

— *Yaban* — respondeu Maki com um sorriso quase imperceptível, triste e cansado, irônico. — Você sabe.

Fez-lhe então a pergunta.

— Meu filho?

Maki confirmou com um gesto.

— *Hai. So desu.*

Glover respirou fundo.

— Tem certeza?

Ela o olhou nos olhos, bem nos olhos.

— Todo aquele tempo, não tinha mais ninguém. Só você.

Glover estendeu a mão ao menino, que se virou, escondeu-se outra vez.

Seu filho. Shinsaburo. Carne de sua carne.

— Minha nossa, Maki — disse Glover. — Por que não me contou?

— Tentei — respondeu. — Mas não estava. Mulher na casa disse que foi embora, talvez não volta mais.

— Tsuru?

— *So desu.*

— Foi por isso que partiu?

Ela fez que sim.

— Acontece sempre. *Gaijin* vão embora. Não querem saber. Nada fácil para mim. Rezei para Jizo, fui a médico perder bebê. Mas não fiz. Coração não duro. — Segurou o garoto outra vez junto a si, com força. — Então, tive que ir. Não trabalho em Sakura. Fui para povoado onde nasci.

— Santo Deus, Maki, se eu soubesse!

Maki curvou os ombros, sua cabeça pendeu para a frente.

— Eu também não sabia. Não conhecia você. Não sabia o que fazer.

Glover tentou absorver aquelas palavras, assimilar a situação.

— Meu Deus!

— Tempos ruins para mim — continuou Maki. — Depois que bebê nasceu, pessoas sabem que é filho de *gaijin*. Muitas não me tratam bem. Gritam comigo. Às vezes me jogam coisas na rua.

— Agora mesmo — disse Glover, entendendo de súbito o que havia visto. O vendedor irritado com ela, brusco. — Aquele homem ali atrás, disse alguma coisa?

— *Hai* — respondeu Maki. — Mas não importa. Acontece sempre. Não é problema.

— Não — respondeu Glover —, é problema *sim*! É completamente intolerável!

Foi tomado de raiva. Fez menção de voltar e encontrar o vendedor. Iria obrigá-lo a pedir desculpas, acabaria com a sua raça se não o fizesse. Mas Maki apoiou uma mão em seu braço, conteve-o com a leveza de seu toque, familiar após tanto tempo.

— Não — disse-lhe. — Não adianta.

Glover sabia que ela estava certa. Relaxou os punhos, tentou dominar aquele ódio inútil. Maki ainda mantinha a mão em seu braço; Glover a tomou por um momento na sua.

Caminharam pela orla, cortaram por vezes o silêncio com umas poucas palavras.

— É cruel — disse Glover. — Agora Tsuru é minha mulher. Temos uma filha, Hana.

— *So desu.*

Era tão estranho que houvesse ficado até tarde no escritório, lutando para fechar o acordo com os outros, que saísse àquela hora, fizesse o desvio, vagasse pelo mercado, não tinha o costume de passar por ali. E Maki viera do vilarejo para fazer compras, também demorara mais que o habitual. Passaria aquela noite com sua amiga Yumi, que também deixara o Sakura, casara-se com um de seus clientes, um rico comerciante de Kobe. Quando ele viajava a Osaka ou Edo para fechar negócios, Maki podia dormir com ela.

— Yumi entende — disse Maki. — É amável comigo.

O menino estava cansado, começava a choramingar. Maki o apanhou no colo, consolou-o.

A noite escurecia. O olhar resignado de Maki. O choro do menino. A dura complexidade de tudo aquilo.

— Preciso de tempo — disse Glover. — Preciso pensar no que fazer.

— O que fazer — repetiu Maki, com um sorriso triste, oblíquo. — Talvez não há o que fazer.

Glover acenou para um *jinrikisha*, para que a levasse à casa da amiga, deu-lhe o pouco dinheiro que trazia na carteira.

— Amanhã lhe dou mais. Venha ao meu escritório. Mesmo horário.

— *Hai* — respondeu Maki. — *So desu.* Amanhã.

O riquexó sacudiu, perdeu-se na noite; Glover o viu partir, deu meia-volta e caminhou em direção a Ipponmatsu, a Tsuru e Hana.

Tsuru estava calma, não demonstrou nenhuma emoção; Glover lhe explicou a situação, ela apenas ouviu, não disse nada, respondeu com um mínimo meneio de cabeça.

— Quero apenas fazer o melhor — disse Glover.

— *Hai* — respondeu Tsuru. — Melhor.

Estava cansado, o dia havia sido longo. Imergiu na banheira, secou-se e foi para a cama. Mas teve uma noite inquieta, interrompida, alternando entre o sonho e o despertar. Estava numa espécie de templo, tentava encontrar Maki, e todos lhe davam conselhos. Walsh ria. *Arranjou um belíssimo dilema, Tom, mas que diabo!* Imitou um demônio pantomímico, dedos indicadores nos lados da cabeça como se fossem chifres; transformaram-se então em chifres de verdade, afiados, poderiam perfurá-lo e feri-lo. Mackenzie sacudia a cabeça. *Ah, Tom, como pôde ser tão tolo?! Eu lhe disse, eu lhe disse que visse bem onde enfiava o seu brinquedo. E você por acaso me escutou? Escutou?!* Ito lhe oferecia então uma bebida. *Repouso, ébrio, com a cabeça recostada no colo de alguma beldade.* Fitou-o com um olhar lúbrico. *Grandes homens têm muitas mulheres! Rá!* Sua expressão se tornou séria. *Mas casou-se com Tsuru, tem um dever.* Recolheu a bebida que lhe havia oferecido, bebeu-a ele mesmo, riu de novo; o líquido lhe escorreu pelo queixo, limpou a boca com as costas da mão. *É* koan, *Guraba-san. Enigma para resolver. O que vai fazer?* Pendurou-se num sino de ferro, o ruído ressoou no crânio de Glover, que despertou e se sentou.

A cama ao seu lado estava vazia.

— Tsuru?

Levantou-se, acendeu a lâmpada e caminhou até o quarto ao lado, onde Hana dormia. Tsuru estava sentada ao lado do berço, no escuro, com o cabelo desfeito, vestia uma camisola. Ergueu o olhar assustada pelo brilho da lâmpada; Glover notou, no tremular da chama, que estava chorando.

— Tsuru — disse Glover.

Ela abaixou a cabeça, soluçou.

— O que foi, menina?

Aproximou-se, apoiou uma mão em seu braço, esperou até que parasse de chorar.

Tsuru fungou, limpou o rosto.

— Agora você tem filho — respondeu. Era difícil para ela. — Tsuru não tem filho, nunca. Talvez quer casar com outra, trazer filho aqui. Mandar embora Tsuru e Hana.

— Tsuru — disse Glover. — Santo Deus! Você é a minha mulher! Hana é a minha filha! Acha que eu simplesmente as descartaria?

— Não sei — respondeu. — Como saber? Não conheço costumes de *gaijin*.

— Pelo amor de Deus! Ou devo dizer de Buda? Pelo amor de Buda!

Notou que ela não entendia o que lhe dizia, mas seus modos, a confiança que lhe transmitiu, pareceram tocá-la, e ela riu-chorou. Glover passou um braço ao redor dos seus ombros, levou-a de volta ao quarto, soprou a lâmpada e se deitou ao seu lado, segurou-a junto a si até que adormecesse. Mas permaneceu acordado, fitando a escuridão.

A Jardine ainda o pressionava pelo pagamento da dívida, e o câmbio continuava a flutuar. Estava prestes a vender seu dique seco ao novo governo por US$130 mil, teria um lucro de US$60 mil — era uma barganha para eles, e com isso Glover ganharia tempo, poderia respirar um pouco. Um segundo navio de guerra, o *Jho Sho Maru*, estava a caminho vindo de Aberdeen. Era maior que o anterior, mais poderoso, com armamentos mais pesados. Os japoneses logo aprenderiam a fabricar navios como aquele por conta própria. Com os conhecimentos escoceses poderiam construir diques maiores e melhores, desenvolveriam sua indústria, extrairiam seu próprio carvão, fundiriam seu ferro e seu aço. Glover participaria daquele processo, passaria por aqueles tempos difíceis. Já havia investido em uma mina de carvão na ilha de Takashima, na baía de Nagasaki. Quando a operação estivesse funcionando a todo vapor, produziria carvão a um custo de US$2 por tonelada, e o venderia em Nagasaki a US$4,50. Se produzisse trezentas toneladas por dia, trabalhando vinte dias por mês, que lucro conseguiria?

Estava cansado. Tsuru gemia em seu sono. Vislumbrou o rosto de Maki, o menino, seu filho. Dois dólares e cinqüenta *cents* por tonelada. Lucro líquido. O preço do carvão. Refazer os cálculos. Trezentas toneladas. O *Jho Sho Maru* cortando as ondas. Não conseguia se concentrar, devaneava sem rumo. Era como tentar reter água nas mãos em concha. Ou tecer com uma agulha. Ito ria. Flutuações. Lucro e prejuízo. Essas perguntas idiotas, irrespondíveis. Uma mão batendo palmas. A vigília da madrugada.

Maki não apareceu no dia seguinte. Glover esperou no escritório até o cair da noite, caminhou em círculos, olhou pela janela, o céu escurecia, as lâmpadas tremulavam nas lojas e tendas, mas nenhum sinal de Maki. Começou a chover. Trancou o escritório e foi para casa, fez mais um desvio pelo mercado, por via das dúvidas. O lugar lhe pareceu ainda mais irritante, os ruídos e cheiros. Viu o vendedor que a tratara mal, cortando peixes com um facão afiado, tinha movimentos precisos, hábeis. Cruzou o olhar com o do homem, que lhe deu um sorriso entre o cortês e o irônico, uma breve contração dos lábios, e Glover foi tomado pelo ímpeto de lhe desferir um soco na cara. Mais que isso, imaginou-se tomando a faca das mãos do homem e lhe cortando a garganta, apunhalando-o. Ficou chocado com a ferocidade da idéia, sua violência crua. Tinha as mãos úmidas, pegajosas. Virou-se, foi para casa, o ar fresco da noite esfriava o suor em seu rosto.

Tsuru perguntou se estava bem, Glover respondeu lacônico, disse bruscamente que Maki não aparecera e que ele não havia anotado seu endereço, não tinha como encontrá-la agora. Tsuru acenou com a cabeça, pareceu aliviada, e isso o irritou ainda mais. Disse que procuraria a madame do Sakura; ela o levaria até Yumi, e assim descobriria onde Maki vivia. Mas só poderia fazê-lo dentro de alguns dias, precisava viajar a Tóquio para se reunir com Ito.

Tsuru se curvou profundamente, manteve a cabeça baixa. Glover viu que ela estava soluçando, e isso o comoveu.

— Oh, menina — disse Glover. — O garoto é meu filho.

— Eu sei — respondeu Tsuru, a voz aflita. — Eu sei.

O príncipe Ito Hirobumi do clã Choshu, eleito primeiro-ministro do governo meiji, esperava para recebê-lo num escritório espaçoso, mobiliado com cadeiras européias pesadas, uma mesa de carvalho.

— Guraba-san! Como é bom encontrá-lo!

— Ito-san! É uma honra ser trazido ante sua majestosa presença!

— Seu patife!

— Salafrário!

Atrás dele estava pendurada uma pintura do imperador, e mais além havia um retrato do próprio Ito. Tinha um aspecto ilustre, portando diversas medalhas no colete de um terno inglês muito elegante.

— Impressionante — comentou Glover.

— Obrigado — respondeu Ito, oferecendo-lhe um charuto e indicando que se sentasse em uma das cadeiras, recobertas de couro escuro.

Discutiram novamente a desvalorização da moeda. Ito lamentou as perdas que Glover havia sofrido.

— Foi um risco que corri.

— Situação deve se acalmar — disse Ito. — Ficará mais estável.

— Assim espero — disse Glover. Falou a Ito de suas dívidas, do investimento na mina e dos demais planos. E lhe falou de Maki e do menino.

— Filho complica coisas — disse Ito.

— Como um dos seus malditos enigmas — disse Glover. — Aquelas suas charadas enlouquecedoras.

— *Koan* — disse Ito. — *Hai.*

— Insolúveis.

— Minha preferida é sobre mestre Nansen — contou-lhe Ito. — Foi um dia à sala de meditação e viu dois monges que brigavam por um gato, ambos diziam que animal lhes pertencia. Nansen tomou gato numa mão, segurou espada na outra. Disse-lhes que se um dos dois pudesse dizer palavra boa, salvaria gato. Ficaram acanhados, não disseram nada. Mestre cortou gato ao meio.

— Minha nossa!

Ito fez como se acertasse o animal com uma espada.

— Rá!

Glover ficou um bom tempo perturbado com a história; Ito disse então que queria lhe apresentar uma pessoa. Fez soar um pequeno sino de bronze que tinha sobre a mesa; um jovem entrou rápido na sala, curvou-se profundamente. Ito lhe rugiu um comando e o jovem partiu pela porta, voltou com o visitante, um comerciante japonês de meia-idade; como Ito, vestia um terno ocidental, com gola e gravata. Ito os apresentou.

— Guraba-san, este é Iwasaki-san. Está ansioso por conhecê-lo.

— *Hajimemashite* — disse Glover. — *Dozo yoroshiku.*

— É uma honra — respondeu Iwasaki.

Os dois se curvaram, na mesma medida.

— Admiro o que senhor faz pelo Japão — disse Iwasaki. — Pela indústria japonesa.

— Obrigado.

— Dique seco. Agora mina de carvão.

— Sem falar nos navios de guerra!

— *Hai, so desu!*

— Iwasaki-san também tem grandes planos — comentou Ito.

— É mesmo?

— Japão precisa construir essas coisas aqui, por conta própria.

— Exatamente! — concordou Glover. — Desenvolver sua indústria pesada. Competir com o Ocidente.

— Monto empresa de engenharia, construção de navios.

— Ótimo.

— Ficaria muito honrado se pudesse ser conselheiro de companhia.

Glover se calou por um instante, fumou seu charuto.

— Sinto-me honrado com a proposta — disse por fim. — Naturalmente, tenho outros compromissos.

— Tenho certeza de que podemos chegar a acordo — disse Iwasaki. — Para que valha a pena.

— Vou considerar seriamente a proposta — respondeu Glover.

— Nome da empresa inspirado em brasão do clã. Chama-se Três Diamantes. *Mitsu-bishi.*

— Gostei do nome. Soa muito bem.

Curvaram-se novamente, apertaram-se as mãos.

— Mitsubishi.

Glover sofrera grandes perdas, e seus credores começavam a fechar o cerco ao seu redor. Recebeu uma nova missiva da Jardine, na qual expressavam seu lamento pela situação, mas exigiam o pagamento pleno. A carta o exasperou. Depois de tantos anos, de todo o trabalho que fizera para eles, do comprometimento que demonstrara, era inaceitável ser tratado como mais um de seus maus pagadores. Amassou o papel, jogou-o contra a parede.

Também recebeu uma carta do Banco de Glasgow, reclamando o pagamento de um empréstimo que pedira para a construção do *Jho Sho Maru*. Mesmo que os clãs lhe pagassem tudo o que lhe deviam pelo navio, a desvalorização da moeda acabaria por lhe trazer prejuízo.

Glover havia procurado a Companhia de Comércio Holandesa, que também investia pesado no Japão. Pediu-lhes, suplicante, que apoiassem seus empreendimentos, importantes para o futuro do país. Agora lhe respondiam, concordando em financiar suas dívidas, mas com a condição de que oferecesse a sua mina de carvão como garantia. Não tinha alternativa além de aceitar. Estava essencialmente quebrado, falido.

O boneco de Daruma sobre a mesa o encarava com sua expressão feroz, cômica. Cutucou-o, derrubando-o, observou como retomava a posição, ficando em pé novamente.

Cruzou as duas pontes, hesitação e decisão, entrou na quadra dos prazeres, seguiu diretamente até o Sakura. Parecia diferente durante o dia, um pouco menor e mais decadente, não tão vistoso. À noite, sempre tinha uma magia, um fascínio: o brilho dos lampiões, as sombras nas portas *shoji*, o aroma doce do incenso. A luz do dia era muito dura para o lugar, tornava-o banal.

Passou pelo alpendre, fez correr a porta, e por um momento foi tomado por aquela sensação familiar; sentiu o perfume, a atmosfera do lugar, lembrou-se do garoto que fora, um acólito adentrando o templo. A porta *shoji*, deslizando. O rosto de Sono. A intensidade daquelas noites com Maki, que lhe devolviam uma espécie de vida.

Maki.

Olhou para dentro, um vulto se moveu na penumbra, a madame; ela o reconheceu, bateu palmas, deu-lhe boas-vindas e chamou duas jovens para que cuidassem dele. Era bom tê-lo de volta, e àquela hora do dia — devia estar ávido! —, tinha alguém especial para ele, uma moça que o faria rejuvenescer vários anos.

Glover riu, explicou que não poderia ficar, viera apenas para pedir um favor. Precisava encontrar Maki. A madame pareceu frustrada. Glover lhe contou a história, e ela lhe respondeu com uma empatia quase exagerada. Sentia muito, sabia que Maki tivera um filho, mas não sabia onde vivia. E quanto a Yumi? Talvez soubesse onde Yumi se encontrava. Sim, ela sabia, anotaria o endereço, não era muito longe, poderia ir até lá num *jinrikisha*. E Glover deveria voltar em breve, ela tinha muitas saudades de todos eles: de Ito-san, do americano Walsh, mas especialmente de Guraba-san, haviam sido bons tempos, e poderiam relembrá-los.

Glover agradeceu com sinceridade, curvou-se e se afastou, refez o caminho por onde viera, cruzou as duas pontes e acenou para um riquexó; mostrou ao condutor o pedaço de papel com o endereço, a caligrafia graciosa da madame, inscrita sem nenhum esforço. O condutor assentiu, indicou a Glover que entrasse no veículo. Glover fez menção de se desculpar, gesticulou indicando que era grande e pesado, difícil de carregar. O condutor riu, mostrou os braços magrelos, flexionou-os. Não importava, ele agüentava firme.

— *Tsuyoi!* — explicou.

— Forte! — concordou Glover.

— *Hai!*

Cuspiu nas mãos, esfregou-as uma na outra e partiu veloz, arrastando o riquexó, que sacudia com o peso de Glover.

Cruzaram a Motokago-machi, uma rua movimentada repleta de lojas e tendas, apanharam um atalho por travessas mais calmas, vielas irregulares, pararam por fim em frente a uma casa de madeira, compacta, de dois andares.

— Este é o lugar?

O homem fez que sim.

— Espera por mim? — Glover apanhou seu relógio de bolso, fez um sinal com o dedo, a passagem do tempo. O condutor concordou, agachou-se no chão ao lado do riquexó.

Glover se aproximou da casa, gritou.

— Yumi-san! *Gomen kudasai!*

Não houve resposta. O vento sacudia um pinheiro ao lado da casa. Testou a porta *shoji*, que deslizou facilmente. Gritou para o interior.

— Olá! Yumi! Está aí?

Ouviu um ruído no interior, outra porta deslizou e Yumi surgiu apressada em direção à entrada, tinha uma expressão preocupada, apreensiva.

— Yumi! — disse Glover mais uma vez, e a moça arregalou os olhos ao reconhecê-lo, surpresa.

— Guraba-san!

Yumi titubeou, pareceu indecisa entre se curvar, avançar para recebê-lo e voltar para o interior, sem dúvida ansiosa por arrumar alguma desordem imaginária na casa antes de receber seu hóspede.

— Está tudo bem! — disse Glover.

Ela se curvou várias vezes, indicou-lhe que entrasse.

— *Dozo!*

Glover retirou as botas, deixou-as próximo à entrada, seguiu-a. Yumi caminhou ao redor de Glover, cruzou seu caminho, afofou algumas almofadas para que se sentasse, foi até a cozinha e encheu uma chaleira de ferro, deixou-a sobre o fogo.

Voltou apressada, ajeitando o cabelo, alisando o quimono azul. Só então Glover se deu conta de que ela estava grávida.

— Meus parabéns! — comentou.

— Obrigada! — respondeu Yumi, ao mesmo tempo encantada e acanhada; então, como se recordasse de súbito, levou uma mão à boca. — O senhor quer ver Maki. Desculpe, não vem aqui hoje. Veio amanhã, não, ontem.

— Preciso encontrá-la — explicou Glover.

— *Hai* — respondeu Yumi. — Eu mostro lugar.

Apanhou a chaleira, trouxe-a até a mesa, preparou-lhe chá sem pensar duas vezes, como se fosse a coisa mais natural a fazer naquela situação. Despejou a água sobre as folhas numa vasilha, misturou a bebida verde e amarga até produzir espuma, virou o conteúdo e o entregou a Glover.

— *Dozo.*

— *Arigato*, Yumi-san. — Bebeu um gole. — *Itadakimasu.*

Yumi curvou a cabeça, satisfeita. Normalmente fariam um pequeno ritual, uma conversa formal sobre o tempo, a qualidade do chá, o brilho da xícara. No entanto, Glover disse mais uma vez que precisava saber onde estava Maki.

— Eu a encontrei. Soube do menino.

— Ela me contou — respondeu Yumi.

— Disse-me que viria no dia seguinte, para conversar.

— Não quer. Muito triste.

— Eu entendo. Mas...

— Seu filho — disse Yumi.

— *Hai.*

Yumi lhe explicou onde era a casa de Maki, mais adiante na mesma estrada.

— É longe? — perguntou Glover.

— Depois de templo — respondeu Yumi. — Caminho longo.

Ofereceu-lhe mais chá e Glover esteve prestes a recusar, mas então se lembrou das formalidades, agradeceu, aceitou mais uma xícara, bebeu-o.

— Seu marido é um homem de muita sorte — comentou Glover.

— Não — respondeu Yumi. — Eu tenho sorte. Agora, vai encontrar Maki.

Do lado de fora, o condutor cochilava ao lado do riquexó. Quando se aproximaram, acordou assustado e se pôs de pé. Yumi lhe trouxe um copo d'água, explicou-lhe para onde deveria seguir. Ele olhou para Glover, flexionou os músculos novamente, deu-lhe um meio-sorriso dissimulado, malicioso.

Passaram pelo santuário xintoísta de Suwa, com seu portão *torii* vermelho, pelo templo budista de Teramachi; a estrada se tornou estreita, esburacada, as casas cada vez mais esparsas. Glover se perguntou se não teriam perdido algum desvio, pareciam estar longe demais, mas então chegaram a uma região povoada, não mais que um vilarejo, um amontoado de cabanas e godões. O condutor parou na última das construções, tinha as costas encharcadas de suor.

— *Are wa* — indicou, ofegante.

Aquela ali.

Glover agradeceu, caminhou em direção à casa. Parecia frágil, provisória, como se a primeira tempestade, ou um vento forte, pudesse deitá-la abaixo. A porta *shoji* estava entreaberta; quando Glover se aproximou, a porta abriu-se ainda mais e ali estava ela, ajoelhada, fitando-o.

Maki.

Não demonstrou nenhuma emoção, manteve-se calma, curvou-se profundamente, quase como se já o esperasse, como se aquilo fosse inevitável. Glover notou um movimento atrás dela — o menino, Shinsaburo, espreitava sobre seu ombro. Maki se levantou e tranqüilizou o garoto, apoiou uma mão em seu ombro. Então convidou Glover a entrar, recuou para dentro da sala.

A casa estava à meia-luz, preenchida por uma leve fumaça que vinha do forno na parede oposta, o aroma agridoce da lenha misturado ao perfume dos temperos, um leve toque de incenso que não chegava a dissimular o cheiro pungente de uma latrina seca num canto, escondida por uma tela. No canto oposto, apoiada contra a parede, via-se uma banheira de madeira. No centro do ambiente havia uma mesa baixa, e a seu lado, enrolados, dois colchões de algodão, *futons*. Pelo visto, era o único cômodo da casa, faziam tudo ali. No entanto, por mais apertado que fosse, Maki havia reservado espaço para um pequeno altar com um pergaminho pendurado, um Buda de barro, um único ramo de flores num vaso opaco. Atrás dele estava seu samisen, coberto por um pano de seda.

— Como me encontrou? — perguntou Maki.

— Yumi.

Maki assentiu, um sorriso abatido no rosto.

— Sabia que viria algum dia.

— Por que não veio me ver — perguntou Glover —, depois que nos encontramos no mercado? Fiquei esperando no dia seguinte.

Maki respirou fundo, deixou escapar um suspiro lento, cansado.

— Não é simples. Agora tem mulher, filha, outra vida.

— Mas o menino é meu filho. Sou responsável por ele.

— Não — respondeu Maki. — Responsável sou eu. Eu decidi ter bebê, não ofereci a Jizo, não matei antes de nascer. Eu lhe dei vida. É meu *karma*.

Glover sentiu um desconforto familiar, um princípio de pânico, como quando Ito encerrava uma discussão sobre o *bushido*, seu código rigoroso e inflexível, ou lhe fazia uma de suas perguntas irrespondíveis, os *koans*. Não havia como responder, a não ser pela ação. Mas que ação? Não importava, desde que fosse a ação correta! E como saber que ação era essa? Agindo, somente.

Então, Glover contou a Maki sobre sua última visita a Ito, a história sobre o mestre que cortou o gato ao meio.

— Fiquei inquieto — explicou Glover. — Não entendi.

— Não é fácil — respondeu Maki. — Leva vida inteira para compreender. Essa do gato pode ser muito difícil.

— Brutal.

— *Hai*.

— Ito costumava gritar essas coisas no Sakura, essas perguntas, entre as músicas que cantava!

Maki sorriu.

— Acho que talvez *ele* não entende.

— Talvez.

Maki falou com o menino, mandou-o brincar na rua.

— Você também me contava histórias — disse Glover.

— Talvez *eu* não entendo — respondeu Maki.

— Lembro-me de uma sobre o homem que escapa do tigre e se pendura na videira, com outro tigre esperando que caísse.

— E prova morango.

— Sim.

Maki ficou calada por um momento.

— Tenho história preferida, agora. Em povoado, moça fica grávida, pai é jovem rapaz, ela não quer contar. Família pergunta, ela culpa monge zen que vive perto do vilarejo. Vão até ele muito bravos, dizem que ele é o pai. Monge responde: "É mesmo?" Então bebê nasce, vão até ele e dizem: "Este é seu filho, precisa cuidar dele." Monge responde: "É mesmo?" E leva criança para sua casa. Passa algum tempo, e moça se sente muito mal. Ela diz a verdade. Família fica muito constrangida. Vão até monge, dizem: "Desculpe-nos, não é seu filho, vamos levá-lo de volta." Monge responde: "É mesmo?"

No silêncio, escutaram o latido de um cão, o menino correndo e brincando, cantarolando qualquer coisa.

— Não pode criar o menino aqui — disse Glover. — Não é um bom lugar para ele.

Maki havia crescido ali, naquele lugar, fora vendida a Maruyama quando ainda não passava de uma criança. Mas o mundo flutuante teria sido uma fuga, uma libertação.

Ela o fitou, imóvel. Tinha o cabelo preso, o rosto sem nenhuma maquiagem, mas sua beleza ainda o despertava, aqueles olhos, o contorno do pescoço. Usava um roupão simples, de algodão, ajustou-o mais firme ao redor do corpo.

Sorriu para Glover de muito longe, de um interior profundo; um sorriso triste, talvez compassivo.

— É mesmo?

Glover lhe disse que havia espaço em Ipponmatsu, poderiam se mudar para lá.

Maki riu, disse que Tsuru-san não ficaria contente.

Ele respondeu que a casa era sua, podia fazer como bem entendesse.

— Casa pode ser grande — disse Maki. — Mas não suficiente para duas mulheres!

Glover sabia que ela estava certa, sempre soubera.

Entregou-lhe um envelope que havia trazido, com dinheiro para ajudá-la a cuidar do menino. Seria de alguma ajuda, por enquanto.

Maki aceitou o envelope com um sorriso amável, agradeceu, deixou-o ainda fechado em frente ao pequeno altar.

Os credores compareceram ao escritório para uma reunião. Glover havia contratado um jovem contador escocês, Simpson, para analisar cada uma das contas, pôr o preto no branco; o rapaz leu os números com uma voz sonora, sem nenhuma emoção, como um juiz promulgando uma sentença.

— Faltou-lhe a capa preta e a foice! — comentou Glover.

Suas dívidas somavam US$500 mil. Seus ativos, descontando a mina, eram de US$200 mil.

Não tinha outro recurso além de parar de fazer negócios por conta própria e se colocar nas mãos da Companhia de Comércio Holandesa, cuja oferta ainda estava de pé. O representante dos holandeses, um homem chamado Baudian que vivia em Nagasaki e conhecia Glover há anos, já havia preparado toda a papelada.

A companhia cobriria as dívidas pendentes em troca da cota de Glover na mina, na qual ele havia investido bastante dinheiro, e o contratariam para continuar gerenciando a extração do carvão, por um salário de US$200 ao mês.

Glover leu minuciosamente todo o documento, apanhou uma caneta.

— Onde está a cláusula que menciona o diabo vindo reclamar a minha alma?

Assinou com um floreio, cumprimentou Baudian e os demais presentes, foi inspecionar a retirada do letreiro que dizia "Glover & Cia.", substituído pelo da CCH.

Dedicou-se inteiramente ao trabalho, com um empenho ainda maior que o da época em que a mina lhe pertencia. Trabalhar em nome da empresa pareceu libertá-lo. Investiu em máquinas mais avançadas, cavou um segundo poço; uma máquina a vapor foi trazida para bombear os túneis. As galerias existentes foram ampliadas; assim, o carvão passou a ser transportado em vagões, que eram elevados até a superfície e descarregados diretamente em barcas que aguardavam no píer.

A companhia elogiou sua energia e perseverança. O governo japonês lamentou haver demorado a adotar aquela tecnologia, poderiam ter desenvolvido sua indústria de mineração vários anos antes. Ainda assim, o senhor Glover lhes mostrara o caminho e, como sempre, outros seguiriam seu exemplo.

Glover chegou a instalar uma linha de telégrafo — a primeira — entre a boca da mina e seu escritório, no Dique. O *Correio de Nagasaki* escreveu sobre aquela invenção admirável, relembrando a ousadia do senhor Glover ao inaugurar a primeira linha férrea do país, anos atrás. A matéria dizia que Glover estava a mil por hora, mostrando mais uma vez seu espírito indomável.

O trabalho ocupava grande parte de seu dia e isso o ajudou a espairecer, desviar os pensamentos de Maki e do menino.

Passaram-se meses. Pediu a um mensageiro que levasse mais dinheiro a Yumi, que o repassou a Maki. Mas não voltou a visitá-la; a mina e outros compromissos o mantiveram muito ocupado, embora seu coração lhe dissesse que esse não era o único motivo de seu afastamento. Era uma situação sem saída. Cortar o gato ao meio. Precisava tomar uma decisão.

Sentou-se para discutir o assunto com Tsuru. Ela se ajoelhou, calada, o rosto completamente inexpressivo enquanto Glover lhe sugeria que adotassem o menino.

— Você sabe que eu quero um filho — disse-lhe. — Todo homem quer.

Tsuru curvou a cabeça, pareceu consternada.

— Desculpe, não lhe dei filho.

— Não! — Glover apoiou a cabeça nas mãos. — Pelo amor de Deus, isso já é tão difícil! Não é isso o que estou dizendo.

Sono reagira da mesma forma, a sensação de culpa, de incompetência.

— Não tem por que se desculpar — respondeu Glover. — *Nós dois* queremos ter um filho, mas não podemos tê-lo.

Tsuru assentiu.

— *Hai.*

— E então descobrimos que eu já tenho um filho, mas ele não tem um verdadeiro lar, e Maki não pode cuidar dele. Temos todo este espaço, não somos pobres. Tudo bem, os holandeses me pagam uma miséria, mas as dívidas estão sendo saldadas e as coisas vão melhorar outra vez.

A oferta de Iwasaki, o amigo de Ito, ainda estava de pé; poderia trabalhar na nova empresa, essa tal de Mitsu-bishi. Com isso, teria que passar mais tempo em Tóquio, talvez acabasse por se mudar para lá. O *Jho Sho Maru* já estava a caminho, em breve receberia seu pagamento, embora não pelo valor total.

— Não é hora de abandonar o navio.

Tsuru não entendeu a piada, ainda assim sorriu e acenou com a cabeça, e Glover se viu tomado de ternura por ela.

— Oh, Tsuru! O que quero dizer é que vamos conseguir nos virar. Podemos trazer o garoto aqui, cuidar dele, adotá-lo.

Ela curvou a cabeça outra vez, submissa.

— *Hai, so desu.*

— E Hana ganharia um irmãozinho!

Tsuru ficou novamente calada, deixou que o silêncio pendesse entre eles.

— E a mulher? — perguntou por fim. A situação era dolorosa para ela. — Não vem aqui?

— Não — disse Glover, calmo porém decidido. — Não iria funcionar.

— Funcionar?

— Seria impossível.

Outro silêncio.

— E o que ela vai fazer?

Precisa como as perguntas sem resposta de Ito. Um soco no estômago.

— Não sei — respondeu Glover. — Talvez siga em frente, encontre algum trabalho.

— Talvez volte a Sakura.

— Não!

Glover se surpreendeu com sua própria veemência.

— E o que mais pode fazer?

Glover realmente não sabia, não fazia idéia. Não era problema seu, mas era.

Desta vez preferiu não chamar um *jinrikisha*, alugou um cavalo num estábulo próximo a Dejima, mantido por um inglês; cavalgou em direção ao vilarejo, passou pelo santuário de Suwa, pelo templo de Teramachi. Maki certa vez lhe dissera que os monges mantinham no santuário um cavalo branco, puro, que só os deuses poderiam montar. Não conseguia imaginar o que aquilo significava. O cavalo que alugara galopava em grandes passadas, tinha ferraduras de metal. Lembrou-se de quando Ken Mackenzie lhe contou, entusiasmado, do primeiro contato dos japoneses com as ferraduras; copiaram-nas e no dia seguinte já as utilizavam por toda parte. Tinha saudades de Ken, seu pragmatismo, sua sabedoria séria, austera. Também sentia falta do ceticismo, da argúcia irônica de Walsh. Já estava ali há dez anos. Bastante tempo.

Tocou o cavalo à frente pelos caminhos estreitos, as trilhas de terra. Sobre o vilarejo, uma pipa azul revoava, mergulhando no vento. Caiu ao lado da casa de Maki; Shinsaburo correu para buscá-la, olhou para Glover sobre o cavalo, apanhou o brinquedo e correu às pressas para dentro de casa, chamando a mãe.

Maki saiu para recebê-lo, tentando compor o cabelo, prendendo-o com um broche. Levantou os olhos, encontrou os de Glover, curvou-se e sorriu, insegura, e Glover se viu outra vez enternecido, o coração novamente batia forte no peito.

O menino encarava fixo o cavalo, afastou-se quando o animal bufou, dilatando as narinas. Glover desmontou, amarrou as rédeas a uma coluna.

Dentro de casa, Maki acendeu uma vareta de incenso para abençoar o lugar, purificá-lo. Agradeceu pelo dinheiro que Glover mandara, disse-lhe que fizera uma grande diferença.

— Não foi nada — respondeu Glover.

— Nada não — insistiu Maki. — É bastante.

— Ora!

O ambiente tinha o mesmo aroma pungente, talvez acrescido de uma ligeira umidade, um bolor. Maki rodopiou a vareta de incenso nos dedos, espalhando seu perfume.

— Você ainda toca? — perguntou Glover, apontando para o samisen sob o tecido de seda. Era quase como se ouvisse sua sonoridade, lembrou-se das noites no Sakura.

— Não muito — respondeu Maki. — Agora não.

— Não.

A tristeza, o vazio suspenso entre eles.

— *Chotto monoganashii* — disse Glover.

— Não "*chotto*" — disse Maki. — Não pouco. "*Motto*". É muito.

— *Motto monoganashii.*

— *Hai.* — Maki se levantou. — Faço chá.

Pôs-se a trabalhar, ferveu água, enxaguou e secou as xícaras, infundiu o chá e o deixou assentar, misturou-o com um batedor de bambu, perdia-se em si mesma a todo momento, escapava para a formalidade, a repetição estudada dos atos, escusando-se da necessidade de falar ou pensar.

Glover, por sua vez, sentou-se inerte; apenas observou, sorriu e acenou uma ou duas vezes para o menino, que se manteve próximo à porta, pronto para escapulir.

Maki serviu o chá, ao seu tempo.

— *Dozo.*

Glover o provou, expressou seu apreço.

— *Itadakimasu.*

Ela serviu uma segunda xícara, Glover a bebeu, apoiou-a vazia sobre a mesa.

— Maki, precisamos conversar sobre o menino.

Maki apoiou o bule na bandeja, colocou o mexedor de bambu virado de cabeça para baixo, para secá-lo. Glover continuou.

— Posso lhe oferecer uma vida melhor.

Ela o fitou, daquela maneira, bem nos olhos.

— É mesmo?

E, por um momento, o vazio entre eles se tornou mais largo, profundo.

Maki não discutiu, escutou, disse apenas:

— Hoje não.

— Não — disse Glover. — Você decide o momento.

— Duas semanas — respondeu Maki.

— Muito bem, duas semanas.

Ela o acompanhou até a porta, Glover se virou e a abraçou, apertou-a junto a si. O menino se pendurou em sua manga, começou a chorar, Maki se desvencilhou, segurou-o no colo.

Glover saiu, montou no cavalo. O garoto ergueu os olhos, novamente assombrado com o animal. Glover estendeu os braços, oferecendo-se para apanhá-lo e deixá-lo experimentar montar na sela. Maki pareceu indecisa, assentiu insegura, a expressão preocupada. Disse umas palavras suaves ao garoto, tranqüilizando-o, e o ergueu. Glover se esticou para alcançá-lo, segurou o menino pelos braços e o levantou; por um momento ele ficou suspenso ali, balançando, entre os dois. Então se agitou, esperneou, começou a chorar, Glover o devolveu a Maki, que o apanhou e o acalmou com sussurros.

Glover acenou para os dois, virou o cavalo e o esporeou, seguindo a picada. Olhou para trás, ainda estavam ali, mãe e filho, vendo-o partir.

Aquele momento lhe surgiu num sonho, distorcido. Maki lhe estendia o menino, mas ele relutava, resistia, esperneava. Glover desmontara do cavalo e retinha o garoto pelo braço esquerdo, Maki o segurava pelo direito. Mas não o entregava a Glover; ao contrário, tentava trazê-lo de volta. Os dois o puxavam, um para cada lado. Então surgiu uma figura entre eles, vestida de preto, um monge ou um padre; Glover o reconheceu: era o mestre da história de Ito fazendo-lhes a pergunta, insistindo em que respondessem.

— O que têm a dizer? — perguntou o mestre, sacando uma espada. Glover não soube o que retorquir, nem uma palavra; vacilou, gaguejou, não lhe saiu um só ruído da garganta. Nem uma palavra.

E não conseguiu se mexer quando o mestre agarrou o menino pelo cangote, como se erguesse um gato mirrado.

— Uma palavra.

Nada.

O mestre abaixou então o menino e, com um único golpe da espada, partiu-o em dois, cortou-o ao meio, as duas metades caíram separadas.

Glover acordou, gritando.

— Não!

Tsuru pareceu conformada com a idéia de trazer o menino a Ippon-matsu. Ela também queria um filho, um irmão para Hana. Preparou um espaço para o garoto, dividiu o quarto de Hana com uma tela, deitou um pequeno *futon* sobre uma base de madeira. Chegou a lhe comprar roupas no mercado, alguns brinquedos. Estava pronta.

Glover ficou perturbado com o sonho, mas tentou não pensar naquilo; estava preocupado com a administração da mina e com a chegada iminente do *Jho Sho Maru* vindo de Aberdeen.

A mina prosperava. O segundo poço já estava em funcionamento, e sua drenagem e ventilação foram aperfeiçoadas. Tinha cinqüenta metros de profundidade, perfurava uma jazida de carvão de dois metros e meio de altura, os trabalhadores se alternavam dia e noite na extração. Glover visitava a ilha todos os dias, maravilhado com a eficiência, a agilidade da força de trabalho; o carvão era escavado e trazido à superfície por uma corrente humana, homens com a pele enegrecida, passando baldes de mão em mão até os compartimentos de carga dos juncos e das barcas que aguardavam no porto.

Glover, em pé no cais, observava a operação, deslumbrado com a velocidade dos operários, sua energia e concentração, impressionado também com seu aparente bom humor. Passavam o dia inteiro entoando cânticos, rindo e debochando uns dos outros. Glover entendia muito pouco do que diziam, as palavras eram rugidas num sotaque áspero; mas imaginou, pelos seus gestos, que em sua maioria falavam indecências, obscenidades; achou graça, não lhes deu muita importância. Quando Ito viesse a Nagasaki poderia levá-lo ali, para que traduzisse. Imaginou-o soltando uma gargalhada.

Ito viria presenciar a chegada do navio de guerra, e Iwasaki o acompanharia. Com o auxílio de Glover, já haviam comprado terras no outro extremo da baía, começaram a construção de um dique seco maior, que seria parte do estaleiro Mitsubishi.

O dia marcado amanheceu com uma chuva fina, que aos poucos se tornou mais forte; Glover saiu da cidade pela estrada estreita, o céu escurecia. Trazia no alforje uma capa para envolver o menino, mantê-lo seco; Tsuru insistira também em que levasse um pequeno chapéu *kasa*, para protegê-lo da chuva.

Ao se aproximar do vilarejo, a trilha se tornou mais batida, barrenta. Parou à porta da cabana, atou o cavalo, gritou.

— Maki! *Guraba desu! Gomen kudasai!*

Esperou pela resposta, o "*Hai, dozo!*" que viria do interior, mas não ouviu ruído algum.

Nada.

A porta *shoji* estava fechada com um simples trinco de madeira. Glover a abriu, olhou para o interior. O lugar estava vazio. Deu um passo à frente, lembrou-se da lama nas botas, parou e as tirou, chutou-as para um canto. A chuva açoitava o teto, aprofundava a sensação de vazio, desolação. A umidade que corria pelas paredes se sobrepunha aos demais odores, impregnava ainda mais o ambiente, o incenso agora parecia fraco, rançoso.

Maki não poderia estar muito longe, talvez houvesse saído para fazer compras em algum mercado, fora apanhada de surpresa pela chuva, abrigara-se em algum lugar.

Seria melhor esperar.

Tsuru atendeu a porta, viu a mulher com o menino, ambos encharcados pela chuva, maltrapilhos. Não fazia sentido, mas se recompôs, deu um passo atrás, convidou-os a entrar. Maki balançou a cabeça, disse que não ficaria, apenas empurrou o garoto à frente, explicou-lhe que tudo ficaria bem.

Tsuru lhe perguntou por que estava ali, Guraba-san fora até sua casa. Maki explicou que o menino ficara com medo do cavalo, pensou que seria difícil para ele, preferiu trazê-lo.

Tsuru insistiu que entrasse, secasse as roupas, comesse alguma coisa. A outra respondeu que não podia, era impossível, precisava partir.

Tsuru compreendeu. Maki lhe passou uma bolsa de tela com algumas coisas do menino, suas roupas, sandálias. Tsuru a aceitou, acenando com a cabeça. Maki se curvou, virou-se e foi embora.

Talvez houvesse mudado de idéia, fugira com o garoto. Mas não fazia sentido deixar o lugar abandonado. Havia flores frescas em frente ao pequeno altar; o samisen estava ali, sob o pano de seda; panelas e xícaras de cabeça para baixo, secando num escorredor de madeira; a roupa de cama estava dobrada, arrumada.

Não poderia estar muito longe. Glover calçou as botas novamente, levantou a gola do casaco para se proteger da chuva e saiu, montou outra vez o cavalo. Começou procurando ao redor do povoado, cruzou uma ponte sobre um rio, que corria alto devido à chuva forte. Perguntou a uma ou duas mulheres que passavam apressadas, fugindo da chuva, se a haviam visto. As duas indicaram para que se afastasse, mantiveram a cabeça baixa.

Talvez estivesse na casa de Yumi; caso contrário, Yumi poderia saber onde se encontrava.

Mas não, Yumi não a via há uma semana. Na última vez em que haviam estado juntas, Maki estava calada, triste.

De súbito, Glover ficou temeroso. E teve um pressentimento, perfeitamente claro. Ela se jogara no rio. Vislumbrou a cena, nítida como um sonho, viu-a boiando na água de bruços, as mangas do quimono abertas como asas. Glover se sacudiu. Era loucura. Talvez estivesse apenas confuso, fora um dia difícil; Maki teria ido ao mercado, levara o menino com ela.

Não faria sentido ir e voltar por aquela mesma estrada, na chuva. Agradeceu a Yumi. Era melhor voltar para casa, retornar pela manhã, cedo.

Tsuru retirou as roupas molhadas do menino, limpou-o e o enxaguou com baldes de água morna sobre a cabeça, envolveu-o numa toalha enquanto enchia a banheira com água quente. Então o tomou nos braços, aquela criaturinha frágil e nua, imergiu-o na banheira, deixou que ficasse ali por algum tempo. O menino não disse uma palavra, olhava ao redor, pasmo, como num sonho. Manteve o olhar fixo à frente quando ela o tirou da banheira, secou-o, vestiu-o com uma roupinha de marinheiro que lhe comprara. Apresentou-o a Hana, explicou que era sua irmã e que aquela seria sua nova casa. Deu-lhe brinquedos, uma bola colorida, um cavalo de madeira, disse que poderia brincar, ficar com eles. O menino olhou para os brinquedos, os olhos nublados.

Quando Glover voltou, ensopado, o menino ergueu o olhar para vê-lo, assustado e inseguro.

— Graças a Deus — disse Glover. Então olhou ao redor. — E Maki?

— Deixou menino e foi — respondeu Tsuru.

Glover se virou em direção à porta, esteve prestes a voltar, sair novamente pela noite. Mas se deteve. Estava se portando de maneira ridícula. Maki sabia cuidar de si mesma, teria apanhado um riquexó, voltado para casa, ou para a casa de Yumi. Poderia falar com ela pela manhã, não havia pressa nenhuma. Pela manhã. Estava cansado.

Tsuru lhe encheu a banheira, quase quente demais, mas Glover suportou o calor, recostou-se, o sangue latejou em sua cabeça, a luz lhe pulsava nos olhos. Deixou a mente vagar, viu Maki outra vez, voando com suas asas de quimono. Não, estava nadando. Não, tinha as roupas molhadas, pesadas, puxavam-na ao fundo. Estava se afogando.

Emergiu num ímpeto, agitado, gritou outra vez:

— Não!

Sua voz ressoou, ecoou. Nuvens de vapor, condensação, enchiam o lugar. Glover ofegou, inspirou o ar quente. Tsuru surgiu às pressas, ansiosa.

Glover então se recompôs; estava ali, naquele lugar, sua casa, imerso na banheira.

— Está tudo bem — ouviu-se dizer. — Foi só um sonho bobo.

Ergueu o corpo pesado, saiu da banheira, pingando. Tsuru lhe trouxe uma toalha para que se secasse, vestiu um *yukata* e um roupão de algodão mais grosso.

O menino ainda estava sentado, parecia perdido. Mas Tsuru preparou comida e o perfume impregnou o ambiente, gengibre e gergelim, cebolas e peixe, uma fumaça aromática. O garoto devia estar com fome. Levantou-se e foi até a mesa, o olhar fixo. A mesa sólida de carvalho, as cadeiras da sala de jantar eram muito altas. Hana estava ajoelhada ao lado de uma mesinha baixa. Tsuru colocou ali outra tigela, para o menino, um par de *hashi* ao lado. Apanhou uma concha e lhe serviu uma porção, macarrão ensopado.

— *Dozo.*

O menino se ajoelhou, remexeu a comida com os pauzinhos, seu rosto quase tocava o ensopado, sugou a comida de uma só vez, ávido e concentrado como um animalzinho. Então, perfeitamente civilizado, falou com um fiapo de voz:

— *Itadakimasu.*

Tsuru encheu sua tigela outra vez. Glover trouxe sua comida e se ajoelhou ao lado da mesa baixa, junto do menino e de Hana. Tsuru fez o mesmo. Hana bateu palmas, rindo; o menino olhou para ela e sorriu, inseguro.

— Esta é a sua casa agora — explicou Glover. — *Katei desu.* E esta é sua família.

— *Ikka desu* — disse Tsuru.

Ela lhe explicou que ganharia um novo nome, para esta nova vida. De agora em diante, seria Tomisaburo. Mas poderiam chamá-lo apenas de Tomi. E seu sobrenome seria Guraba. Assim, seria Tomi Guraba, como o pai, Tom Glover.

O menino olhou ao redor, para os rostos daqueles estranhos. Perguntou pela mãe. Não entendia.

Maki voltou para casa num estado lastimável, tremendo de frio, exausta pela longa caminhada, ida e volta. Pedira ao condutor de um *jinrikisha* que a trouxesse, mas a chuva era tão forte, a viagem tão longa, que ele se recusou, embora ela lhe oferecesse o dobro do preço.

Abriu a porta, entrou e se jogou ao chão, ficou ali deitada. Pensou em esquentar um pouco de água, encher a banheira, preparar algo para comer. Mas não foi capaz, não conseguia se mexer, apenas ficou no chão, enroscada sobre si mesma.

Permaneceu ali bastante tempo. A luz começava a esmaecer. Sentou-se, os músculos duros e doloridos, pensou em acender o lampião, não o fez. Não suportaria olhar para a casa, vê-la vazia.

Num canto, à meia-luz, enxergou algo anguloso, azulado. Não conseguiu ver com clareza seu formato, identificar o objeto; esticou-se para olhar mais de perto, distinguiu a pipa de papel. Apanhou-a, sentiu a pontada aguda da familiaridade, da perda. Colocou-a onde estava, com cuidado, ajoelhou-se à frente do altar, tentou dedicar uma prece a Amida. Mas estava simplesmente embotada, as palavras lhe saíram da boca pesadas, sem sentido, meros ruídos cortando o silêncio sem qualquer propósito.

Apoiou a mão no samisen, afastou o tecido de seda que o cobria, dedilhou as cordas tensas; ecoaram, estridentes e desafinadas, sem nenhuma ressonância, nenhum *yo-in*.

Ao lado da porta havia um machado que usava para cortar lenha. Quando se deu conta já o tinha na mão, fez o samisen em pedaços, partiu-lhe a madeira, as cordas de tripa emitiram um último grito, um gemido agonizante. Como num sonho, vendo-se a si mesma, largou o machado, abriu a porta e cambaleou para o exterior.

A chuva ainda caía forte. Esquecera-se disso. Não importava. Tinha os pés descalços. Não fazia diferença. As roupas ainda pesadas, molhadas pela longa caminhada, coladas ao corpo. Estremeceu. A chuva golpeava em cheio sua cabeça. Os pés descalços escorregavam na lama. Cambaleou até os limites do povoado, subiu a ponte que cruzava o rio. Parou a meio caminho, olhou para baixo.

A chuva havia enchido o leito, a correnteza estava forte. A água corria turva, descolorida, espessa com o barro e o lodo. Pensou que pudesse ver seu reflexo na superfície uma última vez, mas não. Guraba-san, Tom, falara disto em inglês, uma expressão *gaijin*. Água debaixo de ponte.

Isto.

Galgou o corrimão de madeira, deixou-se cair.

Namu Amida Butsu.

Água gelada, dor. O peso das roupas a arrastou ao fundo. Engasgou, sufocou, seus pulmões se encheram. A água lhe cobriu a cabeça.

A jornada do *Jho Sho Maru* desde Aberdeen foi longa e árdua. As notícias de seu progresso eram mandadas por telégrafo até Xangai, e dali transmitidas a Glover por vapores que partiam para Nagasaki. Seu lançamento do estaleiro Hall Russell fora um grande êxito, contradizendo os críticos que afirmavam ser impossível sustentar sessenta metros de comprimento e mil e quinhentas toneladas, que o navio encalharia na margem oposta do rio Dee. Mas as enormes correntes resistiram, o navio flutuou. Glover conseguia vislumbrar a cena, a enorme massa de aço se endireitando nas águas cinzentas. Agora esses mesmos críticos iriam ver; Aberdeen poderia competir com os estaleiros maiores situados mais ao sul, nos rios Clyde e Tyne.

Depois de embarcar todos os equipamentos necessários no cais Victoria e testar seus motores de mil cavalos, o navio deixou o porto, sob os gritos da multidão que comparecera para presenciar o lançamento. A princípio rumou para a Irlanda, onde apanhou parte da tripulação — quase cem marinheiros — e alguns engenheiros experientes. Dali rumou ao sul até o Cabo, onde por muito pouco não naufragou na névoa espessa. Após recarregar o carvão na Cidade do Cabo, seguiu até Xangai, resistindo às tempestades do oceano Índico. E agora, após cinco meses de viagem, avançava em direção ao porto de Nagasaki, onde meia cidade esperava para recebê-lo. A população estava animada, gritava, agitava bandeiras, uma banda de metais tocava uma marcha.

Glover estava à frente da multidão, numa seção reservada para os convidados ilustres, Ito e Iwasaki o acompanhavam. O menino também estava com ele, vestindo sua roupa de marinheiro. Glover o apresentou formalmente aos dois. Seu filho, Tomisaburo.

Seu filho.

Já estava com eles há um mês e ainda parecia confuso, perplexo, perguntava pela mãe, queria saber quando voltaria para casa. Certas vezes esquecia, perdia-se em brincadeiras, criava um mundo próprio, cumprindo alguma pequena tarefa. Então olhava de súbito ao redor, perdido, despertava de um sonho.

Com o rebuliço causado pela chegada do menino, passou-se uma semana até que Glover procurasse Maki novamente, que fosse falar com ela. Encontrou a casa novamente vazia, mas agora parecia abandonada, desabitada. A porta, desta vez, estava bem trancada. Duas mulheres do vilarejo passaram por ali, talvez as mesmas que encontrara na outra vez. Chamou-as, perguntou-lhes se sabiam onde estava Maki, mas escaparam como se fugissem do próprio demônio. Glover deu a volta até os fundos da casa, viu um lugar em que a janela de papel estava rasgada. Espreitou o interior; o lugar estava escuro, não se via muita coisa, mas o cheiro predominante era o de mofo, umidade — nenhum tempero ou incenso. Mais ao fundo encontrou uma grande vala onde o lixo da casa era despejado, e entre os detritos viu o que pareciam ser os restos amassados de um samisen.

A banda tocava outra marcha; Ito se endireitou, perguntou se a reconhecia. Pareceu-lhe apenas uma cacofonia, um estrondo emitido pelos metais desafinados. Mas Ito prestou continência, disse-lhe que era a marcha do exército rebelde, e era gloriosa. Cumprimentou o menino, que pareceu ainda mais confuso. Glover o tomou nos braços para tranqüilizá-lo, e para que pudesse ter uma visão melhor. Por um momento notou algo nos olhos do garoto, os traços de sua mãe.

Seguira da cabana desolada de Maki para a casa de Yumi. Seu marido estava lá, cheio de deferência e cortesia, mas por trás da formalidade se mostrava hostil, desconfiado, sorria com a boca mas não com os olhos. Yumi parecia desconfortável, não olhava para Glover, disse apenas que Maki partira, não voltaria mais. Glover sabia que não era apenas aquilo, Yumi não lhe contara a história toda. Também sabia que era inútil perguntar. Agradeceu, curvou-se ante o marido e foi embora, cavalgou lentamente até sua casa, sua vida.

O navio vinha na direção onde estavam, enorme. Só então se deram conta de seu tamanho descomunal. A proa estava decorada com um sol nascente, o mesmo que tremulava no mastro principal, na bandeira imperial.

Ito sorria.

— O imperador em pessoa vai subir a bordo. Será a capitânia da Marinha Imperial Japonesa.

A multidão bramia, exaltada. A banda tocava o hino nacional. Ito e Iwasaki acenavam. Glover ergueu seu filho ainda mais, sentou-o em seus ombros.

— Veja, Tomisaburo! — gritou. — Veja só!

14
GENGIBRE E DINAMITE

Tóquio, 1911

— ESTE VELHO AQUI NÃO TEM NADA para lhe contar.

Foi assim que Glover começou a entrevista, sentado na velha poltrona de couro, na sala de estar da sua casa espaçosa em Tóquio.

O jovem jornalista, Lawrence, a princípio pensou que aquele senhor estivesse falando sério, que sua viagem pelo frio e pela neve houvesse sido à toa. Mas então se deu conta de que os olhos do velho tinham um brilho jocoso.

Duas horas depois já tinha várias páginas de anotações, esforçando-se por manter o ritmo de Glover, que lhe contava a história dos seus dez primeiros anos no Japão. O estilo do velho era conciso, direto, por vezes parecia se vangloriar de suas conquistas.

— Digam o que disserem — afirmou Glover —, eu fui o maior dos rebeldes. Sem mim, este novo Japão nem sequer existiria. E fim de papo.

A história que contou era realmente admirável, um relato emocionante, cheio de atos de heroísmo e bravura. Chegara àquela terra com apenas vinte anos de idade, imaturo e inexperiente; o lugar era extremamente hostil aos estrangeiros, mas ele conseguira se destacar de maneira extraordinária, firmando-se como um dos homens mais poderosos do país menos de uma década depois.

Parecia uma história de ficção, um romance.

— Certamente trazia um fogo bem intenso dentro de si — disse o jovem.

— Sim — respondeu Glover. — Sempre tive um quê de revolucionário, de provocador. Aceita um pouco de chá?

Uma jovem criada japonesa trouxe uma bandeja. Cruzou o olhar com o de Lawrence, sorriu brevemente, serviu o chá em duas xícaras delicadas, de porcelana.

— Leito? — perguntou a moça.

— Leite — respondeu Lawrence. — Sim, obrigado, *arigato*.

A moça sorriu outra vez, encantada com seu sotaque, curvou-se e os deixou.

— Vejo que sucumbe facilmente aos seus encantos — disse Glover.

— Ela é fascinante — disse Lawrence.

— Certamente — disse Glover. — Yuko-san é um pequeno tesouro. — Mexeu seu chá. — Onde estávamos mesmo?

— O triunfo dos rebeldes — prosseguiu Lawrence. — A derrocada do xogum, a restauração do imperador, Ito-san eleito primeiro-ministro, o progresso do novo Japão, industrializado, encabeçado pela bandeira dos três diamantes, a Mitsubishi.

— Glorioso. — Glover pareceu se contorcer por um momento, uma expressão de dor. Em seguida se recompôs, indicou a Lawrence que continuasse.

— Tem certeza de que está bem?

— Minha saúde não está em seus melhores dias. O que mais deseja saber?

O velho parecia exausto, talvez fosse apenas o esforço de falar durante duas horas, mas Lawrence imaginou que haveria algo mais. Ao contar sua história, o homem havia revivido aqueles dez anos, os anos em que estivera plenamente vivo, ativo. Agora, era como se uma chama houvesse se apagado.

— Eu me mudei para Tóquio. Fiquei mais rico. Mais poderoso. Mais confortável. — Fez uma pausa. — Mais velho.

Fechou os olhos, respirou fundo. Bebericou o chá.

Lawrence esperou um pouco, tentou reiniciar a conversa.

— Passou por alguns... contratempos, logo após a rebelião.

— Era inevitável — disse Glover. — Foi um período de grandes turbulências, levantes.

— Tempos interessantes!

— Isso.

— O senhor estava essencialmente falido.

— Não gosto de usar essa palavra, mas podemos dizer que sim.

— Mas conseguiu se recuperar.

— Eu havia ganhado uma fortuna; quando a perdi, simplesmente ganhei outra.

— Então entrou para a Mitsubishi e se mudou para Tóquio.

— E o resto da história o senhor já conhece.

— Mas sempre manteve um pé em Nagasaki?

— Ainda tinha a casa.

— Ipponmatsu.

— Não tive coragem de vendê-la.

— Muitas memórias?

— Exato. Mas além do sentimento, também havia a questão prática. Meu filho Tomisaburo ainda vive lá, com Waka, sua mulher encantadora. Costumo visitá-los com freqüência. Minha filha Hana também está muito bem, casou-se com um rapaz decente, um inglês chamado Bennett. E já me deram quatro netos! Infelizmente, o rapaz trabalha para Ringer, meu velho parceiro, e o trabalho acabou por levá-lo à Coréia junto com toda a família.

— E o seu filho, Tomisaburo, nunca seguiu os seus passos?

— Em que sentido?

— Não tem o seu espírito aventureiro? Não ganhou e perdeu fortunas? Não incitou nenhuma revolução?

O velho sorriu.

— Tomi talvez não tenha o mesmo... *fogo*. Ainda assim, tem levado uma vida bastante digna. É um rapaz reservado, estudioso; imagino que seja de sua natureza. Já esteve no seu país, sabia? Estudou biologia na Universidade da Pensilvânia.

— É mesmo?

— Quando voltou, dedicou-se à navegação; de modo que eu talvez o tenha influenciado um pouco. Ajudei-o a negociar a compra do primeiro navio pesqueiro a vapor do Japão, o *Smokey Joe*, construído em Aberdeen. Revolucionou a indústria da pesca.

— O senhor não consegue parar, não é mesmo?

— Acho que não! Já o interesse de Tomi sempre foi mais acadêmico. Ele descia até o cais diariamente, checava a pesca do dia, mas não por motivos comerciais. Sempre foi apaixonado pela biologia, ficava ali examinando os peixes, catalogando-os. Há anos se dedica a um projeto, quer montar uma espécie de atlas com todos os peixes da região. Contratou artistas para que fizessem ilustrações detalhadas. É um empreendimento e tanto.

— E o senhor se dá bem com ele?

— Que tipo de pergunta é essa?

— Só imaginei que talvez não seja fácil para ele viver à sombra de uma pessoa tão famosa como o senhor!

Glover resmungou. Lawrence achou melhor mudar de assunto.

— E por falar em famoso, lembrei-me de uma musiquinha que tem feito muito sucesso nos bares de San Francisco. Vai gostar dela.

Pigarreou, cantou numa voz um tanto quanto nasal, marcando o tempo no braço da poltrona.

Em Nagasaki, acredite,
Só há gengibre e dinamite,
Lá os rapazes mascam fumo
E as mulheres,
Quase todas perdem o prumo!

Glover abriu bem os olhos, rugiu uma enorme gargalhada.

— Quase todas perdem o prumo!

Mas o riso o fez tossir, engasgou; esforçou-se por respirar, o rosto vermelho, levou uma mão às costelas, parecia tomado de dor.

Yuko surgiu apressada, trouxe um copo de água e o deu a Glover; o espasmo pareceu ceder, Glover se tranqüilizou.

— Isso é uma merda — comentou.

— Acho melhor eu ir embora — disse Lawrence. — O senhor está cansado.

— Está tudo bem — disse Glover. — Só não me faça rir! — Passou o copo a Yuko. — *Biiru, kudasai. Uisukii. Arigato.*

Ela pareceu insegura, quase relutante, mas então se curvou, olhou para Lawrence e deixou a sala.

— Só lhe pedi que me trouxesse algo um pouco mais forte — disse Glover. — Mas onde é que estávamos?

— Gengibre e dinamite!

— Ah, é mesmo!

Yuko voltou com uma bandeja de laca, deixou-a sobre a mesa. Trazia duas garrafas de cerveja e duas canecas, além de uma garrafa de uísque e dois copos baixos. Com a mesma graça e habilidade com que servira o chá, destampou as garrafas e serviu a cerveja, inclinando as canecas de modo que a espuma tivesse a altura exata. Despejou também uma dose de uísque em cada um dos copos baixos, Glover lhe pediu com um gesto que acrescentasse um pouco mais, estendendo o indicador e o polegar para indicar a quantidade. Então sorriu, agradeceu. Yuko se curvou outra vez, deixou-os a sós.

— Esta aqui veio da minha própria cervejaria — disse Glover, erguendo a caneca.

— Kirin — disse Lawrence. — Já a provei. É muito boa.

— O *kirin* é uma criatura mítica — explicou Glover —, metade cavalo, metade dragão. É um símbolo de boa sorte.

— Foi uma ótima escolha, então — disse Lawrence.

— De fato, foi — disse Glover, bebendo um gole. — Os holandeses foram os primeiros a trazer cerveja ao Japão, e os japoneses aprenderam rapidamente a apreciá-la. No início, é claro, era toda importada. Mas então um americano abriu uma pequena cervejaria em Yokohama, chamava-se Spring Barley. Não era tão boa quanto a Kirin, e acabou fracassando por diversos motivos. Mas a idéia era boa.

— E havia mercado para o produto.

— Sim, certamente. Eu vislumbrei o potencial da empresa, assumi o comando, aumentei a escala da produção, no final fomos bem-sucedidos.

— Fascinante.

— A história é sempre a mesma — disse Glover. — Basta fazer com que os japoneses fabriquem seus próprios produtos, aqui. — Esvaziou a caneca, apoiou-a na mesa, apanhou o copo de uísque. — O uísque, no entanto, ainda vem da minha terra. Há certas coisas que nem mesmo os japoneses são capazes de copiar!

Lawrence riu, ergueu o copo.

— À sua saúde!

— Temo que já não me reste muita — disse Glover. — *Kanpai!*

Beberam o uísque em grandes goles. Glover franziu o rosto, serviu-se um pouco mais, virou o copo de uma só vez; então se levantou e pediu licença.

— Preciso atender a um chamado da natureza.

Demorou um tempo extremamente longo para voltar. Lawrence aproveitou o momento para caminhar pela sala, ver o aspecto do lugar, as fotografias emolduradas na parede.

O *Jho Sho Maru*; um retrato de família, Glover e Tsuru com Tomisaburo e Hana. Glover no casamento de sua filha, no jardim de Ipponmatsu; uma foto recente de Glover, um senhor idoso e respeitável, cercado por oficiais da marinha japonesa, entre eles o almirante Togo; e sozinho, com um traje formal, uma medalha presa ao peito; Ito Hirobumi, vestindo uma túnica militar elaborada, coberta de medalhas, a foto tinha uma dedicatória a Glover; por fim, Glover quando jovem, em pé com as mãos nos quadris, o olhar confiante, vislumbrando o mundo que tinha pela frente.

— Memórias de uma vida inteira — disse Glover, voltando à sala — que acabou nisto aqui; dolorido, arrogante, mijando sangue.

— Sinto muito.

— Eu também, garoto. Eu também. — Sentou-se outra vez na poltrona. — Os médicos acham que é a doença de Bright. Uma falência progressiva dos rins. Não é nada agradável.

— Não.

— Disseram que eu não deveria beber nem fumar, que precisava cuidar da alimentação. Eu lhes perguntei: "Pelo amor de Deus, para quê?"

Lawrence riu entre os dentes, tentando se conter.

— Afinal de contas — continuou Glover —, já estão todos mortos. — Abriu os braços, tentando abarcar todos eles, seus contemporâneos. — Todos se foram, já não estão mais aqui. — Serviu mais uísque, encheu seu copo e o de Lawrence. — Tsuru faleceu há mais de dez anos. Está enterrada em Nagasaki, no cemitério de Sakamoto. Quando der meu último suspiro, vou me deitar ao seu lado. — Ergueu o copo outra vez. — Saúde.

— *Kanpai* — disse Lawrence, mais contido.

— Quando Tsuru morreu, Martha, minha irmã querida, se mudou para cá. Ela perdera o marido e uma filha. Nossos pais já haviam partido há muito. Sugeri que viesse morar comigo, respondeu-me: "Por que não?"

— E ela gostou do lugar, acostumou-se à vida aqui?

— Como um peixe dentro d'água! Sempre teve uma inclinação à espiritualidade; quando chegou, converteu-se ao catolicismo e passou a se dedicar às boas obras. Foi muito querida por aqui. Também está enterrada em Sakamoto.

Do lado de fora, o dia começava a escurecer. Yuko entrou na sala e acendeu as lâmpadas, fechou as cortinas, acrescentou mais lenha à lareira.

Glover olhou para as fotografias penduradas na parede, a luz do fogo cintilava no vidro.

— Ito também se foi. Morto pela pistola de um assassino. Um jovem nacionalista coreano, fanático. Quem poderia acreditar? Ito, o grande rebelde, o grande reformista, executado em nome da revolução.

— Assim são as coisas — disse Lawrence. — Cada geração cresce em meio aos escombros da anterior.

— Ito manteve contato comigo até o fim dos seus dias — disse Glover. — Ainda escrevia poemas, e me enviou o que talvez tenham sido seus últimos versos. Sei recitá-los de cor:

"Nada muda no Universo.
Passado e presente se confundem.
Os peixes nadam em águas profundas.
As gaivotas pairam, cruzando o céu."

— Muito significativo — comentou Lawrence. — Bem mais que o *Gengibre e dinamite*!

— Mas Ito teria adorado essa canção! — disse Glover. — Com toda certeza!

— Pelo que vejo, o senhor também tem um gosto por música — comentou Lawrence, indicando um gramofone sobre uma mesinha. A luz do fogo reluzia na caixa de mogno lustrado, na trompa de bronze.

— Um milagre da tecnologia moderna — disse Glover. — Ontem à noite, o senhor poderia jurar que o conde John McCormack estava cantando aqui dentro desta sala! Mas escute isto aqui. — Retirou um disco de uma capa de papel pardo. — Conhece a música dos senhores Gilbert e Sullivan?

— Não entendo muito de ópera.

— Eu também não. Não suportaria me sentar num teatro para ouvir uma peça inteira, ficaria com a cabeça doendo e a bunda dormente! Mas estes camaradas são incrivelmente interessantes. Este aqui foi retirado de *O mikado*, e duvido que seria muito bem aceito aqui no Japão! Foi-me dado de presente por uma pessoa do consulado, que o trouxe de Londres, imaginou que eu gostaria de ouvi-lo. Veja bem, isso é o que quero que escute.

Levantou a agulha, posicionou o disco sobre o prato, girou a manivela, baixou o braço sobre o disco de baquelita, a agulha correu sobre o sulco. Ouviu-se um chiado, uma crepitação, mas então sobreveio o som inconfundível de uma banda, tocando com vigor.

— Aí está! Essa música que está ouvindo é a marcha do *kingire*, o exército rebelde que derrotou o xogum. Foi tocada na chegada do *Jho Sho Maru*. Os japoneses são famosos por sua natureza estóica, pouco emotiva. Mas posso lhe jurar que Ito tinha lágrimas nos olhos naquele momento!

A música chegou ao fim, a agulha estalou, presa ao final do disco. Glover ergueu o braço, recolocou-o em seu suporte, parecia também bastante tocado.

— Se me permite a insolência — comentou Lawrence —, Ito e seu governo também foram alvo de acusações.

Glover o olhou fixamente.

— Como o senhor disse há um instante, assim são as coisas.

— Foram criticados principalmente por sua beligerância.

— Está se referindo às guerras com a China, com a Rússia.

— Ambas iniciadas pelos japoneses.

— Aprenderam com seus predecessores. Como qualquer país em crescimento, precisam defender suas fronteiras.

— Tentando expandi-las.

— A guerra com a China se deu em virtude de alguns territórios disputados.

— A Manchúria e, por conseguinte, a Coréia.

— O Japão é um país muito pequeno, cercado de vizinhos grandes e predatórios. Assim, enxergava a Coréia como uma zona de proteção.

— E a vitória sobre esse país foi justamente a causa da hostilidade que resultou no assassinato de Ito.

— Está se referindo a um amigo meu, senhor. Está passando dos limites.

Lawrence notou que Glover estava irritado; tinha um gênio forte, exasperava-se com facilidade. Por um momento, deu-se conta do jovem que aquele homem fora um dia.

Yuko voltou à sala, ansiosa ao ouvir a voz exaltada de Glover.

Lawrence recuou.

— Peço que me perdoe, senhor Glover. Não quis ofendê-lo.

— Ora, está bem — disse Glover. — Só não se esqueça de que o senhor está na minha casa.

— É claro. — Lawrence olhou para Yuko, deu de ombros e sorriu. Ela não respondeu, levou a bandeja com os copos vazios.

Glover esperou até que ela saísse, ergueu novamente os olhos, encontrando os de Lawrence.

— Pelo que me lembro, a imprensa britânica e a americana pareciam bastante entusiasmadas com o resultado dessas contendas. De fato, o que se viu foi um regozijo generalizado, especialmente depois que o Urso Russo saiu com o nariz sangrando.

— Graças ao Macaco Japonês! — disse Lawrence.

— Isso — respondeu Glover. — Ito ficava particularmente furioso com essa caricatura que faziam do seu povo.

— Assim somos os jornalistas!

O jovem se esforçava por retomar a atmosfera jocosa e amigável de antes. Mas Glover se manteve sério.

— De fato, tomei conhecimento de outros relatos após o conflito com a China — comentou Glover —, mas em geral não lhes dei muita importância.

— Histórias de barbárie, brutalidade, crueldade excessiva.

Glover assentiu.

— Sim, esses foram os boatos que ouvi.

— Foram documentados por um compatriota meu, um contrabandista de armas chamado James Allan, um errante, que por acaso estava presente no local — continuou Lawrence. — Escreveu um relato bastante explícito sobre a história toda, que não recomendo às pessoas de estômago fraco. O que descreve não é nada mais, nada menos que uma carnificina, um exército japonês descontrolado, tomado de uma selvageria inacreditável! Matanças aleatórias, corpos decapitados empilhados nas ruas, cabeças fincadas em lanças.

— O senhor parece descrever essa cena imaginária com certo prazer, senhor Lawrence. Talvez devesse se dedicar a escrever historietas de terror, como estas que vendem os jornaleiros por um centavo. Tenho certeza de que o seu amigo, o senhor Allan, poderia fazer o mesmo.

— Ao que me consta — disse Lawrence —, ele apenas noticiou a atrocidade que presenciou, e o que considera ter sido sua fuga milagrosa.

— Disse que é um contrabandista errante — disse Glover. — Talvez tenha adornado a história, para torná-la mais interessante.

— Talvez.

Ficaram em silêncio por um instante, Glover fitava o fogo, então ambos tentaram falar ao mesmo tempo.

— Eu...

— Mas...

— Por favor — disse Lawrence, deferente.

— Estava por dizer que a vitória fácil talvez tenha, de certa forma, embriagado os soldados japoneses. Foi a primeira disputa militar do Japão fora de seu território em duzentos anos.

— Pois bem — disse Lawrence. — Estão recuperando o tempo perdido. A vitória que obtiveram contra a Rússia foi rápida, e igualmente inesperada.

— A Rússia já se mostrava beligerante desde a contenda com a China. É claro, tinha seus próprios interesses na região, apoiada pela força bastante persuasiva da sua marinha, e forçou a devolução dos territórios disputados. Para os japoneses, tornou-se uma questão de honra.

— Não é sempre uma questão de honra?

— Eles vivem com base num código — disse Glover. — E não podemos desconsiderar esse fato de maneira tão leviana.

A espada de Matsuo, embainhada, repousava na parede.

Lawrence passou os olhos pelas fotografias, indicou aquela em que Glover estava ao lado dos oficiais da Marinha.

— Vejo que já esteve com o almirante Togo.

— Mais de uma vez — disse Glover. — Conheço-o bem.

— O modo como conduziu a campanha da Rússia foi descrito por um observador como a própria aplicação do *bushido*, seus ataques pareciam os golpes precisos de uma espada samurai.

— O almirante certamente ficaria orgulhoso ao ouvir essa descrição. Sabia que, quando criança, operou um canhão durante o bombardeio de Kagoshima?

— É mesmo?

— Mas a derrota não lhe causou nenhuma raiva; pelo contrário, encheu-se de admiração, do desejo de competir com o poder marítimo dos britânicos e americanos, seguindo seu exemplo.

— Eu diria que, a qualquer momento, terá realizado esse desejo — disse Lawrence. — Com uma boa ajuda sua!

Olhou para o retrato de Glover, ostentando sua medalha.

— Imagino que essa seja a condecoração que recebeu do imperador.

— Sim, ainda no ano passado — disse Glover, endireitando as costas. — A Ordem do Sol Nascente. Foi uma grande honra para mim.

Novamente pareceu sentir dor, respirou fundo, um arquejo rápido.

— Me desculpe — disse Lawrence. — Já lhe tomei bastante tempo.

— Foi um prazer — disse Glover, recuperando-se. — A maior parte do tempo, pelo menos! — Cumprimentou o jovem, seu aperto de mão ainda era firme, seu olhar claro, direto.

— Muito obrigado — disse Lawrence. — O senhor faz parte da história deste país, desta era.

— Um monumento vivo!

— Provocou mudanças — disse Lawrence. — Quantos de nós podem dizer o mesmo?

Glover olhou novamente para as fotografias na parede.

Sua vida.

— Acho que nenhum de nós poderia imaginar que a transformação seria tão rápida. O Japão passou da Idade Média ao século XX em apenas quarenta anos. É claro que, muitas vezes, as coisas foram bastante confusas. Mas o que temos agora é um país dinâmico, voltado para o futuro. Acredito que Ito e os demais provocaram mudanças maravilhosas. Não se limitaram a eliminar o xogum e o *bakufu*, que controlavam toda a vida do país. Os *daimyos* também perderam seu poder, e os samurais não cruzam mais as ruas com aquela arrogância insolente, esperando que todos se curvem ante sua presença. Antigamente, a sociedade era completamente estratificada, tínhamos os trabalhadores pobres e, abaixo deles, os *eta*, que na verdade nem sequer pertenciam à sociedade. Não tinham nenhuma espécie de direito.

— Como os intocáveis, na Índia.

— Exato. Legalmente, nem sequer existiam, eram completamente ignorados. A não ser, é claro, quando era preciso fazer o trabalho sujo no qual ninguém mais queria pôr as mãos. Abater animais e estripar as carcaças, enterrar os mortos, auxiliar nas execuções.

— E a situação dessas pessoas se alterou?

— O imperador promulgou um decreto segundo o qual os *eta* são considerados seres humanos, possuem direitos e liberdades. Podem viver e trabalhar onde escolherem, e, como os camponeses, são chamados *heimin*, as pessoas comuns.

— Que progresso! — disse Lawrence.

— De fato — disse Glover, apertando os olhos, fitando Lawrence fixamente. — Ainda não é uma democracia, mas já é um passo nessa direção.

— Uma democracia presidida pelo imperador, o Filho do Céu.

— Ele é uma figura simbólica. Na prática, governa simplesmente dando um exemplo de conduta, adotando os novos costumes. Quando cortou o coque de seu cabelo, metade dos homens do país o imitou!

— Por acaso conhece o senhor Rudyard Kipling? — perguntou Lawrence.

— *Se és capaz de manter tua calma quando todos ao teu redor já a perderam, culpando-te a ti.* Isso sim é poesia de primeira!

— Sem dúvida.

— Sim, ele visitou Nagasaki há alguns anos. Eu o conheci em uma recepção no Clube dos Estrangeiros. Por que pergunta?

— Por nada, é que eu também o conheci. Na verdade, cheguei a entrevistá-lo, e ele se queixou de algumas das mudanças, que via como uma modernização rápida *demais*.

— Lembro-me de que ele detestava ver japoneses usando ternos ocidentais! Disse-me que os antepassados dos japoneses talvez estivessem certos ao levarem os primeiros missionários cristãos ao espeto!

— Realmente, ele é uma figura!

Sem ser chamada, Yuko entrou na sala, trazendo o chapéu e o sobretudo de Lawrence.

— *Arigato gosaimasu.* — Lawrence se curvou.

— *Do itashimashite.* — Yuko se curvou, mais profundamente.

Lawrence se dirigiu a Glover outra vez.

— Por acaso teve contato com um outro escritor, um francês chamado Pierre Loti?

— Creio que sim, uma vez, de passagem. Por quê, também o conheceu?

— Não, quando cheguei a Nagasaki ele já havia partido. Apenas me perguntei se os seus caminhos não teriam se cruzado. Escreveu um romance bastante famoso, chamado *Madame Chrysanthème.*

— Já ouvi falar desse livro. No entanto, acho que ainda era criança quando li meu último romance. Contos de aventura. *A Ilha do Tesouro. Robinson Crusoé.*

— Ótimos livros. Eu também os li! Mas esse tal de Loti não estava nem um pouco encantado com os japoneses, o que se percebe pela sua escrita. Mesmo assim, iniciou uma moda pelo *japonisme*, *japonaiserie*. Um americano chamado Long escreveu um romance bem mais agradável, chamado *Madame Butterfly*, dramatizado pelo *signor* Puccini, que lhe compôs uma ópera.

— Como disse, não sou um grande conhecedor de óperas.

— Não, é claro. — Lawrence abotoou o casaco. — Me perdoe, é apenas conversa fiada. Curiosidades tolas. Mas, se me permite, vou tentar encontrar edições desses romances e enviá-las ao senhor, juntamente com uma gravação de *Madame Butterfly*.

— É muita gentileza sua — disse Glover.

— Gostaria muito de saber sua opinião sobre eles — disse Lawrence. Fez menção de dizer algo mais, mudou de idéia, preferiu fazer um comentário sobre a casa, como era bem construída, e numa localização excelente.

— Isso é o que eu chamo de conversa fiada! — disse Glover. — Mas sim, é uma ótima casa, comprada essencialmente com o dinheiro da Mitsubishi, com alguma ajuda de Ito-san.

— O bairro se chama Azabu?

— Isso mesmo. Na verdade já estamos no interior, no Parque Shiba. O único inconveniente é a distância até o escritório da Mitsubishi em Marunouchi, cinco quilômetros. Até pouco tempo atrás eu ia até lá todos os dias, mas a viagem de *jinrikisha* por essas ruas velhas e esburacadas era infernal. E, naturalmente, num clima como este, estaria fora de cogitação.

— Quinze centímetros de neve em algumas estradas.

— De qualquer forma, já não tenho saúde para esse tipo de coisa.

— Talvez ao chegar a primavera.

— Quem sabe.

Lawrence sentiu um incômodo repentino, as palavras e o silêncio pendiam entre eles com um peso insustentável. Estavam discutindo a mortalidade, sem discuti-la.

— Minha carruagem já deve estar me esperando ali na estrada — disse Lawrence, por fim.

— Que Deus o acompanhe em sua jornada — disse Glover, e se apertaram as mãos novamente.

Yuko abriu a porta, o vento trouxe uma lufada de neve para dentro da casa. O visitante saiu e Yuko bateu a porta rapidamente, então acompanhou o velho patrão até a sala de estar, alimentou o fogo da lareira; Glover ficou ali sentado, vendo-o tremular, reluzir.

Ainda fazia frio, embora a neve já começasse a ceder, quando Tomisaburo veio a Tóquio, algumas semanas depois. Glover gostava muito do filho, suas visitas sempre o alegravam, mas lamentava a austeridade, a formalidade com que sempre se tratavam.

Hana tinha um feitio diferente, era a própria cara do pai, herdara seu gênio forte, sua vivacidade, sabia como alegrá-lo, aplacá-lo quando necessário, fazê-lo rir. Mas Tomi sempre se mantinha mais distante, reservado.

Aquele maldito jornalista acertara em cheio, colocara o dedo em sua ferida. Ficara contente em conversar com o homem, retomar todas aquelas lembranças. Mas a entrevista o esgotara, deixara-o irritado de um modo que não compreendia muito bem.

Yuko apanhou o chapéu e o casaco de Tomisaburo, que se curvou para ela, ligeiramente acanhado, como sempre ficava na presença de mulheres jovens. Estava agora sentado na poltrona próxima à lareira, de frente para o pai, bebericando seu chá enquanto o velho lhe contava da visita do jornalista, de como o inquietara.

— Provavelmente lhe contou coisas demais — disse Tomisaburo.

— É verdade — respondeu Glover. — Creio que sim. É provável que transforme a entrevista numa matéria sensacionalista para um tablóide qualquer! — Soltou uma gargalhada que o fez tossir, sentiu a facada de dor no flanco. — Meu Deus! — exclamou. — Se não posso nem mesmo rir, não me resta muito.

— Deveria descansar mais — disse Tomisaburo, preocupado.

— Ora! — respondeu o pai. — Terei uma eternidade de descanso à minha frente, de qualquer maneira. Mas me conte, o que o traz a Tóquio?

O olhar de Tomisaburo se alegrou.

— Queria vê-lo, naturalmente. Mas também precisava receber uma entrega de papel artesanal, para o livro.

— Ah — disse Glover. — O seu atlas.

— Contratei mais alguns artistas, e o trabalho já está bastante adiantado. Segundo minhas pesquisas, existem quinhentas e cinqüenta e oito espécies de peixes nas águas ao redor de Kyushu, e o livro terá, no total, mais de oitocentas ilustrações, incluindo desenhos de moluscos e baleias.

— Fantástico! — disse Glover, sinceramente impressionado. Mas não conseguiu deixar de acrescentar, ligeiramente irônico: — Não se esqueça de agradecer ao almirante Togo pelo progresso do seu projeto.

Tomisaburo pareceu intrigado.

— Como assim?

— Foi a sua vitória sobre os russos que estendeu as águas de pesca japonesas.

— Ah — disse Tomisaburo, sério. — É claro.

— E a quantas anda a indústria pesqueira? Como vai o *Smokey Joe*?

— Muito bem — respondeu Tomisaburo, novamente confiante. — Um outro pesqueiro a vapor está a caminho vindo de Aberdeen, e mais dois estão sendo construídos no estaleiro Mitsubishi.

— Excelente.

— E estamos planejando, de maneira experimental, enviar carregamentos de peixes aos mercados de Osaka, pela nova estrada de ferro.

— Se tivessem me dado ouvidos — disse Glover —, a ferrovia já estaria pronta há quarenta anos!

Os trilhos assentados sobre o Dique, o motor roncando entre nuvens de vapor, a multidão agitada, Glover soando o apito, disparando sua pistola para o alto.

— Talvez o país ainda não estivesse pronto, não fosse o momento certo.

— Ora! — retrucou Glover. — Você sempre peca pelo excesso de cuidados!

Tomisaburo fez uma expressão séria.

— Sou o que sou, e o que a vida fez de mim.

— Tome mais um pouco de chá, pelo amor de Deus! — disse Glover. — E me conte o que mais está acontecendo em Nagasaki.

Tomisaburo relaxou um pouco.

— Espero ser eleito presidente da Associação de Golfe de Nagasaki — contou. — Temos planos de abrir um curso público em Unzen.

Glover riu.

— Lembro-me de quando dava minhas tacadas no alto do penhasco de Stonehaven! Naquele dia, alguém comentou que o jogo talvez fizesse sucesso no Japão. Mas esse foi um dos progressos que não fui capaz de prever!

Bandeiras ao vento no mar do Norte. Negócios inacabados.

— O Clube Internacional está crescendo — disse Tomisaburo, com um orgulho ligeiramente hesitante. — Faço parte do comitê.

— É um rapaz bastante ocupado — disse Glover.

— Há pouco fizemos uma reunião para inaugurar nossas novas instalações. E adivinhe onde estão situadas?

— Em Maruyama — arriscou Glover —, no quarteirão das flores!

— Não — respondeu Tomisaburo, paciente. — Em Dejima.

— Dejima! — disse Glover. — Esse *sim* é um lugar bem adequado!

Jovem, recém-chegado, canhestro e impulsivo. A multidão do outro lado da ponte, janelas estilhaçadas. A noite quente. Aquela primeira moça.

— É sim — disse Tomisaburo —, com toda certeza! Eram setenta e seis sócios no encontro, entre japoneses, americanos e europeus; havia até alguns russos e chineses!

— Você sempre me surpreende. Talvez realmente possamos ter alguma esperança no futuro.

— Esse é justamente o propósito do clube — respondeu Tomisaburo, novamente sério —, nutrir essa esperança através dos laços de amizade e compreensão mútua.

— É um objetivo nobre.

— Foi realmente uma noite esplêndida. — Tomisaburo se entusiasmou. — O prefeito presidiu o evento e o governador esteve presente, bem como o cônsul americano. Ainda assim, tudo correu sem nenhum excesso de formalidade, e o jantar prosseguiu numa atmosfera muito amigável. Foi excelente.

Glover riu outra vez.

— Tomi, às vezes você parece um perfeito cavalheiro inglês!

Tomisaburo pareceu confuso com o comentário.

— É mesmo — respondeu, e então se calou.

Glover sabia que as coisas não haviam sido fáceis para o menino. Seus tempos na escola, em Gakushuin, foram conturbados. Os outros garotos, filhos de aristocratas, evitavam-no, chamavam-no de mestiço. Mais de uma vez apanhara dos outros, voltara para casa sangrando, mas resistira, estóico, retraíra-se em sua carapaça, para algum lugar seguro em seu interior, uma concha protetora.

Sou o que sou, e o que a vida fez de mim.

— A ironia — continuou Tomisaburo, algum tempo depois — é que muitos dos cavalheiros ingleses com quem lidei me vêem como um japa convencido, com delírios de grandeza social.

— O pior dos dois mundos — disse Glover, sentindo de súbito o peso da situação.

Sentaram-se novamente em silêncio. O fogo crepitou na lareira.

— Não sei se lhe contei — disse Tomisaburo — que sou *ujiko*, pároco do Templo de Suwa. É um cargo vetado aos forasteiros, estrangeiros. Então, ao menos ali posso ser considerado inteiramente japonês.

— Conheço o Templo de Suwa — disse Glover. — Ainda guardam o cavalo branco, que deve ser montado pelos deuses?

— Guardam.

Passando pelo templo, cavalgando às pressas para se encontrar com Maki. O menino assombrado, apavorado com o cavalo, com o gaijin *terrível que surgira para alterar todo o seu mundo.*

— O que pensa dessas coisas? — perguntou Tomisaburo, inseguro.

— Que coisas?

— Templos. Cavalos brancos. Os deuses.

— Religião?

— Religião, filosofia, superstição, como quiser chamá-la. Nunca falamos desses assuntos.

— Não. — Glover pensou no assunto por um momento. — Suponho que eu tenha herdado uma certa reticência do meu pai, que Deus o tenha.

— E também herdou as suas crenças?

— Acredito que sim. O fatalismo mórbido do Norte! Talvez tenha passado minha vida inteira tentando desafiá-lo, ou ignorá-lo, mas ainda assim está lá, na base de tudo o que vivo e penso.

— Nunca foi abalado pelas teorias do senhor Darwin?

— Nunca me pus a refletir muito sobre elas.

— Para mim, são idéias fascinantes.

— Falou o biólogo!

— E o interessante é que, do ponto de vista xintoísta, ou mesmo budista, não há nenhum conflito com essas idéias. O xintoísmo possui um animismo inerente, a idéia de que tudo tem uma alma, e que a alma transmigra. O budismo já reconhece a idéia da evolução, por meio da reencarnação. A tradição judaico-cristã é a única que tem um problema a resolver.

— E você acredita nessa... reencarnação, a idéia de que vivemos muitas vidas?

— Eu tento manter a mente aberta e viver cada momento da melhor forma possível.

— Você está certo — disse Glover —, nunca discutimos essas coisas.

— Não.

— Nem muitas outras, de qualquer forma.

— Você sempre foi um homem ocupado.

— E agora sou um homem velho, um homem doente, e logo serei um homem morto.

— Esse momento chega para todos nós, pai.

— Chega cedo demais. — Glover tossiu e o espasmo o sacudiu, a facada no flanco foi tão aguda que ele gemeu, sufocou, tentou retomar o fôlego. Tomisaburo chamou Yuko, que já estava a caminho trazendo água, uma jarra inteira; serviu um copo e Glover o bebeu em grandes goles, estendeu-o para que o enchesse novamente, a mão tremendo; tinha o rosto vermelho e suava, Yuko lhe secou a fronte com uma toalha, disse a Tomisaburo, em japonês, que seu pai estava cansado e precisava descansar, que estava grato pela visita, mas que ela talvez pudesse sugerir, com toda humildade e respeito, que seria melhor se ele partisse.

Tomisaburo concordou, curvou-se. Glover acenou com a mão, esforçou-se por falar.

— Mas que droga! — exclamou. — Estes ataques estão ficando piores. — Respirou fundo. — São cada vez mais freqüentes.

Tomisaburo estava ansioso.

— Talvez devesse ir ao hospital. — Olhou de relance para Yuko, buscando apoio, confirmação. Ela desviou o olhar.

Glover acenou outra vez com a mão, contorceu o rosto, conseguiu falar.

— Não há nada que possam fazer. — Concentrou-se intensamente. O pior já havia passado. — Quando chegar o momento, quero que seja aqui, sob os cuidados deste anjo da guarda.

Yuko não entendeu muito bem, mas captou a idéia do que Glover dizia. Apoiou uma mão em seu braço, virou-se e deixou a sala, ligeira.

Glover se levantou, instável, mas novamente no comando da situação.

— Foi bom revê-lo, Tomi. Bom falar com você. — Estendeu a mão, cumprimentaram-se.

— Vou voltar — disse Tomisaburo. — No mês que vem.

Glover fez que sim, mas seus olhos traziam algo como uma certeza, uma presciência.

— Diga a Waka, e também a Hana e seus filhos quando os encontrar, o quanto os amo.

Glover comprimiu com força a mão do filho, disse "Ora!" e o abraçou, algo que não fazia desde que Tomi deixara a infância. E o homem Tomisaburo pareceu espantado, estonteado.

— Deveríamos ter conversado mais — disse Glover.

— *Hai* — concordou Tomisaburo. — Sim.

Glover cruzou a sala, retirou da parede a espada samurai embainhada, virou-se e a estendeu, com as duas mãos.

— Quero que fique com isto.

— Mas esta... — disse Tomisaburo. — Esta é... é...

— Eu sei — respondeu Glover. — Por favor. — Curvou-se, deu um passo à frente, estendeu a espada mais uma vez. E Tomisaburo, tomado pela formalidade ritual do momento, nada pôde fazer além de responder, curvar-se, receber a espada.

Glover notou por um instante, nos olhos de Tomisaburo, um leve traço das feições de sua mãe, apenas um vislumbre, que então se perdeu.

— Ah, meu filho — lamentou. — Sinto muito.

— Por quê?

— Apenas sinto.

Tomisaburo se curvou novamente, apoiou a fronte sobre a espada.

Seu corpo ardia. A dor o atravessava, rasgando-o por dentro, um tormento insuportável. Foi tomado por tremores, tinha a roupa colada ao corpo, encharcada de um suor azedo. O que era aquilo? Teria morrido e descido ao inferno? O pastor falara disso num sermão, naquela igreja cinzenta e úmida, no frio do norte, uma vida atrás. Não nos deixeis cair em tentação. Mas livrai-nos do mal. Queimar no fogo do inferno. O salário do pecado. O fogo lhe queimava o corpo, a febre, contorcia-se e chutava os lençóis, puxava a gola da camisa. Precisava se refrescar, aplacar as chamas. Imaginou-se mergulhando num rio fresco, viu-se como um garotinho magrelo, saltando pelado da ponte, os braços agitados, as pernas pedalando no ar e caindo no Don, salpicando a água fria, descer até o fundo e emergir ofegante, exultante, sacudir-se como um vira-lata ensopado, correr pela margem, galgar novamente a ponte e mergulhar outra vez, pelo puro prazer de fazê-lo, a sensação. Viu-se ainda jovem, vagando pela cidade com sua patota, bêbados, subindo no parapeito, equilibrando-se ali, e o jovem Robertson tombando da ponte, caindo no rio, não pensou duas vezes, correu pela margem e entrou na água para retirá-lo dali. E ganhe a abóboda da ponte. Ensopadas suas roupas molhadas botas todas encharcadas. Robertson. Ainda estaria vivo? Um velho com família adulta, netos. Santo Deus, Annie. Aqueles cachos loiros, o gorro, uma noite de verão em Brig o' Balgownie. Moça bonita. Entre as dunas, um longo espasmo, jorrar para o nada, fornicar.

Trepar. O lenço branco de Annie, manchado de vermelho. Trepar. Não. Ah, Tam. Ah, Tam. Vais ganhar o teu quinhão. No inferno, vão te assar como um leitão. Queimar, girando num espeto. Não, isto não.

Sentou-se na cama, estava ali, era noite, a vigília da madrugada. Sim. Na mesa-de-cabeceira, uma jarra com água. Yuko, que Deus a abençoe, um pequeno tesouro. Alcançou a jarra, as mãos tremiam, levou-a aos lábios e bebeu do gargalo, derramou a maior parte, mas a secura o matava, precisava engolir aquela água, bebeu e bebeu saciando a sede, derramou e salpicou, molhou o rosto a camisa os lençóis, bebeu. Estava em casa, sua própria casa. Azabu. O Parque Shiba. Tóquio. Japão. Quando garoto, na escola, no ginásio sólido, de granito, em Chanonry, escreveu seu nome e endereço no caderno de exercícios, na contracapa. Thomas Blake Glover. Estação da Guarda Costeira. Bridge of Don. Aberdeen. Escócia. Grã-Bretanha. Europa. Hemisfério Norte. Terra. Sistema Solar. Universo. Girar o globo no escritório do corretor de navios, parar com o dedo no Japão. Cuidado: dragões. Uma terra que manava leite e mel. É um pouco longe, não é mesmo?

Agora tremia, a água que derramara começava a resfriá-lo. E o frio era mais assustador que o fogo, essa idéia, descender à escuridão infinita, enterrado no solo duro e frio. A terra. Sem forma e vazia. Nada. Um tigre, seu fogo brilhara intenso. Agora, o fogo seria apagado, extinto. Tomi dissera que permanecíamos. Enquanto a Terra girar. Chegar de uma vez ao fim, terminar, não ser. Ir para o céu ou para o inferno, para sempre, um sonho ou um pesadelo eterno. Voltar, voltar outra vez. Logo descobriria. Logo saberia.

Agora os calafrios o tomavam por inteiro. Era inverno. Lá fora, a terra estava gelada, as árvores, nuas. Azabu. Parque Shiba. Tóquio. Kyushu. Japão. Ásia. Hemisfério Norte. Terra. Sistema Solar. Universo. O vácuo. A camisa molhada. Enroscou-se sob as cobertas, encolheu-se para buscar novamente algum calor. Queria dormir, temia não despertar se o fizesse. Ficou imóvel, encolhido, sentiu que o calor voltava ao seu âmago. *Atsuka!* O velho Ken Mackenzie rira daquilo. Ken também já se fora há muito, morto e enterrado, e Walsh, num acidente qualquer logo após voltar para casa. O incorrigível. A quadra dos prazeres, imerso na banheira quente. A porta *shoji* se abriu.

Sono.

Oh, menina, tão moça tão moça, e o bebezinho que nem chegou a viver. Não queria pensar naquilo, em nada daquilo, queria apenas dormir, mas os pensamentos voltavam, açoitando-o. Kagoshima, a cidade bombardeada, dizimada, o fogo devastando toda a costa, o cheiro de queimado, os corpos mortos, apenas carne. Sono. Um filete de fumaça ao olhar para trás. A dor o atravessou outra vez, e outra, era agora um latejo persistente, constante, e de tempos em tempos sobrevinha uma ferroada profunda, a pontada aguda de uma navalha em seu flanco. Dera a espada de Matsuo a Tomisaburo, vira a expressão em seus olhos, o olhar que trazia a lembrança de Maki, aqueles tempos passados mas ainda ali, presentes, na memória. Maki. O som do samisen. As noites no Sakura, sua intensidade crua, o fogo da carne, nunca tão vivo, antes ou depois. Deitado em seus braços, profundamente saciado, aspirando seu perfume, ouvindo seu riso. As histórias que lhe contava, entrecortadas. Uma mão batendo palmas. Cortar o gato ao meio. A beira do abismo, perseguido por um tigre, outro à espera, o doce sabor do morango. O tigre rugiu. Fogo intenso. Gengibre e dinamite. Em Nagasaki. Os rapazes mascam fumo e as mulheres, as mulheres. Sentiu outra pontada, viu Tsuru, sua querida esposa por tanto tempo, a jovem que fora, envelhecera com ele e se fora. Retornara ao pó, em Sakamoto. Logo estaria com ela, quando chegasse o momento, em breve. Deixar-se cair no sono, apenas deixar, soltar.

Estava a caminho de Ipponmatsu onde todos o esperavam, faziam uma festa em sua homenagem. Mas cada passo exigia esforço, cansaço, e seu andar era tão lento tão dolorosamente lento. Alguém lhe deu um lenço branco com o qual limpou o suor do rosto, tão quente, *atsuka*, a dor o perfurou novamente e tossiu, engasgou, escarrou no lenço, viu ali a mancha de sangue vermelho-vivo, abriu-o um pouco mais e era a bandeira japonesa e não ousou jogá-la ao chão. Mais um passo à frente, para cima, mais um, e dor. Descansar apenas, só isso. Parou e se apoiou numa árvore. Todos já o esperavam dentro da casa. Então uma figura conhecida se dirigiu a ele em grandes passadas, um vulto hostil e sombrio, uma ameaça, não conseguiu se mexer, não pôde sair de seu caminho. Takashi já havia desembainhado a espada, vinha em sua direção, a lâmina erguida, nada a fazer além de curvar a cabeça, a lâmina brandida com força, mas não o acertou, o golpe bloqueado por um ramo da árvore. Aquilo já ocorrera antes. E isto também, Takashi ajoelhado, inclinando-se à frente sobre a navalha. Glover era a testemunha e Ito era o *kaishaku*, o amigo pronto para decapitá-lo. Um único golpe certeiro e a cabeça rolou pelo chão, a expressão feroz, contorcida. Mas o rosto era o de Glover, encarando-o, caído sobre a bandeira deitada ali. Não conseguia se mexer, precisava fazê-lo, juntou todas as suas forças e conseguiu emergir daquele sono, um sonho, tudo um sonho.

Isto era real. Isto. A dor constante cada vez mais profunda, intervalos menores entre as facadas. Isto. Os pés descalços no chão, a camisa empapada de suor colada ao corpo. Isto. Vela acesa na cabeceira, seu brilho. O penico de porcelana sob a cama. O esforço para se curvar e apanhá-lo. Merda. Deixá-lo no chão, se levantar, mijar um jato vermelho, ardente, intervalos ainda menores entre as facadas unidas, agora apenas uma longa dor. Precisava de láudano. O frasco estava no armário no outro lado do quarto, distante. Os pés inchados e quentes. Num impulso abrir as janelas e olhar. Geada no solo. Um mínimo traço de luz cinzenta no céu. Silhuetas nuas de árvores e entre elas estrelas, altas, distantes e frias. Abriu a gaveta e retirou o frasco da tintura, o pequeno conta-gotas de vidro com o bulbo de borracha, apertou-o gotejando o líquido na boca. Voltou à cama, empurrou o urinol com o pé para debaixo do estrado, sentiu-o derramar. Recostou-se, a cabeça sobre o travesseiro. Isto.

O último poema de Ito. Nada muda no Universo. Passado e presente se confundem. Mas as coisas de fato mudavam, tudo mudava, nada permanecia igual. Então dizia algo sobre nadar em águas profundas. Água debaixo da ponte. O tempo passava. Tudo envelhecia e morria.

Chegara no outono, sentira o calor, respirara aquele ar. A colina em frente era uma faixa de vermelho intenso, púrpura. Desembarcara, descendo pela prancha instável. Vira uma garota, mantendo a borboleta de papel no ar com o vento de um leque, ficara encantado.

Fechou os olhos, viu água e mergulhou, era fria e escura, emergiu, afundou novamente e a água lhe cobriu a cabeça.

Yuko o encontrou pela manhã, já rígido e frio, o rosto contraído numa expressão de dor. Manteve-se em silêncio por um instante, curvou-se, puxou o lençol para cobri-lo.

15

FORMA É VACUIDADE

Nagasaki, 1945

O SARGENTO ABRIU SEU ISQUEIRO ZIPPO, a chama cintilou na penumbra. Acendeu um cigarro, sacudiu o maço oferecendo outro ao cabo, que o aceitou, guardou-o atrás da orelha para mais tarde. Fez menção de guardar o maço no bolso, pensou outra vez, ofereceu um também a Tomisaburo. O velho sacudiu a cabeça.

— Não, obrigado. Não fumo.

O sargento expeliu a fumaça, a sala se encheu de uma névoa amarga. Disse que já deveriam partir, Tomisaburo logo teria notícias deles.

— É claro — respondeu Tomisaburo, sem se esforçar para preencher o silêncio.

Após fumar o cigarro até o fim, o sargento se levantou, jogou a guimba no chão, pisou-a com o calcanhar.

— Ok — disse então. — Imagino que não vá para nenhum lugar nesse meio-tempo.

— Não há para onde ir — disse Tomisaburo.

— Muito bem — disse o sargento.

Os dois militares afivelaram os capacetes ao queixo, apoiaram as armas nos ombros. Tomisaburo os levou até a porta, a fechadura arrombada no local onde a haviam chutado. Não importava. Nada importava.

Voltou à sala de estar, sentou-se em sua poltrona, tentando pensar. O ar ainda carregado com o cheiro do cigarro.

Estava cansado.

Chegou por fim a uma decisão, levantou-se e acendeu um toco de vela, foi até o banheiro, apoiou a vela na borda da banheira. Sabia que já quase não havia água; com sorte, teria o suficiente para encher o balde que usava para se enxaguar. Posicionou-o sob o cano, bombeou; o tubo cuspiu um fino jorro de água suja, quase negra, o suficiente para encher alguns dedos do balde.

Tudo bem. Era melhor que nada.

Retirou as roupas que vinha usando há dias, desde a explosão, o paletó e as calças pretas, o colete, a camisa e a gravata, as meias e a roupa de baixo; largou-as empilhadas no chão, ficou parado, nu; viu, de súbito, o rosto de sua mãe.

Não o de Tsuru. Sua mãe verdadeira, virando-se, deixando-o ali.

Ela o chamara Shinsaburo.

Seu rosto, agora, tão nítido.

Tsuru tirara suas roupas e as queimara; cortara-lhe o cabelo, dera-lhe um banho e o vestira com uma roupa de marinheiro branca, nova, de um algodão áspero que irritava a pele.

Entrou na banheira fria, ficou de cócoras, molhou um pano limpo e se lavou o melhor que pôde, derramou o que restava da água escura sobre a cabeça, levantou-se, tremendo, secou-se com a toalha.

Muito bem.

A vela tremeluziu quando passou por ela, ainda nu, caminhou até o quarto.

Abriu o guarda-roupa, afastou os ternos pretos, sóbrios, que usava para trabalhar, as camisas de gola; encontrou suas vestes japonesas, apanhou-as. Vestiu-as com uma formalidade solene, a túnica branca e as calças largas, o manto cinza, de mangas amplas, atado com uma faixa, as meias brancas de algodão. Viu seu reflexo no espelho, oscilando à luz da vela. Curvou-se, como se o fizesse ante outra pessoa.

Na sala de estar, apoiou a vela sobre a escrivaninha. Já estava por se extinguir, mas duraria o suficiente.

O gramofone estava coberto de poeira; não fazia idéia se ainda funcionaria. Levantou a tampa, moveu a manivela. O prato girou. O mecanismo parecia intacto. Seus discos estavam empilhados numa caixa de madeira. Vasculhou-os, encontrou o que buscava, a ária da *Butterfly*, retirou-o da capa de papel pardo. O disco de baquelita estava arranhado pelo uso, mas não trincado, apesar do estrondo. Milagroso. Limpou-o com a manga, colocou-o sobre o prato, girou novamente a manivela, virou a trompa de bronze de modo que ficasse voltada para a sala. Levantou o braço, moveu-o, apoiou a agulha sobre o disco. A abertura da ópera, familiar, ganhou vida e encheu o quarto.

Apanhou a espada de seu pai, a *wakizashi*, ajoelhou-se no chão e a deitou à sua frente. Tocou-a então com a fronte, retirou-a da bainha, a luz da vela reluziu na lâmina de aço. Segundo alguns textos hindus, o momento em que a alma deixava o corpo era como uma espada sendo desembainhada, a bainha deixada de lado, a alma brilhando, livre. Outros falavam do abandono de uma roupa, já muito gasta.

Suas velhas roupas jogadas no chão.

Olhou por um momento para o retrato do pai; o rosto austero, rigoroso. Por mais estranho que fosse, sentiu algo parecido à compaixão. Seu pai também havia vivido, lutado e sofrido. Sua vida também fora um conto narrado por um idiota, cheio de ruído e fúria, mas o que havia significado?

Nada.

Forma é vacuidade.

E agora seu tempo também chegava ao fim. Os bárbaros à porta; os americanos ou a *kenpeitai*, não importava. Entre a cruz e a espada. Sem saída. Perdido numa terra de ninguém, sem ter para onde ir.

Deitou novamente a *wakizashi*, desamarrou a faixa que tinha presa à cintura, retirou o manto que o cobria. Abriu então a túnica, sentiu a pele velha e flácida de sua barriga; segurou a espada e apoiou ali a ponta da lâmina, logo abaixo do umbigo, um pouco à esquerda. Mesmo aquilo, aquela mínima pressão, perfurou-lhe a pele; recuou por reflexo, respirou fundo. A música chegava ao clímax glorioso, comovente. *Un bel di...* A agulha então pulou, pulou, pulou. Encheu os pulmões de ar, inclinou-se para a frente com todo o peso do corpo sobre a lâmina.

16

UM BELO DIA

Nagasaki, 2005

O CASAL DE JOVENS, ANDREW E MICHIKO, esperava na fila para entrar nos jardins. O calor de agosto era infernal, abafado. Andrew comprou um leque de plástico de um vendedor ambulante, deu-o a Michiko para que se refrescasse. Ela riu, fez uma dança estilizada, piscou exageradamente os cílios grossos e negros, um misto de gueixa e garota *harajuku*.

Desligou o iPod — estivera selecionando as músicas que baixara da internet, Joy Division, White Stripes, Miles Davis, Megadeth — e olhou para as ilustrações inscritas no leque. De um lado havia um cartum da casa de Glover, Ipponmatsu, com um quarteto de jazz tocando à frente. Em cima, sentado numa lua amarela, um querubim de olhos bem redondos; estrelas amarelas salpicavam o céu noturno, cintilando enquanto se desprendiam sobre a terra; uma delas caíra no jardim, estava enterrada no solo e servia de assento para um casalzinho que se olhava nos olhos; o homem usava um terno azul-marinho, a mulher, um vestido curto cor-de-rosa. Os músicos eram japoneses, o casal parecia ocidental, os olhos arredondados.

— Rá! — Michiko adorava cafonices, ficou encantada.

Do outro lado lia-se, em inglês, "Glover Gardens", os Jardins Glover, e logo abaixo havia uma caricatura de Glover quando velho; a figura era atarracada, usava um terno preto e prestava continência, acenando com a mão direita. De sua boca saía um balão, dizendo "Ei!!"

— Ei!! — Michiko riu outra vez. — Guraba-san! Ei! — E se abanou com o leque, tomou o braço de Andrew.

Haviam se conhecido em Kyoto — Michiko era estudante e Andrew viera fazer intercâmbio, dava aulas de inglês num curso; já saíam juntos há um mês, e ele deixaria o Japão dentro de pouco tempo.

A idéia de ir a Nagasaki fora dele, sempre quisera conhecer aquele lugar.

Naquele dia fazia sessenta anos desde a queda da bomba. Haviam ficado em silêncio junto à multidão em frente ao monumento, um monólito preto, simples. Abalados, deram-se as mãos, caminharam devagar pela cidade, ainda em silêncio. Pararam para tomar um café com rosquinhas, Michiko enviou uma mensagem ao celular de sua amiga Yuko, em Kyoto, e depois sugeriu que fossem visitar os jardins.

— Por algum motivo especial? — perguntou Andrew.

— Não — respondeu Michiko. — Li sobre esse lugar, só isso.

Assim, foram para lá, esperaram na fila e ela ouviu suas músicas. *Same boy you've always known. Love will tear us apart again.*

E agora atravessavam o portão e subiam por uma esteira rolante que cruzava os jardins, enquanto um Puccini de fundo preenchia o ambiente. *Un bel di vedremo...*

Dentro da casa, caminharam de quarto em quarto, sem se preocuparem em seguir um guia. Era improvável que aqueles móveis fossem originais, mas certamente eram da época — velhos, pesados, madeira escura polida, pontuavam a atmosfera do lugar. Na sala de estar havia estátuas de cera representando um jovem Glover e dois samurais rebeldes, tramando seus planos. As imagens tinham um aspecto artificial, um pouco gasto, Glover parecia assustado, os samurais, apreensivos. Michiko riu mais uma vez, tirou uma foto com seu celular, para mandá-la depois a Yuko.

Do lado de fora, caminharam pelo jardim, leram a inscrição sob a estátua de Glover, um busto de bronze com uma expressão sombria. Andrew passou os olhos por um folheto que havia apanhado. Já conhecia, em termos gerais, a história de Glover, o mito. A estátua olhava para a casa, estava de costas para a cidade, que se estendia abaixo, com a baía ao fundo. Andrew entrecerrou os olhos, tentou imaginar como seria a paisagem em 1860. Bastante parecida, a não ser pelos quilômetros de estaleiros na costa.

— Porra, mas que ironia — comentou, olhando a vista.

— Adoro quando fala palavrões desse jeito — disse Michiko. — Muito sensual. Muito escocês!

— Porra! — repetiu Andrew.

— Rá!

— Mas é. Irônico. — Apontou para os estaleiros em frente. — Porra de Mitsubishi. Glover ajudou a fundar a empresa, montar isto tudo. E por que os americanos soltaram a bomba aqui? Para ficar com a porra dos estaleiros!

— Ruim — disse Michiko.

— Ruim pra cacete.

— Mas não acho que fosse homem ruim — continuou.

— Não?

— Tem uma cara boa. Cara forte. Como você.

— É uma estátua!

— Mas deve se parecer com ele — disse Michiko. — Tem algo dele aí.

Ela lhe passou o celular, pedindo:

— Tire foto.

— Já sei — respondeu Andrew. — Para mandar à Yuko!

Michiko subiu a mureta ao lado da estátua, ajeitou a minissaia, fez pose com as pernas, as meias listradas até o joelho, as botas Doc Martens vermelhas; passou um braço ao redor do pescoço de Glover, sorriu, pôs os dedos em V, fazendo o sinal da paz.

— Ei!!

Andrew a enquadrou, riu de sua energia, sua agitação, tinha uma irreverência vibrante, um sorriso descarado que contrastava completamente com a expressão severa da estátua de bronze, sua cara fechada. Michiko o olhou de frente, diretamente, e naquele instante o virou do avesso. Andrew tirou a foto, capturou o momento.

Michiko saltou da mureta, queria ver como havia ficado, bateu palmas, contente com o resultado.

Andrew a beijou, com força e intensidade, segurou-a junto a si.

— Ei! — disse Michiko, rindo outra vez, acariciando-lhe o rosto, sentindo aquele novo ânimo, aquela coisa nova que surgia ali. Beijou-o de volta, leve, pegou-o pela mão e o levou até a outra estátua, a que ela queria ver, a imagem da mulher, Cho Cho San, a madame Butterfly, com seu filho, o garotinho.

De algum lugar surgiram vozes femininas, cantando; Andrew a princípio pensou que fosse outra gravação, mas quando a música cresceu, se deu conta de que era ao vivo, um coro de mulheres japonesas. Estavam alinhadas em frente à casa, todas usavam saias longas e xales xadrez e cantavam *Minha querida partiu pelo mar*, uma canção típica do folclore escocês. Mais uma vez cafona, bizarro, sentimental, mas ele se viu incrivelmente tocado por aquilo.

Michiko fotografou as mulheres, saltitou para a frente da estátua, parou e a fitou. Cho Cho San usava um quimono, tinha o cabelo preso à maneira tradicional. Sua mão esquerda apontava o horizonte, além da baía, e com o braço direito abraçava o menino, protegendo-o.

Andrew imaginou que Michiko faria alguma outra palhaçada, mas ela pareceu subitamente contida, séria.

— Foto? — perguntou Andrew, e Michiko o encarou com uma expressão alheia, distante. Então firmou melhor o olhar, passou-lhe o celular.

— *Hai* — respondeu, com uma voz baixa.

Andrew a enquadrou novamente na tela pequenina, mas desta vez ela não deu nenhum sorriso, não fez o sinal da paz, não foi a garota *harajuku* atrevida e descarada. Ao contrário, mostrou-se natural, um pouco pensativa, com a cabeça ligeiramente inclinada.

Quando Andrew lhe mostrou a foto, ela a olhou de relance, voltou-se outra vez para a estátua. Andrew notou que a menina tinha lágrimas nos olhos.

— Ora! — disse ele. — O que foi?

Michiko sacudiu as mãos na frente do rosto, tentou rir.

— Não sei — respondeu. — É bem estranho.

Vasculhou a bolsa, retirou um pacote de lenços, secou os olhos, assoou o nariz com força.

— *Chotto monoganashii* — disse a menina então.

Não conseguia traduzir exatamente, talvez porque as palavras não tivessem um equivalente exato.

— Um pouco triste — explicou Michiko. — Não sei. Queria saber o que aconteceu com ela, a mulher da história. E isso me trouxe um tipo de *déjà vu*, sabe? Sensação familiar.

E ao olhar para ela, Andrew sentiu o mesmo, a impressão de familiaridade. Tocou seu rosto, reconheceu-a de um modo distinto, novo, *conheceu* a menina.

Chotto monoganashii. Entendeu também, intuiu o significado. Um misto de tristeza e alegria. Tudo passa, tudo é inconstante. Ergueu os olhos, viu a estátua, ouviu as vozes das mulheres, a cantoria nasalada, não exatamente afinada. *Traga de volta a minha querida.*

O que aconteceu com ela? A mulher da história.

Boa pergunta.

Chotto monoganashii.

Beijou a boca quente e viva de Michiko.

17

A TERRA PURA

Nagasaki, 1912

ÀS VEZES, MESMO NAQUELA IDADE, o calor das memórias a despertava, lembrava-se de sua velha vida, da pessoa que fora um dia. Compreendia que isso também era necessário, enxergar tudo aquilo claramente e se desapegar, apenas. Havia escrito um tanca — dentre muitos outros — sobre a jornada de sua vida, inscreveu-o num pergaminho com poucas pinceladas, hábeis e rápidas.

Cruzei a ponte da hesitação
e a ponte da decisão,
atravessei
o mundo flutuante
cheguei à terra pura.

Mesmo agora, embora suas mãos às vezes tremessem, as pinceladas continuavam firmes, fortes. O próprio mestre Shinkan havia elogiado sua caligrafia, disse-lhe que escrevia sem esforço, embora com elegância e fluidez, atenuadas por uma certa aspereza que a tornava verdadeira, não artificial, não excessivamente refinada pelo intelecto. É claro que, logo em seguida, o mestre pensou que o elogio poderia lhe subir à cabeça, torná-la arrogante, e assim desdisse o comentário, criticou suas pinceladas grosseiras e brutas, claramente feitas por uma mulher sem força de vontade.

Isto também. Desapegar-se.

O mundo flutuante.

Sua vida como Maki Kaga já se fora há muito, noutra encarnação, um sonho. E esta vida também, como a monja Ryonan, logo se encerraria. Sabia disto.

Isto também.

Guraba-san. Pensava nele com carinho, compaixão. Ele aprendera a gostar de seu nome em japonês, inscrevera-o em caracteres *kanji*. Embora os ideogramas significassem "sala vazia", ou "armazém vazio", ele estimava seu desenho, o som das palavras. Ainda trazia um ar de menino dentro de si, apesar de toda aquela valentia, aquele espírito guerreiro. Era encantador.

Lembrou-se daquilo, sorriu. Ele a tomara nos braços, fizera-a girar no ar, rindo.

Teve um filho com ele, Shinsaburo. Seu filho.

Um sonho. Desapegar-se.

A existência é sofrimento. A causa do sofrimento é o desejo.

A noite em que foi à sua casa para lhe contar que estava grávida. A outra estava lá, a que se casara com ele, Tsuru. Inventou a história toda, fez com que acreditasse que ele não voltaria mais, enxotou-a dali.

Como uma lenda antiga, do teatro *kabuki* ou nô. Um daqueles momentos em que sua vida foi completamente mudada, pelo destino, ou pelo *karma*, ou pelo acaso puro e cru. Se houvesse ido uma semana antes. Se a outra lhe houvesse contado a verdade. Ainda teria vivido aquela vida? Teria seguido o caminho do Buda?

Namu Amida Butsu.

Naquele dia, a lua estava cheia, rubra. Parou à margem do jardim, curvou-se e vomitou. Foi até a casa de chá e juntou suas coisas, saiu da cidade naquela mesma noite.

O parto foi difícil. *A existência é sofrimento. A causa do sofrimento é o desejo.* Perdeu muito sangue, quase morreu, de alguma maneira conseguiu sobreviver. As mulheres do vilarejo a ajudaram, ampararam-na até que estivesse forte o suficiente para cuidar do menino.

Não podia mais voltar à casa de chá. Aquela vida chegara ao fim. Conseguiu um ou outro trabalho, costurou roupas para mulheres da cidade, escreveu cartas para os que não sabiam escrever. Esforçou-se, virou-se como pôde. Nem bem, nem mal. Então o encontrou no meio da rua, um fantasma, parecia saído de um sonho, mas tão real; e ele a viu, e aquela vida também chegou ao fim.

Decidiu pendurar o pergaminho com o tanca na parede vazia de seu quarto, deixá-lo ali como um epitáfio, como faziam os poetas ao escreverem seu *jisei*, seu verso de morte, quando sabiam que seu tempo chegara ao fim. Faria agora uma outra cópia e a levaria até a colina, onde a deixaria como uma oferenda.

Sentou-se em *zazen*, com as costas retas, como em todas as manhãs antes da alvorada. Fazia frio, seus ossos velhos doíam, mas tinha a mente límpida, o coração puro; entoou, como todos os dias, um mantra ao Buda Amida, o Buda da Compaixão, o Buda da Terra Pura, ouviu a própria voz como se não fosse sua, profunda e intensa, ressonante.

Namu Amida Butsu.

Namu Amida Butsu.

Recitou um verso do *Sutra do Diamante*. *"Shiki soku ze ku."* Forma é vacuidade. Deixou-se permear por ele, sentou-se naquele lugar árido, uma pedra no jardim da mente.

Talvez tenha se passado uma hora, tempo exterior. Os primeiros raios aguados de sol atravessaram a tela *shoji*, cruzaram o chão de madeira, tocaram seus pés trazendo a promessa vaga do calor. Curvou-se, tomou o pequeno sino de ferro e o tocou uma única vez, escutou-o ressoar e esvaecer num tempo próprio, retornar ao silêncio.

Forma é vacuidade.

Desdobrou as velhas pernas, as juntas rangeram, duras, não mais doloridas, apenas dormentes.

Ouviu um leve ruído do lado de fora, na varanda, passos levíssimos sobre as tábuas de madeira. Sorriu. Uma bandeja foi apoiada no chão. A porta se abriu; era Gisho, a jovem monja; curvou-se, havia trazido seu chá. Ryonan fez um sinal com a cabeça, recebeu-a.

Disse a Gisho que, numa daquelas manhãs, acabaria por encontrá-la como o Bodhidharma, Daruma, que ficara sentado em meditação até que suas pernas secassem e caíssem. Isso sim era disciplina!

Gisho sorriu, os olhos brilhantes, contou-lhe que tivera um boneco de Daruma em casa, quando criança.

Com o fundo redondo, disse Ryonan, para que pudesse rolar. Você o derruba, ele se endireita. Há um velho ditado que fala disso. *Quem não cai não se levanta.*

Um bom ensinamento.

Gisho ferveu a água da pequena chaleira, colocou as folhas verdes esmiuçadas na xícara preferida de Ryonan, serviu a água, deixou assentar a infusão. Então apanhou o batedor de bambu e misturou rapidamente o líquido até formar uma espuma, girou a xícara uma vez e meia e a ofereceu a Ryonan, que se curvou e agradeceu, tomou um primeiro gole. Estava perfeito, o choque amargo a ajudou a despertar.

Também devemos isto a Bodhidharma, disse. Certa vez, ele adormeceu durante a meditação; ficou tão bravo consigo mesmo que cortou fora as próprias pálpebras, para que seus olhos ficassem sempre abertos. Jogou-as num canto e, no lugar onde caíram, nasceu a primeira planta de chá. Assim, os monges puderam desde então tomar chá, para ficarem acordados!

Gisho sorriu outra vez. Já ouvira essas histórias muitas vezes, mas nunca se cansava delas.

Ryonan bebeu outro gole, saboreou-o. No mundo exterior, Gisho havia praticado *cha-no-yu*, a arte do chá, enquanto se preparava para ser uma gueixa. Mas surgiram complicações. Ryonan não quis saber dos detalhes. Provavelmente envolviam um homem. Como quase todas as histórias.

Era mais difícil para as moças bonitas. Elas eram as que mais tinham a abandonar. E, ao olhar para Gisho, lembrava-se de si mesma naquela idade, tinha o mesmo fogo, o mesmo amor pela vida, o mesmo espírito. Aquilo poderia dar forças à jovem. O caminho não era para os fracos. Seria derrubada uma e outra vez, teria aquele espírito esmagado. Mas poderia sobreviver, prevalecer. Quem não cai não se levanta.

A xícara de Ryonan estava vazia. Passou-a a Gisho, que a limpou, ágil, com uma toalha pequena — aquilo também fazia parte do treinamento, a formalidade da cerimônia —, encheu-a novamente e a devolveu a Ryonan, fazendo um comentário sobre sua beleza.

Esta coisa velha, disse Ryonan. Não tem nada de especial. Seu brilho se foi, a superfície está gasta e rachada.

É por isso que gosto dela, disse Gisho.

Serve-me bem, disse Ryonan, e bebeu os últimos goles. O chá está perfeito. Aquece este velho coração.

Gisho se curvou, satisfeita.

Já que gosta tanto desta aqui, disse Ryonan, passando-lhe a xícara, quero que fique com ela. É sua.

Gisho foi pega desprevenida, pareceu verdadeiramente surpresa, emocionada.

Agora, disse Ryonan. Tem outras tarefas a cumprir. Vá.

Preparou a pedra de tinta, desenrolou o pergaminho, apreciou a rudeza simples daquela textura, firmou-o com pesos de madeira, para mantê-lo no lugar. Segurou o pincel de bambu, mordeu a ponta e a molhou com saliva, para amaciar as cerdas. Seus dentes doeram um pouco, não mais que o resto do corpo. Nesses dias a vida era uma longa dor. A existência era realmente sofrimento!

Mas era bom ter nascido humana, bom estar ali naquela manhã de outono, bom seguir o caminho do Buda. Era boa a brisa do outono que entrava pela janela aberta; bom seu frescor, ainda não chegara o frio cortante do inverno. Chegaria logo.

Ainda tinha na boca o gosto suave do chá de Gisho, um amargo vívido, aquilo também tinha o sabor do outono. Acendeu uma única vareta de incenso, a fragrância não era doce nem enjoativa; era delicada, como a lenha do outono, como o aroma escuro e profundo das velhas vigas na sala de meditação.

Endireitou as costas, molhou o pincel na tinta e traçou a primeira pincelada.

Assim.

A abertura do poema falava em cruzar a ponte da hesitação. Deixou que sua mão tremesse um pouco, imbuiu os ideogramas da incerteza que as palavras sugeriam. Ponte da hesitação. *Shian bashi.*

Respirou fundo, as formas das palavras a faziam recordar a ponte verdadeira, física, a pessoa que havia sido, a jovem Maki Kaga, cruzando-a relutante. Tão jovem. *Tão* jovem. Sentiu uma pontada de pena por aquela moça, sua inconseqüência, sua beleza.

Mergulhou o pincel na tinta mais uma vez.

Passou à linha seguinte, à próxima ponte. Ponte da decisão. Certeza. Resolução. *Omoikiri bashi.*

Escreveu as palavras com firmeza, confiança. E, como antes, o mero formato das letras a afetou profundamente, abalou-a, e por um instante ela *foi* aquela jovem, cruzando apressada a segunda ponte, entrando na quadra dos prazeres, esperançosa e confiante de que ele a visitaria.

Aquela ardência na carne, o entusiasmo pleno, o brilho e a intensidade do momento. Naquele instante já se havia dado conta de que era algo passageiro, um sonho; mas como era nítido, real!

Colheu mais tinta, escreveu a linha seguinte com curvas fluidas, eloqüentes. O mundo flutuante. *Ukiyo.*

A quadra dos prazeres era um sonho celestial, todo fragrância e elegância, o ondular das sedas, música e riso, pura distinção e refinamento, embriaguez.

Tudo acabado, findo.

Uma dor súbita lhe apunhalou as vísceras. Abaixou o pincel, respirou fundo, tentou ir além daquilo. Isto também passaria.

Namu Amida Butsu.

Quando jovem, Maki passara pelo inferno. Os *gaki*, os fantasmas famintos, uivaram em seu cérebro, afugentaram toda a reflexão, toda a esperança.

Ele foi e levou seu filho. Concordaram que era a atitude correta, uma vida melhor para o menino, segurança, uma boa casa. Uma vida que ela não poderia lhe dar. Era o melhor a fazer. Mas ficou desconsolada, fitando o vazio, a vida sem nenhum propósito. Nenhum.

As vozes uivaram e ela quis apenas se libertar, pôr um ponto final em tudo aquilo. As águas cobriram sua cabeça, encheram seus pulmões e ela começou a se desprender, além do choque do frio, além do próprio esforço por respirar, do influxo da escuridão. Então voltou a si mesma, a este saco de ossos, mãos a seguraram, arrastaram-na à segurança do outro elemento, golpearam e pressionaram seu corpo, de volta a esta vida de dor e aspereza, ofegou tentando recobrar o ar que lhe rasgava os pulmões ao arquejar e engasgar e ficar sobre a margem entre abalos e calafrios, abatida e semimorta.

Então outras mãos a levantaram, carregaram, envolveram em cobertores; mantiveram-na aquecida. As mulheres do vilarejo a receberam dos homens e assumiram seus cuidados, levaram-na à casa de banho, despiram-na das roupas molhadas que tinha coladas à pele. Lavaram seu corpo com água e sabão e a colocaram na banheira quente. Novamente imersa em água, mas desta vez o calor era curativo, restaurador, trouxe-a de volta para esta margem.

Maravilhou-se com a benevolência simples e humana daquelas mulheres, sua bondade singela e funcional. Chorou e sentiu-se purificada, vazia.

O espasmo passou, mas não apanhou novamente o pincel, sentou-se calma e quieta, olhando para o poema inacabado. A última linha era a mais importante, a assertiva final, a solução do mistério; o fim da jornada. A caligrafia deveria ser perfeita.

As mulheres cuidaram dela, trouxeram pequenas porções de comida, mingau de arroz, ensopado de legumes. Ela sobreviveu, seguiu em frente dia a dia. Não vivia, propriamente; apenas existia, a mente embotada, o corpo fraco. Às vezes se sacudia, tremia. Por muito pouco não se afogara; ainda era assolada pela tosse, como se tentasse expelir a água que enchera seu pulmões até quase estourá-los. As manhãs frias eram os piores momentos, e acordar no meio da noite, em pânico, tentando respirar. Por vezes pensava ter realmente se afogado, morrido, e aquele estado seria uma espécie de vida após a morte, um domínio dos espíritos, e ela própria, um deles.

Numa manhã, ainda cedo, à meia-luz cinzenta, vestiu-se e saiu caminhando, sem pensar, sem destino. Quando se deu conta, estava na ponte sobre o rio, fitou a água que corria abaixo. Em certos momentos, conseguia ver seu reflexo, sua imagem imprecisa, cindida uma e outra vez pelas ondulações da superfície, mas estava ali, definitivamente ali, por mais furtiva que fosse. Os fantasmas não produziam reflexo. Então, ela não era um fantasma. Sobreveio-lhe uma outra sensação, assustadora, a impressão de que a imagem que via ali embaixo fosse seu velho ser, Maki, ainda se debatendo na água, afogando-se, olhando para ela em busca de auxílio.

Cambaleou pela ponte, para o outro lado, continuou a caminhar pela estrada estreita que deixava a cidade. O céu começava a clarear, os pássaros ensaiavam sua cacofonia aguda, gritavam suas necessidades. Não havia comido nada, tampouco fazia idéia da direção em que seguia. Retesou-se ao ver uma figura escura que se aproximava, um homem, caminhando lentamente. Pensou em se virar e correr, encontrar algum lugar onde pudesse se esconder. Mas estava muito cansada, as pernas repentinamente pesadas, torpes. Parou, esperou, e, ao ficar ali, se deu conta de que o homem era um monge, tinha vestes escuras, a cabeça raspada.

Ele também parou, curvou-se, estendeu a cuia de esmolas.

Não tenho nada, disse Maki.

Pois bem, respondeu o monge, dê-me seu nada. Virou-se e se pôs a caminhar.

Maki sentiu como se houvesse levado um golpe, uma pancada vigorosa que lhe tirou o fôlego.

O monge parou e a chamou outra vez.

E então? Você vem ou vai?

Sem pensar, a mente vazia, arrastou-se, correu para alcançá-lo.

Por todo o caminho até o templo, o monge não lhe dirigiu uma palavra, apenas seguiu em frente, esperando que o seguisse. Somente ao chegar ao mosteiro, pelo modo como os demais o saudaram, pela deferência que lhe dirigiram, beirando o medo, deu-se conta de que aquele era o mestre, Shinkan.

Ele não lhe deu nenhuma instrução, deixou-a aos cuidados de uma jovem monja, que lhe mostrou o quarto onde ficaria. Era minúsculo, úmido e empoeirado, os tatames gastos e esfiapados, as telas *shoji* rasgadas. Havia teias de aranha nos cantos, no chão se viam fezes de pássaros e camundongos. Virou-se para partir, mas percebeu que não conseguia se mover, não conseguia dar um único passo. A jovem monja a havia deixado sozinha, ressurgia agora com escovas e espanadores, panos de chão e um balde d'água, fez um gesto com a cabeça e arregaçou as mangas. Era capaz de entender aquilo, ao menos. Ao terminarem de limpar o quarto, a monja desapareceu outra vez, voltou com pedaços de forro para os tatames, velhas folhas de papel *shoji*, algumas ferramentas simples.

Fizeram uma pausa para o almoço, apenas alguns minutos, comeram arroz e conservas, uma sopa aguada, rala. No meio da tarde já haviam terminado a reforma do quarto, tornaram-no ao menos habitável. Maki sentiu um senso de satisfação ridículo, sorriu para a monja e deixou o quarto.

O mestre estava passando e ela queria lhe dizer o quanto havia trabalhado, contar-lhe do esforço de limpar e remendar o quarto, explicar-lhe que não sabia por que estava ali, mas que desejava ficar e trabalhar por seu sustento.

Ele escutou, assentiu, disse que a primeira sessão de meditação era às três da manhã.

Eram quatro monjas, que viviam num espaço separado do complexo, e vinte monges. Não se misturavam, a não ser nas sessões de meditação, *zazen*, as longas horas sentados, e durante as refeições, quando se mantinham em silêncio, comiam suas rações minguadas, o olhar fixo à frente. Mas desde o primeiro dia notou que um ou outro dos monges por vezes lhe lançavam aquele olhar conhecido, o desejo lúbrico e furtivo que se tornava ainda pior quando escondido.

Tentou mais uma vez falar com o mestre, perguntar-lhe por que estava ali.

É uma pergunta que deve fazer a si mesma, respondeu Shinkan. E a maneira de perguntar é sentando-se, e a maneira de responder é sentando-se ainda mais, até que não restem perguntas nem ninguém para fazê-las, nenhum esforço após as não-respostas. Não é um trabalho fácil. Agora, comece a fazê-lo.

Ficou profundamente irritada com aquilo, e carregou a raiva consigo durante toda a sessão de meditação, quase se esqueceu da dor nas costas, nos joelhos e tornozelos, nos próprios ossos. Então, quando a dor exigiu sua atenção e mudou por fim de posição, o mestre estava parado atrás dela, com uma longa ripa de madeira na mão. Maki já havia visto aquilo, sabia o que esperar. Inclinou-se à frente, retesou os músculos, o mestre a golpeou nas costas, oito vezes, *zap*, pancadas firmes e rápidas, ardentes. Shinkan se curvou e ela se curvou de volta ostensivamente, para demonstrar que estava grata por sua preocupação, embora, na verdade, o fizesse para manter a raiva sob controle. O meio-sorriso discreto do mestre indicava que ele percebia aquilo; curvou-se, a expressão novamente séria, disse-lhe que continuasse.

Cada nervo de seu corpo clamava para que saísse dali, fosse embora. Nada a impedia. A porta estava aberta. Permaneceu sentada.

Na segunda semana raspou o cabelo. As mechas espessas, perfeitamente negras, caíram amontoadas sobre o chão. Passou a mão sobre a cabeça calva, áspera ao toque. Seu couro cabeludo ardia aqui e ali, ferido pela navalha. Ficou feliz por não ter um espelho onde se pudesse ver. Mas sentiu frio ao contato com a brisa da manhã.

Agora os monges pelo menos não a olhariam mais daquele jeito, devorando-a com os olhos.

Não.

Numa noite, um bilhete foi passado por debaixo de sua porta. Havia sido escrito por um dos monges, declarava seu amor por ela, pedia que lhe desse apenas um sinal para que ele fosse encontrá-la na noite seguinte. Não estava assinado, terminava com um tanca.

Revirei-me na cama
toda a noite fria e longa,
pensando, pensando
em nada
além de ti.

Ao final do *zazen* da madrugada, curvou-se ante o mestre, perguntou se ele poderia ler uma coisa. O mestre pareceu surpreso, mas consentiu. Maki desamassou o pedaço de papel, leu o bilhete inteiro, o poema, então encarou a fileira de monges, disse que se o autor da mensagem a amava de verdade, que desse um passo à frente e a abraçasse agora.

Por um momento o silêncio se aprofundou, ouviu-se o ressoar dos pigarros. Um dos mais jovens conteve uma risada, recompôs-se imediatamente.

Maki amassou novamente o pedaço de papel, recitou um tanca que ela mesma havia escrito, em resposta ao primeiro.

Toda a noite fria e longa,
pensando em nada,
absolutamente nada.
Minha cabeça raspada é áspera
e desagradável ao toque.

O mestre grunhiu, disse-lhe que servisse chá para os monges. Nenhum deles a olhou nos olhos.

A coisa continuou. Apesar da cabeça raspada, das vestes pardas, monótonas, de sua intensidade, todos os monges recém-chegados ao templo pareciam se apaixonar por ela, como se ainda trouxesse a fragrância e o fascínio do mundo flutuante. Até mesmo alguns dos mais velhos, ascetas desdentados, a olhavam com desejo, deixavam-na desconfortável. O abade de um templo em Kyoto que os visitou proferiu um sermão sobre a impermanência, a transitoriedade do mundo ilusório. Cruzou o olhar com o dela, gaguejou, hesitou, perdeu o fio da meada; então vociferou algumas referências ao *Sutra de Hui Neng*, terminou com um comentário sobre a natureza passageira da beleza e saiu às pressas da sala.

Maki solicitou uma audiência com o mestre. Ele a fez esperar uma semana, mas então concedeu o pedido.

Ela entrou na sala e o encontrou sentado de costas, concentrado na escritura que estava lendo. Ignorou-a, fez com que esperasse. Ela ficou sentada, em silêncio. Por fim, o mestre falou, ainda sem se virar.

Por que Bodhidharma veio do Ocidente?

Ela não respondeu. Estava completamente aturdida. Não esperava nada daquilo.

Não se preocupe, disse Shinkan. Não precisa responder. Mas conhece Bodhidharma?

Sim, respondeu Maki, já ouvi algumas das histórias.

São muitas, disse o mestre. A maior parte são contos para crianças. Mas incorporam algum significado.

É claro, disse Maki.

Sabia que, pelo que se conta, ele cortou as próprias pálpebras?

E delas nasceram plantas de chá.

Sim.

O mestre se virou, encarou-a pela primeira vez desde o momento em que entrara na sala. Tinha na mão uma navalha aberta, a lâmina refletia o brilho da vela sobre o altar. Deixou-a à sua frente.

Um velho provérbio diz que o caminho da verdade é mais estreito que o gume de uma navalha.

Ela ficou em silêncio, olhou para a lâmina, imaginou seu fio.

Já ouviu a história da monja Ryonan?

Não, respondeu Maki.

Tinha uma beleza extraordinária, prosseguiu o mestre. Descendia de um guerreiro famoso, Shingen, e herdou em parte seu espírito. Por sua beleza e refinamento, era uma das prediletas da corte da imperatriz. Mas quando a imperatriz morreu, Ryonan percebeu o quanto a vida humana era passageira. Sua juventude e beleza se esgotariam. Dessa forma, decidiu dar as costas ao mundo e estudar o zen. Infelizmente, sua família tinha outros planos. Forçaram-na a se casar, mas aceitaram a idéia de que se tornasse monja depois que tivesse três filhos. Assim, ela cumpriu o que lhe foi pedido, teve os filhos; raspou então a cabeça e se dirigiu a um templo zen. No entanto, o mestre não quis aceitá-la. Disse que era bonita demais, mesmo com a cabeça raspada e os trajes de monja.

Ryonan foi então a outro mestre, e a história se repetiu. Viajou por todo o país, e em toda parte sofreu a mesma rejeição. Sua beleza era uma maldição.

Maki sentiu-se atravessada por um frio na barriga, uma corrente gelada. O mestre continuou.

Ela foi por fim ao mosteiro do mestre Hakuo, em Edo. Como os demais, ele a rejeitou. Era bonita demais. Sua aparência só causaria problemas. Ryonan foi até a cozinha, apanhou um espeto em brasa, segurou-o em frente ao rosto.

Maki estremeceu, perturbada.

O mestre esperou um instante, prosseguiu.

Feriu-se com grandes queimaduras. As cicatrizes arruinariam sua aparência para sempre. Voltou ao templo de Hakuo, que olhou para ela e disse: Muito bem, pode ficar.

Maki tremia. Conteve um soluço, sentiu-se desgraçada, desesperançada, furiosa.

O mestre continuou:

Ela adotou o nome Ryonan, que significa "percepção clara". Escreveu um poema sobre essa experiência, na forma tanca, que você também aprecia.

No palácio da imperatriz
queimava incenso
para perfumar minhas roupas.
Agora queimo meu rosto
para entrar no templo zen.

O mestre fez uma pausa, empurrou então a navalha aberta para perto de Maki.

Pois bem?, perguntou.

O tempo passou. Maki ouviu o vento nas árvores, sentiu uma gota de suor que lhe corria pelas costas. Parou de tremer. Tinha a mente clara e fria, a percepção centrada na própria respiração, nos batimentos do coração. Ainda poderia ir embora a qualquer momento. A porta continuava aberta. Nada a obrigava a ficar.

Esticou-se e apanhou a navalha, segurou-a em frente ao rosto. Um talho firme seria suficiente para cortar a pele, deixar uma cicatriz. Endireitou o corpo.

Namu Amida Butsu.

Fechou os olhos, moveu a navalha em direção ao rosto. Mas antes que a lâmina lhe tocasse a pele, seu punho foi agarrado com força.

O mestre a segurou, tomou-lhe a navalha.

Você é uma mulher forte, disse. Com essa determinação, poderá ser bem-sucedida. Não deve ser desviada de seu propósito por esses homens tolos e seus interesses inconvenientes. O problema é deles, não seu.

O mestre lhe deu o nome Ryonan e disse:

Que sua percepção seja clara.

Tudo aquilo parecia ter ocorrido há muito tempo, uma vida inteira. Mas a recordação ainda era vívida, intensa. Lembrou-se exatamente da sensação, do pânico, mas depois do desprendimento, do próprio tato da navalha na mão.

Certa vez, anos depois, perguntou ao mestre:

E se não me houvesse detido? E se eu me ferisse, ou até mesmo cortasse minha garganta?

O mestre respondeu, seco:

Não existe "E se?". Só existe o que acontece, o que *é*.

Mas daquele dia em diante, do dia em que se tornou Ryonan, tudo mudou. Foi como se houvesse *realmente* cortado o rosto, como se carregasse a marca. Seu olhar se voltou para o interior. Tinha uma expressão de calma e força, que era, por si só, uma proteção contra os monges, mitigava seu ardor, fazia com que pensassem duas vezes.

Essa lembrança a fez sorrir. Pobres homens tolos, tentando apagar aquele fogo, ou canalizá-lo para a meditação.

A existência é sofrimento. A causa do sofrimento é o desejo.

Até o último momento, logo antes da libertação, antes da compreensão, o dragão ainda poderia empinar, poderia rugir.

O sorriso se tornou uma leve risada. Ainda naquela manhã, ao pensar em Guraba-san com compaixão, vira-o claramente, o belo jovem que fora. E esse carinho, esse afeto, trouxe-lhe uma memória vaga, um ardor, mesmo naquela carne velha. Poderia dizer isso à jovem Gisho, se achasse que a idéia não fosse desalentá-la!

Era bom que não tivesse um espelho onde se ver. O rosto que a olharia de volta seria o de uma senhora feia, enrugada e esquálida, um velho lagarto amarfanhado. Fazia anos que não via seu reflexo, a não ser pelo vislumbre rápido e passageiro, estranho, ao cruzar o rio e olhar para baixo, ver-se ali, ainda cindida, indistinta.

Já era uma mulher de meia-idade na última vez em que se olhara num espelho de verdade. Obedecendo a uma sugestão do mestre, fora além do vilarejo, até a cidade, pedindo esmolas de porta em porta, entoando seus mantras enquanto caminhava.

Busco refúgio no Buda. Busco refúgio na comunidade. Busco refúgio no *dharma*.

Numa certa casa, uma velha senhora se curvou, convidou-a a entrar. Deixou na porta seus *geta*, as sandálias de madeira, entrou e esperou no saguão frio.

Sentiu os ruídos e aromas domésticos. O perfume do macarrão cozido no óleo quente, gengibre e gergelim; as vozes agudas e musicais das crianças brincando. Os netos da velha senhora, a vida continuava, vivia-se a si mesma, de geração em geração.

Retirou o velho *kasa*, ao mesmo tempo seu chapéu e guarda-chuva, abrigo e sombra, que a protegia em qualquer estação.

Bashô havia escrito um haicai.

Quando penso ser minha própria
neve em meu kasa
parece leve.

Sorriu ao se lembrar disso, ergueu o olhar e viu uma outra monja, mais velha que ela, o rosto desgastado. Assustou-se, não notara sua presença. Curvou-se, e a outra fez o mesmo. Levou uma mão ao rosto, e a outra a imitou. Então se deu conta, era um espelho. Aquele era seu rosto, o rosto que o mundo via, o rosto de uma estranha, e ainda assim...

O esforço estava lá, os anos de austeridade, as linhas ao redor da boca, na fronte. Mas tinha um brilho nos olhos, uma luz interior, uma clareza: era mais bela, à sua maneira, que a jovem Maki com seu charme fácil, embora aquela luz já se fizesse presente na moça. Por trás da máscara da jovem, sempre estivera ali.

Curvou-se ante essa outra, esse reflexo, ela mesma.

Namu Amida Butsu.

A dona da casa voltou, deu-lhe arroz, algumas moedas.

Ryonan se curvou, expressou sua gratidão, vestiu o *kasa* e as sandálias e seguiu em frente.

Mais tarde, naquele mesmo dia, viu-o caminhando no outro lado da rua, alto, inconfundível. Seu cabelo e bigode começavam a ficar grisalhos, mas ainda era bonito, ganhara um ar distinto. A mulher que caminhava atrás dele deveria ser Tsuru, mais velha, mais pesada, e atrás dela estava o menino. Sentiu-se respirar fundo, rápido, uma punhalada repentina no coração.

Guraba-san olhou para ela, de relance. Houve algo ali, um instante naqueles olhos? Uma hesitação? Reconhecimento? Lembrança? Retirou o chapéu com uma cortesia tocante e um cavalheirismo que a abalaram. Tsuru nem sequer a notou, não viu nada nem ninguém, uma monja de meia-idade, uma mendiga esfarrapada. O menino parou, cruzou a rua em sua direção. Já quase um rapaz, usava o uniforme da escola, uma túnica militar, escura, abotoada até o pescoço. Olhou-a através dos óculos de aro redondo, fitou-a, atravessou-a com o olhar. Seu cabelo estava mais escuro que antes, mas ainda castanho-claro, a meio caminho do loiro. Quase desfaleceu quando o menino lhe estendeu a mão, deu-se conta então de que lhe fazia uma oferenda.

Sua mão estremeceu ao estender a cuia onde recebia as esmolas, e o garoto largou ali uma única moeda de prata, inclinou-se.

Ryonan se curvou profundamente, agradeceu, invocou sobre a cabeça do menino a bênção do Buda Amitaba.

Tsuru o chamou. Tomisaburo. O nome que lhe haviam dado, para que se parecesse com o do pai. Tom Glover. Tomi Guraba.

Seu filho, Shinsaburo. Mas não era mais seu. Na verdade, nunca fora. Nem de Guraba, ou de Tsuru. Como alguém poderia possuir outra pessoa? Aquele jovem vivia a vida que deveria viver, seguia seu *karma*, assim como eles viviam as suas.

A família seguiu em frente, subiu Minami Yamate na direção de casa. Ryonan retirou a moeda da cuia, beijou-a. Pela primeira vez desde que fizera os votos, tinha lágrimas nos olhos.

Havia guardado a moeda, girava-a agora na mão enrugada. Decidiu dá-la a Gisho, juntamente com suas demais posses, coisas poucas, insignificantes. Não levaria nada consigo.

Já lhe dera a xícara de chá, vira o espanto momentâneo nos olhos da menina, a apreensão, o temor quanto ao significado daquele presente.

Comentara diversas vezes que seria como a monja Eshun. Quando chegar o meu momento, dissera Ryonan a Gisho, vou lhe contar, e então partirei.

Eshun, ao chegar aos sessenta anos de idade, anunciou que deixaria o mundo. Fez com que montassem uma pira funerária, sentou-se de pernas cruzadas no interior, pediu que acendessem as chamas.

Enquanto as chamas cresciam, um monge lhe perguntou, gritando: Está quente aí dentro?

Que pergunta mais idiota!, respondeu ela. E morreu, e queimou.

Quando chegar o meu momento, vou lhe contar, e então partirei.

A expressão nos olhos de Gisho.

O momento havia chegado.

Voltou novamente a atenção ao pergaminho com sua caligrafia inacabada, o tanca.

O grande mestre Genshin havia descrito a terra pura como a perfeição absoluta, e dissera que a maneira de alcançá-la era pela entoação do nome de Amida, o Buda da Compaixão.

Namu Amida Butsu.

Molhou outra vez a ponta do pincel na tinta, gravou o ideograma com um único floreio, confiante.

Jodo. Terra pura.

Pronto.

Estava feito, completo.

Deixou o pincel, soou o sino de ferro para chamar Gisho, contar-lhe.

As duas lápides estavam dispostas lado a lado, a poucos palmos de distância, no cemitério de Sakamoto. A da esquerda era mais alta, estreita, inscrita em caracteres japoneses. *Tsuru Glover. 1850-1899.*

Ryonan conhecia o bastante da notação inglesa, seu alfabeto, para ler a inscrição na outra pedra. *Thomas Blake Glover. 1838-1911.*

Uma pessoa que visitara o monastério já lhe dissera o ano, havia lido a notícia no jornal. Guraba-san, disse a pessoa, foi um grande homem, um dos fundadores do Japão moderno. Morreu em Tóquio após uma longa doença, foi cremado, as cinzas levadas de volta a Nagasaki e enterradas ali. O esquife foi carregado pela cidade em procissão, liderada por seu filho, Tomisaburo. Muitos dignitários compareceram, alguns deles viajaram de Tóquio até lá.

Ryonan agradeceu ao visitante, comprometeu-se a ir até lá e prestar uma última homenagem quando chegasse a hora.

Curvou-se ante a lápide de Glover, pediu a bênção do Buda Amida, para que continuasse a guiá-lo em sua jornada. Curvou-se então ante o túmulo de Tsuru, desejou-lhe os mesmos votos, que também recebesse a bênção do Buda.

Aceitação. Perdão. Que todos os seres sencientes se tornem iluminados.

Namu Amida Butsu.

Apanhou o pergaminho enrolado que trazia na manga, leu mais uma vez seu último tanca, seu *jisei*, satisfeita com a caligrafia.

Cruzei a ponte da hesitação
e a ponte da decisão,
atravessei
o mundo flutuante
cheguei à terra pura.

Em frente aos túmulos haviam sido deixadas algumas oferendas simples; uma garrafa de saquê, um porta-incenso, um punhado de flores numa jarra de terracota. Deixou o pergaminho ao lado, curvou-se, seguiu em frente.

Havia lido que, segundo Genshin, todos os prazeres e a glória do mundo não eram nada, uma mera gota no oceano, se comparados à beleza e ao júbilo da terra pura. A própria terra é feita de esmeraldas, e por toda parte há milhões de templos, pagodes de prata e de ouro. Nos jardins há lagos prateados, cobertos de flores de lótus que cintilam numa miríade de cores. Aves de todos os tipos pairam no ar, cantando, e sobre elas voam os *kalavinka*, seres alados com vozes doces e rostos de belas mulheres. Riachos e rios cristalinos cruzam a paisagem, brilhantes, margeados por árvores sagradas, com troncos prateados, ramos dourados e flores de coral e pérola. Das árvores pendem cordões de jóias, cada um atado a um sino sagrado que soa a mensagem da Lei Suprema. O ar é tomado por uma fragrância inebriante, a doçura das flores, a riqueza do incenso. O céu jamais escurece, resplandece infinitamente, e uma chuva de pétalas nunca pára de cair. Uma música suave flui constantemente, produzida por instrumentos inominados que tocam a si mesmos, sem que ninguém os empunhe, e seres celestiais cantam eternamente, louvando o Tathagata Buda.

Parou para respirar no meio da colina, perto de Ipponmatsu, onde seu filho talvez ainda vivesse. Que tudo estivesse bem com ele. Que um dia atingisse a iluminação. Seguiu em frente pelo morro.

A subida era cansativa, estava suando apesar do frio do outono.

O velho templo no topo da montanha já caíra em desuso, estava abandonado, em ruínas. Um bom lugar para se sentar e descansar aqueles ossos velhos.

Apoiou-se contra uma parede de pedra, protegida, aqueceu-se um pouco no sol da tarde. Dali conseguia ver a cidade que se estendia abaixo. Perto de Ipponmatsu havia mais algumas casas ocidentais, uma colônia. Olhou além delas, além da quadra dos prazeres, vislumbrou o porto, a ilha Dejima. Vira aquela paisagem ao lado de Guraba-san, uma vida atrás.

As coisas mudavam, permaneciam iguais. Agora havia o porto e as fábricas, os estaleiros, mas além de tudo isso repousavam as montanhas do outro lado da baía, cobertas pelo vermelho-vivo dos bordos em sua glória de outono.

Isto.

Em algum lugar à distância, oculto, estava o templo onde vivera todos aqueles anos de sacrifício, esforçando-se por ser fiel ao caminho do Buda.

Isto também.

Um sonho.

O grito áspero e estridente de uma cigarra cortou o ar. Logo chegaria seu dia, só restaria a casca seca. Por sobre o seu canto ouviu-se o guincho de um picanço, pungente e melancólico, e uma revoada de gansos selvagens cruzou o céu, formando uma linha irregular, ensaiando sua partida.

Sentiu cheiro de lenha queimada, respirou-a, um incenso agridoce, concentrou-se, focou o olhar.

Genshin escrevera que o poder da concentração, da imaginação desperta, pode levar diretamente à terra pura. Manter o foco numa única flor de lótus pode provocar uma abertura para o infinito, além de todos os horizontes. Falara da meditação sobre o lótus no qual se senta o Buda, o lótus do coração.

Lá em cima não florescia nenhum lótus, apenas um crisântemo mirrado preso à parede, umas poucas violetas esparsas.

Sorriu para as flores e elas se curvaram, reconhecendo seu olhar.

Acalmou a respiração, sentiu-a entrar e sair por conta própria.

O lótus do coração. Sentiu-o abrir, pétala por pétala.

A jóia no lótus.

Om.

A cidade brilhava abaixo. Este lugar. Este momento. A terra pura.

Algum dia tudo voltaria ao pó. Civilizações iam e vinham, cresciam e tombavam. Tathagata inspirava, expirava.

Forma é vacuidade.

Sentou-se, a luz começava a esmaecer, o frescor da noite crescia. Mas nada mais a tocava. Já estava além de tudo aquilo.

AGRADECIMENTOS

ESTA É, OBVIAMENTE, UMA OBRA DE FICÇÃO, um fruto da imaginação. Ainda assim, tentei manter a maior precisão possível no contexto histórico, mas sem deixar que os fatos interferissem na história! Quero agradecer às diversas pessoas que me ajudaram a escrever este livro. A Alex McKay, não apenas por sua ótima biografia de Thomas Glover, *The Scottish Samurai*, mas também por ser tão gentil e generoso ao compartilhar comigo seu conhecimento amplo e seus materiais de pesquisa. A Sachiko McKay, por seus conselhos nas questões lingüísticas e culturais. A Brian Burke-Gaffney, autor de *Starcrossed, A Biografy of Madame Butterfly*, por sua ajuda durante minha visita a Nagasaki e por editar a revista e o site *Crossroads*, a fonte de todos os conhecimentos sobre Nagasaki e sua história. A Mari Iamamura, por traduzir algumas passagens ao japonês. A Richard Scott Thomson, por sua confiança na adaptação desta história ao cinema, que *será* feita um dia! A Steve McIntyre e à Scottish Screen, pelo auxílio financeiro, e a Bob Last, por sua contribuição. A Giles Gordon, já falecido, e Isobel Murray, por sugerirem que o material poderia ser transformado num bom romance! A Liam McIlvanney, David Mitchell, Sian Preece e Amanda Booth, por contribuírem com material. A Judy Moir, por sua resposta inicial aos primeiros capítulos. À minha agente, Camilla Hornby, pelo estímulo e apoio durante o processo criativo. A todas as pessoas da Canongate, especialmente Jamie Byng, por pensar longe, Francis Bickmore, por ser um editor tão cortês, meticuloso e criativo, Jo Hardacre, por promover o livro, e Jessica Craig, por vendê-lo em todo o mundo. A Janani, por agüentar tudo isto. A Sri Chinmoy, por sua inspiração constante e por me mostrar o quanto eu poderia me superar.

Como arigato gosaimasu!

Editora responsável
Izabel Aleixo

Produção editorial
Daniele Cajueiro
Gustavo Penha

Revisão de tradução
Marília Garcia

Revisão
Perla Serafim
Renan Ji

Diagramação
Selênia Serviços

Este livro foi impresso em São Paulo, em setembro de 2007,
pela Lis Gráfica e Editora, para a Editora Nova Fronteira.
A fonte usada no miolo é Sabon, corpo 11,5/15,5.
O papel do miolo é pólen soft 70g/m^2, e o da capa é cartão 250g/m^2.

Visite nosso site: www.novafronteira.com.br